Über das Buch

Als Angelo und Pascal sich im Sommer 89 zusammen mit dem Abenteurer Wolle auf den Weg nach Rumänien machen, ahnen sie nicht, dass diese Reise das Ende ihrer Jugend markieren wird. Wolle nutzt die Chance, über die jugoslawische Grenze in den Westen abzuhauen, und lässt die zwei unerfahrenen Jungs zurück. Im unwegsamen Făgăraş-Gebirge nimmt ihre Freundschaft ein jähes Ende.

Pascal kehrt allein nach Ostberlin zurück. Seine Heimat befindet sich im Umbruch; alte Wege brechen unvermittelt ab, völlig neue tun sich auf. Nichts scheint mehr vorhersehbar. Die Lebensbahnen von Pascal und seiner Freundin Kati, von Wolle und innerhalb des Freundeskreises geraten in Zickzacklinien. Während der eine seine Ziele verfolgt und erfolgreich wird, eckt der andere an und gerät in dubiose Machenschaften. Doch so unterschiedlich die Entscheidungen der jungen Erwachsenen auch aussehen – über allen schwebt Ungewissheit und Schuld.

Über den Autor

Robert Gold wurde 1970 in Berlin geboren. Nach seinem Abitur im Prenzlauer Berg reiste er durch Ungarn, Rumänien und Bulgarien, machte Musik, absolvierte Armee und Zivildienst. Er arbeitete als Kellner, Texter und Regieassistent in Babelsberg. 1997 schloss er sein Kommunikationsstudium an der HdK Berlin ab und gründete zwei Filmfirmen. Seit 2014 gehört er zum Kreativteam der NDR-Serie »Der Tatortreiniger«. Gold ist verheiratet, hat zwei Kinder und lebt in Berlin. »Flieg ich durch die Welt« ist sein erster Roman.

ROBERT GOLD

Flieg
ich
durch
die
Welt

ROMAN

EULENSPIEGEL VERLAG

Für meine Leute

Inhalt

Teil I

Das Zauberwort

Sie standen vor dem Theater am Rosa-Luxemburg-Platz und stritten sich zum zweiten Mal innerhalb einer Viertelstunde. Jana hatte sich abgewandt, so, als ob sie sich damit vor dem Explodieren schützen könnte. Das weiche Licht der Abendsonne verfing sich in ein paar einzelnen Haaren. Sie hatten sich aus dem Gummiband gelöst, mit dem sie ihren strengen Pferdeschwanz Dutzende Male am Tag festzurrte. Diese Prozedur hatte Pascal immer gemocht. Manchmal hielt sie den Haargummi zwischen den Zähnen, ein anderes Mal parkte sie ihn elegant und praktisch an ihrem schmalen Handgelenk, während sie ihr Haar zusammenraffte. Er beobachtete sie gern dabei. Die erhobenen, leicht angespannten Oberarme, der weiche Flaum unter ihren Achseln, das klimpernde Armband, das sie sich letztes Jahr in Bratislava gekauft hatte, die erwachsene Konzentration, die bei all dem von ihr ausging.

Sie wandte sich ihm wieder zu, die Zigarette noch immer zwischen den Lippen. Das verdammte Feuerzeug funktionierte nicht. Doch das war nicht der eigentliche Auslöser für ihren Streit. Das große Ganze stimmte nicht mehr bei ihnen, und Pascals Gedanken kreisten fast nur noch um die Reise. Und um Kati.

So konnte es nicht weitergehen.

Er bemerkte, dass Jana den Bernsteinring, den sie von seiner Mutter zum Geburtstag geschenkt bekommen hatte, nicht trug. Plötzlich wusste er, dass auch sie bereit war, ihre Jugendliebe hinter sich zu lassen. Einer von ihnen musste nur den ersten Schritt tun, dann würde alles Weitere von selbst passieren. Weder er noch Jana würden kämpfen. Das war die traurige Wahrheit hinter den kleinen, alltäglichen Gemeinheiten der letzten Zeit. Und obwohl der Sommer in all seiner Herrlichkeit die Stadt seit Tagen heftig umarmte, war es ihnen nicht gelungen, sich wenigstens daran gemeinsam aufzurichten. Nicht einmal das.

»Hör mal, Michi«, fauchte Jana und sprach seinen Spitznamen, den er seit Ewigkeiten mit sich herumtrug, betont kindisch aus. »Vielleicht macht man das so in deinen neuen Dissidentenkreisen, aber solange du mit mir zusammen bist, benimmst du dich gefälligst wie ein richtiger Mann, klar?«

»Ey, komm mal wieder runter. Das war ein Versehen, Jana! Manchmal kommt's mir so vor, als ob du nur auf so was wartest. Als ob du Lust hast auf diese albernen Streitereien.«

Pascal war klar gewesen, dass Jana wie immer pünktlich am Treffpunkt sein würde. Er hätte auf den Kneipenbesuch am Bahnhof Pankow verzichten sollen. Aber was sollte er tun gegen diesen furchtbaren Kater? Wohin nur mit den Gedanken, die ihn seit Wochen quälten und seit der gestrigen Nacht umso stärker in ihm brodelten? Er hatte versucht, den Kopfschmerz mit einer Molle und einem Korn zu bekämpfen und war verspätet am Treffpunkt Ecke Fehrbelliner erschienen. Und jetzt, vor der *Volksbühne*, hatte er sich selbst zuerst eine *Kenton Blau* angesteckt. Das hatte Jana endgültig zur Weißglut gebracht. Denn darum ging es bei ihr immer: Wie verhält man sich zueinander, wer tanzt zuerst mit wem, über wessen Witze lacht man am lautesten, und warum überhaupt ein Kompliment für eine Frau, die einem anderen gehört? Und vor allem Pünktlichkeit, Verlässlichkeit und »gelebte Liebe«, das war es, was Jana verlangte.

Pascal wusste damit nichts mehr anzufangen. Er verspürte eine diffuse Ohnmacht seiner Freundin gegenüber und Panik davor, die Oberhand über seine Gefühle zu verlieren. Er würde Jana noch heute die Wahrheit sagen müssen. Zumindest eine der beiden Wahrheiten.

Gestern, zur großen Abiturfeier im Kultursaal des VEB Elektrokohle, war Jana nicht mitgekommen, obwohl er sie immer wieder darum gebeten hatte. Starrsinnig hatte sie darauf bestanden, sich auf die Fahrt nach Braunschweig konzentrieren zu müssen. Es sei schließlich die Party *seiner* Klasse, und es würden sich sowieso alle nur betrinken. Pascals Rede und die Musikeinlage mit Angelo würde sie verpassen, ja, aber sie könne sich später das Manuskript durchlesen, und irgendjemand würde doch bestimmt ein Tonband mitlaufen lassen.

Auf dem Ball merkte Pascal schnell, wie wenig ihn Janas Wegbleiben störte. Seine Mutter, die ein tief dekolletiertes Kleid trug, begleitete ihn. Sie wurden an einem Tisch mit den Familien Rieger und Rzezacz platziert. Mit Jens Rieger, der Akne hatte, seinen Oberkörper mit Hanteln formte und Berufssoldat werden wollte, verband ihn wenig. Pascal hatte den Eindruck, dass Jens mit seiner Mutter flirtete. Mehrmals erwähnte er deshalb, dass sein Vater der Abschlussfeier nur ferngeblieben war, weil er schon vor längerer Zeit bei einer Radio-Gesprächsrunde zugesagt hatte. Riegers Eltern, beide im Ministerium des Innern beim Passwesen tätig, saßen den ganzen Abend über schweigend und mit verkniffenen Gesichtern da und hielten sich an den Händen. Zu später Stunde sprangen sie bei einem Rock'n'Roll-Medley plötzlich auf, wirbelten irrwitzig professionell über die Tanzfläche und fielen danach am Tisch wieder in die alte Pose zurück.

Auch wenn die Gespräche mit den Eltern von Michaela Rzezacz, genannt Mirze, offener verliefen und Pascals Mutter immer beschwipster wurde, fiel es ihm schwer, sich auf irgendetwas zu konzentrieren. Seine Rede geriet ihm fahrig, und die beiden Musiknummern, die er zusammen mit seinem Freund Angelo aufführte, spulte er ab wie ein Pflichtprogramm. Der Jubel der Abiturienten und ihrer Gäste erreichte ihn kaum. Selbst Mirzes Kompliment und ihre feste Umarmung, für die er vor ein paar Jahren einiges gegeben hätte, liefen ins Leere. Er war viel zu abgelenkt. Immer wieder versuchte er, Kati im Gewimmel zu beobachten, ihre Spur nicht zu verlieren, vielleicht einen Blick zu erhaschen, mit ihr zu tanzen. Was er tat, war verboten und falsch, dachte er. Pascal betete die Freundin seines besten Freundes an. Das war nach seinen Wertvorstellungen unmoralisch und schuftig. Aber es fühlte sich so verdammt gut an. Am schlimmsten daran war, dass er den Eindruck hatte, Kati wusste nicht nur um seine Gedanken und Gefühle, sondern schien auch bereit, sich darauf einzulassen.

Als die Party im Morgengrauen ihr Ende fand und sich der betrunkene Rest ihrer Klasse langsam zerstreute, stiegen Kati, Pascal und Angelo in die leere Straßenbahn und fuhren in Richtung Alexanderplatz. Auf einem Doppelsitz schmiegten sie sich eng aneinander, während die hinter ihnen aufgehende Sonne die Neubauten Lichtenbergs beschien. Durch die geöffneten Fenster der Bahn drang der Verwesungsgestank vom Zentralviehhof, die Glasfassade des SEZ funkelte, das bronzene Lenin-Denkmal ragte in den Himmel und in der Ferne wurde der spitze Zeigefinger des Fernsehturms, fast wie in Zeitlupe, in ein helles Postkartenlicht getaucht.

Vielleicht fühlten sie alle drei in diesem Moment, dass der anbrechende Sommer ihr Leben verändern würde.

Gerade als Pascal bemerkte, dass Angelo an Katis Schulter eingenickt war, ungefähr an der Stelle, wo die Straßenbahn von der Wilhelm-Pieck-Straße quietschend in die Alte Schönhauser abbog, drehte sich Kati zu Pascal und gab ihm einen völlig unvorhergesehenen, weichen Kuss auf die Lippen. Wie benommen stieg er aus und ging bis nach Pankow weiter zu Fuß. Mit jedem Schritt durch das erwachende Rumpeln, Knattern und Zischen auf der unaufhörlich ansteigenden Straße war dieser Kuss wie ein wundersamer Fremdkörper durch seine Blutbahn gewandert und schließlich unwiderruflich in seinem Herzen steckengeblieben.

Pascal erwachte gegen Mittag und erinnerte sich sofort an den Kuss. Erst viele Augenblicke später dachte er an seine strebsame Freundin, mit der er einen derart zärtlichen Moment seit Ewigkeiten nicht mehr erlebt hatte. Ihre Küsse waren stumpf geworden, ihre Liebkosungen hatten etwas Ritualisiertes bekommen. Die wenigen Bekundungen von Zuneigung, die sie sich gestatteten, verloren sich zwischen Schweigen, Aushalten und Abgrenzen. Sie schliefen noch miteinander, ab und an, ohne viel Gefühl. Das letzte Mal in Tornow beim Frühlingsfest seiner Eltern, auf dem neu gekachelten Klo des alten Bauernhauses. Jana wollte ihn dabei nicht ansehen und blieb unter seinen Stößen stumm. Mit spitzen Fingern stützte sie sich an der kalten Fliesenwand ab. Als er kam, drückte er ihr seinen Mund in den Rücken, damit ihn Onkel Philippe, der sich vor der Tür lärmend bemerkbar machte, nicht hörte. Warum sich Jana überhaupt darauf eingelassen hatte, war ihm nicht klar. Aber die Welt war ohnehin schwer zu erklären in diesen Wochen. Sie wischten sich mit dem weinroten, an Girlanden erinnernden groben Klopapier ab, drückten zur Ablenkung die Klospülung und gingen kurze Zeit später wieder hinaus, vorbei am grinsenden Onkel Philippe.

Sie setzten sich zu ein paar Gästen, die auf zusammengewürfelten Holzstühlen in einem Kreis vor den Brombeersträuchern Platz genommen hatten. Die Erwachsenen diskutierten lautstark über die am nächsten Tag stattfindende Kommunalwahl. Ihnen zu Füßen, auf dem leicht vermoosten Gras, lag Feulner, der alte Studienfreund seines Vaters, und blies Pfeifenrauch in die Frühlingsluft. Pascal war erstaunt, wie elegant Jana, die ihm eben noch im heimlichen Akt ihr nacktes Hinterteil entgegengestreckt hatte, nun schon wieder die Vorzüge ihres Landes gegenüber dem absterbenden Kapitalismus pries, während er versuchte, einen verspätet austretenden, dicken Tropfen in seiner Unterhose plattzudrücken.

Er hatte keine Lust auf dieses Gespräch. Außerdem war er abgelenkt vom scheppernden Radio im Nachbargarten, wo der Mann der Großschriftstellerin, mit der sich seine Mutter über sonntägliche Ruhezeiten verkracht hatte, die Bundesligaschlusskonferenz hörte. Bayern war gerade in der 79. Minute gegen Waldhof Mannheim in Führung gegangen, Verfolger Köln lag 2:1 vorn durch Tore von Littbarski und Povlsen, und in Hannover hatten die Stuttgarter Kickers ein 2:3 in ein 4:3 umdrehen können. Das war immerhin spannend, was man von der Wahl nicht unbedingt behaupten konnte. Jeder wusste, dass das Ganze eine Farce war. Die Frage war nur, ob man hinging oder nicht.

Pascal hingen diese ewig gleichen Diskussionsrunden zum Halse heraus. Sie drehten sich immer um dasselbe: Alle wussten, dass sich etwas ändern musste, aber außer den Leuten, die Pascal, Angelo und Kati über Wolle kennengelernt hatten, brachte kaum einer den Mumm auf, diese Meinung auch nach außen zu tragen. Hier im Garten, in einer geschützten Nische hinter Sträuchern und Zäunen, waren sie zwar auch alle für Perestroika und versprachen sich so einiges von dem neuen Dresdner Bezirkssekretär. Doch die meisten von denen, die hier große Reden schwangen, würden bei der Wahl doch wieder mitmachen. Die Gründe konnte Pascal sogar nachvollziehen. Auch er hatte keine Lust, mit einem Vertreter der staatlichen Organe über seinen begehrten Studienplatz oder Ähnliches zu diskutieren.

Und doch kannte jeder irgendjemanden, der einen Ausreiseantrag gestellt hatte.

Wenn Pascal in den letzten Tagen über seine eigenen Reisepläne sprach, fiel ihm auf, dass sich das Interesse für die Berge Rumäniens oder die Klöster des bulgarischen Rilagebirges in Grenzen hielt. Das Zauberwort hieß »Ungarn«, und Pascal wusste selbstverständlich, was es damit auf sich hatte. Doch nichts von den Vermutungen der anderen, von ihren schnippischen Bemerkungen – »Aha, ›Trampen durch Ungarn‹. Allit klärchen, Popärchen!«, wie ihm der Platzwart zugerufen und sich mit dem Zeigefinger vieldeutig den Hautsack unter dem rechten Auge hinuntergezogen hatte – oder den auf Abschied gepolten Blicken hatte auch nur irgendetwas mit dem zu tun, was in seinem Kopf vor sich ging. Seine Reise hatte einen ganz simplen Grund: Er wollte endlich die große, weite Welt sehen. Zumindest die, die in seinem Kosmos möglich war. Die Wochen nach dem Abitur, von dessen erfolgreichem Abschluss er, Jana und seine Familie immer ausgegangen waren, boten sich genau für eine solche Unternehmung an. Und natürlich würde er danach nach Berlin zurückkommen. Im Herbst sollte er zur NVA eingezogen werden. Eigentlich wollte er in der Zeit zwischen Schule und Armee noch etwas Geld verdienen, als Kellner vielleicht oder in der Produktion. Aber dann war Wolle plötzlich aufgetaucht.

»Ey, Jungs, habt ihr nicht Lust, mit mir zusammen in Richtung Karpaten zu trampen, anstatt in den Sommermonaten malochen zu gehen?«, hatte er ihn und Angelo gefragt. »Ich hab das schon mal gemacht und kenn da ein paar Leute. Los, ihr Langweiler, traut euch mal was!«

Von allein wäre Pascal nie auf eine solche Idee gekommen. Für ihn war schon der einwöchige Urlaub in Prerow im letzten Sommer eine echte Herausforderung gewesen. Es hatte viel geregnet, das geliehene Zelt war undicht, die Cola zu warm und der Kaffee zu kalt. Und Jana machte ihn total verrückt mit ihrem militanten FKK-Gehabe und ihrer Bewunderung für die anderen Typen, die offenbar alle in der Lage waren, ein leckeres Gulasch vor dem Zelt zuzubereiten.

»Einfach so, aus der Hüfte! Mit Geschick, Physik und Spucke«, sagte sie mit strahlenden Augen und machte Pascal damit überdeutlich auf sein Unvermögen aufmerksam, zu improvisieren und aus Nichts etwas zu machen. Jana liebte es, ihn als verwöhnten jungen Mann hinzustellen. Dabei hatte er immer das Gefühl, dass sie in Wirklichkeit auf ihn und seinen hugenottischen, eher bürgerlichen Hintergrund neidisch war und seine Familienleidenschaften Tennis und klassische Musik ein wenig elitär fand. Das Anwesen seiner Eltern im standesgemäßen Pankow titulierte sie schnippisch als »Villa Michaud«. Aber zu jener Zeit hatte sie auch noch ständig Lust, ihn zu berühren und von ihm berührt zu werden, was in dem wackligen Zelt am Darßer Ostseestrand zu heftigen Liebesszenen geführt hatte.

Angelo, mit dem Pascal seit Jahren die meiste Zeit verbrachte, erwies sich auch nicht gerade als Abenteurer, zelebrierte lieber seine langen Spaziergänge am Wasser. Pascal empfand sein obligatorisches Suchen nach Hühnergöttern und Bernsteinkrümeln und das stumme Bewundern der Möwen an den Buhnen als angestrengt. Jana hatte Angelo in Prerow einmal begleitet. Natürlich waren sie beide nackt gewesen.

Für lange Strecken und sportliche Höchstleistungen war Angelo einfach nicht gemacht. Pascal schon. Ging es aber um das Entzünden eines Feuers unter freiem Himmel, würde er zu den bewährten *Flammat*-Würfeln greifen, die er auch zu Hause zum Anheizen des alten Eisenkessels im Keller benutzte. Ein wenig Stroh und ein einziges Streichholz, dessen Flamme man extra lang auf die Fingerkuppen zubrennen ließ, nur um andere zu beeindrucken, das war so ganz und gar nicht Pascals Sache.

Die beiden Freunde waren sich bei Wolles Frage sofort einig, dass eine derartige Chance mit einem perfekten Reiseleiter, wie Wolle es zu sein schien, so schnell nicht wiederkommen würde. Also schlugen sie ohne zu zögern ein und lebten seit Wochen in der Vorfreude auf die gemeinsame Zeit.

———————

Pascal hatte Jana in der zehnten Klasse beim berlinweiten BZA-Lauf in der Wuhlheide kennengelernt. Eine drahtige Sprinterin, die mit ihrer Staffel von der Heinrich-Hertz-EOS deutlich mehr Ehrgeiz an den Tag legte als seine spätpubertierende Einheit von der Schliemann. Hochkonzentrierte Naturwissenschaftler gegen vergeistigte Bohemiens, bebrillte Streber aus dem Friedrichshain gegen die Lässigen aus dem Prenzlauer Berg – das war das Spiel, in dem er und seine Leute sich mächtig gefielen an diesem Nachmittag im Mai. Doch die Schlussläuferin der anderen, die ihren Vorsprung gegen ihn, dem Sport und das Sprinten so leicht fielen, zäh und mit kaum hörbarem Keuchen verteidigte, gefiel ihm. Ihre Verbissenheit hatte etwas Erotisches.

»War schau, gegen euch zu gewinnen. Ihr verdammten Angeber!«, hatte sie ihm noch auf der Zielgeraden zugerufen.

»Ich hab dich schon mal im *Jojo* gesehen«, sagte er nur.

»Kann nicht sein. Da bin ich fast nie«, erwiderte sie lächelnd. Pascal verknallte sich auf der Stelle in dieses brave, hübsche Mädchen, das zum Tanzen offenbar höchstens in die Klubgaststätte in ihrer Nähe ging.

Die Wochen danach verbrachten Jana und er, sooft es ging, auf ihrem Bett, die Köpfe an den harten Holzkasten gelehnt, der zur Aufbewahrung des Bettzeugs diente, und streichelten gegenseitig ihre nackten Körper. Von seinem Kumpel Tobi hatte Pascal eine Kassette mit einem

Pornomärchen überspielt bekommen, das sie sich anhörten und dabei den Grad ihrer jeweiligen Erregung beobachteten. Manchmal, wenn sie danach nebeneinander lagen und dem Fagottgedüdel lauschten, das den ganzen Nachmittag lang über das Hoffenster zu ihnen drang, versuchte Pascal, sich ein Leben mit Jana vorzustellen. Einmal, als ihre Tage ausblieben, musste er sich ganz ernsthaft mit diesem Gedanken beschäftigen. Doch auch in den unbeschwerten Momenten fiel ihm immer wieder auf, wie unterschiedlich sie waren. Jana hatte schon recht – ihm war immer alles zugeflogen: die guten Zensuren, die Spartakiademedaillen, die Freunde, die Mädchen. Seine Hobbys kosteten ihn selten größere Anstrengung, während sie eine richtige Kämpferin war.

Er war ein Sonntagskind. »An einem schönen, sonnigen Herbstsonntag hat Mutti dich auf die Welt gebracht«, so oder leicht abgewandelt schrieb es sein Vater ihm an jedem 30. September in seiner Professorenklaue auf die Geburtstagskarte. Oft war eine Grafik von Feulner auf der Vorderseite, manchmal mit etwas zu freizügigen Motiven, wie Pascal fand. Aber er mochte seinen Rufonkel, diesen kauzigen Freigeist, und noch mehr bewunderte er seine Eltern für ihren großen Freundeskreis und die Feten, die sie ständig zu Hause oder in den anderen Wohnungen feierten.

Weil Pascals Vater – und auch das wurde immer wieder stolz kolportiert – seinen Erstgeborenen eine Minute vor Mitternacht an der Scheibe in der Geburtsstation der Charité präsentiert bekommen hatte, sei Pascal ein Nachtmensch. Nachdem er den jahrelangen privaten Klavierunterricht wegen aufkommender Unlust hatte beenden dürfen, bekam er zur Jugendweihe über Kontakte seiner Mutter eine halbakustische *Gibson* aus dem Westen geschenkt, auf der er seither Songs komponierte. Manchmal wunderte sich Pascal darüber, wie viele Texte ihm zu den ganz großen Themen einfielen, obwohl ihn doch kaum Zweifel und Nöte plagten.

Er war groß gewachsen, hatte volles Haar und freundlich blickende blaugrüne Augen, und es gab kaum etwas, das er an seinem Leben ändern wollte. Pascal schämte sich nicht dafür, aber er gefiel sich mehr und mehr in der Rolle des an der Welt leidenden Songschreibers. Und dennoch, »Alles wird gut«, das war sein unausgesprochenes Credo. Ernsthafte Gedanken um die Zukunft machte er sich nicht.

Manchmal beneidete Pascal seine Freundin um die Klarheit ihrer Pläne. Jana wollte Informatik studieren, Dinge erforschen und erfinden und »die DDR im weltweiten Wettbewerb um Fortschritt voranbringen«. In ihrer Besessenheit übernahm sie selbst die Floskeln der Propaganda. Seit an ihrer Schule das Arbeiten am Computer zum Alltag gehörte, war sie überzeugt davon, dass diese Technologie die Zukunft sei. In dieser Beziehung war er mit seiner Mathe-Vier auf dem Zeugnis schon immer Lichtjahre von Jana entfernt gewesen. Sie wollte sich etwas beweisen. Und ihren Eltern, die beide als Ärzte im Krankenhaus Buch arbeiteten. Niemand zweifelte daran, dass Jana es einmal ganz weit bringen würde.

Im Sommer nach der elften Klasse war sie mit einer Schulmannschaft zur Mathematikolympiade geschickt worden, nach Bratislava in der Tschechoslowakei. Jana kam mit einer beachtenswerten Silbermedaille zurück. In diesem Jahr würde sie erneut fahren dürfen, wieder im Sommer. Doch diesmal ging es nach Braunschweig, in die Bundesrepublik. Nicht der Fakt, dass sie zum ersten Mal den Westen sehen würde, beschäftigte sie seit Wochen, sondern der Umstand, dass das belgische Wunderkind, das ihr vor einem Jahr den Sieg gestohlen hatte, sich einen Virus eingefangen hatte und möglicherweise in Braunschweig nicht dabei sein konnte. Was ihre Chancen auf den Sieg deutlich erhöhte.

Jana war wie elektrisiert. Sie malte sich ihre Zukunft in schillernden Farben aus, deren Höhepunkt ein Meisterstudium an der Lomonossow-Universität in Moskau war.

Braunschweig interessierte sie nicht, sie träumte eher vom Kosmodrom in Baikonur.

»Jana, hast du mal darüber nachgedacht, nach der Olympiade im Westen zu bleiben?«, hatte er sie vor ein paar Tagen gefragt.

»Was ist das denn für eine bescheuerte Frage, Michi?«, wies sie ihn empört zurück. »Erstens war Vati letztens wieder mal zu einem Kongress in Madrid und sagt, dass da auch nicht alles Gold ist, was glänzt, und zweitens … ach, Quatsch, zweitens. Ich kann doch Mutti und Vati und Omi und Opi nicht alleinlassen. Wie stellst du dir das denn vor?«

Dass sie ihn bei der Aufzählung nicht erwähnt hatte, war ihm erst später aufgefallen.

Endlich war es Pascal gelungen, Jana Feuer zu geben. Schweigend standen sie vor dem riesigen, grauen Theater und betrachteten die Aushänge zur heutigen Aufführung. »›Hundeherz‹«, sagte Jana nach einigen Minuten angespannter Stille abschätzig. »Noch nie gehört.«

»Soll ganz gut sein, jedenfalls ist Angelo heute schon zum zweiten Mal drin.«

»Mit Frisösenkati?«

»Nee, mit seiner Mutter«, entgegnete Pascal und ließ die Arme sinken. »Und tu mir bitte den Gefallen und hetz nicht so gegen die rum. Kati ist echt in Ordnung.«

»Echt in Ordnung«, äffte Jana ihn nach. »Michi, Mann! Das ist eine Sachsentrulla, mit der Angelo sein Talent verschwendet. Eine Dorfschönheit. Seht ihr das denn alle nicht? Die kann doch gar nichts außer schön sein.«

»Geht's denn immer nur darum, was man kann, was man ist oder wird?«, versuchte Pascal sie zu provozieren.

»Mir schon«, fauchte sie zurück. »Ich hab einfach keinen Bock darauf, einen ganzen Abend zuzuschauen, wie der alle um die nackten Beine herumscharwenzeln.

Aber vielleicht bist du ja auch beeindruckt davon, dass sie irgendwelchen Friedhofsgärtnern und Dichterheinis aus dem Prenzlauer Berg die Zauselhaare schneidet oder in Bauernhäusern heimlich alte Lederlappen zu Undergroundmode zusammennäht.« Jana hätte die Worte nicht verächtlicher aussprechen können.

Die Vorstellung war offenbar beendet. Die ersten Gäste verließen die *Volksbühne* und schlenderten diskutierend an ihnen vorbei.

Pascal fasste sich ein Herz: »Bevor die jetzt gleich rauskommen und du es von Angelo oder seiner Mutter erfährst – ich werde nicht da sein, wenn du aus Braunschweig zurückkommst. Tut mir leid, aber wir werden schon ein bisschen früher losfahren als geplant. Und deshalb bin ich am Zwanzigsten schon weg.«

Jana brauchte nur einen kurzen Moment, um ihre Fassung zurückzugewinnen. »Es tut dir leid?«, sagte sie, während sie von immer mehr Theaterbesuchern umspült wurden. »Bist du wahnsinnig geworden? Dann wären wir mehr als sechs Wochen getrennt. Es war immer klar, dass eure Tour nur klappt, wenn wir beide nach Braunschweig mindestens eine Woche zum Feiern haben. Ihr habt doch feste Zugfahrkarten, was ist denn damit? Ihr könnt doch gar nicht einfach alles so ändern.«

Pascal holte kurz Luft und antwortete kleinlaut: »Wolle hat's aber irgendwie hinbekommen, ohne mich zu fragen. Sein Chef hat ihm klargemacht, dass er Ende August wieder hier zu sein hat, weil dann wegen der Vierzigjahrfeier die volle Vorbereitungskiste im *Operncafé* ansteht.« Er hoffte, seiner Freundin damit den Wind aus den Segeln zu nehmen, denn sie freute sich schon auf die Feierlichkeiten, die vielen Konzerte und die Stimmung zum Republikgeburtstag. Ihre Eltern waren zum Festakt im Palast der Republik eingeladen und bemühten sich, ihr ebenfalls eine Karte zu besorgen.

Doch Jana nahm jetzt erst richtig Fahrt auf. »Vorbereitungskiste? Klargemacht? Irgendwie hinbekommen?«, fragte sie. »Du redest so einen Stuss wie deine bekloppten Freunde. Weißt du was?«, zornig tippte sie ihm auf die Brust, »dann verbring doch mit denen mal schön alleine den Abend. Ich hab sowieso Besseres zu tun, als mich mit den ganzen Miesmachern und Möchtegernkünstlern zu umgeben.«

Janas aufgebrachte Worte im Ohr, sah Pascal aus den Augenwinkeln, dass sich Kati durch die Menschenmenge zu ihnen beiden durchschlängelte. Mitten im theatralischen Abgang seiner Freundin stand Kati nun lächelnd neben ihnen.

»Na, ihr zwei Hübschen. Wie lange wartet ihr schon auf Mutti und Sohn?«, fragte sie zur Begrüßung.

»Viel zu lange, finde ich«, zischte Jana in Pascals Richtung. »Aber vielleicht müssen sie das Gesehene auch erst sacken lassen oder haben ein paar interessante Leute im Foyer getroffen, mit denen sie das Stück besprechen müssen.« Angriffslustig schaute sie Kati an. »Du weißt ja, wie das ist mit diesen Intellektuellen, stimmt's Kati?«

Pascal spürte bei diesen Worten plötzlich nichts als Abscheu gegen seine Freundin. Wut stieg in ihm auf und Verzweiflung, die Situation nicht mehr im Griff zu haben. Dass irgendetwas mit der Reise noch schiefgehen könnte, dass der Kuss von heute Morgen herauskäme, dass das Gefühlsgewitter, das sich in seinem Hirn zusammenbraute, doch noch entladen würde. Er tat etwas, das er noch nie gemacht hatte: Er stieß Jana die gekrümmten Knöchel seiner linken Faust in den Rücken. Es war kein richtiger Schlag, eher eine hilflose Übersprungshandlung, trotzdem ließ er Jana zusammenzucken. Sie unterdrückte ihre Tränen. Ob Kati die versteckte Bewegung bemerkt hatte, wusste er nicht. Grußlos und schnellen Schrittes verließ Jana den Platz in Richtung Mollstraße.

Kurz darauf kam Angelo auf sie zu und gab Kati einen überschwänglichen Kuss. Ganz selbstverständlich erwiderte sie ihn und schenkte Pascal auf dem gemeinsamen Weg zur Straßenbahnstation keine Beachtung. Die Hände in den Hosentaschen und den Kopf zwischen die Schultern gezogen, trottete er stumm hinter dem Paar her.

Neue Wahrheiten

Das Stück hatte Mechthild beeindruckt, Angelo sah es ihr an. Schon als sie sich in der Pause anstellten, um einen Saft und eine Selters zu ergattern, waren ihm ihre feuchten Augen und ihre zittrige Stimme aufgefallen. Seine Mutter war ohnehin sehr aufgewühlt in den letzten Tagen, und das war auch verständlich. Sie würden sich lange Zeit nicht sehen, wenn er mit den Jungs die große Tour machte.

Seit er denken konnte, versuchte Angelo, ihr ein guter Sohn zu sein. Eigentlich eher schmächtig, klein und zurückhaltend, musste er schon früh den starken Mann spielen. Wenn er ihr mit seinen dunklen Augen, seinen pechschwarzen Haaren und seinem Haselnussteint gegenüberstand und sie umarmte, fasste Mechthild wieder Mut und richtete sich an ihm auf. Er wusste um seine Rolle, sie war mit ihm mitgewachsen wie ein in Baumrinde geritzter Schwur.

Im Theater spürte er erneut, wie fest das Band zwischen ihnen war, das er nun zerschneiden musste. Sie hatten nur sich, seit beide Großeltern Mitte der siebziger Jahre bei einem Schiffsunglück ums Leben gekommen waren. Angelos Vater war nie Bestandteil seines Lebens gewesen. Nur dass es ihn gab, wusste er, und dass er auf der anderen Seite der Mauer wohnte.

Angelo und seine Mutter standen mit ihren Pausengetränken bei der Garderobe und sahen sich die Schaukastenbilder anderer Inszenierungen an, als ihm Mechthild ihren Entschluss mitteilte: »Mein Herz, ich werde noch einmal auf Kur gehen, wenn du weg bist«, sagte sie. »Ich kann diese Einsamkeit im Moment nicht ertragen.

Die Leute, die Stimmung, das ganze Land – das liegt mir schwer auf der Seele.« Zärtlich und etwas zu lange strich sie ihm dabei über den Kopf. Er ließ es zu. »Mach dir keine Sorgen«, fuhr sie fort, »so ist es besser für mich.« Ihre Stimme hatte nichts Vorwurfsvolles, eher etwas Weises, in sich Ruhendes.

Angelo war erleichtert. »Das ist bestimmt richtig«, erwiderte er betont unaufgeregt. »Wo soll's denn hingehen?«

»Noch mal nach Triefenberg. Der Aufenthalt dort hat mir damals sehr geholfen«, antwortete sie sanft.

Während sie schweigend oder kurz mit Bekannten plaudernd die Pause hinter sich brachten, malte sich Angelo mit wachsender Euphorie aus, was Mechthilds Entschluss für ihn bedeutete. Für ein paar Wochen würde er frei sein; frei vor allem von der Verantwortung ihr gegenüber. Vor ihm lag nun eine unbeschwerte Reise. Keine verhehlten Ferngespräche aus transsilvanischen Postämtern, nach denen er nie wissen würde, was zu Hause wirklich los war, keine nervige Suche nach geschmackvollen oder ironischen Postkarten, und der Gang in dieses »bezaubernde kleine Antiquariat in der Nähe der Andrássy út«, von dem seine Mutter seit Wochen sprach, als ob er seine Reise nur zu diesem Zwecke plante, fiele auch aus.

Angelo spürte seit dem Augenblick, als er Mechthild in seine Reisepläne eingeweiht hatte, dass sie auf diesen Teil seines Erwachsenwerdens überhaupt nicht vorbereitet war. Die Vorstellung, dass er sich nicht nur räumlich, sondern auch gedanklich von ihr trennte, eine klare Grenze errichtete, zog ihr den Boden unter den Füßen weg. Als sie verstanden hatte, dass ihr Sohn, Pascal und Wolle mehr als einen Monat lang durch Ungarn, Rumänien und Bulgarien trampen wollten, verlor sie die Körperbeherrschung. Ihre rechte Schulter zuckte in unregelmäßigen Abständen, und es sah so aus, als wäre ihr Unterkiefer bei dem Versuch zu antworten aus dem Scharnier geschnappt. Sie wirkte so gebeugt, als würde sie zwei Kisten Bier in den dritten Stock schleppen.

Die Spuren, die Mechthilds immerwährendes Unglücklichsein bei Angelo hinterlassen hatten, wurden, seit er auf die Schliemann-Schule ging, überlagert vom Rausch der Pubertät. Doch beim Gedanken daran, dass seine Mutter ihm die Reise, auf die er sich so freute, durch ihren verdammten Kummer vermasseln könnte, war ihm in den vergangenen Wochen immer wieder bange geworden. Zwar hatte sie sich wieder gefangen nach der ersten heftigen Reaktion und der theatralischen Flucht ins *Kino International*, der ein zweitägiges Schweigen folgte, und ging die Sache inzwischen weitaus ruhiger an. Sie hatte sogar über einen Verlagskollegen Wanderkarten vom Făgăraş- und vom Rilagebirge besorgt und ihm Tipps für Budapest aufgeschrieben. Trotzdem verfolgten Angelo das schlechte Gewissen und die Angst, sie könne sich während seiner Abwesenheit etwas antun.

Und nun ging sie freiwillig nach Triefenberg, sechs Tage vor seiner Abfahrt, und würde dort den gesamten Sommer abgeschottet von der Außenwelt verbringen. Das Wort »Kur« beschrieb ihre Reise nur ungenügend. Im Grunde war Triefenberg eine halboffene psychiatrische Station, wunderschön gelegen am Rande des Elbsandsteingebirges. Mit dem Oberarzt, dem gut aussehenden Doktor Wieland Reich, war Mechthild freundschaftlich verbunden. Einige Tage nach ihrer Rückkehr vom ersten Aufenthalt hatte der mit einem *Sharp*-Videorekorder und einem Bundesligalederball, den er im Intershop ergattert haben musste, vor der Tür gestanden und Mechthild und ihren Sohn über zwei Tage mit Aufmerksamkeiten, langen Spaziergängen, Baden im Liepnitzsee und Fußballspielen im Friedrichshain für sich eingenommen. Später war Reich nur noch sporadisch vorbeigekommen. Trotzdem hatte Angelo jedes Mal das Gefühl, dass seine Mutter nach seinen Besuchen für ein paar Wochen wie auf Wolken ging.

Nach der Vorstellung blieben Mechthild und Angelo wie immer noch ein wenig sitzen. Sie genossen die Atmosphäre des sich langsam leerenden Theaterraums und ließen, jeder für sich, die Inszenierung nachhallen.

»Sag, Liebling, und was, wenn wir doch Sonnemann in Wustrow besuchen?«, fragte Mechthild scheinbar beiläufig in die Stille hinein und klappte ihr braunes Brillenetui dabei auf und zu. »Wir würden in dem kleinen Extrabungalow am Bodden wohnen, uns einen schönen Sommer machen, und du könntest endlich die privaten Schauspielstunden bei Frau Schönberger nehmen. Die ist nämlich auch den ganzen Sommer über in ihrem Haus in Dierhagen, habe ich gehört.«

Angelo ließ sich Zeit mit seiner Antwort. Er wusste, dass von der Art, wie er sie formulierte, viel abhing. Außerdem war er abgelenkt von einer dunkelhaarigen jungen Frau, die wenige Reihen vor ihm versuchte, ein paar verhedderte Haare aus ihrem Goldkettchen zu befreien, und dabei ihren sich in der weißen, ärmellosen Bluse abzeichnenden spitzen Busen herausstreckte. Karina hieß sie, fiel Angelo ein. Er hatte einmal, auf der Geburtstagsfete ihrer Schwester, mit ihr nach »Against all odds« eng getanzt. Karina hatte sich recht bald aus seiner gespielt lässigen Umklammerung befreit.

»Ich habe ein bisschen gespart für deine Stunden«, unterbrach Mechthild seine Gedanken, »es sollte genug sein, um Frau Schönberger zu motivieren, dich gut vorzubereiten für das Vorspiel an der *Busch*.«

»Mom!«, rief er und nahm ihr das klackende Etui aus der Hand. »Ich bin seit ein paar Wochen achtzehn Jahre alt! Meinst du nicht auch, ich sollte anfangen dürfen, mein eigenes Leben zu leben?« Angelo hatte sich diesen Satz so oft zurechtgelegt, dass er ihm jetzt fast wie auswendig aufgesagt vorkam. Mechthild fing auf der Stelle an zu heulen. Er legte den Arm um sie, und das Mädchen in der Bluse grinste zwinkernd zu ihm herüber. »Wir müssen das hinkriegen, wir beide.« Beschwichtigend legte er seine Stirn an ihre. »Wustrow wär echt schau, na klar. Aber ich muss auch mal was alleine machen. Ich will was alleine machen. Und die Bergtour ist genau das, worauf ich immer gewartet habe.«

Sie schluchzte vernehmlich. »Aber woher weißt du denn bitte, dass du das körperlich überhaupt schaffst?«

»Weil ich es eben schaffen will.« Angelo rückte ein Stück weit von ihr ab. »Darum geht es doch. Mal was machen, womit man aus dem Trott rauskommt und über sich hinauswachsen kann.«

»Was denn für ein Trott? Bin ich ein Trott für dich?«

Wieder zuckte ihr gesamter Körper unter lautlosen Weinkrämpfen. Angelo ergriff ihre Hand und wartete. Er musste das jetzt durchstehen.

»Würden Se denn bitte ma zum Schluss kommen, meine Herrschaften!«, fuhr sie ein dicklicher, laut mit einem Schlüsselbund klappernder Saaldiener von der Tür herüber an und machte eine ungeduldige Handbewegung in Richtung Ausgang. Angelo nickte ihm zu.

»Ich habe so eine Angst um dich«, flüsterte Mechthild.

»Das verstehe ich doch, aber ich muss es machen.«

»Weißt du überhaupt, worauf du dich da einlässt? Hast du eine Ahnung, wie das ist, nächtelang auf einem Bergkamm zu zelten, immer wechselndes Wetter, ständig hoch und runter? Blasen an den Füßen, Schlammlawinen, Raubtiere, Stürme?« Immer weiter steigerte sie sich in ihre Befürchtungen hinein. »Mensch, ihr seid doch noch Kinder!« Und wieder weinte sie.

»Sind wir nicht, Mom. Sind wir eben nicht«, antwortete Angelo mit fester Stimme. »Du hast mich vor der GST beschützt, und dafür bin ich dir dankbar. Du hast mich sogar von der Armee befreien können, und auch dafür bin ich dir mehr als dankbar. Aber du kannst mich nicht vor dem beschützen, was ich selbst gern tun möchte.«

In Wirklichkeit wäre er damals fast daran verendet, dass ihm Mechthild diese Allergiesache eingeredet hatte und ihn damit, aus ihrer Sicht, vom Wehrlager der *Gesellschaft für Sport und Technik* fernhielt. Alle Jungs aus seiner und der Parallelklasse mussten da im Juni hinfahren, um im märkischen Sand unter straffer Anleitung von Reserveoffizieren Handgranatenwerfen, Robben, Schießen, Exerzieren und das Bewegen im Gelände zu üben, während er mit den Mädchen seiner Klassenstufe in der Schule einen Zivilverteidigungslehrgang absolvierte, was auf ein paar politische Schulungsstunden, das richtige Anziehen von Schutzanzügen gegen chemische Waffen, Dauerläufe und Schlagballweitwurf hinauslief. Diese Sommertage waren für Angelo eher erniedrigend als erleichternd gewesen. Die Befreiung vom Dienst in der Nationalen Volksarmee hingegen, die Mechthild ausgerechnet über Sonnemanns Frau – die vom Verhältnis ihres Mannes freilich nichts wusste – eingefädelt hatte, verdiente den ehrlicheren Dank. Der attestierte Hüftschiefstand samt der Knickspreizsenkfüße ließ nichts anderes zu, als Angelo auszumustern. So entging er der anderthalbjährigen Pflichtkasernierung in irgendeiner Einöde und damit auch dem Zugriff dümmlicher Vorgesetzter und sadistischer Kameraden. Auf lange Zeit eingesperrt zu sein, hätte er nicht ertragen.

Angelo nutzte die Gelegenheit, um gleich noch die für Mechthild wohl bitterste Neuigkeit loszuwerden: »Was ich dir auch sagen möchte: Ich werde nach meiner Rückkehr mit Kati zusammenziehen.«

Mechthilds Augen wurden plötzlich klein und kriegerisch. »Nach Mitte? In diese Bruchbude, dieses eiskalte Erdgeschoss? Da willst du leben?«, stieß sie mit stählerner Härte hervor.

Angelo straffte die Schultern. »Ja, ich will probieren, mit Kati zusammenzuwohnen. Aber in Oberschöneweide. Ihre Tante hat dort eine Studentenbude, die sie uns untervermietet. Achtzig-Liter-Boiler, Dusche und Gasetagenheizung. Außerdem ist es näher zur Schauspielschule, und Frau Schönberger wohnt ja auch um die Ecke.«

»Du bist weder angenommen an der *Busch* noch hast du eigenes Geld, Frau Schönberger zu bezahlen. Darf ich dich daran erinnern, junger Mann?«

»Ja, Mom, das ist mir klar. Aber ich habe ein paar Ideen, wie ich das deichseln kann, ohne dir auf der Tasche zu liegen.«

Mechthild erhob sich, steckte Brillenetui, Programmheft und ihre vollgeheulten Taschentücher in ihre Handtasche und ging langsam und gebeugt wie eine Greisin durch die leeren Reihen in Richtung Ausgang. Angelo folgte ihr. Der Saaldiener schloss hinter ihnen genervt die Tür.

Vor den Toiletten blieb Mechthild stehen und drehte sich zu ihrem Sohn um. »Geh du nur raus zu deinen Leuten. Ich komme schon allein zurecht und werde den Sommer irgendwie deichseln, wie du es nennst. Danach müssen wir uns beide eben neu sortieren.« Sie blickte zu ihm hoch. »Aber bitte tu mir einen Gefallen, Angelo: Nenn mich nie wieder Mom.«

Angelo durchschritt das Foyer mit einem neuen, unbeschwerten Gefühl. Er hatte, so kam es ihm vor, einen Sieg errungen, hatte mit seiner ungewohnt heftigen Gegenwehr ihren sicher lange vorbereiteten Wustrow-Plan durchkreuzt und dann mit dem völlig unerwarteten Thema Auszug die Schlacht gewonnen.

Der Sommer lag wie ein unentdeckter Kontinent vor ihm. Budapest und Balaton – das klang wie schöne Musik, wie Westen, wie gut aussehende Frauen, wie ewiger Sommer! Bulgarien, Rilagebirge und das Schwarze Meer, das hörte sich fast nach Orient an. Făgăraş und Rumänien hingegen machten ihm Angst. Noch nie hatte er sich so weit über dem Meeresspiegel aufgehalten; der Rennsteig im Thüringer Wald war die bisher größte Herausforderung seiner Wanderkarriere.

Während er als vorletzter Gast durch die heiligen Hallen des Theaters lief und sich in Gedanken zukünftige Engagements vor ihm auftaten, große Rollen, unsterbliche Worte, Liebeskabalen und Preisverleihungen, die sich mischten mit imaginären Reisebildern von Zigeunern, von Rotwein aus speckigen, kleinen Teegläsern, einer Knutscherei mit einer Fremden hinter einer dampfenden Dorfdisco und von Tau, der die Vegetation vor seinem Zelt im Morgengrauen in eine Zauberlandschaft verwandelte, spürte Angelo, dass er die Treppen zum Vorplatz gleich als erwachsener Mensch hinuntersteigen würde. Dass er endlich ankommen würde im Leben.

Eden

Wolle spürte ein Stechen in der Brust. Vielleicht hatte er sich einfach zu viel vorgenommen. Schon wieder war er fast eine halbe Stunde zu spät. Die verrückte Nacht mit den beiden Somalis in Leipzig zehrte an seiner Kraft, das merkte er deutlich. Oh, wie er diese Ausflüge liebte, diese Touren, die nur mit seinen privilegierten Kumpels möglich waren und ihm ein Gefühl von grenzenloser Freiheit gaben. Manchmal düsten sie spontan nach Warnemünde oder gleich weiter nach Ahrenshoop, wo sie sich volllaufen ließen oder Berliner Künstlertöchter abzuschleppen versuchten und sich dann mit den halbstarken Fischköppen anlegten. Aber es passierte nie etwas Schlimmes. Der olivgrüne Botschaftervolvo mit den dunklen Vorhängen, in dem der Fahrer auf sie wartete, funktionierte wie ein Schutzschild.

Er hatte es übertrieben in letzter Zeit. Auch wenn er mit seinen einundzwanzig Jahren voll im Saft stand, wie er fand, spürte er die Mehrfachbelastung zwischen den Rippen. Er wollte eben auch ein guter Ersatzvater für Annes Kinder sein, nahm das sehr ernst, denn er mochte die beiden vom ersten Tag an. Sooft es in seinen Dienstplan passte, kochte er ihnen nachmittags heißen Schokoladenpudding oder Haferbrei mit Zucker, spielte im Hof Fange und Fußball und guckte mit ihnen »Colt Seavers«, »Ein Trio mit vier Fäusten« oder »Spaß am Dienstag«.

Die Reise kam trotzdem genau zum richtigen Zeitpunkt. Aber er war so etwas wie der Boss der Unternehmung, und deshalb hatte wieder er den meisten Stress. Die Visa, Zugtickets, Wanderkarten, Jugendherbergstipps, das musste ja erst mal einer abchecken. Das hatte ihn in den letzten

Wochen bereits viel Zeit gekostet. Den heutigen Abend musste er organisieren, damit sie ausreichend Tauschmittel mitnehmen konnten. Sie brauchten viele kleine Päckchen, sonst würden sie in Rumänien nicht weiterkommen. Hoffentlich würde sich bei Anne noch genügend Kaffee im Schrank finden lassen. Michi würde den Pfeffer nicht vergessen, da war er sich sicher. Er selbst brachte gestärktes Briefpapier aus dem *Operncafé* in seinem Rucksack mit und zwei wertvolle Klebestreifenrollen. Beides hatte er sich bei Uschi im hauseigenen Magazin im Tausch gegen eine halbe Schachtel *Dunhill* besorgt.

Wolle versuchte, ruhig zu atmen, seinen Puls nicht allzu hoch zu treiben und diesen Druck im Körper loszuwerden. Das klapprige Damenrad, das er seit Jahren benutzte, schepperte über den Bürgersteig der Dimitroffstraße, als würde er ein paar Coladosen hinter sich herziehen. So wie in amerikanischen Filmen, dachte er, »Just married«, und musste schmunzeln. Auf Höhe des Stierbrunnens sah er, wie eine betrunkene Frau ihren schwer angeschlagenen Mann aus der Kneipe zerrte. Als sie ihn endlich draußen hatte, ließ der sich einfach auf den Bürgersteig fallen. Wolle konnte gerade noch ausweichen.

»Guck nicht so blöd, du Vogel«, rief die Fremde ihm halb kreischend, halb wimmernd hinterher. »Hilf mir lieber!« Doch Wolle war sowieso viel zu spät dran. Ganz sicher würden die anderen schon in Annes Küche sitzen und Tee trinken. Und auf ihn warten.

Manchmal standen die Bullen einfach so rum an der Ecke Prenzlauer, und Wolle wäre da mit seinem Sex-Pistols-Nicki, seinen blütenweißen neuen *Reeboks*, der Bundeswehrjacke, den mit *Schultheiss* und Hautcreme behandelten Haaren und dem verkehrsuntüchtigen Klappergerüst ein willkommener Anlass für eine ausgiebige Kontrolle. Das kannte er schon. Deshalb fuhr er über Wins, Christburger und Sredzki, obwohl er das Kopfsteinpflaster hier hasste.

Und da war es wieder, dieses Stechen. Er rieb sich, freihändig fahrend, mit massierenden Bewegungen die Brust. Er brauchte eine Auszeit von Berlin, nur ein paar Wochen: mit den Jungs ein paar Takte durch den Balkan tingeln, Knoblauch, Brot und Paprika, Ziegenkäse und Bahnhofsbier als Begleiter, die Mädels, die Politik, die Schattenwirtschaft und vor allem die Mucke endlich mal hinter sich lassen.

Wolle versuchte, den Streit mit seinen Bandkollegen Spucke und Klette zu verdrängen. Diese albernen Zickereien um volle Aschenbecher, leere Bierflaschen und Kellerschlüssel! Seit Monaten probten sie in einer Kirche in Friedrichshain, und seit Monaten wurden sie nicht besser. Ihre Texte waren immer noch viel zu angepasst. Selbst Böhmerknecht, der schwule Pastor, hatte ihm mal besoffen anvertraut, dass ihr Geschrammel und Gehopse für eine richtige Revolution noch lange nicht reichen würde. Haha, hoho. Und Spucke, der verdammte Spießerpunk, machte ihn neuerdings auch noch von der Seite an wegen Verantwortung und Disziplin, zu der man verpflichtet sei, wenn man hier schon umsonst proben könne. Mannomann, wie ihn das ankotzte. Er war doch der Einzige von ihnen, der überhaupt einen Akkord von einer Tonleiter unterscheiden konnte, der die Melodien erfunden hatte, die sie unter die Leute brachten. »Amsel, Drossel, FuckYou-Stasi« war schließlich sein Song, von vorne bis hinten. Da konnte Klette noch so oft einwerfen, dass er das »Fuck You« beigesteuert habe. Wolle wusste noch ganz genau, wann ihm die vier Zeilen eingefallen waren, nämlich als Joan mit einer Lungenentzündung zu Hause in ihrem kleinen Bettchen gelegen und er ihr aus Annes Kinderliederbuch vorgesungen hatte.

»Amsel, Drossel, Fink und Stasi / Und die ganze Zuträger-Army / Können uns mal am Arsch lecken quasi / Singen fröhlich alle.« Klar, das war ein Hit. Die Bonzen ließen

es durchgehen, solange die Leute es nicht auf dem Alex
oder in der S-Bahn grölten. Dem Pöbel seine kleinen Freiheiten lassen, das hatten die drauf. Wie beim Fußball an
der *Alten Försterei*. Theoretisch konnte man nach einem
Heimspiel alle Besucher in den Barkas packen und direkt
nach Rummelsburg in den Stasiknast fahren. Die Bullen
wussten eben, dass es allen besser ging, wenn man ab und
zu mal verbal die Sau rauslassen durfte. Manchmal war
er stolz darauf, da mitzumischen. Aber dann befielen ihn
auch wieder Zweifel, dass letztlich nichts dabei rumkam
und es andere gab, die viel geileres Zeug machten als sie,
Zeug, das mehr bewirkte, substanzieller und gefährlicher
war.

Sich in Gefahr zu begeben, jeden schaurigen Kitzel
auszukosten, darum ging es ihm, seit er denken konnte. Köpper vom Zehnmeterturm? Wolle war zur Stelle.
Mit der Simson volle Möhre besoffen über den Sandweg
im Kiefernwald heizen? Logisch. Eine Stones-Zunge an
die Tafel malen, bevor die Lehrerin reinkommt? Immer
gern. Irgendwann wurde dann alles etwas ernster. Kein
schmerzhafter Bauchklatscher drohte mehr, sondern eine
Anzeige wegen Ruhestörung oder gar ein unangenehmes
Verhör auf dem Revier. Anzuecken verfestigte sich zu Wolles Grundhaltung: schneller sein, anders sein, im Unter-
grund sein. Immer da, wo es gefährlich war.

Im *Operncafé* Unter den Linden, wo er seine Kellnerlehre
gemacht hatte und immer noch arbeitete, versammelten
sich viele Leute, die nicht ganz sauber waren. Dafür hatte Wolle einen Riecher, besaß feine Antennen für krimi-
nelle Absichten und Handlungen, auch wenn sie noch so
versteckt geplant und ausgeführt wurden. So etwas zog
ihn magisch an. Vielleicht hatte er das seinem Onkel Kalli
zu verdanken: Karl-Heinz Peuckert arbeitete als Koch in
Marxwalde, dem Stützpunkt der Fliegerstaffel des Polit-
büros, und war Inhaber irgendeines Offiziersrangs, dabei

aber im Gegensatz zu Wolles Vater ein schräger und unangepasster Vogel. Einmal hatte er seinen fünfzehnjährigen Neffen nach einem Streit mit den Eltern für ein paar Tage bei sich in Reichenow aufgenommen. Onkel Kalli vermittelte ihn ins *Operncafé* und besorgte auch noch ein Zimmer mit Außenklo in der Spandauer Vorstadt. Seither wohnte Wolle bei einem ketterauchenden, verwitweten Taxifahrer. Die elterliche Neubauwohnung am Springpfuhl hatte er vor Monaten zum letzten Mal besucht und mit Mutter und Vater kaum noch ein Wort gesprochen.

Es nervte Wolle, wie wenig er in diesem Land mit seiner Energie anfangen konnte. Selbst wenn er der größte Gangster werden würde, könnte er sich nicht so ein Haus bauen wie Michael Corleone – eine Villa am See mit kleiner Privatarmee, eigenem Flugzeug und zwanzig Limousinen zur Auswahl. Absolut undenkbar in diesem Land. Dass er jetzt Anne und den Friedenskreis unterstützte bei ihrer Wahlfälschungsaufklärung, den improvisierten Demonstrationen am Alex und den Flugblätteraktionen, hatte, wenn er tief in sich hinein hörte, nicht viel mit dem Wunsch nach Demokratie, Dialog und Gerechtigkeit zu tun. Die Hartnäckigkeit, die der Kreis an den Tag legte, beeindruckte ihn zwar, doch er wollte einfach etwas machen, das Aufregung brachte und bei dem auch was rausprang. Wenn schon keine Privatjets, dann doch wenigstens ein bisschen Feuer unterm Dach oder Kohle unterm Kopfkissen.

Er war nun mal hineingeboren in diesen Staat, der letztlich von Besatzern regiert wurde. Er hatte Respekt vor den Russen. Sie hatten sich erstens als die ausdauernderen Kämpfer erwiesen und irgendwo am Kursker Bogen auch Opa Emil abgeknallt. Und zweitens kannten sie, so kam es Wolle vor, keinerlei Angst vor der eigenen Endlichkeit und der ihrer Mitmenschen. Wenn er an die traurigen jungen Gesichter dachte, die ihn von den Pritschen der offenen Armeelaster anschauten, wenn man den vielen Gerüchten glauben durfte über die Brutalität in ihren Reihen, standrechtliche Erschießungen und so weiter, dann waren die Russen einfach von einem anderen Kaliber als die grünen Knallchargen, mit denen er es auf der Wache bei »Zuführungen« zu tun bekam. Klar, die DDR-Bullen konnten einem auch wehtun und Leben zerstören, aber trotzdem war das Kinderkram. Wolle sah sich selbst in einer anderen Welt – irgendwann.

———————

Als Wolle die Tür zu der großen Vierraumwohnung in der Kastanienallee aufschloss, nahm er sich vor, nicht gleich loszulegen, sondern erst einmal durchzuatmen. Er gab Joan, die auf Annes Schoß saß und entweder noch gar nicht ins Bett gegangen oder schon wieder aufgewacht war, zwei Küsse auf die nackten Knie, stellte seinen Rucksack auf den Tisch, ließ sich in den Sessel fallen und legte die Beine hoch. Er spürte, dass Anne angespannt war und am liebsten mit ihm über den Friedenskreis sprechen würde. Aber sie hatten ausgemacht, dass das Thema bei seinen neuen Freunden und Trampergefährten keine Rolle spielen durfte. Dafür kannte er die Truppe noch zu flüchtig. Abgesehen davon mochte er sie wirklich sehr: Pascal, der Michi genannt wurde und immer lächelte, für den das Glas stets halbvoll war und der für ihre geplante Reise den perfekten Ersten Leutnant abgab. Und Angelo, in den Wolle fast ein bisschen verknallt war, der Ruhe ausstrahlte, aber immer etwas Besonderes in petto hatte.

Neulich, als die beiden Jungs mal zu einer Probe vorbeigekommen waren, hatte Angelo auf ihre einzige Ballade »Penner, Trinker, Kartenzinker« einfach ein paar Zeilen von Mozarts Requiem draufgerappt: »Dies irae, dies illa, / Solvet saeclum in favilla: / Teste David cum Sibylla.« So was gefiel ihm. Während Spucke und Klette doof aus der

Wäsche kuckten, hatte Wolle seit Langem mal wieder das Gefühl, dass Musik auch etwas Erhabenes ausstrahlen konnte und nicht nur zum Dilettieren und Abkotzen da war. Das war ein magischer Moment gewesen.

Kati, Angelos Freundin, wirkte ähnlich elektrisierend auf ihn. Sie hatte das Potenzial, Männer Kriege führen zu lassen, war die Art Frau, bei der kein Mann schlecht aussehen will, die man für sich gewinnen muss. Dass sie Angelo gehörte, war nur natürlich. Aber wenn sie, so wie jetzt, den Raum ausfüllte mit ihrer Lebenslust und unge-künstelten Art, dann musste man sie einfach auch lieben dürfen. Egal, wem man sonst sein Herz geschenkt hat-te. Pascals Freundin Jana hingegen konnte Wolle nicht ausstehen. Hübsch war sie, aber schrecklich borniert. Und eine unglaublich rote Socke dazu. Heute war sie nicht mit-gekommen, was er sonderbar fand, schließlich hatten sie vorher lang und breit diskutiert, wie sie vorgehen wollten. Jede Hand war willkommen und notwendig.

Wolle zog sich Annes Tasse herüber, goss etwas Tee ein und trank einen Schluck lauwarmen Darjeeling. Er hat-te darauf bestanden, dass es an diesem wichtigen Abend keinen Alkohol gab, zumindest nicht, solange sie mit der direkten Vorbereitung beschäftigt waren.

»Gut, Leute«, unterbrach er das Gespräch, das sich um die aktuelle Inszenierung an der *Volksbühne* drehte. »Ich lese jetzt noch mal langsam die Liste der Sachen vor, die mit in unsere Rücksäcke müssen. Bitte vergleichen!«

Pascal und Angelo zogen zerknitterte Zettel aus ihren Gesäßtaschen und entfalteten sie umständlich vor sich auf dem Tisch. Kati schaute interessiert zu und stützte dabei ihr Kinn auf die Hände, während Anne Wolle ihre Toch-ter Joan für einen letzten Gutenachtkuss hinhielt und sie dann ins Bett brachte.

Die anderen sahen ihn gespannt an. Wolle genoss die-sen Moment. Das hatte was von einem Feldzug mit einer wenig kampferprobten Armee oder den Vorbereitungen einer Gurkentruppe auf das Erstrundenspiel im Europapokal. In den letzten beiden Jahren war er ausschließlich mit zusammengewürfelten Gruppen da runter gefahren: Ganoven, Studis, Bluesmessenkunden. Meist war es in die Hose gegangen und er oft allein oder mit neuen Leuten unterwegs, bevor er überhaupt die Karpaten erreichte. Entweder waren seine ursprünglichen Mitreisenden gar nicht erst am Bahnhof erschienen, hatten die Ausweise vergessen, waren in Budapest versackt oder irgendwo in Rumänien von selbstgebranntem Bauernschnaps ins Delirium gefallen. Darauf hatte Wolle keine Lust mehr. Deshalb hatte er diesmal Michi und Angelo gefragt in der Hoffnung, sich auf sie verlassen zu können. Zwar bestimmt nicht hundertprozentig auf ihre Ausdauer und ihren Mut, aber zumindest auf ihre Ernsthaftigkeit.

Er begann, die Liste deutlich und nicht zu hastig herunterzulesen: »Eine Kraxe. Eine Isomatte. Ein Schlafsack und ein Kissen. Sieben große, sechs kleine Büchsen. Sechs Tüten- und vier Kartoffelsuppen. Ein Kocher. Eine Tasse. Besteck und ein Taschenmesser. Ein Paar Turnschuhe. Eine Jacke. Sechs Schlüpfer und eine lange Unterhose. Eine Badehose. Jeweils zwei Paar dicke und dünne Socken. Acht Nickis, ein langer Pulli. Zwei Handtücher und ein Waschlappen. Alles klar so weit?«

»Jaja, alles roger, logisch, verstanden«, murmelten Pascal und Angelo.

»Klasse, dann zu Seite zwei«, sagte Wolle und wendete seinen Zettel. »Papiere. Fotoapparat und fünf Filme. Zwei extra Schnürsenkelpaare. Medikamente. Ein Deoroller und eine Creme. Zwei Packungen Kaffee und vier Tüten Pfeffer. Eine Turnhose, ein Turnhemd, ein Stirnband. Eine Rolle Klopapier. Ein Zeltband. Ein Regenmantel. Eine Tasche.« Als er geendet hatte, schenkte sich Wolle noch einmal nach und trank die Tasse in einem Zug leer.

Kati räusperte sich. »Fehlt da nicht etwas ganz Entscheidendes?« Die Jungs schauten sie erwartungsvoll an. »Was ist mit einem Zelt? Wolltet ihr nicht zelten?« Belustigt blickte sie in die Runde.

»Anne, könntet ihr nicht schon mal den Kaffee aus der Küche holen?«, fragte Wolle seine Freundin, die gerade auf leisen Sohlen aus dem Kinderzimmer geschlichen kam.

»Klar, machen wir«, antwortete Anne und lächelte Kati verschwörerisch an. Die erhob sich mit einem Schulterzucken, und beide verschwanden im Nachbarzimmer.

»Wo sie recht hat, hat sie recht, oder?«, flüsterte Pascal.

»Leute, diese Liste ist über zehn Jahre alt«, antwortete Wolle. »Ich habe sie mir mal bei der Rückfahrt vom ›Röchelzittauer‹ abgeschrieben, dem berühmtesten Karpatenkenner der gesamten Ostzone. Da will ich jetzt nicht drüber diskutieren, klar?«

Pascal und Angelo nickten. Als die Frauen zurückkamen, hielt jede zwei Packungen Kaffee in der Hand. Pascal fiel die mitgebrachte Pfefferpackung ein, und er holte sie aus seiner Tasche.

In den folgenden zwei Stunden schnitten oder rissen sie wie bei einer schulischen Bastelarbeit Wolles gestärktes Briefpapier in DIN-A6-große Schnipsel, schütteten jeweils etwa fünfzig Gramm des jeweiligen Tauschmittels darauf, falteten die Seiten um und klebten sie mit Klebestreifen fest. Kati war dazu eingeteilt, alles zu beschriften. Zunächst schrieb sie fünfzigmal »Cafea«, dann »Piper«, dann »Zahar« darauf. Ihre elegante Schrift ließ die improvisierten Päckchen plötzlich sehr edel aussehen. Sie stopften sie zu gleichen Teilen in wiederverschließbare Plastebeutel, die Wolle im Intershop besorgt hatte, und verteilten sie untereinander.

»Soll ich euch dann mal euer Medizintütchen vorstellen?«, fragte Kati und erntete allseitige Zustimmung. Daraufhin packte sie die Medikamente aus, die ihre Mutter in dem thüringischen Krankenhaus, in dem sie als Schwester arbeitete, abgezwackt hatte. »*Nicodan*-Salbe gegen Gelenk- und Muskelschmerzen. Mit kleinen Mengen beginnend, die betreffenden Hautpartien einreiben. Hände danach nicht mit Augen oder Schleimhäuten in Berührung bringen«, intonierte Kati feierlich den handschriftlichen Beipackzettel ihrer Mutter, hielt das Fläschchen hoch und schaute in die Runde wie bei einer Versteigerung. Wolle war zufrieden. So hatte er sich das vorgestellt. Das war ganz anders als mit den Chaoten aus den letzten Jahren. »*Gastrobamat*«, fuhr Kati fort, »ein Magenmittel. Dreimal täglich eine halbe bis eine Tablette. Achtung! Keine gleichzeitige Einnahme von Alkohol.« Sie erhob den Zeigefinger, und es folgte schallendes Gelächter. Kati genoss ihre neue Rolle ganz offensichtlich und holte das nächste Röhrchen hervor. »Weiter geht's: *Endiaron*. Für den aufgewühlten Darm. Dreimal täglich – höchstens!– eine halbe bis eine Tablette. Nicht länger als sieben Tage. Einnahme nach den Mahlzeiten mit etwas Flüssigkeit.«

Pascal verspürte plötzlich den unglaublichen Drang, aufs Klo zu rennen, blieb aber angespannt sitzen.

»*Coffeinum purum.* Mehrmals täglich eine Tablette gegen Müdigkeit. Das macht euch richtig wach, besser als Kaffee oder Cola. Außerdem haben wir hier noch *Fibrex.* Das hilft gegen Fieber, zwei- bis dreimal eine Tablette. Und *Analgin* gegen Erkältungen, bis zu viermal täglich ein bis zwei Tabletten. Das hier ist *Panthenolspray*, das kennt bestimmt jeder. Hilft bei Sonnenbrand oder gereizter Haut nach Insektenstichen. Obendrauf«, wie ein Zauberer holte Kati einige Zellophanpäckchen hervor und legte sie zu dem Rest auf den Tisch, »kommen noch Elastikbinden, falls ihr mal umknickt, und Pflaster von der Rolle. Und zu guter Letzt: Puder. Das wird am Rand von entzündeten Wunden oder Hautstellen aufgetragen. Kühlt und desinfiziert, auch Babypopos. Och, wie niedlich!«

»So was hatte der ›Röchelzittauer‹ bestimmt nicht dabei, oder, Wolle?«, versuchte Pascal Katis Vorstellung mit einem lockeren Spruch zu kommentieren.

Wolle ging darauf nicht ein und sagte: »Lass mal zu Ende lesen das Ganze. Im Notfall ist das alles sehr hilfreich.«

Pascal schaute zu Angelo, der seine Unsicherheit kaschierte, indem er Kati mechanisch den Nacken streichelte.

»Hier ist noch *Tavegyl.* Bei Allergien. Zwei- bis dreimal täglich eine Tablette vor dem Essen. Das war's von meiner Seite«, schloss Kati und legte das letzte Medikament zurück in den Kulturbeutel mit den Sonnenblumen, den ihre Mutter ausgemustert hatte. Wolle deutete ein anerkennendes Auf-den-Tisch-Klopfen an, die anderen stiegen ein. Kati errötete. Sie war ein wenig stolz darauf, etwas Wichtiges zu der Reise beigesteuert zu haben.

Wolle erläuterte nun die Reiseroute, auch, damit die Frauen Bescheid wussten. Er ließ keinen Zweifel daran, wer in den nächsten Wochen der Captain sein würde. Mit dem Zug ging es von Lichtenberg über Prag nach Budapest. Dort ein paar Tage Zelten im Stadtpark hinter dem Hauptbahnhof Keleti pu. Weiter zum Abtanzen an den Balaton und dann quer durch Ungarn auf einer habsburgischen Route von Székesfehérvár/Stuhlweißenburg über Baja/Frankenstadt, mit einer Überquerung der Theiß bei Szeged, weiter nach Arad in Rumänien, von da mit dem Zug nach Sibiu/Hermannstadt und ins Făgăraş-Gebirge, nach erfolgreicher Kammwegsbegehung Fahrt von Braşov/Kronstadt nach Bukarest, die rumänische Hauptstadt. Direkt weiter nach Sofia, Hauptstadt Bulgariens. Dann Rilagebirge, Rhodopen, Plowdiw, Burgas am Schwarzen Meer.

Uff. Wolle selbst hatte das leise Gefühl, dass die Route vielleicht doch einen Zacken zu scharf war, zumal er nicht einschätzen konnte, wie Michi und Angelo durchhalten würden. Er schaute in die Runde. Inzwischen hatten Anne und Kati auch Bier, Sekt und Salzstangen auf den Tisch gestellt. Wolle hob die Flasche und rief: »Also, auf eine geile, ereignisreiche Reise! Darauf, dass uns unsere Frauen nicht vergessen und hier nicht alles auseinanderfliegt, während wir dem Braunbären in den Arsch gucken.« Großes Gelächter, Geproste, Umarmungen, Küsse.

»Michi, apropos Frauen«, sagte Anne mittendrin. »Wo ist denn eigentlich Jana? Wollte die nicht auch dabei sein?«

»Sie fühlt sich nicht so gut heute, muss sich auch auf ihre Matheolympiade vorbereiten«, versuchte er, über Annes Einwand hinwegzugehen. »Weißte doch, Braunschweig und so. Das ist 'ne ganz schön heiße Tasse für sie, der ganze Erwartungsdruck.«

Wolle bemerkte, wie Pascal verstohlen zu Kati hinsah, die seinen Blick aufnahm und ihm standhielt. Angelo, der unbeholfen eine weitere Sektflasche öffnete, bekam davon nichts mit.

———————

Wolle, der seine Lehre buchstäblich als Tellerwäscher angefangen hatte, arbeitete inzwischen hinter der Bar des *Operncafés*. Das bedeutete für ihn zunächst, von all den Gigolos, egal, ob sie aus Lichtenberg oder Zehlendorf, aus Lausanne oder Nairobi kamen, einen ganzen Batzen Trinkgeld einzusacken. Und zwar in diversen Währungen, deren Tausch auf dem Schwarzmarkt ihm eine schöne Rente in Ostmark bescheren würde. Wolle fand das nur gerecht, denn was den Typen hier geboten wurde, war das Beste, was es im Osten an Cocktails, Ambiente und entspannten Mädchen gab. Da sollten die ruhig jedem, der hier schuftete, ausgiebig danken. Und zwar mit Münzen und Scheinen.

Seit Wolle in der Nachtbar angefangen hatte, waren die spannendsten Positionen in der Hand zweier Herren, beide um die vierzig: Tomaschewski, der Leiter Einlass/Platzierung, und Rothe, Leiter Ausschank/Kellner, genannt der

Harte und der Zarte. Wolle hatte schnell Lunte gerochen und sich bei ihnen frühzeitig bemerkbar gemacht als einer, mit dem man Geschäfte machen und auch größere Dinge drehen konnte.

Anne hatte von diesen beiden Gestalten noch nie etwas gehört und war sichtlich erstaunt, als es gegen halb zwei Uhr morgens an ihrer Tür klingelte und sie in die Gaunervisage von Tomaschewski blickte.

»Ich müsste kurz was mit Wolle besprechen«, sagte der ohne jede Form einer Begrüßung und machte drei Schritte in den Flur. Zwar trug Anne ein allzeit aktivierbares Widerstandsgen gegen jedwede Form von Autorität in sich, war aber so überrumpelt, dass sie wortlos ging, um Wolle zu holen.

»Krieg ich nichts zu trinken angeboten?«, fragte Tomaschewski mit ausgebreiteten Armen, als Wolle in den Flur geschlürft kam. Die anschließende Umarmung geriet hölzern.

»Was ist denn los?«, fragte er seinen Chef.

»Was los ist?«, polterte Tomaschewski zurück. »Das ist los.« Ruckartig fasste er sich zwischen die Beine. »Mit meinen Eiern stimmt etwas überhaupt nicht, verstanden? Ich muss dringend mal zum Onkel Doktor.« Er zündete sich eine Zigarette an.

»Und deshalb klingelst du nachts um halb zwei an meiner Tür und erschreckst meine Freundin?«, fragte Wolle, ohne allzu vorwurfsvoll klingen zu wollen.

»Freundchen, du hörst mir jetzt mal gut zu: Ich lasse mich heute Nacht von Bogumir, dem Bulgaren, nach Karl-Marx-Stadt fahren. Da arbeitet ein alter Schulfreund am Krankenhaus. Zu dem habe ich Vertrauen, der wird mir helfen. Und zwar sofort. Er heißt Doktor Göhlert, falls das mal wichtig wird. Ich kann mein linkes Ei kaum noch spüren, und das rechte fühlt sich auch an wie Wackelpudding. Verdammte Scheiße noch mal.« Wolle kam es vor, als ob

Tomaschewski am liebsten losheulen würde. »Ich hatte schon länger so'n komisches Gefühl, aber als Ramona – du weißt schon, die kleine tschechische Tortenmaus aus der Konditorei, die mit den Riesenhupen – mich eben im Bett darauf aufmerksam gemacht hat, ist mir richtig die Muffe gegangen. Deshalb die Eile. Ich will wieder richtig ficken können, verstanden?«

Wolle konnte tatsächlich Wasser in Tomaschewskis Augen sehen. Er war sich nicht sicher, wie er reagieren sollte. »Ramona, äh, ist die nicht aus Polen?«, fiel ihm nur ein.

»Sag mal, bist du mit dem Klammerbeutel gepudert? Was hat denn das damit zu tun?«, schrie sein Chef ihn an und ließ seine plötzliche Wut an der Zwischendecke aus. Als Tomaschewskis Faust in die Höhe schnellte, krachte und schepperte es gewaltig. Offenbar hatte Anne an dieser Stelle eine Kiste mit Geschirr und Töpfen abgestellt. Poröser Gips segelte wie Schnee auf Wolle und Tomaschewski herab.

»Ist ja gut, tut mir leid«, sagte Wolle kleinlaut. Er konnte förmlich spüren, dass hinter ihm neugierige Augen im Flur aufgetaucht waren.

»Könntet ihr Hübschen uns noch einen Moment allein lassen?«, knurrte Tomaschewski über Wolles Schulter hinweg, dessen gesamte Autorität mit einem Mal verpufft war. Selbst Anne zog sich auf der Stelle zurück und versuchte gar nicht erst, wie die anderen auch, die Unterhaltung im Flur zu verfolgen.

»Du hörst mir jetzt gut zu!«, bellte Tomaschewski trotz gedämpfter Stimme. »Ich kann mir nicht vorstellen, dass mein Doc eine einfache Lösung hat. Vielleicht muss ich ein paar Tage dableiben. Wichtig: Für den Laden ist gesorgt. Der Kasache wird die Gästeauswahl treffen, Heiko Drei ist dann der andere Mann an der Tür. Heiko Zwei macht die Kasse. Ich will aber einen meiner besten Leute für die Tische haben. Das machst du, verstanden?«

Wolle war fast ein wenig gerührt von Tomaschewskis Vertrauen. »Alright, Boss«, antwortete er mit fester Stimme.

»Ist dir klar, was das bedeutet?«

»Natürlich.«

»Noch was: Du warst gestern mit deinen beiden Negern in Leipzig, richtig?«

»Stimmt.«

»Hast du da einem Typ mit einer Tonne Muschilocken auf dem Kopf die Hand geschüttelt?«

»Ja, der hat sich zweimal zu uns an den Tisch gesetzt.«

»Gut«, sagte Tomaschewski, der sich nun vollends beruhigt hatte. »Du fährst morgen noch mal hin und übergibst ihm das hier.« Er bückte sich und hob vom Dielenboden einen kleinen, verschlossenen Eimer Kunstlack auf, der Wolle bisher nicht aufgefallen war. »Das ist eine Lieferung, die nicht verloren gehen darf, kapiert?«

»Klar«, antwortete Wolle, dem es langsam warm wurde.

»Du lässt dich mit der Droschke ins *Eden* fahren, fragst am Personaleingang nach dem krausen Gernot, gibst ihm den Eimer und kommst mit einem Mercedes Hundertvierundzwanzig wieder, verstanden?«

»Klar, Mercedes Hundertvierundzwanzig.«

»Hier sind dreihundert Mark fürs Taxi«, sagte Tomaschewski und steckte Wolle die Scheine in die Jeans. »Das Auto bringst du vor halb sechs morgens zu Rothe nach Karolinenhof. Das ist wichtig. Und hier ist noch ein Blauer. Der ist für dich. Kauf dir was Schönes davon. Oder deiner Freundin.« Er tätschelte Wolle kurz die Wange und verschwand so plötzlich und grußlos, wie er gekommen war.

Wolle blieb im Flur stehen. In seinem Kopf breitete sich ein Schmerz aus, als würden seine Hirnwände mit kleinen Hämmerchen bearbeitet, wie Klaviersaiten bei einer Bachfuge. In seiner Brust meldete sich wieder dieses Ziehen, das er in den letzten Stunden völlig vergessen hatte.

Dreihundert Mark, Mercedes, Lieferung, der krause Gernot, Karolinenhof.

Einmal war er bisher bei Rothe in dessen schickem Anwesen im Südosten von Berlin gewesen. Im Keller des großen Hauses hatten sie vor ein paar Wochen Hunderte *Lacoste*-Pullover, die eigentlich für den Verkauf im Exquisit vorgesehen waren, neu verpackt. Eine Truppe, mit der Rothe und Tomaschewski unter einer Decke steckten, hatte nachts am Ostbahnhof einen ganzen Güterwaggon ausgeräumt, und Rothe verscheuerte die Ware in kleinen Dosen an einen Typen, der die Shirts in einem Laden am Ku'damm unterbrachte. Bei hundert Westmark pro Stück verdienten daran alle ziemlich gut.

Wolle fragte sich, was wohl in dem Eimerchen sein könnte. Er ahnte, dass viele der Diplomatenkids und Westler, die sich in denselben Läden rumtrieben wie er, mit Drogen zu tun hatten. Er selbst hatte immer versucht, einen großen Bogen um das Zeug zu machen, hatte einen Heidenrespekt davor. Drogenkonsum stand in einem imaginären Strafkatalog ungefähr auf derselben Stufe wie die Nichtanerkennung des Führungsanspruchs der SED oder die Verunglimpfung der ruhmreichen Roten Armee. An der Stelle war Schicht im Schacht. Mit verbotenen Substanzen erwischt zu werden, so was konnten sich im Prinzip nur irgendwelche Bonzen und Unangreifbare leisten. Und so weit war er noch längst nicht.

Ihm fiel wieder ein, wie Sammy und Mounir gestern im *Eden* mit dem krausen Gernot ein paarmal in ein »Büro« gerannt und irgendwie noch bekloppter und aufgedrehter zurückgekommen waren, als sie ohnehin schon waren. Der krause Gernot hatte sich immer wieder mit der Zunge von innen die Oberlippe massiert. Ständig begrabschte er Kellnerinnen und machte weibliche Gäste an, ohne dass einer eingeschritten wäre. Dass Mounir und Sammy mit ihrer Kohle bei den Ladys ankamen und offenbar einen

Freibrief für alles hatten, war er gewohnt. Aber dieser eklige Lockenkopf? Wolle fand das alles verwunderlich, trotzdem gefielen ihm der astreine Discjockey, die tollen sächsischen Mädchen und die Atmosphäre des Ladens.

Wolle freute sich nun doch ein bisschen auf die morgige Nacht, auch wenn er die letzte immer noch in seinen Knochen spürte. Während er in die Küche zurückging zu Făgăraş, Pfeffertüten und Zeltplatzdiskussionen, beschäftigte ihn vor allem die Frage, was er den Bullen erzählen sollte, falls sie ihn mitten in der Nacht mit dem Mercedes anhielten. Oder, noch schlimmer, falls sie den Eimer bei ihm fanden.

Medizin nach Noten

Pascal, Angelo und Kati traten kurz nach zwei Uhr morgens auf die Kastanienallee. Die Luft hatte sich kaum abgekühlt, die stählernen Straßenbahnschienen reflektierten noch immer die Junihitze zurück in die Nacht. Richtung Schwedter Straße rumpelte die letzte Bahn den Berg hinunter. Im *Prater* kletterten ein paar besoffene Jugendliche grölend über das längst geschlossene Tor.

»Scheiße«, sagte Angelo, »ich glaub, ich habe vorhin im Theater meiner Mom richtig einen eingeschenkt mit unserem Zusammenziehen und dem Ganzen. Ich werd mal lieber an den Strausberger Platz fahren und nach dem Rechten sehen.«

»Klar, guck mal lieber nach«, sagte Kati. Die beiden küssten sich flüchtig auf den Mund. Fast im selben Moment hielt Angelo bereits die Hand raus, und ein schmutziger weißer Trabant stoppte mit quietschenden Reifen neben ihnen. Hastig verhandelte Angelo mit dem Fahrer den Preis, ließ sich auf den Beifahrersitz fallen, und schon bog der Wagen auf die Schönhauser Allee ein. Kati konnte nicht erkennen, ob Angelo sich noch einmal zu ihnen umgesehen hatte.

Einen Moment lang blieb sie neben Pascal stehen und wartete, bis sich die laute *Prater*-Truppe zerstreut hatte. Die »Internationale« anstimmend, trollte die sich über den provisorischen Parkplatz in der Bombenlücke, als Kati sich bei Pascal einhakte. Ohne zu besprechen, was sie vorhatten, liefen sie gemeinsam in Richtung Mitte. Bis zur Zionskirche sagte keiner ein Wort. Kurz nur überlegten sie, zum *Weinicafé* abzubiegen, das eventuell noch geöffnet hatte, liefen dann aber einfach weiter den Berg hinab über die triste Kreuzung am Rosenthaler Platz. Kati hatte ihre linke Hand auf seinen Arm gelegt und ihrer beiden Schritte bewegten sich, wie an einer unsichtbaren Schnur gezogen, zu ihrer Wohnung am Monbijoupark.

Auf Höhe der Linienstraße begannen Pascals Knie zu zittern. Er kannte das. Immer wenn er kurz davor war, ein Mädchen zu erobern, versagten ihm seine Knie den Dienst. Zwar lief oder stand er noch gerade und keiner sah seine Unsicherheit, aber für ihn war es die Hölle.

Keine Menschenseele begegnete ihnen. Pascal empfand dieses gemeinsame Gehen als etwas Intimes, stärker als den Kuss in der Bahn, intensiver als die unsicheren Blicke, die sie in den letzten Wochen gewechselt hatten.

»Alles in Ordnung?«, fragte er Kati und vermied es, sie dabei anzusehen.

»Klar, warum nicht?« Sie drückte seine Hand.

Etwas hielt sie davon ab, den letzten Schritt zu tun. Wie ferngesteuert bogen sie ab und liefen auf die Schlange vor dem *Sophienklub* zu. Und ein paar Augenblicke später tanzten sie ausgelassen zwischen schwitzenden Leibern, tranken viel zu große Schlucke, prusteten sich an, ließen ihre Körper immer wieder in der Bewegung aufeinandertreffen, ihre Wangen sich finden, tauschten heimliche Berührungen aus, tastende Finger knapp über der Jeans oder Lippen, die im wogenden Gedränge über den Hals glitten oder ein Ohr berührten.

Wie oft schon hatten sie in den letzten Monaten genau solche Situationen durchlebt, ohne dass sie auch nur im Traum zugelassen hätten, was sie jetzt fühlten? Es war immer nur um das Ausleben dieser herrlichen, verwirrenden, unwiederbringlichen Jugend gegangen, von der sie alle spürten, wie sie davonflog, weiterzog zu den nächsten Sechzehnjährigen in ihrer Stadt. Da gehörten Zärtlichkeiten und die Offenheit unter Freunden einfach dazu.

Der Kuss auf den Mund zur Begrüßung, der gemeinsame, nackte Sprung in den See, der Kopf an der Schulter des anderen am Lagerfeuer.

Doch heute war es passiert. Sie hatten eine feine, eine entscheidende Grenze überschritten und versuchten nur noch, den Weg zu vermeiden, der direkt hinein in Katis Bett geführt hätte. Das war schon ein Erfolg. Aber er war hart erkämpft.

Kati genoss das Tanzen. Mit geschlossenen Augen ließ sie sich zu den Rhythmen treiben, störte sich dabei nicht an den anderen Körpern, die sie immer wieder anstießen, und erst recht nicht an Pascals Berührungen. Er konnte das gut, sie führen.

Schon früh hatte Kati gelernt, genau auf ihren Körper zu hören und seine Signale zu deuten. In ihrer Heimatstadt Erfurt war sie zu einer erfolgreichen Hürdensprinterin ausgebildet worden. Ihre halbe Pubertät verging darüber, und die Plackereien des täglichen Trainings, der Wettkämpfe und Spartakiaden zermürbten sie irgendwann. Mit vierzehn stieg sie aus und schloss sich einer Popgymnastikgruppe an. Das Einerlei der abgezählten Schritte und der unzähligen Blessuren tauschte sie ein gegen Gemeinschaftsgefühl und Frotteestirnband. Zunächst turnten sie im Hausgemeinschaftsraum des Elfgeschossers, in dem auch Katis Familie wohnte. Bei einer Aufzeichnung für die Fernsehsendung »Medizin nach Noten«, zu der sie extra nach Berlin ins SEZ eingeladen worden waren, traf Kati eine klare Entscheidung: Nach der Zehnten zur Lehre nach Berlin! Egal was, Hauptsache nicht Erfurt! Nur weg vom Roten Berg und seinen mies gelaunten, kleinkarierten, schlecht gekleideten und unmöglich frisierten Menschen.

Das Tanzen hatte Kati nach Berlin gebracht, und jetzt, nach zwei Jahren, fühlte sie sich hier zu Hause, auch wenn sie die Friseurlehre bei *Umlauf* im Prenzlauer Berg manchmal schrecklich langweilte. Bevor sie mit Angelo zusammengekommen war, wusste Kati zwar, dass sie Jungs mochte, aber sie hatte bis zu diesem Zeitpunkt keinen getroffen, bei dem es Klick gemacht hatte.

Unerfahren, wie sie war, interessierte sie sich zunächst für die Draufgänger. Der gut aussehende Schlägertyp, der tagsüber bei einer Gerüstbaufirma arbeitete und den Rest seiner Zeit an seinem Motorrad herumschraubte oder mit BFC-Hooligans rumhing, war der erste Mann, mit dem sie schlief. Eine schlechte Wahl, wie ihr gleich nach dem Akt dämmerte, für den er mit ihr zum mondbeschienenen Ufer des Scharmützelsees gedüst war. Wenig später und im Kontrast dazu folgte ein junger Künstler, der in einer vergessenen Remise in der Hufelandstraße großformatige Bilder malte und dazu meist italienische Barockmusik hörte. Er trank mit seiner neuen Bekanntschaft literweise grusinischen Tee auf seinem Matratzenlager, las aus Boccaccios »Decamerone« vor und rauchte mit Kati zur Bewusstseinserweiterung eine Mischung aus Tabak und getrockneten Fliegenpilzen. Schließlich erschien Captain Future auf der Bildfläche, ein Musiker, der aus bürgerlichen Verhältnissen in Görlitz stammte und der wirklich wild, wirklich verrückt und wirklich bemüht um sie war. Mit ihm lernte sie, wie Sex funktionierte und beide etwas davon hatten.

Captain Future hatte in der Rykestraße eine Wohnung besetzt, die er nie abschloss und in der häufig zwei, drei Kumpels auf Matratzen übernachteten. Ständig gingen die skurrilsten Leute bei ihm ein und aus, immerzu fanden Feten statt, und Kati war für ein paar Wochen das Maskottchen der »Wasserturmhippies«. An einem späten Wintermorgen, auf der Rückreise von einem Künstlerbauernhof in der Uckermark, als die Autobahn vor Prenzlau noch ein letztes Mal von einer dünnen Eisschicht überzogen war, rutschte ihr Bandbus unter einen sowjetischen

Militärlaster und fing Feuer. Captain Future und sein Percussionist starben in den Flammen.

Bei seiner Beerdigung lernte Kati in einer riesigen Traube von traurigen und gleichzeitig ausgelassenen Menschen Angelo und Pascal kennen. Die beiden hatten den Musiker verehrt und waren ein paarmal bei Konzerten und zu Partys in seiner Wohnung gewesen. Obwohl Kati sich gleich von Angelos stiller Schönheit angezogen fühlte, ließ sie sich zunächst nicht auf seine vorsichtigen Annäherungsversuche ein. Schließlich besuchte sie heimlich eine seiner Vorstellungen und war merkwürdig eingenommen von seiner Aura, die er in einem polnischen Märchenstück in seiner Rolle als Kätzchen mit schlecht angeklebten Schnurrbarthaaren und durchweg misslungenem Kostüm trotz allem hatte. Sie hatte sich auf Angelo eingelassen, auf seine Introvertiertheit, seine belastete Beziehung zu seiner Mutter und auch auf die euphorischen Momente mit seinen Freunden, seiner Musik und Schauspielerei. Doch sein sehnsuchtsvolles Schweigen und seine Zurückhaltung im Bett langweilten sie mit der Zeit. Klar, sie war nur die Frisöse aus Erfurt, die manchmal als Model arbeitete und Klamotten nähte, um sie auf dem Schwarzmarkt zu verkaufen. Diesen Stempel hatten ihr vor allem Angelos Mutter und Jana auf die Stirn gedrückt. Kati war bewusst, dass Mechthild sich eine spannendere Partie für ihren einzigen intelligenten und so begabten Sohn wünschte – eine angehende Medizinerin oder eine Schriftstellerin, ein Mädchen, am liebsten aus einer Künstler- oder Dissidentenfamilie. Trotzdem hielt Angelo zu ihr, egal, was seine Mutter gegen sie vorbrachte.

Kati hatte Angelo anfangs dafür geliebt, dass er sie so nahm, wie sie war. Dass er ihr nicht etwas aufpfropfen wollte, das nicht zu ihr passte. Denn eigentlich konnte sie mit den elenden politisch zweideutigen Theatertexten, den anstrengenden Inszenierungen und den Premierenfeiern in muffigen Kantinen nicht viel anfangen. Es fiel ihr schwer, sich in anspruchsvolle Literatur hineinzuarbeiten. Mechthild hatte ihr im Frühjahr den »wichtigsten Hesse« geschenkt, aber Kati fand keinen Gefallen daran. Sie hatte sich nicht getraut, das Buch zu ignorieren und es im Laden in den Pausen immer wieder mal zur Hand genommen. Sie tat es nicht für Angelo, sondern für sich, denn natürlich wusste sie, dass es noch mehr im Leben gab als die *Sibylle,* Fassonschnitte, selbst gebastelte Lederklamotten und Pop.

Obwohl sie sich relativ sicher war, dass Angelo trotz ihrer offensichtlichen Differenzen keiner anderen Frau nachschaute, spürte Kati, dass sie nur schwer ein Feuer in ihm entfachen konnte. Ihr anfängliches Interesse an ihm, eben weil er ihr anders erschien als andere junge Män- ner, war verflogen. Sie wollte mit jemandem aufwachen, der nicht genug von ihr bekommen konnte, wollte nachts mit einem Geliebten auf Dächer steigen, im verlassenen Schwimmbad Wein trinken und laute Lieder singen – eben ein bisschen so verrückt sein wie diese Vögel, die vorhin über den *Prater*-Zaun geklettert waren. Sie sehnte sich danach, im Regen zu knutschen und vor Verlangen und Liebe nicht einschlafen zu können.

Inzwischen war Kati und Pascal klar geworden, dass ihr enger Tanz von mindestens zwei Leuten beobachtet wur- de: Mirco, ein Klamottenmacherfreund von Anne, und Wowa, der Kasache, den sie aus dem *Operncafé* kannten und der sich ein paarmal mit irrem Blick und grinsend an ihnen vorbeiquetschte.

»Lass uns lieber gehen«, sagte Pascal aus dem Impuls heraus, sie beide zu schützen, und wies mit einem Kopf- nicken zu den stummen Beobachtern hinüber. Kaum aus- gesprochen, fragte er sich, ob das in Katis Ohren wie ein Schritt nach vorn klang oder nach Rückzug.

Kati brachte ihren Mund ganz dicht an sein Ohr: »Pass auf, du gehst vor, und wir treffen uns vor dem *Krausnick-klub*.« Sie zwickte ihn in den Arm und ging in Richtung Toiletten. Ihr war durchaus aufgefallen, dass sich Pascals Erektion immer wieder neu an ihrem Körper entzündete. Gern hätte Kati noch weitergetanzt und Pascals Erregung länger an sich gespürt. Doch sie ahnte, dass weder der schmierige Mirco, der selbst gerade seine Freundin mit einer rothaarigen Tussi betrog, noch der unheimliche Wowa, der irgendwas genommen hatte, was hier garantiert nicht auf der Karte stand, ihre Klappe halten würden. Also war es besser, sofort zu verschwinden. Doch was wollten sie eigentlich machen, wenn sie gleich in die warme Nacht hinaustraten? Das fragte sie sich, als sie endlich, nach ewigem Anstehen, über der Schüssel hockte.

Aus der Kabine nebenan drangen eindeutige Geräusche. Hier ließen zwei ihrer Lust freien Lauf und kümmerten sich nicht um das Getratsche und die Folgen. Aber auf der Toilette im *Sophienklub*? Das war so gar nicht ihr Stil. Das Treiben zu ihrer Rechten führte jedoch zumindest dazu, dass sie sich jetzt sicher war: Sie würde Pascal vor dem *Krausnickklub* nicht einfach nur einen Gutenachtkuss geben, sondern ihn mit zu sich in ihre kleine Bude nehmen. Wer sollte denn schon etwas davon erfahren?

Als Kati vor die Tür trat, ging ein sommerlicher, kraftstrotzender Regen auf Mitte nieder, der den Staub der Tage schluckte, dem Unkraut zwischen den zertretenen Pflastersteinen neues Leben einhauchte und für ein paar Minuten den Asphalt der Rosenthaler Straße zum Dampfen brachte.

»Der Typ, mit dem du gekommen bist, ist schon weg, Süße. Wat'n Idiot!«, rief ihr der Türsteher hinterher, doch sie schaute sich nicht um. Eng schmiegte sie sich an die grauen Fassaden, trippelte durch Pfützen, vorbei an nassem Hundekot und Zigarettenstummeln, wurde von einem vorbeirasenden feuerwehrroten Moskwitsch nassgespritzt, stellte sich kurz bei dem großen An- und Verkauf unter und bog schließlich in die Oranienburger ein. Dann zog sie ihre dünnen Sandaletten aus, hielt ihr Gesicht in den Regen und rannte los.

Teil II

Genesis

Mechthild war ein paar Tage vor Angelos Abreise nach Triefenberg gefahren. Sie bestand darauf, sich nicht von ihm zum Zug bringen zu lassen, gab ihrem Sohn unten auf der Straße nur einen flüchtigen, mit stummen Tränen garnierten Kuss und stieg in Sonnemanns Mazda. Auch Kati hatte Berlin bereits verlassen. Zusammen mit Anne wollte sie die Frühjahrskollektion an Nickis und Lederjacken am Strand von Zinnowitz verkaufen.

Es wunderte Angelo, wie wenig Wert Kati darauf gelegt hatte, sich innig von ihm zu verabschieden. Und doch akzeptierte er ihre vorgezogene Trennung. Nach der seltsamen Stimmung, die zwischen ihnen in den letzten Tagen herrschte, war es ihm recht, nicht auch noch ein gespielt emotionales Goodbye hinlegen zu müssen. Er hatte absolut keine Ahnung, was in Kati gefahren war. Selbst die zwei Tage, die sie nach Mechthilds Abreise allein verbrachten, halfen ihnen nicht, zueinander zu finden. Lag es daran, dass er es nicht schaffte zu formulieren, was er eigentlich an ihr hatte? In den letzten Wochen hatte sie ihn mehrmals dazu aufgefordert, doch bitte einmal seine Gefühle klar zu benennen. Er war bei Plattitüden hängengeblieben.

Vor zwei Tagen lagen sie nach dem Sex auf Katis Bett, und wieder fand er nicht die richtigen Worte.

»Was ist das mit uns, Angelo?«, fragte sie und blies sich mit spitzen Lippen Luft auf die verschwitzte Stelle zwischen ihren Brüsten.

»Soweit ich das einschätzen kann, bist du das schaueste Mädchen, das dieser Staat hervorgebracht hat. Außer Kati Witt vielleicht. Und Renate Blume.«

Sichtlich gekränkt lachte sie auf. »Ist das dein Ernst? Nach über einem Jahr fällt dir nichts Besseres ein, als in mir ein Produkt der Deutschen Demokratischen Republik zu sehen?«

»Jetzt wirst du gemein. Das klingt ja wie bei mir am Theater.«

»Nein, sag doch mal! Überleg, ob da noch mehr ist.«

»Du bist wunderschön«, begann er unsicher, seine Verlegenheit zu überspielen. Er versuchte, sich zu konzentrieren und gleichzeitig noch in ihr zu bleiben, denn er hoffte auf ein zweites Mal. Doch Kati verdrehte die Augen und entzog sich seiner Umarmung.

»Komm, Angelo, gib dir ein bisschen Mühe!«

»Ich wüsste gar nicht, was ich ohne dich machen soll«, antwortete er nach einem Moment längeren Nachdenkens, während sein Schwanz jede Spannung verlor. Juttamüller, Katis grauer Kater, hockte sich an das Fußende ihres Bettes und putzte seine Pfoten. Ein paar Wochen zuvor hatte sie das halbverhungerte Tier aus einem verschlossenen Keller befreit, seitdem hütete der Kater ihre Wohnung, hielt die Ratten fern und bewachte das zu jeder Jahreszeit geöffnete Fenster.

Kati lag neben Angelo und streichelte mit ihren gespreizten Zehen gedankenverloren den Rücken und Kopf des Tieres. Juttamüller schmiegte sich an Katis Füße, schnurrte zu Tanita Tikarams »Twist in My Sobriety«, und für einen Moment schien es, als ob die beiden auch gut ohne Angelo ausgekämen.

Plötzlich stand Kati auf, zog sich ein dünnes Hemdchen und eine Jeans über den nackten Köper, schlüpfte in ihre Sommerschuhe und ging wortlos aus der Wohnung. Angelo blieb zurück. Juttamüller stierte ausdruckslos an ihm vorbei auf ein zerknautschtes Filmplakat.

Am Abreisetag lief Angelo rastlos durch die riesigen Räume der Wohnung, goss die Blumen, checkte zum hundertsten Mal seine Ausrüstung, stand immer wieder stumm an den bodentiefen Fenstern und sah hinüber zum Fernsehturm, zum *International* und dem kleinen Kiosk am *Café Moskau*, in dem es Westpralinen im freien Verkauf gab. Zwischendrin stellte er den Fernseher an und schaltete zwischen dem ZDF-Ferienprogramm, einem Kriegsfilm auf DDR 2 und einem Karajan-Mitschnitt im SFB hin und her. Er schmierte sich ein Marmeladenbrot und bereitete sich, weil er noch immer Hunger verspürte, mit dem letzten halben Liter Milch einen heißen Schokoladenpudding zu. Schließlich brachte er den Abfall zum Müllschlucker, kontrollierte alle Fenster, zog die Elektrokabel aus den Steckdosen, gab den Schlüssel bei den Wilhelmis nebenan ab und fuhr mit dem klapprigen Fahrstuhl hinunter. Er trat auf die laute Karl-Marx-Allee und blieb dort lange stehen.

Obwohl es nur eine Reise war, empfand er diesen Weg als Abschied. Mit der Kraxe auf dem Rücken, neuen Boots an den Füßen und einem für die Hitze des Tages unpassenden Tuch um den Hals stieg er in die U-Bahn hinab. Er kam sich sehr besonders vor in seiner Abenteurerkluft. Möglicherweise sahen echte Profis ihm an, dass es eine Verkleidung war und er keine Ahnung hatte. Doch endlich kam er sich nicht mehr wie der kleine, dunkelhaarige, romantische Held vor, als der er gern besetzt wurde. An diesem Freitag fühlte sich Angelo sehr erwachsen und unabhängig.

In der Bahnhofshalle in Lichtenberg deckten sich Angelo, Pascal und Wolle mit Schokolade, Äpfeln, Schrippen und Getränken für die Nacht und den nächsten Tag ein und trotteten dann in Richtung Bahnsteig.

Wolle bemerkte als Erster, dass ihr Waggon 48 gar nicht an den Zug gekoppelt war. Fragend sahen sich die Jungs an, doch Angelos und Pascals Vertrauen in Wolles Entscheidungskraft und seinen wachen Geist war grenzenlos.

Nachdem sich alle drei auf der kompletten Bahnsteiglänge vergeblich zwischen den Reisenden hindurchgezwängt hatten, liefen sie wieder zurück und stiegen kurzerhand im ersten Waggon ein. In einem nur von einer jungen, drallen Frau belegten Abteil fanden sie schließlich Platz. Noch bevor der Zug losfuhr, gesellten sich zwei weitere Tramper zu ihnen. Die beiden Chemiestudenten planten eine ähnliche Reise wie die Jungs und hatten ebenfalls den Wagen 48 gebucht. Zusammen mit der jungen Frau, Grit, einer angehenden Kindergärtnerin, die in Budapest ihren Geliebten aus Mönchengladbach treffen wollte, verbrachten die fünf gestrandeten jungen Männer fast einen ganzen Tag in dem stickigen Zug mit klebrigem Boden, Toiletten, die bereits nach kurzer Zeit zum Himmel stanken, und Schaffnern, die so rüde und müde waren, wie sie aussahen.

Angelo, der trotz seiner dünnen Leinenhose und des neuen luftigen Nickis mit dem schönen Druck schwitzte wie ein Hirtenhund, war aufgekratzt. Er stellte sich ans Fenster, genoss den kühlenden Fahrtwind und den Blick auf die vorbeiziehenden Roggenfelder, über die Grüppchen von Lerchen und Goldammern flatterten. Der Schnaps, den sie sich kurz vor der Abreise im Stehen genehmigt hatten, begann seine herrliche Wirkung zu entfalten. Überall standen Leute herum, die sich in den verschiedensten Dialekten über Reisen, ferne Länder und ihre Abenteuer unterhielten. Ihre beiden Mitreisenden im Abteil, die in ihrer identischen Kluft aus Jesuslatschen, Malerhemden und den etwas zu engen und zu weit oben abgeschnittenen Jeanshosen total albern aussahen, versuchten, die Gespräche im Abteil zu steuern und Grit, die sich mit ihren mitgebrachten Eibrötchen und selbst gemachten Buletten beschäftigte, zu beeindrucken. Stundenlang drehte sich die Konversation um Budapest und vor allem um das sagenumwobene Genesis-Konzert '87 im Nepstadion. Das

Platzhirschgehabe ging Pascal, Wolle und Angelo gehörig auf den Keks.

»Ich kann mich sogar noch an die Setlist des Konzerts erinnern«, prahlte einer der Typen und blickte sich Anerkennung heischend um.

»Was ›Genesis‹ nicht alles weiß«, flüsterte Wolle seinen Kumpanen zu und stieß Pascal mit dem Ellenbogen in die Seite.

»›Genesis‹ ist gut«, meinte der.

»Es war glei' 'ne echte Messe, von Anfang an, aber ab ›Second Home by the Sea‹ gab's nur noch einen Kracher nach dem anderen. Herrlich, wunderbar, wunderbar. Ein Hochgenuss! Wer nich dabei war, kann es nich verstehn. ›Invisible Touch‹, ›Los Endos‹, ›Turn It On Again‹. Ich hab jetzt noch Tränen in den Augen, wenn ich daran denke«, sagte Genesis mit bebender Stimme. Angelo verkniff sich ein Lachen, denn Genesis, der eindeutig aus dem Karl-Marx-Städter Raum kaum, hatte sich bei den Songtiteln fast an seiner Zunge verschluckt.

Michael Chang, so hatte Wolle den zweiten Typen wegen seines möglicherweise tadschikischen Einschlags heimlich getauft, ergänzte seinen Kumpel klugscheißerisch: »Alter, jetzt hast du aber das ›Drum Duett‹ von Phil Collins und Chester Thompson vergessen. Das war für mich ja der Höhepunkt vom Konzert und von allem, was ich überhaupt gesehen habe. Das war ein paralleles Gedrommle bis zu einem richtgen Höhepunkt, sag ich euch. Der Typ neben mir, der aus Kanada oder Australien kam, der hat nur noch geschrien am Ende. Ich ooch.«

»Ich hab das Gefühl, du kommst gleich«, warf Grit mampfend ein, und die Jungs feixten.

»Kein Problem. Immer bereit«, erwiderte Michael Chang und zwinkerte Grit zu. Angelo fand das zwar unsympathisch, hatte aber das Gefühl, dass sich der Typ seiner Sache mit den Mädchen relativ sicher war.

Später, in der Nacht, als der Zug vor Bad Schandau unplanmäßig hielt, vertraten sich die Jungs bei einem Spaziergang durch die Waggons die Beine, und Angelo sog jeden Moment auf: die Gerüche, Stimmen und Blicke, dieses Gefühl, allein unter Erwachsenen und ein Teil ihrer Welt zu sein. Vor Wolle und Pascal tat er betont cool, aber in ihm brodelte es, und er konnte die Ankunft in Budapest kaum erwarten. Als sich der Zug langsam wieder in Richtung Grenze bewegte, kehrten sie ins Abteil zurück und ließen sich in die staubigen, ausgeleierten Sitze fallen.

»Was war eigentlich los da draußen, warum sind wir überhaupt stehengeblieben?«, fragte Genesis und schaute aus dem Fenster in die schwarze Nacht.

»Wahrscheinlich gibt Phil Collins draußen Autogramme«, antwortete Pascal und suchte sich ebenfalls einen Punkt in der Dunkelheit.

Noch im Bus, der sich vom Bahnhof in maultierartiger Geschwindigkeit die Straßen erst hinaufquälte, im Kurort wieder hinunterfuhr und schließlich wieder hoch zur Klinik mühte, war Mechthild voller Hoffnung. Mit der Tatsache, dass Angelo in diesem Sommer ihrem mütterlichen Zugriff vollständig zu entgleiten drohte, konnte sie sich zwar nicht abfinden, erst recht nicht mit seinem geplanten Auszug, aber sie vertraute darauf, dass ihm diese Karpatenreise am Ende viel zu strapaziös und die Umstände eines Zusammenziehens mit Kati einfach zu kompliziert werden würden. Auch ging sie fest davon aus, dass ihm die Vorbereitung auf die Aufnahmeprüfung an der Hochschule für Schauspielkunst zu wichtig sein und er ihr Angebot, ihm die Privatstunden bei Frau Schönberger zu finanzieren, niemals ausschlagen würde.

Ihre schrecklichen Schübe von Panik, Angst und Selbsthass würde sie in den Griff kriegen. Wieland würde das hinbekommen. Ihr vor allem um die Augenpartie und an den Händen sichtbares Älterwerden, das Auseinandergehen ihrer früher so wohlproportionierten Formen, die ständigen Besuche beim Zahnarzt und beim Orthopäden, das alles war für sie in dem Wissen zu ertragen, dass sie nur einen Brief zu schreiben brauchte, um in Wielands Klinik psychologisch betreut und in seiner kleinen Datsche am Waldrand in ihrer angeknacksten Weiblichkeit bestätigt zu werden. Wann immer sie wollte.

Doch kurz nach der Ankunft schon gewann sie die Gewissheit, dass dies alles Vergangenheit war. Wieland fehlte die Unbefangenheit, die ihn früher so attraktiv gemacht hatte, sein offenes Lachen, seine strahlenden Augen. Er wich einer intimen Begrüßung aus, als sie sich ein paar Stunden später zufällig in der Nische bei den Toiletten trafen, wo sie sich noch vor ein paar Monaten leidenschaftlich geküsst hatten. Und damit dem Moment, auf den sie sich am meisten gefreut hatte.

»Ah, Mechthild, du hast es geschafft«, sagte er stattdessen und rieb sich die Hände an seiner Hose trocken.

»Wie du siehst«, erwiderte sie verblüfft und bewegte sich erhobenen Kinns auf ihn zu.

Er fasste sie mit beiden Händen bei den Schultern, so, als wolle er sie auf keinen Fall an sich heranlassen. »Das ist doch gut, das ist doch gut«, murmelte er ausweichend. »Dann werden wir mal schauen, wie wir dich wieder hinkriegen.«

»Wir?«, fragte sie spitz und verengte ihre Augen zu Schlitzen.

»Ja, wer denn sonst?«, erwiderte er. »Jetzt ruh dich erst mal aus. Ich habe dir auch eine interessante Zimmergenossin gegeben.« Wieder tätschelte er ihre Oberarme mit beiden Händen, legte den Kopf milde lächelnd zur Seite, stieß ein leises Räuspern aus und entfernte sich schnellen Schrittes. Doktor Wieland Reich, ihr vermeintlicher

Seelenretter und Trostspender, lief auf seinen schicken braunen Lederschuhen den hallenden, sonnendurchfluteten Gang hinunter, ohne sich noch einmal umzuschauen. Und ließ Mechthild allein zurück.

Den eigentlichen Grund für sein Verhalten konnte sie recht bald ausmachen. Es war die körperliche Nähe, die Wieland zu Azza Benassi zuließ, die er augenscheinlich suchte. Während seiner Visite hatte er viel zu nah bei der attraktiven Assistenzärztin gestanden. Und diese wich dabei keinen Millimeter zurück. Mechthild kannte dieses heimliche Spiel, hatte sie doch nach Giancarlo nie wieder einen Mann gehabt, mit dem sie sich in der Öffentlichkeit völlig gelöst bewegen konnte. Sie wusste, wie man das macht, wusste, wie es sich anfühlt, vom anderen nie genug, sondern immer viel zu wenig zu bekommen. Sie kannte alle Techniken fast körperloser Berührungen, deren energetische Wucht und sexuelle Magie. Jede dieser Handlungen hatte sie abgespeichert und verwahrte sie in ihrem Innern wie einen geheimen Schatz. Und nun entdeckte sie bei Wieland all das, was einen begehrenden Mann verrät. Nicht, dass Mechthild irgendeinen Anspruch auf ihn einfordern konnte. Aber es beleidigte sie zutiefst, wie er Fräulein Benassis kleinen persischen Busen betrachtete, während diese ihm Mechthilds Behandlungsstand mitteilte.

Wieland stand still und konzentriert an ihrem Bett, entzog sich ihren flehenden Blicken und beorderte sein Kollektiv nach der professionellen Absprache schnell zu der eitlen Wissenschaftlergattin im Nebenbett. Bei Frau von Petersdorff gab er sich wieder als der eloquente, aufmerksame Psychokapitän, auf dessen Schiff sich alle wohlbehütet fühlten. Und Mechthild kam sich vor wie eine fallengelassene Hafennutte. Aber weshalb hatte er ihr überhaupt angeboten, nach Triefenberg zu kommen? Wollte er etwa beides haben, ihre eher freundschaftliche Liebelei *und* das stürmische Abenteuer mit der jungen Schönheit aus dem Orient?

Mechthild lag in ihrem Patientenbett, starrte an die Decke und hörte Wieland zu, wie er sanft und voller Empathie den ausführlichen Reisebericht von Frau von Petersdorff kommentierte. Schön für sie, dass sie mit ihrem hoch dekorierten Bonzenmann auf der »MS Arkona« von Warnemünde nach Kuba gereist war und dort das Wetter, die Palmen und den Rum zu schätzen gelernt hatte. Und, ja, bemerkenswert, wie sie die offensichtliche Armut und der womöglich nicht mehr aufzuhaltende Verfall der Gebäude erschreckt hatten. Auf Mechthilds Gemüt legte sich plötzlich wieder diese Schwere, die Ausweglosigkeit. Wieland machte ein paar Einlassungen über portugiesische Seefahrer, amerikanische Casinos, Zuckerrohr, die Schweinebucht und den Bürgerkrieg in Angola, aus dem viel mehr Leid entstehe, als den gemütlichen Kubanern zugemutet werden dürfe, und er schaffte es tatsächlich, der von ihrer Geschwätzigkeit ganz erschöpften Patientin ein gutes Gefühl zu geben.

Alle im Raum wussten, dass sie einfach nur wieder einmal eine Auszeit von ihrem langweiligen Randberliner Leben zwischen Akademiefesten, Streichquartetten und Scherereien mit der Haushälterin brauchte. Und alle wussten auch, dass Doktor Reich bestimmt keinen Schaden davontrug, wenn er Frau von Petersdorff genügend Aufmerksamkeit entgegenbrachte. Auch sein Citroën war nicht vom Himmel gefallen.

Ein paar Tage lang bemühte sich Mechthild, mit der neuen Situation umzugehen. Sie spazierte zur Ablenkung hinunter in den Ort, was selbst für sie, die durchaus gut zu Fuß war, beschwerlich war, geriet dort in eine völlig missglückte Ausstellungseröffnung mit geschmacklosen Keramiken einer rauschebärtigen Lokalgröße und stapfte anschließend durch den Kurpark. Ansonsten schlich sie über die Flure, ging ihrer Zimmernachbarin aus dem Weg und war bestrebt, Blicke oder Gesten von Wieland zu entdecken, die sie an ihren ersten negativen Eindrücken zweifeln ließen. Aber er wich ihr weiterhin aus. Bei den vormittäglichen Visiten blieb er freundlich und behandelte sie wie jede andere Patientin auch. Am vierten Tag, als sie vor allen Anwesenden in Tränen ausbrach, setzte er sich zu ihr ans Bett und nahm ihre Hand. Unter krampfartigem Schluchzen verkrallte sie sich in seine Finger, konzentrierte sich auf die schwarzen Härchen auf seinem Handrücken und streichelte mit dem Daumen über die dunkelblau an der Innenseite seiner muskulösen Unterarme hervortretende Ader. Dem Kollegium blieb dies nicht verborgen, trotzdem fuhr Mechthild unbeirrt fort. Wieland entwand sich ihr, während er weitersprach. Als dann Fräulein Benassi, die sich offenbar für die Patientin verantwortlich fühlte, hinzutrat und auf sie einredete, geriet Mechthild außer sich, denn sie entdeckte ein kleines verschwörerisches Zwinkern in deren Augen, das Wieland galt.

»Fassen Sie mich nicht an, Sie widerliche Kreatur«, fauchte Mechthild und spuckte der Assistenzärztin ohne jede Vorwarnung ins Gesicht. Pfleger Olaf, ein sympathisches Bärchen, trat energisch hinzu und drückte Mechthild auf die Matratze zurück.

»Lasst mich einfach in Frieden, ihr verdammten Schweine«, schrie sie und warf dabei ihren Kopf hin und her. Wieland war von Mechthilds Attacke betroffen und entfernte sich zusammen mit Fräulein Benassi vom Bett. Wie er ihr die Tür aufhielt, sie sanft am Arm berührte, während die anderen sich um die rasende Patientin kümmerten, nahm Mechthild wie durch ein wackliges Fernrohr wahr. Strampelnd und vom Pfleger niedergedrückt, schrie sie stumm zur Decke. Erst als Frau von Petersdorff kopfschüttelnd aus dem Raum schlurfte, konnte sie sich beruhigen.

Später, als die Spritze, die man ihr gegeben hatte, zu wirken begann, redete der Pfleger beruhigend auf sie ein.

»Ach, Frau Große, Sie machen es sich aber auch schwer. Dabei haben wir es hier so schön, nicht wahr?«

»Ja, sehr schön haben wir's hier«, antwortete sie und versuchte dabei, bemitleidenswert, enttäuscht und ironisch zugleich zu klingen.

»Wissen Sie, wenn ich zu Hause in Riesa bin, fällt mir auch manchmal die Decke auf den Kopf und ich würde am liebsten alles mal vergessen. Da versteht mich keiner, da sind alle anders als ich, und da ist es auch schwer mit Liebe und Gefühlen. Was glauben Sie, wie schwer das ist.«

Mechthild hatte kein Bedürfnis, mit Olaf über seine Homosexualität und seine Einsamkeit in einer sächsischen Kleinstadt zu reden, aber es interessierte sie schon, was er ihr eigentlich sagen wollte. Allerdings wirkte das Beruhigungsmittel immer stärker, und sie wurde unendlich müde.

»Und warum tun Sie es dann nicht einfach? Alles vergessen?«, fragte sie träge.

»Weil ich ja hier bei Ihnen sein muss. Wer würde sich denn sonst um Sie kümmern, wenn nicht der dicke Olaf?« Er ließ seine Hand auf ihrer Schulter ruhen, bis sie eingeschlafen war.

Am übernächsten Tag fasste sie sich ein Herz und suchte in einem genau ausgekundschafteten Moment und unangemeldet Doktor Reich in seinem Zimmer auf. »Kann ich dich kurz sprechen?«

Der Arzt war zu überrumpelt, um sie zurückzuweisen. »Mechthild. Schön, dass es dir besser geht. Pfleger Olaf und Assistenzärztin Benassi sind sehr stolz auf deine Fortschritte.« Er nahm hinter seinem Tisch Platz, zündete sich eine Zigarette an und bot ihr den Besucherstuhl an.

»Und du?«, erwiderte sie und schaute ihn fordernd an.

»Ich habe sehr viel zu tun und muss mich auf das Urteil der anderen verlassen.«

»Das war früher aber mal anders, meinst du nicht?«

»Mechthild, bitte, wie stellst du dir das vor? Dass wir eine Beziehung haben? Das konnte doch nicht ewig so weitergehen. Das musste dir doch klar sein.«

»Und dass du jetzt lieber mit der kleinen Schlampe, die so stolz auf mich und meine Fortschritte ist, eine Beziehung hast, das soll mir wohl auch klar sein, oder was?«

Der Arzt erhob sich und kam um den Tisch herum gelaufen. »Ich weiß wirklich nicht, wovon du redest. Mechthild, ich habe auch aus meinen Fehlern gelernt. Außerdem hat meine Frau wahrscheinlich Krebs. Ich wäre ein Unmensch, wenn ich sie jetzt im Stich lassen würde. Also bitte! Sieh dich vor mit falschen Anschuldigungen.«

Das nahm Mechthild den Wind aus den Segeln.

»Wie geht es denn Angelo? Wie läuft's mit der Schauspielerei?«, fragte Wieland schnell in die Pause hinein.

»Angelo? Ich glaube, ähm, ich hoffe, es geht ihm gut.«

»Wie läuft's mit den Mädchen? Ist er immer noch mit diesem hübschen Ding aus Erfurt zusammen?«

»Du meinst Kati, die modelnde Frisöse?«

»Wenn du das so bezeichnen möchtest. Sie ist ja dann immerhin deine Schwiegertochter«, versuchte er zu scherzen.

Mechthild beobachtete zwei Eichhörnchen, die sich in einem Baum vor dem Fenster zankten.

»Er will mit aller Macht erwachsen werden«, sagte sie nach einer Weile, »will mit ihr zusammenziehen und würde dafür sogar mein Angebot ausschlagen, ihm private Stunden für die Aufnahmeprüfung zu bezahlen.«

»Natürlich will er das. Er muss sich von dir lösen. Das ist eine der Sachen, die wir hier in den nächsten Wochen lernen müssen. Die *du* hier lernen musst. Aber das schaffen wir. Das schaffst du.« Er streichelte ihr jovial über den Rücken.

»Und auch, dass ich mich von dir lösen muss? Muss ich das wirklich?«

Wieland drückte seine Zigarette in einem raffiniert geschliffenen Aschenbecher aus und sah sie mit festem Blick an.

»Ja, das musst du wohl. Aber es wird der Start in ein neues Leben sein. Die Beziehung zu deinem Sohn, all das mit deinen Männern, dass du dir nie einen Ungebundenen gesucht hast, all das müssen wir hinterfragen. Ich glaube, Fräulein Benassi wird das in den Gesprächsgruppen gern mit dir versuchen, trotz des kleinen Malheurs vor ein paar Tagen. Ich möchte dich nur bitten, jegliche Verbindung zu mir unerwähnt zu lassen. Sie würde dir ohnehin nicht glauben, und es bringt ja jetzt auch niemandem etwas.«

Abrupt stand Mechthild auf. Sie taumelte zurück in den frühen warmen Abend und beobachtete Fräulein Benassi wenig später beim Einsteigen in Wielands schnittigen Wagen. Nach dem Abendessen brach sie in der Dämmerung zu einem nicht genehmigten Spaziergang auf, arbeitete sich durch den dichten Wald, knickte im Unterholz um, zerkratzte sich die rechte Wange an stacheligen Ästen und erwartete schließlich weit oberhalb des Kurortes auf einem umgekippten Baum am Rande eines steilen Abhangs die Nacht. Es kam ihr gespenstisch vor, wie sehr sie die Geräusche der Dunkelheit beruhigten. Das Käuzchen, das hinter ihr wilde Warnrufe ausstieß, das Rascheln auf dem Boden und das Flattern der Eulenflügel, das Rauschen des Windes und die langsam aufkommende Kühle versetzten sie in einen tranceähnlichen Zustand. Hier, auf dem von flächigen Pilzen überzogenen Baumstamm, war sie plötzlich ganz entspannt.

Als sie menschliche Geräusche vernahm, den Schein von Taschenlampen näher kommen sah und ihren Namen rufen hörte, stand sie auf, ging an die Kante des Abgrundes und ließ sich mit ausgebreiteten Armen fallen.

Der Zugführer des an dieser Stelle recht langsam fahrenden *Pannonia Express* nahm einige Meter vor seinem Führerhäuschen einen Aufschlag wahr. Zunächst hielt er das Objekt, das kurz im Kegel seiner Scheinwerfer aufleuchtete, für ein größeres Tier. Gar nicht so selten passierte es, dass sich ein Dachs oder gar ein ausgewachsener Hirsch an den Abhängen im Farn verhedderte oder im Liebesspiel abstürzte. In der nur von einer kleinen Sichel erhellten Nacht hatte er kaum etwas erkennen können. Nur die träge zu seiner Linken fließende Elbe reflektierte ein wenig Mondlicht zurück an die Hänge. Auch wenn es nicht der Vorschrift entsprach, hielt er den Zug an, um sich zu vergewissern, dass es nicht das war, was er gesehen zu haben glaubte.

Als der Zug im Morgengrauen Prag verließ und hinzugestiegene Reisende immer wieder rücksichtslos die Tür zu ihrem voll besetzten Abteil öffneten, wachte Angelo auf. Er stellte sich für eine erste Zigarette ans Fenster auf dem Gang und schaute auf diese bezaubernde Stadt, so wenig auch von den Bahngleisen aus zu entdecken war. Ins Abteil blickend, sah er Wolle, dessen Kopf auf Grits Schoß lag. Beide schliefen mit weit geöffnetem Mund. Angelo fiel auf, dass er Wolle noch nie hatte schlafen sehen. So gut kennen wir uns gar nicht, dachte er. Michael Chang und Genesis schnarchten ebenfalls zusammengekrümmt auf ihren Sitzen, und Pascal hatte es sich am Fenster mithilfe eines aufblasbaren Kopfkissens bequem gemacht. Natürlich aus dem Westen. So war er, sein bester Kumpel: immer sch n gemütlich.

Trotz all der Aufregung, der Abenteuerlust und der neuen Bekanntschaften hatte Angelo Wehmut erfasst. Er verstand nicht so recht, weshalb ihm gerade jetzt die Vorfreude so schwerfiel und die Euphorie abebbte. Er hatte das Gefühl, seit Prag keinen Baum und keinen Hügel mehr gesehen zu haben. Brno, Břeclav, Šakvice, Rakvice – in jedem Fall waren das alles Steilvorlagen für herrlichste Albereien mit Pascal, für schnell improvisierte Songs über tschechisches Bier, Mädchen und Kleinstadtnamen. Doch er blieb seltsam melancholisch. Und er hasste sich dafür, dass er sich in diesem Zug, vollgepackt mit so vielen unternehmungslustigen Leuten aus ihrem Land und ihrer Generation, nicht den freudigen Erwartungen hingeben konnte. Nicht einmal Trine, die in Prag zugestiegen war, sich mit einer Tüte Pflaumen und ein paar Bieren neben ihm auf dem Gang postiert hatte und ausführlich über Lotte Lenya, de Niro und Brandauer, über die Leipziger, die Rostocker und die Babelsberger Schule im großen Gegensatz zur Schöneweider Schule reden wollte, konnte an diesem depressiven Schub etwas ändern. Die Schauspielstudentin aus Friedrichshain war völlig anders als Kati, viel fleischiger, kleiner und sommersprossig. Sie schwitzte ein wenig am Haaransatz und an den Ohren, an denen sie opulente Kreolen trug. Angelo fand sie attraktiv. Sie war ironisch, und wenn sie laut und kehlig lachte, wobei sie sich gern irgendwo festhielt, um ihren Körper zu stabilisieren, hatte sie etwas Dröhnendes an sich. Er merkte, dass seine Zurückhaltung nur noch mehr Interesse bei ihr weckte.

Pascal und Wolle hatten es sich im Abteil inzwischen gemütlich gemacht. Grit führte zur Tarnung ihrer privaten Pläne eine Gitarre mit, auf der sie alle abwechselnd und ausgiebig musizierten. Wolle hatte natürlich seine Munti dabei. In ihrem Abteil war wirklich viel los, gerade so, wie Angelo es sich vorgestellt hatte. Dennoch blieb er auf dem Gang stehen.

Bei Galanta, ziemlich tief im slowakischen Teil des Bruderlandes, entdeckte er mitten in der Landschaft wie aus dem Nichts einen riesigen Graureiher. Reglos und unbeteiligt stand das Tier auf einem abgeernteten Feld. Als kleines Kind hatte Angelo nie großes Interesse für die Tierwelt gezeigt. Trotzdem wusste er von den vielen Übernachtungen bei den Wilhelmis – wenn seine Mutter mal wieder zur »Kur« war –, dass es ein großes Glück bedeutete, einen Schwarzstorch, einen Fischreiher oder gar einen Seeadler in freier Natur zu beobachten. Kilian Wilhelmi fühlte sich neben seiner Arbeit als Architekt vor allem zum Vogelschützer berufen. Und in den Tagen, in denen er und seine Frau Almut den Nachbarsjungen in ihrer Obhut hatten, entwickelte, probte und verbesserte der alte Wilhelmi an den Abenden am Diaprojektor seine ornithologischen Vorträge, die er für interessierte Kreise hielt, anstatt den »Denver Clan«, »Einer wird gewinnen« oder »Der Staatsanwalt hat das Wort« laufen zu lassen. Almut und Angelo hörten und sahen zu, knabberten Kräcker und Salzstangen und tranken dazu Brause oder Pfefferminztee.

»Klar kann ich was für dich machen an der Schule. Warum nicht?«, überlegte Trine gerade laut, als er den Vogel entdeckte. »Die Frage ist nur: Muss nicht dein Talent – und ich gehe mal davon aus, dass du welches hast – aufblitzen und den Lehrern von selbst auffallen, damit sie dich erkennen als den, der du sein willst? Ein junger Mühe, ein junger Grashof? Ein Juwel, ein unfertiges, aber glitzerndes Schmuckstück, das sich die Schule um den Hals hängen will?«

»Siehst du den Graureiher dort?«, fragte Angelo unvermittelt und zeigte auf das vorüberziehende Feld. »Dort. Siehst du den?« Er beugte seinen Kopf hinunter zu ihrem, um mit ihr auf Augenhöhe zu sein. »Die gibt's nur noch selten in Mitteleuropa. Und da steht einer«, erklärte er bewegt.

»Mmhm. Wenn du meinst«, sagte Trine und rückte an ihn heran. Der schwiemelige Geruch der ungewaschenen Nacht mischte sich bei Trine mit einem offenbar gerade nachgetupften, schönen Duft. Angelo konnte den Pflaumensaft an ihren Händen und Lippen riechen. »Ach so, ja, jetzt sehe ich ihn. Stimmt, der wäre mir gar nicht aufgefallen, so einsam und still, wie er da vor sich hin steht«, setzte sie nach, und der Zug donnerte augenblicklich über einen riesigen Fluss, den sie, ohne es auszusprechen, als die Donau erkannten.

Und da packte es Angelo, endlich konnte er seine Wehmut beiseiteschieben. Er war begeistert von dem majestätischen Strom, der auf seinem Weg fast ganz Europa durchquerte. Auch jenen Teil von Europa, den Angelo nie kennenlernen würde. Vielleicht später einmal, wenn er am *Deutschen Theater* oder am *Gorki* unterkäme und auf Gastspielreise ginge. Wenn, wenn, wenn.

Seltsamerweise war die physische Nähe zur Mauer, mit der er aufgewachsen war, plötzlich viel weniger brachial als der süße Schmerz, den er hier in diesem Moment empfand. Das mitgehörte David-Bowie-Konzert am Reichstag oder die vielen emotional aufgeladenen Nächte, die er vor Helmut Lehnerts »SFB-Dreamtime« verbracht hatte, erschienen ihm viel weniger mythisch als jene ihn überwältigende Erkenntnis, dass das Wasser der Donau unter anderem dorthin floss, wo das *Burgtheater* stand, wo Mozart begraben lag und wo Falco die Welt aus den Angeln hob.

Das machte ihn irgendwie geil, dieses Gefühl, und als der Zug wieder Land unter den Schienen hatte, stand er immer noch Wange an Wange mit Trine, und natürlich küssten sie sich jetzt. Deswegen war er doch losgefahren, dachte er, um solche spontanen Emotionen auszuleben und sich selbst ganz stark zu spüren. Angelo hätte am liebsten den ganzen Waggon umarmt.

Tschechisch Fairbanks

Er hörte das Schnüffeln nun schon wieder und öffnete vorsichtig den Reißverschluss seines Zeltes. Wolle liebte sein *Alpha*, er hegte und pflegte es, und die Vorstellung, dass irgendein verlauster Bahnhofsköter an den hellbraunen Stoff seines Zeltes pinkelte, ließ ihn hellwach werden. Als er sein Gesicht hinaus in den erwachenden Morgen schob, sah er den Halter von Weitem mit der Leine winken und den Setter zu ihm hin flitzen. Gerade noch mal gut gegangen, dachte er und legte sich wieder hin.

Das war doch schon mal ein satter Einstieg gestern, stellte Wolle fest. Der Keleti pu, dieser wunderschön verlebte Kopfbahnhof, in dessen Nähe sie ihr Lager aufschlugen, hatte sich bei ihrer Ankunft am Nachmittag von seiner wuseligsten Seite gezeigt. Wolle fand ein Schließfach, was einem Sechser im Lotto gleichkam. Auf die anderen beiden Fächer warteten sie über eine halbe Stunde. Und bekamen sie nur, weil zwei Afrikaner ihnen diese quasi untervermieteten. Das war ein mieser Trick, klar, doch was sollten sie machen? Wolle sprach ganz ordentlich Englisch, was den Preis letztlich drückte. Er war sauer. Aber ein bisschen Respekt hatte er schon vor dem Gaunerduo und seinem durchdachten kleinen Business.

In einem der vielen Bahnhofsimbisse holten sie sich jeder eine Pepsi.

»Das ist schon was anderes, als sich einmal im Jahr im Intershop was auszusuchen«, sagte Pascal.

Angelo nickte. »Wahnsinn, einfach so in einen normalen Laden zu gehen und einen *Raider* oder *Treets* zu kaufen, das ist echt Bombe.«

Dann wuschen sie sich an den winzigen Waschbecken auf der Bahnhofstoilette und zogen los. Wolle führte die beiden Greenhorns und Grit, die sich irgendwie nicht abschütteln ließ und die ebenfalls noch nie hier gewesen war, die laute, von kleinen Boutiquen und großen Geschäften gesäumte Rákóczi utca entlang. Die drei konnten sich nicht sattsehen an den Schaufenstern, Farben, Reklametafeln, den unzähligen Produkten westlicher Herkunft. Noch mehr beeindruckten sie die vielen kleinen Höfe und Ecken, in denen jene private Marktwirtschaft blühte und gedieh, die sie von zu Hause nicht gewohnt waren. Es faszinierte Wolle jedesmal, wie die Ungarn einen cleveren Weg gefunden hatten, Leuten mit Talent viel mehr Freiheiten zu bieten als bei ihnen in der DDR. Hier war einfach mehr drin. In Budapest spürte er die Macht, die Ausstrahlung des Geldes und die Möglichkeiten der Fantasie, und er fühlte sich sofort wieder in seinem Element. Allein schon die Gerüche, die so anders waren als in der Kastanienallee oder bei seinen Eltern in Marzahn! Wenn nur die verdammte Sprache nicht wäre, würde er hierbleiben, dachte er.

Wolle ließ den anderen Zeit, ging mit ihnen in jeden Hof, jede noch so kleine improvisierte Verkaufsbude, viele davon im Souterrain alter Mietshäuser. Sie verhandelten bestimmt eine Stunde lang über den Preis einer originalverschweißten Stones-Platte, die Grit ihrem Vater mitbringen wollte und die sie später in der knisternden, hellblauen Plastetüte vorsichtig wie einen Säugling mit sich herumtrug. Den ganzen langen Weg hinunter zum Deák tér, dem großen Platz, an dem das Leben besonders laut tobte, musste Wolle darüber nachdenken, wie sehr er sich hierher gewünscht hatte. Zu Hause war er nur knapp einer Katastrophe entgangen.

_____

Nachdem sich Tomaschewski mit seinen Hodenproblemen in jener Nacht- und Nebelaktion aus dem Staub gemacht hatte, war Wolle, wie angeordnet, am nächsten Tag mit dem Taxi nach Leipzig gefahren, wo er über einen separaten Eingang ins *Eden* geführt wurde, dort aber den krausen Gernot nicht antraf. Da er nicht ewig mit seinem Farbeimerchen in dem Edelschuppen herumstehen konnte, bat er schließlich einen Barmann, dieses für ihn hinter dem Tresen zu deponieren. Das war höchst riskant, aber was sollte er machen? Der Verweis auf den krausen Gernot hatte außerdem geholfen und keine weiteren Fragen nach sich gezogen. Er bekam eine kleine, reservierte Nische zugewiesen und von einer bezaubernden Kellnerin nach kurzer Zeit ungefragt einen Drink auf den Tisch gestellt.

»Warst du nicht gerade erst hier?«, fragte sie ihn. »Mit den beiden aufdringlichen Schwarzen?« Sie beugte sich vor und brachte ihr Dekolleté ungeniert in sein Blickfeld.

»Gut beobachtet, Hübsche«, flirtete er zurück. »Und schon da hatte ich nur Augen für dich.« Ihm gefiel, was er sah. Sehr sogar.

»Im Gegensatz zu den beiden Spinnern. Denen war ich recht schnell egal, als sie gemerkt haben, dass ich nicht käuflich bin.« Sie wurde ernster. »Bezahlt haben sie natürlich auch nicht. Aber das ist hier ja normal. Vitamin B eben.«

Er nahm, obwohl er später mit dem Mercedes nach Berlin zurückfahren musste, einen großen Schluck von dem blau-glitzernden Getränk und hielt für einen Moment ihre Hand fest. »Weißt du, ich gehe davon aus, dass im Prinzip jeder Mensch käuflich ist. Außer vielleicht Mahatma Gandhi und James Bond.«

»Also ich kenne noch ein paar mehr Leute, vor allem Frauen, die sich nicht von ein paar Westkröten die Augen verdrehen lassen«, erwiderte sie.

»Und warum arbeitest du dann hier? Um dich anbaggern zu lassen und am Ende nichts davon zu haben?«

»Das besprechen wir ein andermal. Oder später«, sagte sie, verschwand im Gedränge und lächelte ab und an zu ihm herüber.

Wolle saß an seinem Tischchen, rauchte und sah dem Treiben zu. Heute, ohne den aufgekratzten Sammy und den selbstgefälligen Mounir an seiner Seite, kam ihm das *Eden* viel normaler vor. Sicher, auch an diesem Abend gab es dubiose, alleinstehende Leute, so wie er selbst einer war, gab es Frauen, die etwas zu offensiv herüberschäkerten, aber es tummelten sich auch normale Typen unter den Gästen. Das war er aus dem *Operncafé* gar nicht mehr gewohnt. Aber es lief schreckliche Musik, Modern Talking und Level 42, »Oops Upside Your Head« und Roxette. Als gerade ein guter Titel folgte, tauchte wie aus dem Nichts ein beeindruckend großer Mensch auf, setzte sich neben ihn und sagte kein Wort. Wolle wusste sofort, dass es um die Lieferung ging.

»Hey hey hey, isch war der goldene Reita. Hey hey hey, isch bin ein Kind diesa Stadt«, sang der Typ plötzlich den Refrain mit, und Wolle, der Zeit gehabt hatte, ihn zu beobachten, erkannte ihn schließlich als Danilo, den Türsteher aus der *Wabe* in Berlin. Und der saß nun neben ihm. Ein schräger Zufall?

»Das bezweifele ich aber, dass du ein Kind dieser Stadt bist. Wenn mich nicht alles täuscht, kenne ich dich aus dem Prenzlauer Berg, stimmt's?«

Danilo bog seinen massigen Oberkörper samt Hals und Kopf wie eine fest ineinandergeschraubte Einheit in seine Richtung und lächelte auf eine Art, die Wolle Angst machte.

»Und wenn mich nicht alles täuscht, habe ich noch nie etwas von dir gehört oder gesehen! Du tauchst mit einem Eimer auf, fragst nach Leuten, die hier nicht mehr verkehren, und machst unsere beste Kellnerin an. Glaubst du nicht auch, dass ich allen Grund habe, dich nach deinem Blue Curacao unangespitzt in den Boden zu rammen?«

Wolle spürte, dass es jetzt darauf ankam, nicht die Nerven zu verlieren und bloß keine Angst zu zeigen. Er zog ausgedehnt an seiner Zigarette.

»Sag mal, Danilo – so heißt du doch, oder?« Wolle schaute dem Türsteher zwar nicht in die Augen, aber sein Auftreten hatte etwas Lässiges. Danilo rückte kaum merkbar näher, und Wolle fuhr unbeirrt fort: »Ich weiß zwar nicht, was das heißt, ›nicht mehr verkehren‹, aber von meinen Partnern in Berlin bin ich gebeten worden, den krausen Gernot zu treffen und ihm zur Verschönerung seiner Datsche sein geliebtes Lindgrün als Farbprobe mitzubringen.«

Danilo ging darauf nicht ein. »Gib mir einen Namen, mit dem ich dich in Verbindung bringen kann!«, forderte er stattdessen.

Wolle hatte keine Ahnung, ob er mit Tomaschewski und Rothe punkten konnte oder damit etwas verriet, was er besser für sich behalten sollte. Also fiel ihm nur Kati ein. »Du kennst eine Freundin von mir. Ich war dabei, als Kati dich mit einem Kuss davon abgehalten hat, einen Kumpel von mir zu vermöbeln.«

Danilo überlegte einen Moment lang. »Das war so ein aufgebrachter Araber aus der Botschaft, richtig? Ja, daran erinnere ich mich. Schreckliches Volk. Zu viel Geld, kein Benehmen, weil keinen Alkohol gewohnt, und dann auch noch rassistisch werden. Da sehe ich schwarz, äh, rot.« Er nahm einen Schluck von seinem Leitungswasser, das er in einem riesigen Bierglas mit an den Tisch gebracht hatte, presste über den unfreiwilligen Gag leicht verspätet ein seltsam keckerndes Fistelgeräusch aus seinem sehnigen Körper und sang wieder mit: ›... lebensbedrohlische Schüzophrenie. Neue Behandlungszentren bekämpfen die würklischen Ursachen nie. Hey, hey, hey ...‹

Wolle schmunzelte. Er musste an den krausen Gernot denken und daran, ob das Lied möglicherweise auf ihn passte. Offenbar war er von einer sehr hohen Leiter abgestürzt, und seinen Platz nahm nun ein disziplinierterer Gauner ein.

Danilo stellte sich im Verlauf des Abends als feiner Kerl heraus, der an Wolles Tisch sitzenblieb und sich mit ihm immer lockerer unterhielt. Beim Thema Fußball kamen sie nicht groß weiter, da Danilo dafür kein Interesse zeigte. Beim Boxen wiederum wurde schnell klar, dass Wolle kaum bewandert war. Teófilo Stevenson, logisch, ein bisschen Angelesenes über Ali, Foreman, Tyson und die ganzen Kracher, aber er versuchte erst gar nicht, sein Desinteresse an dieser Sportart zu überspielen. Als Kind war Wolle Schwimmer gewesen, hatte auf Bezirksebene und sogar bei Berliner Stadtmeisterschaften gewonnen und hätte durchaus auch in der Jugendnationalmannschaft schwimmen können. Doch er wurde das, was er war, und das vertrug sich nun mal überhaupt nicht mit Leistungssport. Danilo hatte eine ähnliche Geschichte, aber eben mit dem Boxsport.

Sie verständigten sich darüber, wie froh sie waren, dass ihnen die tägliche Plackerei, die Medikamente und die blöden Gespräche mit irgendwelchen Herren vor Auslandsreisen erspart geblieben waren, aber damit hatte es sich auch. Und so blieben sie beim Thema Frauen hängen. Bananarama, Kim Wilde und ein paar Berliner Mädchen, die sie beide kannten und über die es sich lohnte, in einem Nachtclub in Leipzig zu reden. Danilo zog ein zusammengefaltetes Papier aus seinem Portemonnaie. Die zerknitterte Frontseite einer *Sibylle* zeigte vor dunkelgrünem Hintergrund das Porträt einer umwerfend schönen Frau, die ein Oberteil mit Spaghettiträgern trug und über deren rechter Schulter etwas Stoff lag, der aussah, als würde er gleich abrutschen. Das Ganze war in einem Licht gehalten, das den flämischen Meistern nachempfunden schien. Gemeinsam starrten sie die Titelseite an.

»Das hier«, sagte Danilo und tippte der Schönen auf den Haaransatz, »das ist es doch, wofür wir leben.«

»Kennst du sie?«, fragte Wolle. »Kommt mir irgendwie bekannt vor.«

»Einmal, ja, das war im letzten Sommer, da ist sie bei uns in der Disco aufgetaucht. Kurz danach bin ich fast zusammengebrochen, als ich das hier entdeckt habe. Aber sie ist nie wiedergekommen. Möglicherweise ist sie nicht aus Berlin. Wenn du mir einen Kontakt zu diesem Mädchen machst, werden wir zwei beiden die besten Freunde.«

»Bist du deshalb weg aus Berlin? Liebeskummer?«, hakte Wolle nach.

»Nein. Das hatte geschäftliche Gründe«, erwiderte Danilo, und es war klar, dass die kurz gehaltene Auskunft nicht auf Nachfragen angelegt war.

»Ich hör mich mal um«, versprach Wolle. Kurz darauf brachte ihm die Kellnerin ein neues Glas. »Na dann: Auf unser Kennenlernen!«, prosteten sie sich zu und verfielen danach in Schweigen.

Danilo sprach ihn schließlich noch einmal auf das Eimerchen an: »Sag mal, Wolle, hast du nicht Lust, mit mir ein kleines Geschäft zu machen? Du sagst einfach deinen Leuten, dass du beklaut worden bist. Meinetwegen sagst du auch, dass ihn dir ein ganz, ganz böser schwarzer Mann weggenommen hat. Und dafür nimmst du, sagen wir, fünfzig blaue Fliesen mit und kannst dir deine eigene Datsche verschönern.« Er zog ein grünes Büchlein aus seinem Jackett, auf dem in weißen Sechzigerjahrelettern »Buch der Familie« eingraviert war. Zwischen den in Folie steckenden Geburtsurkunden, Heiratsunterlagen und anderem klemmten, von außen kaum zu erkennen, jeweils acht bis zehn Westhunderter.

In Wolles Kopf begann es augenblicklich zu arbeiten. Fünftausend D-Mark – damit würde er, sollte er es gut tauschen können, mindestens fünfzig Mille in der Hand halten. Und das auf einen Schlag. Er könnte Onkel Kalli die dreitausend wiedergeben, die der für Wolles getürkte Fahrerlaubnis in Marxwalde hingeblättert hatte, und er könnte den Diplomatenkindern, mit denen er manchmal durch die Nächte zog, wenigstens eine Zeit lang ebenbürtig sein beim Geldverprassen. Bei allen Geschäften, in die er in den letzten Monaten reingezogen worden war, noch niemals waren solche Summen für ihn abgefallen.

Fragte sich nur, was Tomaschewski und Rothe machen würden. Plötzlich hatte Wolle das Gefühl, dass ihm das hier viel zu heiß wurde. Wenn er eins nicht wollte: die beiden zum Feinde zu haben. Dann schon lieber Danilo einen Korb geben, auch wenn nicht sicher war, wie der darauf reagieren würde. Und was der überhaupt mit dem Verschwinden vom krausen Gernot zu tun hatte.

»War ein echt cooler Abend heute, hab mich wieder richtig wohlgefühlt in dem Laden«, sagte er und schaute Danilo festen Blickes an. »Aber ich denke, ich sollte jetzt mal die Pferde satteln, meine kleine Farbprobe einsammeln und in die Hauptstadt zurückdüsen. Vielen Dank für das Angebot, aber ich muss leider ablehnen.«

Danilo gab ihm die Hand, ließ das Eimerchen bringen und ging mit Wolle auf die Straße. Plötzlich fuhr ein blauer Golf vor, und seine Lieblingskellnerin öffnete von innen die Wagentür.

Danilo grinste Wolle an. »Kleines Abschiedsgeschenk. Gute Gäste muss man sich warmhalten. Sylvie bringt dich nach Berlin. Widerspruch ist zwecklos. Es will doch keiner, dass du unter die Räder kommst mit irgendeinem Taxi-typen.«

Die nächtliche Fahrt über die Transitstrecke hatte einen gewissen Zauber. Die Straße war leer, es war warm, und Sylvie strahlte etwas unglaublich Direktes, Körperliches aus. Sie sprachen die ganze Zeit von Punk, Wave, Underground

und den geilen Bands, die jetzt auch hier im Osten hoch-
kamen und Musik machten, für die man sich nicht mehr
zu schämen brauchte. Wolle verheimlichte ihr, dass er es
selbst einfach nicht schaffte, mit seinen Jungs auf einen
grünen Zweig zu kommen, aber er sang ihr einen eigenen
Song vor, den er als den eines Freundes ausgab.

Sylvie, die ihr Kellnerinnenoutfit gegen eine eng sitzen-
de Lederjacke und einen knappen Rock getauscht hatte,
steuerte den Wagen traumwandlerisch sicher über die bu-
ckelige Autobahn. Irgendwann schlug sie vor, die Plätze zu
tauschen, und hielt auf einem leeren, schlecht beleuchteten Rastplatz. Als sie ausstiegen und sich vorm Auto begegneten, drückte sie ihren Körper heftig an seinen, küsste
ihn und ließ sich schließlich auf die erhitzte Motorhaube
legen. Wolle machte das, wogegen Sylvie offenbar nichts
einzuwenden hatte, und sie taten es kurz und entschlossen, wobei Sylvie versuchte, mit gestöhnten Fragen herauszubekommen, für wen er eigentlich arbeitete. Doch
während er in sie hineinstieß, antwortete er immer wieder
rhythmisch: »Das geht dich überhaupt nichts an«, woraufhin Sylvie noch geiler wurde und kam. Jedenfalls bildete
er sich das ein. Und dann parkte hinter ihnen ein Laster,
hupte, und sie fuhren weiter.

Das Ganze kam ihm vor wie im Film und hätte ewig so
weitergehen können, wenn er nicht immer noch für dieses
bescheuerte Eimerchen unter der Rückbank verantwortlich gewesen wäre. Sylvie steckte eine leiernde Kassette
mit Keith Jarretts »Köln Concert« in den Player, das sie,
nur wenige Worte verlierend, bis an den Stadtrand von
Berlin hörten.

Als sie ein paar Ecken vor Rothes Haus an einer Tele-
fonzelle hielten, verabschiedete er Sylvie mit einem langen Kuss und stiefelte im Morgengrauen mit dem Eimerchen durch Karolinenhof. Jetzt bloß kein ABV, bloß keine
Bullen oder irgendwas, dachte er und klingelte dann an

Rothes Tor. Der Boss schlurfte im Bademantel nach draußen und nahm ihn in den Arm. Schweigend liefen sie den
langen Kiesweg bis zur Eingangstür der Villa hinauf. Wolle
überlegte, ob er jetzt einen Anschiss bekommen oder ihm
demnächst eine Fingerkuppe oder ein Ohrläppchen fehlen
würde. Er hatte das Geschäft nicht zum Abschluss bringen
können, aber immerhin auch keinen Mist gebaut.

Mitten in seinen Gedanken drehte Rothe die Mahler-
Symphonie leiser und bat ihn, sich aufs Sofa zu setzen. Er
schenkte zwei Gläser Kognak ein und setzte sich Wolle
gegenüber.

»Gut gemacht, mein Junge, gut gemacht«, sagte er und
prostete Wolle über den gläsernen Couchtisch zu. »Du
sollst dich nicht verarscht fühlen, aber seit Tomaschewski
sich in Sachsen die Eier richten lässt, brauchen wir schlag-
artig neue verlässliche Leute. Und dein Auftritt heute war
aller Ehren wert. Das lass dir gesagt sein. Und deshalb bist
du jetzt ein Teil von unserem Team, und darauf trinken
wir, einverstanden?«

Wolle nickte kurz. Er war so übermüdet von den vielen Eindrücken, von Danilo, Sylvie, von Keith Jarrett, von
seiner unterdrückten Angst und der koitalen Euphorie,
dass er kurz schlucken musste. Er trank seinen Kognak
aus, verabschiedete sich von Rothe und stieg in ein Taxi,
das der offenbar schon bei seiner Ankunft gerufen und
bezahlt hatte. Bei der Fahrt über das Adlergestell, durch
den Treptower Park und über den Alexanderplatz in die
Kastanienallee ließ er seinen Tränen freien Lauf und fiel
später wie tot zu Anne ins Bett, in dem bereits Joan und
John, eng an ihre Mutter geschmiegt, lagen.

———————

Nachdem Wolle in seinem Zelt recht schnell wieder eingeschlafen war und von wilden Hunden träumte, die ihn
beim Pinkeln auf einem nächtlichen Autobahnrastplatz

anfielen, liefen sie nach spätem Aufstehen über die lange Andrássy út in Richtung Donau und stiefelten dann, nach einer ewigen Straßenbahnfahrt, in Grits teure Jugendherberge. Erhobenen Kopfes passierten sie den verkrampft lächelnden Portier, wuschen sich in der Männerdusche ausgiebig und weckten Grit, die völlig verkatert mit einem nach Knoblauch und billigen Zigarillos riechenden Polen in den Federn lag. Der Typ war sofort ziemlich aggressiv. Seine Morgenlatte kaum verbergend, sprang er aus dem Bett und ging auf die drei frisch frisierten Jungs los, bis Grit ihn radebrechend davon überzeugen konnte, dass alles seine Richtigkeit hatte.

»Was ist denn nun mit deinem Mister Mönchengladbach?«, fragte Pascal sie auf dem Weg in die Stadt.

»Den gibt es hoffentlich auch noch«, antwortete sie. »Aber gegen eine ordentliche Verabschiedung innerhalb des Warschauer Paktes hat doch niemand etwas einzuwenden, oder?«

Sie lachten amüsiert und stiegen in der Nähe der St.-Stephans-Basilika aus. Auf dem großen Vorplatz wuselten Menschen durcheinander, Autos hupten, und das historische Gebäude thronte über allem. Es war genau dieses Flair, das Wolle so glücklich machte und Pascal und Angelo richtiggehend high werden ließ. Sie schlenderten ziellos durch die Innenstadt, gingen in Instrumenten- und Buchläden, suchten ein bezahlbares Pizzarestaurant auf und blieben danach einfach auf schattigen Bänken sitzen, bis der kühlere Abend kam. Jetzt füllte sich alles mit noch mehr Leben, mit Musik, lauten Gesprächen in allen Sprachen der Welt, mit Trampern, Punks und flirtenden Mädchen.

Später fuhren sie mit zwei Punkbräuten, die Grit aus Brandenburg kannte, zu einem Anarchokonzert in die *Black Hall*. Dort angekommen, stellten sie fest, dass der Eintrittspreis ihr Budget klar überschritt. Grit und die zwei

Miezen kamen trotzdem irgendwie rein, und die Jungs standen auf der Straße, mitten in einer dunklen Industriegegend. Die Straßenbahn zurück in die Stadt fuhr nicht mehr, doch wie auf Bestellung hielt ein Taxi. Wolle redete den Jungs ein, dass dies ein Wink des Himmels sei, und setzte sich auf den Beifahrersitz. Als Angelo und Pascal es sich hinten gerade gemütlich machen wollten, fragte der Taxifahrer, dessen Dederonnicki mächtig über dem Bauch spannte, wo sie herkämen.

»Németország«, sagte Wolle. »Good old Germany.«

Der Fahrer drehte sein plärrendes Radio leiser und fragte: »Wo geht Fahrt?«

»Keleti pu«, antwortete Pascal von hinten.

»Wo in Németország ihr wohnt?«, fragte wieder der Taxifahrer.

»Berlin«, riefen alle drei wie aus einem Mund.

»West or East?«

Kurze Pause.

»Where's the difference?«, fragte Wolle zurück, der den Braten zu riechen begann.

Der Mann zuckte die Schultern und schaute zu ihm hinüber. »West or East?«, wiederholte er

»Kelet. Wie Keleti pu. Kelet-Németország. East. Ostberlin. Hauptstadt der DDR«, sagte Pascal pathetisch und fand das ziemlich lustig.

Der Taxifahrer lehnte sich über Wolles Schoß und machte die Beifahrertür wieder auf. »Ich nur Deutsch Mark. Kelet-Money schlecht«, sagte er und rieb Daumen, Zeigefinger und Mittelfinger seiner rechten Hand aneinander. »Cambio, Change very bad. Capito? No Taxi. Finish. Ende. Goodbye!« Und damit schmiss er sie raus.

Verdutzt standen die drei auf dem Bürgersteig und fühlten sich gedemütigt, als zwei Engländer aus der *Black Hall* torkelten. Sie steuerten das wartende Taxi an und brausten nach kurzer Unterhaltung mit dem Fahrer davon.

Nach einer anstrengenden Odyssee erreichten Wolle, Pascal und Angelo den Bahnhof, holten ihre Sachen aus den Schließfächern und liefen in den dunklen Stadtpark. Sie hatten keine Lust, ihre Zelte aufzubauen, und da die Nacht sehr warm war, beschlossen sie, ihre Isomatten unter den großen Bäumen auszurollen. Zu ihrem Glück hatte die schöne Stelle am See noch keine anderen Belagerer angezogen, und so legten sie sich zu dritt nebeneinander.

»Ich weiß gar nicht, ob ich überhaupt noch an den Balaton will«, begann Pascal. »Am liebsten würde ich mich gleich nach Rumänien verkrümeln. Da sind wir wenigstens nicht die Volldeppen.«

»Ach komm«, brummte Wolle in die sternenklare Nacht, »lass dir von dem einen Penner nicht das ganze Land madig machen. So ist das nun mal hier. Wenn einer die Chance hat, Westknete zu verdienen, dann macht er das auch. Da werden keine Gefangenen gemacht. Erst recht keine kleinen Osttramper.«

Das leuchtete Pascal ein. Während Angelo bereits vor sich hin schnarchte, lauschten Wolle und er den nächtlichen Geräuschen.

»Sag mal, läuft da was mit dir und Kati?«, fragte Wolle unvermittelt.

»Was? Bist du bescheuert? Wie kommst du denn da drauf?« Pascal merkte, dass er rot wurde, was Wolle glücklicherweise nicht sah.

»Ich gar nicht so sehr, aber Anne hat das beobachtet. Und die hat da einen ganz guten Blick für. Normalerweise.«

»Mann, Wolle, ihr habt sie ja nicht mehr alle! Meine Fresse …«

»Okay, okay, war ja nur 'ne Frage. Tut mir leid.«

»Schlaf gut, Wolle«, sagte Pascal und drehte sich geräuschvoll in die andere Richtung.

»Hm, schlaf du auch gut«, erwiderte Wolle und lag noch

lange wach. Er war sich jetzt sicher, dass er bei seinem Kumpel in ein Wespennest gestochen hatte. Aber so sehr interessierte es ihn auch nicht, schließlich war es nicht seine Angelegenheit. Er war vielmehr aufgeregt, weil es morgen endlich an den Balaton ging. Im letzten Jahr hatte er in Siófok eine gute Disco entdeckt, die er den Jungs zeigen wollte. Und er musste zu einer Geschäftsbesprechung, von der er nicht wusste, was ihn erwartete. Rothe hatte ihm nur Zeit und Ort genannt, und Wolle hatte keine Wahl. Lange grübelte er darüber nach, und dann fiel ihm Anne ein, an die er den ganzen Tag kaum einen Gedanken verschwendet hatte, und die Kinder. Sie fehlten ihm nicht wirklich, obwohl er sie, auch wenn es nicht seine eigenen waren, ehrlich mochte. Er war gerade mal einundzwanzig. Und er war auf einer Reise, von der er nicht wollte, dass sie so schnell endete.

––––––––––––

Sie erwachten früh, quälten sich von ihren Matten hoch und liefen zum Bahnhof, wo sie ein überteuertes, fettiges Frühstück einnahmen und dann ihre Schließfächer ausräumten. Mit der U-Bahn wollten sie zum Déli pu, dem dritten Fernbahnhof der Stadt. Obwohl der gestrige Abend einen unangenehmen Beigeschmack hinterlassen hatte, merkten sie, dass er sie noch mehr zusammengeschweißt hatte. Die Demütigung durch den Taxifahrer aber blieb in ihren Hinterköpfen.

»Wahnsinn!«, rief Pascal, als sie mit der Rolltreppe zur U-Bahn hinunterfuhren. »Das hört ja gar nicht mehr auf. Wie weit geht das da wohl runter?«

Auch Angelo staunte. »Fünfzig Meter bestimmt.«

»Ich glaube, jetzt kapiere ich es langsam«, sagte Pascal. »Wir sind echt in Budapest gelandet. Verdammt noch mal!« Angelo und er gaben sich ein High Five.

Wolle drehte sich um und lächelte. »Und heute Abend,

am Balaton, da lassen wir mal kurz und knackig die Sau raus. Versprochen!«

»Erzähl. Was meinst du damit?«, fragte Pascal begierig.

»Lasst euch überraschen.« Wolle grinste. »Ich habe erstens einen Plan und zweitens so ein Gefühl.«

Am Déli pu angekommen, der wie ein Hochplateau in die Stadt gebaut und von einer modernistischen Bahnhofshalle geprägt war, versuchten sie, sich zu orientieren und den richtigen Zug nach Siófok zu finden. Um sie herum wuselten erstaunlich viele Kinder mit pechschwarzen Haaren, dunkel getönter Haut und zerschlissenen Klamotten. Ein schnauzbärtiger älterer Herr, der Pascals und Angelos Unsicherheit bemerkt hatte, kam ein paar Schritte auf sie zu und schnarrte in feinstem K.u.K.-Jargon: »Ich sage guten Tag, meine Herren. Lassen Sie sich nicht ärgern von diese kleine Zigeunerbälger. Damit müssen wir hier leider leben. Schlimm, schlimm ist das.«

»Goten Tog«, erwiderte Wolle etwas schnippisch und angenervt. »Im Moment stört mich das persönlich überhaupt nicht. Sollen sie doch spielen, die Kleinen.«

»Wo kommen Sie her von Deutschland, meine Herren?«, krächzte es weiter unter dem imposanten Zwirbelbart hervor. Der Alte hatte richtig Haltung angenommen. Die Jungs wechselten schnell einige Blicke. Das Geschehen der letzten Nacht war noch präsent.

»Ostberlin. Prenzlauer Berg«, platzte es aus Wolle heraus.

Der Alte bekam einen glasigen Blick. Er hob seinen Stock und begann zu erzählen: »1936, im Alter von neunundzwanzig Jahre, da habe ich eine schöne Reise zur Olympiade gemacht. Da fuhren wir mit ein paar Kamerade über Nürnberg, Chemnitz, Dresden, Görlitz und Potsdam durch deutsche Lande und endeten schlussendlich im festlich geschmückte Berlin. Drei Tage von August haben wir dort verbracht, sind in unsere Ausgehuniformen zum Spiel der Unsrigen in Poststadion in Wedding gegangen, haben schöne Mädchen in Friedrichstadtpalast gesehen, leichte Mädchen hinter Alexanderplatz besucht und zum Schluss, ich träume heute noch öfter davon, eine großartige Parade mit der dicke Göring auf Bismarckstraße gesehen. Das war einemalig. Phänomenal.«

Die Jungs guckten verdutzt. Sie kannten es einfach nicht, dass irgendwer, auch kein alter, sentimentaler Sack, über Erlebnisse in der Nazizeit so positiv sprach. Sicher, es gab die bekannten Sprachreste, »bis zur Vergasung«, »da träumt der Führer von«, »nur keine jüdische Hast« oder »wenn das nicht klappt, ist Polen offen«. Solche Phrasen hatten sie hier und da schon von älteren Leuten gehört, klar, und selbst manch Jugendlicher hatte sie noch im Sprachgebrauch. Aber mit leuchtenden Augen von Hitlers Berlin zu sprechen, das wirkte bizarr auf sie.

»Wie ist denn das Spiel damals ausgegangen?«, fragte Wolle, um den Alten vom Politischen weg zum Sportlichen zu lenken.

»War kein guter Spiel. Fünftausend Leut nur. Polen haben uns drei zu null abgeschossen. Und da war schon wieder Schluss mit Olympia. Aber das haben wir dann ja drei Jahre später wieder ausgeglichen. Auf dem Feld.« Der Alte lachte jetzt wieder. »Wohin wollt ihr fahren, deutsche Freunde?«

Pascal und Angelo hielten sich zurück und überließen es Wolle, die Konversation weiterzuführen.

»Wie fahren zum Balaton. Das ist Gleis drei, richtig?«

»Sehr richtig. Ich lade euch schicke Berliner Jungs herzlich in mein Panzio ein. In Tihany, auf kleine halbe Insel an Nordseite. Wäre mir ein Ehre. Zimmer werden freigemacht, Dusche haben wir auf Gang, Essen ist auch gut für Deutsche.«

»Vielen Dank, aber lassen Sie mal gut sein«, wiegelte Wolle ab. »Wir haben bestimmt Besseres vor, als am

Balaton ausgerechnet in einer schwulen Nazipension abzuhängen.«

Der Alte tat so, als hätte er nichts verstanden, und lief
ihnen hinterher. »Bitte sagt in Deutschland, dass Ungarn
ist kein Zigeunerland«, rief er lauthals. »Werden wir Kommunisten überleben, werden wir Zigeuner überleben, wir
bleiben immer stolze Ungarn und Freunde von Deutsche.«
Er stand ein paar Meter hinter ihnen, winkte mit seinem
Stock und stieg in ein anderes Abteil des Zuges in Richtung
Balaton.

Die Jungs fanden zwei freie Bänke, legten ihre Kraxen
ab und schwiegen. Der Zug fuhr aus der Stadt, hinein in
einen glühend heißen Sommertag. Im Westen ließen sich
immer wieder kleinere Hügel blicken, im Osten breitete
sich das platte Land aus. Kurz hielten sie in Székesfehérvár,
der »Stadt der Könige«, und fanden endlich ihre Sprache
wieder.

»An irgendetwas erinnert mich dieser Name«, sagte
Wolle, während er aus dem Fenster auf den Bahnsteig
schaute.

»Nächster Halt: Stuhl-weißen-burrrrg«, krächzte Angelo, einen Wochenschausprecher imitierend, und zielte
dabei auf Wolle, der bei ihrer großen Packaktion in Annes
Wohnzimmer alle altdeutschen Namen diverser ungarischer und rumänischer Städte heruntergerattert hatte.

»Hör bloß auf, ey«, reagierte Wolle gereizt. »Die ganze
Frankenstadt- und Hermannstadt- und Szegedin-Kiste, die
kotzt mich gerade urst an.«

»Verstehe schon, aber nun macht euch mal ein bisschen
locker«, sagte Pascal. »Der Typ da eben ist ja nicht unbedingt aussagekräftig, was die Einstellung des gemeinen
Ungarn angeht.«

»Der gemeine Ungar fährt Taxi und verarscht kleine
Ossis«, sagte Angelo, und endlich hatten sie ihren Spaß
zurück, lachten und dachten nur noch den Balaton.

»Jetzt erhofft euch aber auch nicht zu viel«, warnte Wolle, als die beiden anderen anfingen, sich die nächsten Tage in rosigen Farben auszumalen. »Das ist am Ende auch nur ein See mit Tausenden leicht bekleideten Mädchen und Frauen, die, während ihre Horsts und Manfreds an der Eisdiele anstehen oder Westautos beglotzen, in ihren überhitzten Campinganhängern auf überraschende Abenteuer mit einsamen Wanderern warten.«

»Alter, hör auf mit dem Scheiß«, sagte Pascal. »Ich krieg grad so einen Halbsteifen, wenn ich daran denke. Marke Geht-nicht-weg, verstehste?«

Direkt hinter Siófok betraten sie den Campingplatz, den Wolle ausgesucht hatte, und bauten, zum ersten Mal seit Tagen, ihre Zelte in der Vorfreude auf, eine behütete Nacht und einen Morgen mit normaler Dusche zu verbringen. Schnell kamen sie ins Gespräch mit anderen Deutschen. Eine Jungscombo aus Thüringen und eine Mädchengruppe aus Niedersachsen, die hier beide schon länger zelteten, hatten sich bereits ordentlich vermischt. Wolle nahm Augenkontakt mit einer attraktiven Brünetten auf.

Viele andere Ostler schienen auf irgendetwas zu warten und hatten sich offenbar für länger eingerichtet. DJ Ulf aus Brieskow-Finkenheerd, dessen hässliches Logo die Heckscheibe seines Wartburg Tourist verschandelte, campierte in einem imposanten Klappfix-Anhängerzelt direkt neben ihnen. Der hellblaue Wagen schien schon länger als Abstellraum genutzt zu werden: Pappkisten, Tüten und diverser Krimskrams verstopften das Auto und reichten bis zur Decke.

Als die Jungs mit dem Aufstellen ihrer Zelte fertig waren, erwachte Ulf gerade und hatte gleich schlechte Laune.

»Was macht ihr denn hier für einen Krach, ihr Knalltüten?«, herrschte er sie an, als er aus seiner provisorischen

Burg heraustrat. Er nahm einen riesigen Schluck aus einer Pepsi-Flasche.

»Einen wunderschönen guten Morgen, Kollege«, antwortete Wolle.

Ulf ging nicht darauf ein. Stattdessen betätigte er den Plattenspieler, der auf einem Beistelltischchen stand, und sang, spöttisch auf die Neuankömmlinge blickend, den Refrain laut mit: »Manchmal möchte ich schon mit dir – diesen unerlaubten Weg zu Ende gehen ...«

Wolle war entschlossen, die Situation rasch zu klären. Er trat nah an Ulf heran und sagte ohne abzuwarten: »Hör mal zu, Freundchen, wenn du in der Zone jemals wieder an irgendeinem Plattenteller Geld verdienen willst, dann machst du jetzt ganz schnell diesen Müll aus und putzt dir erst mal die Zähne, verstanden?«

Ulf schien von Wolles Angriff überrumpelt. Er trat drei Schritte zurück. »Was willst du denn?«, fragte er, nun aber weitaus weniger mutig als zuvor.

»Ich will dir nur sagen, dass ich keinen Ärger und keine Kackmusik in meiner Nähe dulde und im Hinblick auf deinen Beruf die richtigen Leute kenne, um dir das Leben richtig schwer zu machen«, antwortete Wolle und blieb stehen, wo er war. »Glaub mir einfach. So richtig schwer. Du willst nicht wissen, wie schnell du deine Einstufung als Schallplattenunterhalter verlierst und höchstens mal bei einer Schuldisco in der Prignitz muggen kannst«, schob er hinterher. In seiner Armyjacke und den schweren Stiefeln war er eine Erscheinung, der man durchaus einiges zutrauen konnte.

Ulf drehte die Musik leiser. Wolle trat, ohne den Blick von ihm zu wenden, gegen eine tragende Stange des Klappfix, woraufhin die ganze Konstruktion bedenklich wackelte. Ulf, dem der Alkohol der vergangenen Nacht sichtbar zu schaffen machte, gab auf, stoppte den Plattenspieler und ging wortlos in sein Zelt. Sofort erhob sich ein allgemeines Klatschen und Johlen, und die Jungs standen im Mittelpunkt erlöst wirkender Camper. Ohne es geplant zu haben, schien Wolle an dieser Ecke des Zeltplatzes gerade eine neue Hierarchie hergestellt zu haben.

Nachdem er, nun in Badehose, aus seinem Zelt herausgetreten war, kam die Brünette, die er kurz vor der Auseinandersetzung in Augenschein genommen hatte, auf ihn zu.

»Ey, echt gut gekontert eben bei dem Schlagerspinner da«

»Wenn du meinst«, sagte Wolle und grinste sie an. »Macht der das öfter?«

»In den letzten zehn Tagen hat er damit ein paar Leute vertrieben. Und immer behauptet, dass er den Zeltplatzchef kennt, als Nachtarbeiter Sonderrechte hat und sich das erlauben darf.«

Wolle gab ihr die Hand. »Ich bin Wolle aus Berlin, und wer bist du?«

»Nina. Aus Cuxhaven. Aus Hemmoor, genauer gesagt. Das ist ein paar Kilometer von der Nordsee weg.« Sie lächelte ihn an und zog ihr Nicki aus, worunter sie einen imposanten Busen in einem ebenso beeindruckenden, roten Bikini verborgen hatte.

»Ich lass das mal kurz hier, okay?« Sie nahm ihn bei der Hand, und sie liefen zusammen in Richtung Wasser.

Der Tag schritt voran, die warme Luft schwebte über dem aufgeheizten See, und die Jungs kamen mit den Mädchen aus Cuxhaven immer intensiver ins Gespräch. Wolle fand, dass Nina ein klasse Mädchen war, für eine Provinzlerin einen ausgesucht guten Musikgeschmack hatte und ihn letztlich überhaupt nicht spüren ließ, dass sie mit ihrem Westgeldstatus in einer anderen Liga spielte als er. Im Gegenteil, sie und die anderen Girls von der Nordsee ließen sich von den drei Ostberliner Jungs bereitwillig einladen,

abends in der kleinen *Palatschinkenbar* und in der Strand-
disco zum Sekt. Ab und zu bestellten sie selbst etwas für
die Runde, *Jägermeister* oder *Aquavit*, vermieden aber, den
Jungs ihre Männerrolle abzusprechen. Allerdings verrin-
gerten sich die Forintvorräte der Jungs rasant. Beim Zelt-
platzbüro hatten sie mit einer doppelt ausgefüllten Zoll-
erklärung noch mal versucht, je einhundert Ostmark, den
eigentlichen Höchstbetrag für den gesamten Aufenthalt,
zu tauschen, was aber misslungen war.

Wolle, der mit seiner Entourage nur deshalb einen
Platz auf dem Zeltplatz bekommen hatte, weil er den
Diensthabenden mit vier Westfünfern bestochen hatte,
wusste, dass sie am nächsten Tag etwas unternehmen
mussten, sonst konnten sie gleich nach Rumänien wei-
tertrampen. Dort würden sie mit ihren mitgebrachten
Päckchen wie die Krösusse leben können. Aber hier endete der Abend damit, dass sie die Mädchen dazu überredeten, lieber an der stark befahrenen Straße zurückzu-
laufen, weil sie sich kein Taxi leisten wollten. Und Busse
fuhren nicht mehr.

»Hey, ihr kennt aber echt viele Songs, die wir auch kennen. Gibt's bei euch denn Platten zu kaufen oder Kassetten?«, fragte Nina und stapfte hinter Pascal her.

»Also, erstens haben wir unser eigenes Radio«, erklärte
Wolle, »wo gar nicht mal so wenig gute Musik läuft. DT64,
hast du vielleicht schon mal gehört.«

»Nee, klingt wie ein Pflanzenschutzmittel oder so«,
scherzte Nina. »Ich komm halt vom Land, du verstehst?«
Sie drückte seine Hand, während sie an der Kante der Straße liefen und immer wieder Autos und Lkw gefährlich nah
an ihnen vorbeirauschten.

»Und zweitens haben wir das komplette Westfernsehen
in Berlin, auch euren NDR, Dénes Törzs, ›Formel Eins‹
natürlich, alle Radiosender aus Westberlin, SFB2, Rias2
und so. Außerdem die englische Hitparade ›Amercian Top

Fourty – From Coast to Coast with Rik De Lisle‹«. Wolle sprach nun im Stil des amerikanischen Radiomoderators. Er hatte zwar keine Ahnung, wie dieser Typ geschrieben wurde, aber bei der AFN-Hitparade hatte er die meisten Songs aufgenommen. Die liebte er, auch wenn da eher der Mainstream für die GIs in Zehlendorf lief und nicht das wirklich coole Zeug. Das fand er im Nachtprogramm und in Spezialsendungen beim Ost- wie Westradio, meistens aber auf geschmuggelten Platten und dutzendfach überspielten Kassetten.

»Für mich gibt's die Mauer immer auch in der Luft.« Nina lachte. »Aber das ist ja Quatsch.«

Sie verließen die Straße und trabten zum Zeltplatz hinüber. Es wurde ruhiger, und die Geräusche der Nacht nahmen Überhand. Irgendwo weit entfernt grölten ein paar Leute.

»Echt? ›Formel Eins‹ guckt ihr auch?«, fragte sie nach einigem Nachdenken erstaunt.

»Klar«, erwiderte Pascal, der mit Petra, einem aufgeschlossenen, riesigen Pferdemädchen hinter ihnen lief und das gehört hatte. »Ich hab Nena das erste Mal im ›Musikladen‹ oder bei Dieter Thomas Heck gesehen, und das hat mich echt umgehauen, bis heute eigentlich, und Duran Duran mit ›Wild Boys‹ hab ich bei Peter Illmann bei ›Formel Eins‹ gesehen und nie mehr vergessen.«

»Ich war total verknallt in Peter Illmann«, gab Petra zu. »Richtig doll sogar. Meine Mutter hat mir geholfen, über den Sender ein Autogramm von ihm zu kriegen. Und bei der Sendung, wo sie ›Thriller‹ in kompletter Länge gezeigt haben, durfte ich bis elf Uhr aufbleiben.«

Mit dem ersten Licht des Tages krochen sie schließlich in die Zelte.

———

Wolle erwachte gegen Mittag und erschrak. Rothe hatte ihm am letzten Abend im *Operncafé* mitgeteilt, dass er ihm, da er nun ein echter Teil ihrer Mannschaft war, einen Auftrag ins Ungarnland mitgeben müsse. Eine Widerrede war nach dem morgendlichen Kognak in der Karolinenhofer Villa ausgeschlossen, und so hatte Wolle den Zettel mit den entscheidenden Daten entgegengenommen.

Punkt vierzehn Uhr musste er in Balatonszéplakalsó sein, einem Bahnhof der Balatonumkreisung. Und zwar heute. Dort würde er auf einen »Freund« treffen, wie Rothe die Leute seiner Truppe nannte, und Näheres erfahren. Wolles Frage, wie er den Fremden erkennen sollte, quittierte Rothe mit einem breiten Schmunzeln. »Da mach dir mal keine Sorgen, mein Junge. Das wird sich schon regeln. Du bist ja nicht blöd.« Sein Ton war milde. »Vielleicht wirst du ja auch überrascht sein«, hatte er vieldeutig hinterhergeschoben. Die zweite Frage, ob ihn die Aufgabe in irgendeiner Art von seiner Reise abhalten würde, beantwortete Rothe eher ausweichend. »Das glaube ich nicht. Du bist ja kein Spießer, der sein Leben von Fahrplänen und so Zeug abhängig macht, oder?«

Einerseits hatte Wolle nichts dagegen, Rothe und Tomaschewski einen kleinen Dienst zu erweisen, der sicherlich, wenn man genauer hinsähe, nicht mit den Gesetzen vereinbar war. Andererseits aber hatte er auch die Verpflichtung, seine beiden Mitfahrer, denen er gestern Nacht völlig besoffen noch etwas von einer Verabredung gegen Mittag zugeflüstert hatte, sicher über den Balkan zu bringen.

Darüber dachte er nach, als er jetzt zur Fernstraße vorlief und an den Schienen entlang joggte. Der kleine Bahnhof war keine vier Kilometer entfernt. Allerdings hatte sich ein Gewitter zusammengebraut, das sich ungefähr einen halben Kilometer bevor Wolle das Wartehäuschen erreichte über ihm entlud. Wild und ungestüm peitschte der Wind über den See und durch die Seitenstraßen, transportierte

Unmengen von Müll und fegte dann auf der breiten, baumlosen Straße orkanartig entlang. Wolle wurde von den feuchten Seiten einer BILD-Zeitung getroffen. Wie ein Poncho legten sich die Blätter um ihn herum. Kurz bevor er, inzwischen vor Nässe triefend, den Treffpunkt erreichte, schubste er die Seiten zurück in den Wind, der sie um einen Strommast auf der anderen Straßenseite wickelte. Wolle ließ sich schnaufend und tropfend auf die einzige Bank in dem leeren Wartehäuschen fallen. Der Regen, der aufgewirbelte Dreck und die Muffigkeit, die sich in dem kleinen Raum breitmachten, hatten seine Wahrnehmung durcheinandergebracht. Schweigend betrachtete er die gelbe Farbe, die von der Wand blätterte, und das hineinsickernde Gewitterwasser, das sich mit einem eingetrockneten Scheißehaufen in der Ecke vermischte. Er war auf einmal sehr wütend, überhaupt in einer solchen Situation zu stecken. Durch die beschlagenen, schmutzigen Fenster sah er einen weißen Mercedes-Transporter am Bahnübergang halten. Ein untersetztes Männchen, das zum Schutz gegen Hitze und Regen so etwas wie einen Malerhut und zur engen 501 ein *Lacoste*-Hemdchen trug, stieg aus, lief schnell auf das Häuschen zu und riss die Tür auf.

»Szeretettel üdvözöljük!«, schrie der Typ mit ausgebreiteten Armen, und noch bevor er das Hütchen abnahm und die darunter verborgene Lockenpracht offenbarte, erkannte Wolle, dass er es diesmal tatsächlich mit dem krausen Gernot zu tun haben musste.

»Alter Schwede!«, entfuhr es Wolle. »Das ist ja wie mit dem Hasen und dem Igel.«

»Schwede lass ich gelten«, sagte Gernot und ließ seine Arme nicht sinken. »Schweden, das Land der Elche, der sympathischeren Sozialisten und der schönen Frauen. Welche findest du hübscher? Agnetha oder Anni-Frid?«

»Ist nicht so meine Musik, wenn ich ehrlich bin«, antwortete Wolle.

Jetzt erst lockerte der krause Gernot seine komische Pose und beendete die Begrüßung mit einem ganz normalen Handschlag. »Ja, also, noch mal: Willkommen am Balaton!« Er fummelte eine zerquetschte *Marlboro*-Packung aus seiner Jeans. Gerade als er Platz genommen und Wolle Feuer gegeben hatte, betrat ein pitschnasser Tattergreis das Häuschen und setzte sich wortlos neben sie. Ohne groß Notiz von den beiden zu nehmen, zog er einen Zigarillostummel aus seinem schmutzigen Jackett, an dem ein paar Orden bammelten, und wartete. Schließlich gab Gernot auch ihm Feuer und wandte sich dann, ohne den Alten weiter zu beachten, Wolle zu.

»So, mein Jüngelchen, da hat dich der Rothe also schnell mal befördert. Nicht schlecht. Bei deinem Besuch im *Eden* vor ein paar Tagen kamst du mir noch ganz schön blass vor im Gesicht.« Er kicherte ausgiebig und verschluckte sich an einem opulenten Raucherhusten. Als er sich beruhigt hatte, hob er an: »Wie du ja wahrscheinlich schon mitbekommen hast, sind einige unserer ungeduldigen Landsleute der Meinung, dass in diesem Sommer hier was geht in Ungarn, dass sie entweder rübermachen können oder warten – auf was auch immer. Jedenfalls haben viele von ihnen erstaunliche Mengen an heimlich eingeführten Wertsachen dabei. Ganze Familienschätze. Schmuck, Diamanten, Silber und Gold, eingerollte Originale alter Meister und lauter so Zeug, das man eventuell zu Geld machen kann, wenn man sich ein neues Leben aufbauen will. Und was in ein Kofferraumversteck im Wartburg oder in den Barkas passt.«

Wolle unterbrach ihn: »Hältst du das denn für möglich, dass die Ungarn sich erweichen lassen? Das würde ja ganz schön was durcheinanderbringen.«

»Allerdings«, sagte Gernot, »das würde sehr viel durcheinanderbringen. Und deswegen glaube ich auch nicht, dass der KGB und die Staatssicherheit da mitmachen, wenn die Ungarn sich bei den Österreichern oder den Westdeutschen einschleimen wollen und zum Beispiel die Botschaften und Konsulate nicht mehr so genau kontrollieren oder ihre schöne grüne Grenze. Aber«, er unterbrach sich, zündete ihnen beiden eine neue *Marlboro* an und gab dem Alten frisches Feuer, »das ist Politik, und die interessiert uns gar nicht vordergründig. Uns interessieren die Möglichkeiten! Und die sind gerade riesig. Deswegen war ich auch sehr fleißig in den letzten Wochen, ausgenommen natürlich die schöne versaute Nacht im *Eden*, bei der du ebenfalls zugegen warst, und habe unseren Leuten hier für heiß begehrte Forint ihre Schmuggelschätze abgekauft. Denn für ihre alten Hochzeitsringe können die sich hier alle nichts kaufen. Keine Cola, keine Würstchen, keine Stellplätze und vor allem kein Bier. Und Forint dürfen sie nicht umtauschen. Also bluten sie langsam aus, und da kam der liebe Gernot mit seinen frischen ungarischen Scheinchen gerade recht.« Er nahm einen tiefen Zug. In Wolles Kopf begann es zu rattern. »Ein Großteil von den Schätzen«, fuhr Gernot fort, »befindet sich da draußen in Onkel Gabors Lieferwagen. Und mit dem fährst du bitte heute noch Richtung Sopron und übergibst die Ware an unseren Freund Hermann, den steirischen Stier. Der lädt dann das Ganze in seinen Wagen, und ihr fahrt wieder zurück.«

»Ihr?«, fragte Wolle, obwohl es ja noch genügend andere interessante Fragen gegeben hätte. Aber das war nun einmal die erste, die ihm in den Sinn kam.

»Natürlich: ihr. Onkel Gabor und du. Erst mal ist das seine Lieferkiste. Außerdem ist er verdienter Veteran der Ungarischen Kommunistischen Arbeiterpartei und deshalb, falls irgendein vorwitziger Landstraßenbulle den Wagen anhält, dein sicheres Alibi. Und er hat diesen abgelegenen alten Hof bei Nemeskér in der Nähe von Sopron, auf dem die Übergabe stattfinden wird.«

»Woher weißt du denn überhaupt, dass ich eine Fahrerlaubnis habe?«, fragte Wolle.

»Weil wir dich nicht erst seit gestern auf dem Schirm haben, Jungchen. Hältst du uns für bekloppt, oder was? Unser Geschäft funktioniert nur, wenn wir gut informiert sind. Sehr gut informiert.« Er hatte ein diabolisches Grinsen im Gesicht. »Und das betrifft auch und vor allem neue Freunde.«

Der Alte hatte Wolle immer noch nicht angesehen, blies schweigend süßlich riechende Rauchwolken aus, die den feuchten Fäkalgeruch übertünchten, und starrte in den schwächer werdenden Regen.

»Und wie sieht der Deal aus mit diesem, diesem …«, Wolle kramte in seinem Gedächtnis nach dem gerade gehörten Namen, »… diesem Stier?«

Wieder kicherte Gernot auf seine spezielle Weise. »Hermann, der steirische Stier, gibt dir einen Vorschuss von zweihunderttausend Kronen. Den Rest bekommen wir in Leipzig oder in Berlin in zwei Monaten nach dem kompletten Verkauf der Ware. Mit mehr Details solltest du dich nicht belasten. Aber ordentlich nachzählen, das solltest du.« Die letzte Äußerung untermalte er mit einem feixenden Geräusch.

»Und was passiert mit der Kohle?«, wollte Wolle wissen.

»Die übergibst du morgen brav zur selben Zeit einem Diplomatenfreund von uns in genau diesem Drecksloch, in dem wir gerade sitzen.«

»Und was ist, wenn es morgen nicht regnet, sondern hier alles voller Urlauber und Zuschauer ist?«, fragte Wolle besorgt.

Der Alte hustete. Dabei nestelte er mit seinen arthritischen Fingerchen ein sehr großes, graues Stofftaschentuch aus der Hosentasche, in welchem er seinen Auswurf entsorgte.

»Dann machst du das, was man in einer solchen Situation eben macht: Einer setzt sich mit einer Sporttasche unauffällig hin, lässt sie stehen, und der andere nimmt sie mit. Gehst du nie ins Kino, oder was?« Gernot schien ein wenig genervt von der Fragerei.

Trotzdem bohrte Wolle nach: »Woran erkenne ich denn, dass der Richtige das Geld bekommt?«

»Oh, mein Gott«, stöhnte Gernot jetzt. »Sieh es als deinen persönlichen Pionierauftrag, das zu erkennen. Wird schon werden!« Er tätschelte Wolles Wange und erhob sich ruckartig, wobei die Knochen seiner Kniegelenke knackten. In der Tür drehte er sich um und skandierte in das Wartehäuschen: »Für Frieden und Sozialismus: Seid bereit!«

Wolle war verblüfft und abgestoßen zugleich, und doch sagte er reflexartig: »Immer bereit!«

Zwar konnte Wolle es vermeiden, dem krausen Gernot auch noch die Genugtuung zu verschaffen, den Gruß der Thälmannpioniere mit der Handbewegung zum Scheitel zu zeigen. Aber als er ihn kichernd aus der Tür flitzen sah, war er richtig wütend. Auf sich, auf die Umstände und auf diese Typen, die ihn behandelten wie einen blöden Neuling. Erst das Ding mit Danilo im *Eden*, dann die Verarsche mit der Kellnerin im Golf. Wer wusste, was aus dieser Nummer mit dem skurrilen Kommunistenopa und seinem Lieferwagen werden würde. Aber er hatte auch ein klares Zeichen erhalten, dass er sich nicht mehr im Testmodus befand, sondern soldatischer Teil einer ernst gemeinten Sache geworden war. Wolle hatte zwar die NVA bisher umgehen können, dafür unterstand er jetzt einem sächselnden, *Marlboro* rauchenden Feldwebel, der Landsleute ausnahm und sich blöde Scherze mit ihm erlaubte.

———————

Es dauerte keine zehn Minuten, bis Wolle begriffen hatte, dass Hermann, der steirische Stier, mehr als nur ein Hehler von Zonenschmuck war. Erstaunlich behände hatte

Onkel Gabor, nachdem sie über zwei Stunden mit stillem Warten verbracht hatten, das blickdichte Tor des komplett ummauerten Grundstücks geöffnet und den unscheinbaren Lieferwagen mit Wiener Kennzeichen eingelassen. Als Hermann ausgestiegen war, verzog sich der Alte in das staubige Häuschen, setzte Kaffee auf und hörte eine operettenartige Musik. Hermann begann ohne Umschweife, die Ware zu begutachten. Unter jeweils einer Lage Pfirsichen und Schutzfolie befanden sich in bis unters Dach gestapelten Kisten Diademe, Broschen, Anhänger, silberne und goldene Haarkämme, Ringe mit funkelnden Steinen, Ohrringe, Manschettenknöpfe und Ketten. Alles war geordnet, mit Jahreszahlen beschriftet und mit Füller in schöner, graziler Handschrift ausgepreist. Wolle war beeindruckt von der Arbeit, die der krause Gernot unmöglich im Alleingang erledigt haben konnte, und vom offensichtlichen Wert der Lieferung. In den grobschlächtigen Händen des Stiers wirkte das alles eher deplatziert.

»Das ist ja mal ein Schatz, da haut's dir die Schalter raus«, gab Hermann in einem starken Akzent von sich, den Wolle unter Steirisch abspeicherte.

»Allerdings«, sagte er und versuchte, möglichst cool rüberzukommen. »Der Schatz am Plattensee! Ich bin übrigens Wolle.«

»Bist du nervös?«, fragte Hermann, ohne ihn anzusehen.

»Nee, nur zu viel geraucht und zu wenig getrunken.«

»Apropos getrunken«, sagte Hermann, ohne Hände und Blick von dem Schmuck zu lassen. »Holst du bitte mal die Mädchen aus dem Bus und zeigst ihnen die Toilette? Ich will dann nämlich schnell durchfahren. Das hier ist ja der Wahnsinn. Sup-pa, Sup-pa, einfach sup-pa!«

Der Typ war Wolle unsympathisch. Trotzdem ging er langsam zum Transporter und öffnete die Hecktür. Auf der Ladefläche saßen vier verängstigte Mädchen. Zwischen ihnen lagen ein paar leere Wasserflaschen und lasche Gemüsestrünke. Er konnte keinerlei Gepäckstücke oder zusammengeraffte Klamotten entdecken.

»Come with me. Toilet«, forderte er die Mädchen auf und machte eine einladende Handbewegung. Sie erhoben sich langsam, und er zeigte ihnen die Treppe zum Haus, hinter dessen Eingangstür sich gleich ein Klo befand. »Take time«, rief er ihnen in seinem holprigen, aber gut gemeinten Englisch hinterher, das in etwa zu einem Viertel aus der Schule, zu einem weiteren aus Liedtexten und zur Hälfte aus Gesprächen im *Operncafé* herrührte. Dann half er Hermann dabei, die Kisten zu seinem Wagen zu tragen und sie vor der Ladefläche abzustellen. Als sie fertig waren, ging der Hehler zur Beifahrertür, nahm aus einer kleinen Sporttasche ein Bündel Scheine, das er sich in die Gesäßtasche steckte, schloss geräuschvoll den Reißverschluss und übergab Wolle die Tasche voller Geld.

»Hilfst du mir noch, die Kisten reinzuhieven, wenn sich die Mädels dahinter verkrochen haben?«, fragte er jovial, als ob es um das Aufsammeln heruntergefallener Schrauben ging.

»Klar«, sagte Wolle mit brüchiger Stimme. »Was ist das mit den Mädchen?«

»Was das ist?«, polterte Hermann, wobei er das I auf seltsame Weise in die Länge zog. »Das sind vier blutjunge Magyarenuschis, die gerade den Hauptgewinn gezogen haben und demnächst die Wiener Schickeria glücklich machen dürfen.« Er haute Wolle mit seiner rechten Pranke auf die Schulter und tätschelte dann verschwörerisch seinen Rücken. »Das ist. Offiziell wollen sie alle natürlich Model werden, verstehst?« Hermann lachte über das ganze Gesicht, und erst jetzt fiel Wolle auf, dass er erstaunlich schlecht gemachte Zähne hatte.

Die Mädchen kamen zurück und stiegen auf die Ladefläche. Hermann gab dabei jeder einen Kuss auf die Wange und einen Klaps auf den Hintern. Beim letzten Mädchen sagte Hermann zu Wolle: »Das hier ist die Anikó. Der ihren Namen hab ich mir gemerkt. Die ist so leiwand. Findest du nicht auch?«

Anikó, die vielleicht sechzehn Jahre alt und wirklich außerordentlich attraktiv war, lächelte Wolle schüchtern an.

»Good luck«, wünschte Wolle verhalten. Sie antwortete irgendetwas auf Ungarisch, worauf die anderen Mädchen kurz lachten. Hermann drängte darauf, endlich fertig zu werden, und sie beluden schweigend den Wagen. Immer höher türmten sich die Pfirsichkisten vor den jungen Frauen, immer weniger war von ihnen zu sehen. Erst verschwanden ihre Füße, dann ihre Körper, zum Schluss ihre Köpfe, als würden sie eingemauert hinter Schmuck und Südfrüchten. Wie ein Puzzle in umgekehrter Reihenfolge. Wolle kam sich plötzlich wie ein riesengroßes Arschloch vor.

»Take a peach if you're hungry«, brüllte Hermann durch die Kisten, während er die Tür zuwarf. »Hungry – Hungary. Lustig«, schob er kopfschüttelnd hinterher und verabschiedete sich von Wolle mit einem kurzen Handschlag.

Onkel Gabor stand plötzlich wieder neben ihnen und bekam von Hermann das übrige Bündel Scheine ins Sakko gesteckt. Dann öffnete er das Tor, und der Wiener Transporter entschwand in den lauen Abend.

Wolle rannte aufs Klo. Als er sich zu Ende übergeben hatte, sah er, dass die Namen der vier Mädchen am Spiegel standen. Mit einem Lippenstift hatten sie sich hier, im letzten Moment auf heimatlichem Boden, verewigt: Szusza, Julika, Anikó, Virág. Wolle spülte sich den Mund aus. Er nahm sich vor, keinen dieser Namen je zu vergessen.

Während Wolle in der einbrechenden Dunkelheit mit Onkel Gabors Wagen zurück zum Balaton zuckelte, bekam er das Bild der auf der leeren Ladefläche kauernden Mädchen nicht aus dem Kopf. Er stellte sich die bangen Minuten vor, die sie am Grenzübergang oder beim Zoll verleben würden, die rüden Grenzer, die den Verschlag aufrissen, die Kisten mit missmutigem Blick inspizierten und die Wagentür, im besten Falle, einfach wieder zuschlugen, im schlechtesten sowohl Schmuck als auch die vier Mädchen entdeckten, sie aus dem Wagen zerrten und zum Verhör mitnahmen. Schmuggelware wie die Brillanten.

Er parkte den Wagen an der Fernstraße unweit des Zeltplatzes. Onkel Gabor hatte auf der anderthalbstündigen Fahrt von seinem Anwesen bis hierher geschlafen und machte, nachdem er nun mit offenen Augen stumm dasaß, keinerlei Anstalten, auf den Fahrersitz zu wechseln. Stattdessen schaltete er die Warnblinkanlage ein und döste weiter. Wolle nahm die Sporttasche unter den Arm, verabschiedete sich knapp und lief in Richtung Zeltplatz.

Als er den Reißverschluss zu seiner Unterkunft geöffnet hatte, fand er mitten auf seinem Schlafsack einen Zettel: »Sind vorn am Strand beim Kinderspielplatz. Nina.« Dieser erste Text war durchgestrichen worden. Als nächstes stand da: »Hoffentlich geht's dir gut. Sind was essen. In der *Palatschinkenbar*, da, wo die vielen Holländercamper stehen. Nina und Angelo. 18:30 h.« Auch diese Info war von einem dicken Strich durchzogen. Darunter stand, in die Ecke gekritzelt: »Wolle, wir machen uns Sorgen. Sobald du wieder da bist, lass uns ein Zeichen da. Wenn du nicht gestört werden willst, stell einen von deinen Boots vor das Zelt. Oder komm zu uns. Wir sind im *Miami* in Siófok. Bis mindestens zwei Uhr. Nina, Angelo, Michi.«

Wolle merkte erst jetzt, wie erschöpft er eigentlich war. Viel lieber hätte er diesen Tag und Abend mit den Jungs und Mädels verbracht. Und er hatte auch keinen Bock darauf, morgen Mittag in einem Bahnhofshäuschen auf einen Diplomaten zu warten, um ihm Hehlerkohle zu übergeben. Was sollte das? Was hatte er denn bitte damit zu tun? Geld sprang dabei erst mal nicht heraus, soviel war klar. Erst mit zunehmender Gunst seiner beiden Mentoren würde er von seinem Einsatz profitieren. Das Schlimmste aber war, dass ihn dieser aufregende Tag in keinerlei Hochgefühl versetzte. Er hätte gut verzichten können auf das Ganze, ging es ihm durch den Kopf, während er seine Boots auszog und einen vor das Zelt stellte. Er ließ sich nach hinten fallen und schloss die Augen.

Ohne dass sein Freund es mitbekommen sollte, hatte Angelo gestern Nacht auf dem Nachhauseweg mit Petra aus der Mädchengruppe herumgeknutscht. Pascal, der sich bis dahin viel mehr mit ihr abgegeben und im *Miami* zu jedem der schrecklichen Popsongs mit ihr getanzt hatte, kotzte in diesem Moment an einem Gartenzaun seinen Mageninhalt aus. Nina wollte ihm zur Seite stehen, doch er schickte sie weg. Die Situation war äußerst unwürdig.

Das alles ahnte Wolle nicht, als er die schwer angeschlagenen Jungs gegen elf Uhr weckte, auf seinem Campingkocher Kaffee brühte, Eier brutzelte und ihnen seinen Entschluss mitteilte, früher als gedacht den Weg nach Rumänien anzutreten. »Wenn ich ehrlich bin, mir reicht's hier, Leute«, rief er Angelo und Pascal zu, die verdattert dreinblickten, und fügte hinzu, dass er sie, wenn er einen weiteren Termin am frühen Nachmittag hinter sich hatte, am nahegelegenen Bahnhof erwarten würde.

Die beiden diskutierten kaum darüber, schließlich war Wolle der Boss. Wolle spürte, dass bei seinen Kumpels der Funken der süßen, unbeschwerten Freiheit gerade erst gezündet hatte und sie noch nicht bereit waren, erneut aufzubrechen. Doch er hatte sich entschieden: Er wollte weg von seiner Verpflichtung, weg von den damit verbundenen Leuten. Bliebe er am Balaton, würden sicher weitere Aufgaben auf ihn zukommen. Und er ahnte, dass es ihm nicht gut bekäme, sollte er sich verweigern. Also wollte er so schnell wie möglich abhauen und möglichst unerreichbar sein. Und die Karpaten in ihrer Weltabgeschiedenheit schienen ihm dafür der beste Ort.

Am späten Vormittag begann er als Erster, sein Zelt abzubauen. Er verabschiedete sich von Nina, die ihm ein dünnes Lederarmband ums Handgelenk wickelte und ihm ihre Heimatadresse gab.

»Wir bleiben noch zwei Wochen. Vielleicht verschlägt es euch ja noch einmal hierher zurück«, sagte sie und gab ihm einen Kuss auf die Wange.

Wolle lief mit der Kraxe auf dem Rücken und der blauen Sporttasche in der Hand zum Bahnhof und fuhr eine Station weiter nach Balatonszéplakalsó. Nach ein paar Minuten nahm er einen dunkelblauen Audi quattro wahr, aus dem laute Musik herausquoll und auf dessen Heck ein Aufkleber des Corps Diplomatique prangte. Der Wagen parkte neben der kleinen Schranke. Plötzlich öffnete sich die Beifahrertür, doch niemand stieg aus. Wolle schlenderte auf den Wagen zu. Mit der Kraxe auf dem Rücken hatte er die perfekte Tarnung.

»Hi«, sagte er zu dem gut aussehenden Typen, der am Steuer saß und mit seinen feingliedrigen Fingern auf das Lenkrad trommelte. »Pump up the volume, pump up the volume«, donnerte es aus den offenbar in allen Ecken des Wagens platzierten Boxen.

»Want a ride?«, fragte der Fremde und drehte die Musik leiser.

»No, thank you«, erwiderte Wolle.

»Got something for me?«

Wolle nickte kurz zu der Tasche hinüber, die er bereits auf dem Beifahrersitz abgestellt hatte.

»Want no ride to Budapest?«, fragte der Fahrer, ehrlich erstaunt.

In dem Moment begann das Schrankensignal zu bimmeln, und nach Wolles erneutem »No, thank you« raste der Wagen unter der sich absenkenden Schranke hindurch. Im letzten Moment hatte er der Tür noch einen Schubser mitgegeben. Der Audi bog auf der anderen Seite der Schienen auf die Schnellstraße ab und düste in Richtung Budapest davon.

Als der Zug an der Station nahe des Zeltplatzes hielt und er seine beiden Kumpane dort stehen sah, war er sehr erleichtert. Als sie einstiegen, beide verkatert und voller unausgesprochener Vorwürfe, hätte er sie am liebsten umarmt. Später, als sie in Székesfehérvár einfuhren, hatte Wolle wieder komplett gute Laune.

»Székesfehérvár, du Perle im Niemansland zwischen Budapest und Balaton – ich taufe dich hiermit feierlich auf den Namen Tschechisch Fairbanks«, verkündet er und konnte Pascal damit ein Lächeln entlocken, während Angelo weiter in sich hineingrummelte.

»Von Schweineöde nach Tschechisch Fairbanks«, kommentierte Pascal seinen ersten Eindruck, als sie aus dem Zug stiegen. »Was genau machen wir jetzt eigentlich?«

»Wir trampen nach Szeged«, sagte Wolle.

»Ja, letzter Halt Gulaschtown.« Pascal griff sich pathetisch an die Brust. »Von dort geht's dann endlich rüber in das Land von Dacia und Dracula, von Murfatlar und Maffays Peter.«

Angelo lief ein kleines Stück hinter ihnen. »Ich kann es kaum erwarten«, brummte er in sarkastischem Tonfall. »Goodbye *Pepsi Cola*. Auf Wiedersehen *Jack Daniels*. Adieu, schönes Leben.«

Der Busfahrer, der sie am östlichen Stadtrand von Tschechisch Fairbanks aussteigen ließ, staunte nicht schlecht über ihren Plan, heute noch bis nach Szeged zu kommen. Die Nachmittagssonne brannte unbarmherzig auf die Jungs hinab. Wolle und Angelo hatten sich ihre Tücher um die Köpfe gebunden und sahen aus wie Melkerinnen auf einem sowjetischen Propagandabild. Sie liefen die Landstraße etwa einen Kilometer hinunter, wobei sie kaum einem Auto begegneten. Schließlich hockten sie sich gegenüber einer mitten in die Landschaft stehenden, seltsam unbelebten Reifenfabrik an den Fahrbahnrand und warteten auf eine Mitfahrgelegenheit.

Wenig später hielt ein leicht angetrunkener Bauer mit seinem Wartburg direkt neben ihnen und winkte sie auf die Rückbank. Ein paar Kilometer weiter, hinter einer Kreuzung bei Dunaújváros, setzte er sie ab, und sie stellten sich für die südwärts führende Tour an die Straße. Wolle war es, der das entscheidende Tramperglück hatte. Meistens zeigte er zwei nach oben gereckte Daumen, hüpfte auf und ab und schaffte es damit, manchen der eher zurückhaltenden Ungarn ein Lächeln ins Gesicht zu zaubern. Trotzdem hielten nur wenige tatsächlich an. Der blaue Kastenwagen aber, auf dessen Kühler ein abgewetztes Ford-Logo zu sehen war, gab Wolle schon von Weitem Lichthupe. Die Jungs erhoben sich und schmissen ihre Kraxen in den leeren Laderaum.

Der Fahrer, der fließend Englisch und ein wenig Deutsch sprach, hatte eine kleine Kühlbox an der Seite seiner Ladefläche installiert, aus der er den Jungs eiskalte Apfelsinenbrause spendierte.

»My name is Adam. You are from Germany?«, fragte er, nachdem alle eingestiegen waren.

»Yes. East Berlin«, sagte Wolle, der in diesem Moment insgeheim hoffte, an einen freundlicheren Typen geraten zu sein als bei ihrer abendlichen Taxifahrt. Da entdeckte er an Adams Spiegel die baumelnden Wimpel von Juventus Turin, Bayern München und Videoton Székesfehérvár und sah seine Chance. »You like football?«

»Yes«, sagte Adam. »Fußball, Frauen und Forint.«

Wolle mochte den Typ sofort.

»In last years I like Dollars und Deutschmark am beste«, erklärte Adam und lachte dabei ein ansteckendes Alles-wirdgutlachen. Er war ungefähr dreißig und strahlte Energie und Entschlossenheit aus. Adam schien unglaublich überzeugt von seiner Sache, dass es nämlich im Leben darum ging, Chancen zu nutzen und der Beste zu sein. Darin, meinte er, wäre er hart und unerbittlich, sich selbst und anderen gegenüber. Er teile Menschen ein in die, die das verstanden hatten, und jene, die untergehen würden. Mit seinem kleinen Unternehmen sei er dabei, zu wachsen und vor allem mit Wiener und Münchner Hotels Business zu machen. So nannte er das: Business machen.

Die Jungs waren überrumpelt von Adams Auftreten. Immerhin befanden sie sich in einem sozialistischen Bruderland. Doch was ihn antrieb und mit welchen Zukunftsaussichten er jonglierte, hatte nichts mit dem zu tun, was sie kannten.

Adam war Gärtner, hatte das Geschäft seiner Großeltern übernommen und unter dem Namen *Buda Flower* zu einem florierenden mittelständischen Unternehmen ausgebaut. Seine Zulieferer waren Züchter aus ganz Ungarn. Wie er zu den Kontakten in den Westhotels gekommen war und auf welchen Vertriebswegen das alles vonstatten ging, dazu sagte er wenig. Er wusste nur, dass er einer der wenigen war, die in »transformation times« richtig zupackten. Die Jungs saßen neben ihm, hörten seinen Ausführungen zu über die schleichende Umwandlung der ungarischen Gesellschaft in einen marktwirtschaftlichen Sozialstaat nach Vorbild der BRD und fragten sich zusehends, mit welchem Glück sie überhaupt noch ein Visum für diesen Sommer und ihren Trip bekommen hatten. Doch sie fühlten sich auch herausgefordert, Adams kapitalistische Binsenweisheiten zu hinterfragen. Vielleicht, weil er nicht viel älter war als sie. Vielleicht, weil sie nicht im holzgetäfelten Konferenzraum eines Imperiums saßen, sondern in einem gebrauchten Ford, der eine recht strapaziöse Zweitagesreise nach Bulgarien vor sich hatte. Adam fühlte sich davon in keiner Weise in die Ecke gedrängt. Im Gegenteil.

»Tell me, what is better in East Germany than in West?«, fragte er, wie ein freundlicher Moderator bei einer Unterhaltungssendung.

»A lot«, sagte Pascal nach einer Weile. »For instance the social …«, er überlegte angestrengt, »… you know, when people do not alone all for themselves, or they feel … shit.« Abrupt wandte er sich an Wolle: »What means noch mal Zusammenhalt?«

Adam schaute erstaunt, aber freundlich, und vermutete: »You mean, that people care about each other?«

»Yes, genau, yes, this I mean«, antwortete Pascal und war erleichtert, verstanden worden zu sein.

Adam lachte. »Listen«, sagte er und wechselte ins Deutsche, »eine, wie sagt ihr?, Beispiel: Nehmt Autobahn hat Stau. Eine Stau vor München, eine Stau vor Leipzig. Gleiche Stau, gleiche Problem. Wo glaubt ihr, ist mehr, wie sagt ihr, Zusammenhalt?«

»What do you mean with the Stau thing?«, fragte Angelo.

»Simple explanation for this Beispiel: Bei Stau in Autobahn vor Leipzig, in meine Erfahrung, keiner lässt anderen vor. Alle sitzen in Auto und gucken voraus. Keine lässt andere Auto rein. Bei Stau in Autobahn vor München gibt Regel: einer von rechts, einer von links. Das heißt Reißver-schluss-prinzip.« Adam sprach das Wort pedantisch genau aus. »Ich habe mir gemerkt, weil auch in Hungaria nicht klappt mit Zusammenhalt in Stau an Baustelle. In Diktatur nix ist gut. Nicht in Stau und nicht in Leben generell. In Demokratie vieles besser. Einzige besser in Ungarn als in Westen: Frauen!« Und wieder lachte er sein ansteckendes Lachen.

»Was ist mit Arbeitslosigkeit?«, fragte Angelo.

»Unemployment«, schickte Pascal hinterher, ein wenig stolz, im Englischunterricht besser aufgepasst zu haben als sein Freund.

Adam überlegte und zog zunächst an seiner Zigarette, bevor er antwortete: »Unemployment belongs to Capitalism, so wie Mauer mit guns and mines and jail and all the stupidity zu eure DDR-Sozialismus gehört. Und jetzt kommt ihr und sagt mir, was ist besser? I am curious.«

Eine längere Pause entstand. Adam hatte nichts Triumphierendes an sich, überhaupt nicht. Er strahlte nur das Gefühl aus, zur richtigen Zeit am richtigen Ort zu sein. »Wir Ungarn gehen the Jugoslavian way. Besser ein paar people keine Arbeit als alle people ohne Freiheit.«

Pascal, der sich gerade eine Zigarette am Anzünder angesteckt hatte und dichten Rauch in die stickige Fahrerkabine ausatmete, setzte zu einer Erklärung an: »Aber wir sind doch frei, quasi. Ein bisschen. A little, I mean. We love travelling and we do it in the Bruderstaaten. So what?« Er suchte Wolles Zustimmung, doch er fand nur dessen leeren Blick, der in die Weite gerichtet war. Auch Angelo, der am Fenster saß, schaute schweigend auf weite Sonnenblumenfelder. Schon in der Hälfte seines Satzes hatte Pascal gemerkt, dass dies ein typisches Argument von Jana und ihren Eltern war. Wie ihn das bei ihr manchmal abstieß, dieser Stuss, den sie voller Inbrunst absondern konnte! So konnte man sich Unfreiheit nämlich auch schönreden. »Bis nunter nach Bulgarchen tun wir die Welt beschnarchen«, wie es in dem populären Schlager »Sing, mei Sachse, sing« hieß. Das war witzig gemeint, doch er konnte nicht mehr darüber schmunzeln. Denn das Lied suggerierte: Guckt mal, wie toll wir doch alle reisen können, wir aus der DDR. Reicht doch. Bis runter ans Schwarze Meer. Was muss man denn noch alles sehen, wenn man Prag, Budapest und das Schwarze Meer hat? Und natürlich die Ostsee, das schönste Meer der Welt!

Adam wurde still, überließ sie ihren Gedanken und steuerte den Wagen durch Kiskunhalas, ein gesichtsloses Städtchen. Da er das Gefühl hatte, eine Pause würde allen gut tun, hielt er am Marktplatz an und spendierte den drei Deutschen eine große Portion Eis.

»Komisch«, sagte Wolle zu seinen Kumpels, als sich Adam zum Pinkeln verzogen hatte, »jedem Westler, der uns so die Ohren langgezogen hätte, wäre ich echt böse gewesen. Aber was der Typ gesagt hat, das ging mir ganz schön an die Nieren.«

»Ja, er hat aber auch gut reden«, fiel ihm Pascal ins Wort. »Business hier, Business da. Was ist denn mit all denen, die keine Gärtnerei haben oder seine Bauernschläue, hm?«

»Oho, seit wann interessiert sich denn der Professorensohn aus Pankow für die einfachen Leute?«, frozzelte Wolle.

»Jetzt mach mal halblang. Man wird ja wohl noch einen Turbokapitalisten hinterfragen dürfen.«

»Wieso denn Turbo? Adam macht einfach nur was aus den Möglichkeiten. Ist ja nicht so, dass er János Kádár und das Politbüro als Geisel genommen hat, um seine Blumen nach Wien verscheuern zu können. Das ist, versteh das doch mal, eine Möglichkeit, die er ergriffen hat. Er hat sich dazu entschieden und zieht es durch. Und davor habe ich einen riesengroßen Respekt. Außerdem, wann hättest du dich denn bei uns mit einem völlig Fremden so offen unterhalten können? Das ist ja auch so ein Punkt.«

»Daran denke ich auch die ganze Zeit«, schaltete sich Angelo ein, »dass der Typ nicht ganz sauber ist, so offen, wie der redet. Was ist, wenn das eine Falle ist und er für den ungarischen Geheimdienst arbeitet? Oder sogar für die Firma?«

»Du hast sie ja nicht mehr alle!« Wolle tippte sich mit dem Finger an die Stirn. »Die haben bestimmt Besseres zu tun, als ungarische Landstraßen abzusichern. Die hängen in den Zügen rum und auf den Zeltplätzen. DJ Ulf, das war so einer, dem ich das zutrauen würde.«

Pascal hörte kurz auf, an seinem hellen Eis mit den kleinen Schokoladenstückchen zu lecken, dessen italienischen Namen er schon wieder vergessen hatte.

»Was haben wir denn gesagt bis jetzt, Leute, ehrlich mal? Da war ja in unserem Text vom Abiball mehr Revolte drin als in den Gesprächen mit dem Typen.«

»Stimmt«, sagte Angelo und schien ein wenig erleichtert. »Aber er hat ganz schön provoziert, von wegen Diktatur und so.«

»Meinen Studienplatz können sie mir damit jedenfalls nicht wegnehmen. Und das wär ja wohl das größte Problem nach all den Scherereien, die ich damit hatte«, ergänzte Pascal.

»Mann, ihr seid mir echt ein paar Freizeit-Gorbatschows. Habt ihr ernsthaft Schiss um eure Studienplätze? Nach dem, was hier in Ungarn gerade abläuft, denkt ihr allein daran?«, fragte Wolle aufgewühlt.

»Wieso? Was meinst du denn, was hier abläuft?«, entgegnete Pascal. »Ist doch klar, dass die Ungarn als Erste ausscheren und sich von der Kohle blenden lassen. Die haben kein Meer, keine Berge, die haben noch nicht mal Westverwandte wie wir. Und Budapest und der Balaton sind auch nicht gerade das, was ich mir vorgestellt habe.« Pascal wusste selbst nicht so genau, weshalb er so redete, doch er war nicht bereit, sein ganzes Leben, das seiner Eltern und ihrer Freunde einfach so infrage stellen zu lassen – erst recht nicht von einem Blumenhändler aus Tschechisch Fairbanks. Wolle warf ihm einen verächtlichen Blick zu.

Adam kam zurück und rieb sich die nassen Hände trocken. »Los, Freunde, let's go.«

Als sie ihn zehn Minuten später beim Studium der Karte

fragten, ob er sie bis Arad, der ersten rumänischen Stadt auf dem Weg nach Bulgarien, mitnehmen könnte, damit sie sich dort noch einen Zeltplatz suchen könnten, verstand er die Welt nicht mehr.

»Why Romania?«, fragte er erstaunt. »Was ich mache in Romania? I am sorry, aber ich fahre durch Serbia nach Bulgaria. Schönes deutsches Wort ich habe mir gemerkt: Ab-kür-zung. Not far from here is border. Subotica. Jugoslavia.«

»Ok, then let us out at the next Kreuzung. We have to come to Szeged today auf jeden Fall«, warf Pascal ein und schaute Wolle fragend an. Doch der blickte wie versteinert aus dem Fenster.

»No problem«, sagte Adam. »Szeged sixty kilometers. No problem today.« Er hielt an einer ländlichen Bushaltestelle an. Die Scheiben des kleinen Wartehäuschens waren ausgeschlagen worden. »Oder«, sagte Adam, »ihr steigt in meine Laderaum, seid ruhig und in twenty minutes in Jugoslavia. Jugoslavia is the free world for you. Ich fahre jede zehn Tage gleiche Strecke. Keiner von Zoll oder Police guckt in Auto. Ich gebe immer kleine Geschenk. Kontrolle nur Fahrer und Papers. Believe me. No problem at all.« Er stieg aus, um den Jungs Zeit zum Überlegen zu geben, genau für eine Zigarettenlänge, und lehnte sich an eine Bauernkate, die aussah, als sei sie früher eine habsburgische Grenzstation gewesen. In einem vergitterten Fenster hing ein abgerissenes Plakat, an dem Adam herumnestelte.

Wolle hatte keine Lust, sich diesen Moment von den Jungs zerreden zu lassen. Er ging hinter die Kate, um zu pinkeln. Im Westen begann die goldene Sonne ihren langsamen Sinkflug, und Wolle drehte sich ihr zu. Über den Feldern war immer noch dieses hochsommerliche Flirren. Er schloss die Augen und hörte ganz tief in sich hinein. Dann pinkelte er in Richtung Sonne, gen Westen. Als er fertig war, hatte er eine Entscheidung getroffen.

The River of No Return

Pascal wäre fast kollabiert. Er war völlig überfordert mit der Situation, er hatte auf der Fahrt viel zu viel Brause getrunken, außerdem begannen seine Knie zu zittern, was ihn zuerst an Kati und den nächtlichen Spaziergang zum *Sophienklub* und dann an Angelo denken ließ. Der war verstummt. Er stand wie ein Cowboy am staubigen Straßenrand und beobachtete die vorsichtig in Richtung Grenze vorbeischleichenden Autos. Adam lehnte etwas abseits und hatte ein weises Lächeln aufgesetzt.

Alles, wirklich alles sprach aus Pascals Sicht dagegen, sich in den leeren Laderaum zu setzen und darauf zu hoffen, dass Adam die richtigen Tricks mit den Zöllnern kannte. Es warteten auf DDR-Bürger noch immer, auch hier in Ungarn, strikte Strafen für jeglichen Versuch, illegal in westliche Länder zu gelangen. Und damit war auch Jugoslawien gemeint. Wenn die Sache schief liefe, würde er im Knast in Bautzen landen, seine Eltern würden vermutlich ihre Arbeit verlieren und sein Bruder dürfte mit großer Wahrscheinlichkeit nicht studieren. All das würde passieren, weil er einem bescheuerten Impuls gefolgt wäre. So sah sie aus, die sachliche Zusammenfassung der ganzen Angelegenheit. Sein Herz aber schrie: Niemals, du Penner, niemals wirst du das tun! Egal, wie schau es wäre, einmal die Frauen auf den Champs-Élysées zu sehen oder beim Fußball an der Anfield Road zuzuschauen oder Boris Becker in Flushing Meadows zuzujubeln, egal, wie gern du das wunderbare, große New York, New York sehen würdest. Das kannst du deinen Leuten nicht antun. Bums, aus, basta! Das bist nicht du; du verdirbst niemandem das Leben, damit du auf deine

Kosten kommst. Und außerdem: Für all das, für den Kitzel an der Grenze, für den Neuanfang bist du schlicht und ergreifend viel zu feige! So sieht's nämlich aus. Deine Feigheit steht dir zuallererst im Wege. Selbst wenn die anderen, die zu Hause zurückbleiben, klarkämen, aber du, du hast es niemals drauf, das tatsächlich zu riskieren. Niemals. Nicht du, Pascal Michi Michaud.

Zudem gab es da diese unbekannte und erst vor Kurzem entdeckte Stelle in seinem Herzen, in die sich ein Gefühl verkrochen hatte, gegen das er nicht mehr ankam: Liebe Schrägstrich Kati. Das war es, was ihn vielleicht am meisten hielt, nur konnte er es nicht sagen.

»Du bist raus, oder?«, fragte Wolle, als ob er seine Gedanken lesen konnte.

»Ganz sicher bin ich da raus. Ich glaube, das musst du alleine durchziehen«, antwortete Pascal und schaute ihn mit festem Blick an. In Wolles Mienenspiel mischte sich Verachtung mit Respekt.

»Wieso allein?«, erwiderte Angelo und kam nun mit gesenktem Kopf auf sie zu. »Wer sagt dir, Michi Sonnenschein, eigentlich, dass ich nicht mitgehe?« Angelo erhob die Stimme und stellte sich vor Pascal auf. »Vielleicht will ich ja gar nicht in dieses Land zurück? Zu seinen ewigen Jibt-doch-sowieso-keene-Karten-Menschen, zu ›Scheiß Osten‹, zu Festival des politischen Liedes, Rock für den Frieden, NVA, Partei, Marxismus-Leninismus, Intershop und Delikat, Außenklo und Trabbi und die ganze Scheiße. Vielleicht will ich gar nicht nach Hause zu meiner Mutter, hä? Vielleicht ist es das«, er zeigte Richtung Süden zur jugoslawischen Grenze, »was ich da drüben finden kann: Freiheit!! Schon mal gehört?«

Pascal merkte, wie ihm die Knie wieder zu zittern begannen. Er hatte keine Ahnung, ob es den anderen auffiel. »Das ist mir viel zu pathetisch: Freiheit, Freiheit«, sagte er. Angelo schaute irritiert zu Wolle, der die Szene, neben

Adam stehend, mit Abstand betrachtete. Pascal fuhr fort: »Und was ist mit deinen guten Vorsätzen, dass man das Land von innen verändern kann? Willst du jetzt alle sich selbst überlassen, während du am *Burgtheater* den Dicken machst? Ist es so simpel? Erst das Fressen und dann die Moral? Und deine großen politischen Ambitionen? Dialog, Frieden und Menschenrechte und der ganze Krempel? Sogar zu Mahngebeten bist du schon gerannt.« Pascal hatte jetzt etwas Larmoyantes in der Stimme. »Und überhaupt, was ist denn mit Kati?«, beendete er schließlich seinen Appell mit einem übergroßen Fragezeichen.

Jetzt war die Katze aus dem Sack. Wolle, der ahnte, was nun zur Sprache kommen würden, zündete sich noch eine Zigarette an und machte Adam ein Zeichen, ihnen noch etwas Zeit zu geben.

»Warum interessiert dich denn Kati mehr als zum Beispiel Anne?«, fragte Angelo. »Der da«, er zeigte auf Wolle, der ein Grinsen aufgesetzt hatte, »lässt, ohne zu zucken, eine klasse Frau, die Mutter zweier Kinder, mit dem Ärger von ein paar schweren Jungs allein. Und du machst mich an wegen Kati?« Angelos Stimme überschlug sich. Er fasste einen neuen Gedanken: »Und wer, bitte, sagt dir denn, dass Jana überhaupt aus Braunschweig zurückkommt? Wer garantiert dir das denn, hä?«

Pascal fühlte sich total überrumpelt und versuchte, sich zu sammeln. Dass er an Jana und ihre Reise zur Matheolympiade kaum noch einen Gedanken verschwendet hatte, wurde ihm gerade erst bewusst. Dass er die Vorstellung, mit Kati allein in Berlin zu sein, weil Wolle, Angelo und Jana sich in den Westen abgesetzt hatten, gar nicht so schlecht fand, durfte jetzt auch keine Rolle spielen. Obwohl er tausendprozentig wusste, dass Jana immer zurückkommen würde. Er fragte sich aber ernsthaft, weshalb er Angelo überreden wollte, diesen überstürzten Fluchtwahnsinn nicht mitzumachen. Die Antwort war simpel:

Er hatte eben ein großes Stück Zukunft immer mit seinem besten Freund geplant. Unzählige Male hatten sich die beiden das versprochen. Wie auch immer diese Zukunft aussehen sollte, für Pascal stand fest, dass Angelo ein Teil davon sein würde.

Pascal ging zu Wolle hinüber und langte nach einer Zigarette.

»Genieß es. Könnte für lange Zeit die letzte Westzigarette sein für dich«, scherzte Wolle. »Und wenn Jana wirklich drüben bleibt, dann nur als Offizierin der Auslandsaufklärung von Markus Wolf. Und dann wär's auch nicht so schlimm um sie, stimmt's?«

Pascal riss sich zusammen, um auf den Spruch nicht einzugehen. Stattdessen sagte er, an Angelo gewandt: »Alter, es ist dein Leben. Tut mir leid«, legte ihm einen Arm auf die Schulter, und gemeinsam schauten sie in die tiefstehende Sonne. »Für dich ist drüben einfach mehr zu holen, mit deinem ganzen Talent«, fuhr Pascal fort. »Und anders als ich hast du vielleicht auch einfach weniger zu verlieren. Verstehst du das ein bisschen?«

»Was meinst du mit ›weniger zu verlieren‹?«, fragte Angelo.

»Weiß nicht«, antwortete Pascal und wurde ein wenig unruhig. »So eine Art Gefühl aus der Summe aller Teile.«

»Nee, sag mal, was hast du denn mehr als ich? Zu verlieren, meine ich.«

»Ach, komm!«

Inzwischen hatte er den Eindruck, überhaupt nicht mehr zu verstehen, was er eigentlich wollte und was passieren würde. »Lass uns das jetzt nicht alles auseinanderklamüsern. Ist doch albern. Du willst diese Chance nutzen, ich nicht. Du tendierst zum Kampf, zur Gefahr. Viel mehr als ich. Und deine Träume sind realer. Was soll ich denn im Westen machen? Im U-Bahnhof Gitarre spielen? Texte für Howard Carpendale schreiben? Da bleib ich lieber hier,

Alter. Aber wenn du gehst, dann wird das jeder verstehen. Auch Kati und sogar deine Mutter.«

Angelo blickte seinen Freund durchdringend an und schwieg. Unter Adams Schuhen knirschte der Kies. Er ging zum Wagen, setzte sich auf den Beifahrersitz und ließ die Tür offenstehen.

Wolle machte ein paar Schritte auf die Freunde zu und sagte: »Jungs, egal, wie sich Angelo entscheidet, ich würde euch ein paar Sachen hierlassen. Zum Beispiel den Campingkocher, die ganzen Wanderkarten und so Zeug. Das werd ich drüben nicht brauchen … hoffe ich.«

Es war für Pascal unfassbar, wie entspannt und ohne jeglichen Zweifel Wolle seine Entscheidung handhabte. So, als hätte er schon immer mit genau diesem Moment gerechnet. Wolle begann, seine Kraxe auszuräumen, und verteilte die hervorgekramten Dinge auf Sitzpolster und Straßenpflaster.

»Was wirst du ihnen sagen?«, fragte Angelo Pascal mit zögerlicher Stimme.

»Wem? Der Stasi oder deiner Mutter und Kati?«

»Allen.«

Pascal atmete hörbar aus. »Deiner Mutter werde ich sagen, dass es eine einmalige Chance war, die du genutzt hast. Um ein weltbekannter Künstler zu werden. Und Kati sage ich, dass es dir leid tut, aber dass ihr euch wiedersehen werdet, wenn sie es auch will. Und der Stasi, dass du ein schwaches Element warst, das von einem bösen Valutakellner zur Republikflucht verführt worden ist. Regelrecht entführt hat er dich.«

Angelo begann zu heulen. »Und was, wenn sie uns doch hochnehmen und einbuchten?«, schluchzte er.

»Dann wird sich Mechthild was einfallen lassen. Immerhin waren deine Großeltern nicht irgendwer in der Nomenklatura. Außerdem bist du ja nicht mit einem geklauten Panzer auf die Bornholmer Brücke gedonnert.

Und Sonnemann wird auch ein paar Leute kennen. Aber beim Duschen wirst du dich schon ein-, zweimal bücken müssen.«

Pascal fand das witzig und versuchte, Angelo in den Arm zu nehmen. Der klopfte ihm auf den Rücken und lief wie ferngesteuert zum Wagen. Der Ungar kam nach hinten und gab Pascal seine Kraxe heraus. Sie warteten, bis in beide Richtungen keine Autos mehr zu sehen waren. Wolle, Angelo und Pascal stießen ein letztes Mal ihre Fäuste zusammen, Adam schlug die Türen zur Ladefläche zu und ging nach vorn, um den Wagen zu starten.

In diesem Moment vernahm Pascal das Wummern. Panisch donnerte es gegen die blechernen Wände.

Adam hielt an, stieg aus und kam um den Wagen herum. Allerdings fuhren gerade von beiden Seiten der Landstraße Autos auf die Szenerie zu, weshalb er am Fahrbahnrand stehenblieb und wartete. »Kein Wunder, dass bei euch in Land nicht vorwärts geht«, rief er unter Kopfschütteln Pascal zu. »Dass Stillstand ist. Wenn von drei junge Männer zwei haben keine Lust auf freie Markt und freie Reisen und freie Rede, dann gut Nacht und Wiedersehen.«

Er öffnete die Tür zum Laderaum und beide blickten auf einen wirr und erschöpft wirkenden Angelo, der mit tastenden Bewegungen ausstieg, als würde er aus einer klemmenden Achterbahngondel geführt.

Wolle nahm seinen Kopf zwischen die Hände und vermied es, die Jungs noch einmal anzusehen. Polternd ließ Adam die Tür einrasten und sagte im Vorbeigehen: »Habe ich mir gemerkt von Direktor von Hotel in München: Jeder seine Schmiede Glück.«

Pascal und Angelo saßen am Ufer der Tisza. Sie aßen Pizza, tranken Bier und schwiegen. Ihre Zelte standen nicht weit entfernt. Der ruhig dahingleitende Fluss mit dem sich kräuselnden Wasser strahlte kitschige Friedfertigkeit aus. Hier gefiel es ihnen. Vielleicht, weil sie noch unter Schock standen. Vielleicht aber auch, weil ihnen das alte, beschauliche Szeged geradezu vornehm entgegentrat.

Pascal schrieb eine Postkarte an seine Eltern, auf der er auf Szegeds »Leningrad-Schick« hinwies, obwohl er nie in der Stadt an der Newa gewesen war. Da sein Vater jedoch in den letzten Jahren zu einigen Symposien in die Stadt gereist war und davon berichtet hatte, konnte Pascal hier und da seine vermeintlichen Vergleiche ziehen. Er schrieb es auf, falls die Karte doch abgefangen und im Zusammenhang mit Wolles Flucht plötzlich politisch beurteilt werden würde. Irgendetwas Positives über eine sowjetische Stadt, verschickt aus diesem instabilen Land, würde im Ernstfall von Vorteil sein.

Einer stillen Übereinkunft folgend, hatten sie sich kaum über das Geschehene unterhalten. Pascal rechnete insgeheim immer noch damit, irgendwann abgefangen und verhört zu werden. Wenn nicht in Ungarn, dann bestimmt in Rumänien. Er konnte sich beim besten Willen nicht vorstellen, dass die Nummer mit Adam und der Ladefläche so einfach funktionierte, wie der es ihnen weisgemacht hatte.

Plötzlich brachen die unterdrückten Gedanken der letzten Tage aber doch aus Angelo heraus, und er fragte in die Stille des Augenblicks: »Glaubst du, dass er es packt?«

»Keine Ahnung«, antwortete Pascal und nahm einen tiefen Schluck aus der Flasche. »Er ist entweder gerade bei einem Verhör oder beim Rücktransport. Wolle hat mir mal erzählt, dass in Schönefeld zwei geheime Maschinen der Firma stehen, die nur für solche Zwecke da sind. Um Leute zurückzufliegen, die dachten, es mal probieren zu müssen. Vielleicht ist er bereits in Hohenschönhausen. Oder aber, wenn's gut für ihn verlaufen ist, auf einer Fähre nach Italien oder an einem jugoslawischen Adria-Strand. In jedem Fall denkt er an uns, schätze ich mal.«

»Was meinst du, passiert mit uns, wenn sie ihn schnappen?«, wollte Angelo wissen.

»Sie werden ihn nicht foltern, um rauszukriegen, wer die beiden Deppen waren, die unbedingt nach Rumänien weiterfahren wollten.«

»Komm, Michi, bleib mal ernst, bitte!«

»Was genau könnten sie uns denn vorwerfen, hm?«

»Weiß nicht. Mitwisserschaft?«

»Wusstest du denn was?«

»Nee.«

»Siehste. Na also!«

»Aber was, wenn sie mir nicht glauben?«, fragte Angelo.

»Dann musst du der beste Schauspieler sein, den es gibt, und etwas vorspielen, das die Wahrheit ist. Ist doch ein Traumjob.«

Angelo musste wieder mit den Tränen kämpfen.

»Alter, wenn wir erst mal in Rumänien sind, was soll denn dann noch passieren? Wenn das hier in Ungarn gerade Mode wird, verzweifelte Ostler in den Westen zu schleusen, dann werden die nicht die Berghütten in den Karpaten überwachen. Dann sind die hier, direkt hinter uns auf dem Zeltplatz oder im Thermalbad in der Stadt oder am Balaton und in Budapest. Lass uns morgen früh weiterfahren. Wolle kommt nicht mehr zurück. So oder so. Wir schaffen das schon.«

»Meinste wirklich, dass der nicht umkehrt?«, fragte Angelo. »Was, wenn er doch noch Muffensausen bekommen hat? Oder sie ihn an der Grenze erwischt und einfach wieder haben zurücklaufen lassen?«

»Selbst wenn, würde er sicher nicht wieder zu uns stoßen wollen. Wäre doch verständlich, oder?«

Eine Weile schauten sie den vorbeifahrenden Dampfern zu. Dazwischen zog ein sehr professionell aussehender Ruderachter auf dem nun fast ebenen Wasser seine Trainingsbahnen.

»Michi, was hast du eigentlich gedacht, als der Wagen noch mal angehalten hat?«, fragte Angelo.

»Ist schwer zu sagen«, antwortete Pascal. »Irgendwas zwischen ›O Mann, wie blöd ist der denn?‹ und ›Uff, zum Glück.‹ Ich hatte selber so sehr mit mir zu kämpfen, dass ich kaum noch Emotionen übrig hatte.«

»Dafür hast du aber vorher ganz schön an mir rumagitiert«, stellte Angelo fest.

»Fandest du? Sollte ich das nicht, als dein bester Freund?«

»Keine Ahnung. Was, wenn du mir damit einen vorbestimmten Weg versaut hast?«

Einen Moment lang war Pascal wie vor den Kopf gestoßen. »Leck mich am Arsch«, sagte er dann, und nach einer kurzen Pause noch einmal: »Leck mich am Arsch! Echt! Weißt du, warum? Weil du dich getraut hättest, mich zurückzulassen, aber Schiss hattest vor der Entdeckung. Scheiß auf deinen vorbestimmten Weg! Wenn, dann hast du ihn ja wohl eigenständig verlassen, und nicht ich habe dich davon abgebracht!«

Angelo erhob sich ganz langsam. »Frag mich doch ein einziges Mal, warum ich wieder ausgestiegen bin. Ein einziges Mal nur.«

Am nächsten Morgen liefen sie zur Tankstelle am Rande der Stadt, um Kochbenzin zu besorgen. Den Tipp dazu hatten sie von einem Ungarn bekommen, den sie bei dem großen Besäufnis, das der Streiterei am Fluss gefolgt war, kennengelernt hatten. Zoltan, der in Budapest studierte, war gerade erst von einem Verwandtenbesuch in Mailand zurückgekommen. Die Jungs waren schon ziemlich betrunken, als er ihnen seinen Pass zeigte, in dem aus den letzten beiden Jahren Stempel aus der BRD, Frankreich, Tunesien, Jugoslawien und Italien zu sehen waren.

Außerdem gab es die jährliche Kammwanderung im Făgăraş, die er absolvierte, seit er siebzehn Jahre alt war, die
ihm die rumänischen Stempel eingebracht hatten.

»Der tunesische und der rumänische, die sind die schönsten«, hatte Angelo gelallt.

An der Tankstelle sprachen Pascal und Angelo wahllos
einige Autofahrer an. Zuerst versuchten sie ihr Glück bei
dem Fahrer eines alten Wartburgs aus dem Bezirk Suhl, er-
folglos, dann beim Besitzer eines bayerischen Wohnmobils,
der ziemlich ablehnend reagierte und dessen Begleiterin
irgendwas von Problemen an der Grenze erzählte, wenn
man fremde Leute mitnähme. Als der Wohnwagen die beiden Jungs schließlich passierte, hielt der Fahrer doch an
und bellte aus dem heruntergelassenen Fenster: »Kommt's
halt mit, bis kurz vor die Grenzen, dann steigt's aber aus.«

———————

Der eigentliche Grenzübertritt war so aufregend und skur-
ril verlaufen, dass seine entscheidenden Szenen später, als
sie im Nachtzug von Arad nach Sibiu zu schlafen versuchten, Pascal immer wieder einholten.

Nachdem sie das Campingmobil, in dem drei Kinder regungslos ein Video von »Tom & Jerry« schauten, verlassen
hatten, waren sie zu einem ungarischen Geschäftsmann in
einen schwarzen Mercedes gestiegen. Die ungarischen Be-
amten hatten sie kaum kontrolliert, winkten lässig in den
Wagen hinein und stempelten ohne Weiteres die Pässe ab.
Hundert Meter weiter sah es ganz anders aus. Der Merce-
des-Fahrer, der auch irgendetwas von Business, Banken
und Fußball erzählt hatte, wurde von den rumänischen
Zöllnern hart rangenommen. Rückbänke, Radkappen, alles stellten sie auf den Kopf. Die beiden Jungs mussten
danebenstehenbleiben, und als der Ungar mit ins Grenzer-
häuschen genommen wurde, beschäftigten sich zwei fies
grinsende Rumänen mit ihnen. Sie mussten ihre Kraxen

komplett ausräumen, merkten aber, dass die Grenzer eigentlich nur nach kleinen Souvenirs suchten. Bei Angelo fanden sie eine Art Tagebuch mit Porträtzeichnungen der Nordseemädchen und ein Foto von Kati, das sie sich feixend herumreichten.

Die Männer trugen ihre Uniformen mit Stolz. Kein einziger Flecken und kein Korn Staub waren darauf zu erkennen, die Mützen saßen perfekt, und selbst die Hemdkragen wirkten wie maßgeschneidert. Ihre düsteren, ausgemergelten Gesichter, die struppigen Bärte und nikotinverbrannten Lippen faszinierten Pascal.

Als er seine Hosentaschen leeren musste, kam eine Packung *Marlboro* zum Vorschein, aus der er wie in einem Reflex jedem der drei Grenzer eine Zigarette anbot. Die Typen aber nahmen gleich die ganze Schachtel. In jeder der schmucken Uniformjackentaschen verschwanden die Westkippen zu gleichen Teilen. Der Rangoberste, dessen vergoldete Zähne ziemlich angsteinflößend aussahen, gab Angelo das Bild von Kati zurück, nicht ohne noch einmal anerkennend zu nicken. Daraufhin packten die Jungs den Inhalt ihrer Kraxen wieder zusammen und wurden anstandslos zu Fuß über die Grenze gelassen.

In Rumänien warteten sie ewig auf eine Mitfahrgelegenheit, bis der Mercedes um die Ecke bog und neben ihnen anhielt. Sie stiegen ein und rasten mit dem nun völlig schweigsamen Fahrer bis Arad, wo er sie am Bahnhof absetzte und ohne Gruß davonfuhr. Stundenlang hingen sie auf den Bahnsteigen und dem Vorplatz herum, quatschten mit Leuten und stiegen kurz vor Mitternacht in den Zug in Richtung Karpaten.

Pascal versuchte, all die Eindrücke in diesem neuen Land mit diesen völlig anderen Menschen in sich aufzusaugen. Jede Unterhaltung, die er und Angelo beobachteten, sah eher aus wie eine deftige Auseinandersetzung. Die Rumänen redeten nicht einfach miteinander, sie schrien sich an. Und niemals kam dabei schlechte Stimmung auf. Auf dem Bahnhofsvorplatz in Arad, in der Bahnhofshalle, im Kiosk oder jetzt im Zug, auf dem Gang vor ihrem Abteil, kommunizierten die Menschen so, wie sie sich in Berlin höchstens einmal anmotzten, wenn es handfesten Streit gab.

Während der Zug im Einklang mit dem entlang der Bahnstrecke gemächlich vor sich hin fließenden Flüsschen Mures über die Schienen ratterte, wurde Pascal irgendwann von tiefem Schlaf übermannt. Als er nach etwa vier Stunden aus einem Traum hochschreckte, lag er minutenlang still und horchte auf das gleichmäßige Geräusch unter ihm. Pascal hätte gern mit Angelo über seinen Traum geredet, denn seit langer Zeit war Kati endlich einmal kein Bestandteil davon gewesen, doch sein Freund schlief engelsgleich auf seiner Bank.

Lange schaute er aus dem Fenster. Das, was mit dem zunehmenden Tageslicht allmählich sichtbar wurde, hatte so gar nichts mit den kargen und fast langweiligen ungarischen Weiten der vergangenen Tage zu tun. Pascal sah überall Hügel, von verwildertem Getreide bewachsen. Verschlafene Dörfer, über denen ein morgendlicher Schleier lag.

In dem kleinen Örtchen Sebes hielt der Zug kurz an. Pascal beobachtete die aparte Bahnhofsvorsteherin beim stummen Abfertigen des Zuges. Ein schrilles Pfeifen ertönte. Als der Zug dann längere ansteigende Passagen zurücklegte, setzte Pascal sich auf. Er hätte die Farne und Blätter aus dem Fenster berühren können. Immer wieder klatschte das Grün an die Scheibe, strich daran entlang. Die Sonne beleuchtete die zauberhafte Berglandschaft in einem strotzenden Licht, das sich unter den dichten Baumkronen ausbreitete. Eine gefühlte Ewigkeit ächzte der Zug die Steigung hinauf, hielt immer wieder an, als müsse er verschnaufen.

Rechts und links der Bahnstrecke tauchten die ersten Vorboten einer größeren Siedlung auf: vergammelte Industrieanlagen und halb verfallene Katen, kläffende Hunde, aufgescheuchte Hühner und sogar Schweine, die direkt am Bahndamm standen. Um sechs Uhr erreichten sie Sibiu, die Hauptstadt Transsilvaniens.

Angelo erwachte, spülte schlaftrunken etwas Wasser hinunter und hievte sich mechanisch seine Kraxe aufs Kreuz. Mit müden Schritten durchquerten sie eine Unterführung, standen mit ihrem schweren Gepäck eine Weile auf dem trostlosen Bahnhofsvorplatz herum, schauten sich vergilbte Informationstafeln an und beobachteten die anderen Wanderer, die entweder gleich am Bahnhof campierten oder losstiefelten.

Was Pascal sah, brannte sich wie eine komplexe Collage aus Eindrücken in sein Gedächtnis ein. Mit der Ankunft des Zuges hatte sich das Wetter verändert. Über dieser alten Stadt, die sich in Bahnhofsnähe mit viel Beton präsentierte, hing eine Nebelwolke, aus der feiner Nieselregen fiel. Zusammen mit zwei anderen jungen Wanderern setzten sich Pascal und Angelo in Bewegung, erkundeten den Weg in Richtung Altstadt. Unterwegs blickten sie in Gesichter, aus denen jedes Leben gewichen schien. Und auch sie wurden gemustert. Die Menschen bewegten sich zwar, aber sie wirkten auf Pascal wie aus dem Diesseits gefallen.

»Alter«, raunte er Angelo zu, »wenn die Neubauten da nicht stünden, würde ich denken, wir sind irgendwo in den Anden ausgestiegen, in Peru oder so.«

»Den gleichen Gedanken hatte ich auch gerade«, sagte Angelo.

Als sie die große Umfahrungsstraße überquert und den Anstieg zur Stadt begonnen hatten, wurde den Jungs immer deutlicher, dass die jahrhundertealten Häuser in ihrer einst stolzen Substanz, dass die Wege, die Hofeingänge, die Bürgersteige ihren Zenit längst überschritten hatten.

Dieses Sibiu mit seinen traurigen Menschen und seiner völlig vergessenen Größe war ein zivilisatorischer Schock für Pascal. Er versuchte, seine Eindrücke ins Verhältnis zu setzen zu Erfurt oder Görlitz, die er auf Klassenfahrten besucht hatte, glich sie ab mit Urlaubserinnerungen aus Halberstadt, Aschersleben oder Halle an der Saale. Dort sah es in den Altstädten auch nicht viel besser aus. Und auch in den Assigebieten um die Invalidenstraße in seiner eigenen Heimatstadt, die sich ›Stadt des Friedens‹ nannte, war der Zerfall nicht mehr aufzuhalten. Das spielte aber keine Rolle, denn was für Pascal zählte, waren die Leute, war ihre Lebenslust und ihre Wut und der Spaß, den sich fast keiner verbieten ließ. So erlebte er es jedenfalls. Und deshalb war er so unnachgiebig gegenüber allen Westlern, die ihm einreden wollten, dass man in so einem Land, einer so grauen Stadt wie Ostberlin nicht leben könne. Weil die ja keine Ahnung davon hatten, was sich in den Räumen hinter den Mauern, in den Wohnungen hinter den maroden Fassaden und in den Herzen abspielte. Nämlich etwas, das zu verteidigen sich lohnte – gegen borniertе, gut situierte »Alleswisser« mit oberflächlichen Meinungen. Nichts anderes als genau diese verallgemeinernde Herabwürdigung verspürte er hier in Sibiu selbst. Und deshalb erschrak er über sich, über seine Gedanken, die ihm peinlich waren. Trotzdem konnte er sich ihrer nicht erwehren. Alles, alles kam ihm grau vor. Leblos. Mutlos. Freudlos. Grau.

Es war inzwischen sieben Uhr, doch nirgends zeichnete sich Leben ab. Kein Geschäft, das gerade öffnete, kein Bäckerladen, aus dem es duftete, keine Autos, die durch enge Gassen fuhren. Stattdessen lag über der Stadt ein Schleier des Todes. So empfand es Pascal und schämte sich zugleich dafür.

Oben, im mittelalterlichen Stadtkern angekommen, fanden sie auf einem kleinen Platz eine verrottete Sitzgelegenheit und zündeten sich eine Kippe an. Auf der Bank neben ihnen schlief ein Mann mit geschwollenem Gesicht und blutverklebten Haaren, zu seinen Füßen lag ein zerzauster Hund.

»Michi, ich glaube, ich weiß, warum Wolle abgehauen ist«, sagte Angelo und nahm einen tiefen Zug von einer ungarischen *Marlboro*, die er vor dem rumänischen Zoll hatte retten können. »Das Trauerspiel hier wollte der sich bestimmt nicht noch mal geben.«

Pascal schniefte, blieb aber stumm.

Nach einer Weile schnippte Angelo die ausgedrückte Zigarette achtlos auf den Platz. Daraufhin erhob sich der Hund, der bisher schlafend dagelegen hatte, beschnüffelte sie und leckte schließlich daran. Angelo stieß seinen Ellbogen in Pascals Seite und wies auf das Tier. »Hier quarzen sogar die Straßenköter. Das ist ja der blanke Horror.«

Gegen zehn Uhr liefen sie über wacklige Steinstufen aus der Oberstadt in anderer Richtung wieder hinunter. Einfach Moritz und Anja hinterher, die sie am Bahnhof kennengelernt und in der Stadt wiedergetroffen hatten. Moritz, ein gut aussehender Typ mit einer angedeuteten blonden Punkfrisur, schien sich in Sibiu auszukennen.

»Jetzt gehen wir erst mal frühstücken«, sagte er. »Der Markt von Sibiu, der fetzt. Da findest du alles, von der Aubergine bis zum Pfirsich.« Er küsste Anja unverhältnismäßig stürmisch, und sie trabten zu viert los.

Ein-, zweimal blieben sie an Schaufenstern stehen, die an Tristesse kaum zu überbieten waren. Hier gab es, bis auf Fleischklopfer oder hässliche Gläserservices, nichts zu sehen oder zu kaufen. Es fehlten sogar die Losungen oder Brigadeverpflichtungen à la »Wir Frisöre der PGH ›Wilhelm Pieck‹ verpflichten uns zum 40. Jahrestag der DDR, allzeit modisch und im Sinne der Beschlüsse des Parteitags zu arbeiten« und so weiter und so fort. Die Geschäfte sahen aus, als hätten die Betreiber sie vor Monaten in heller

Aufregung leergeräumt und Hals über Kopf verlassen. Sie entdeckten schließlich ein geöffnetes Lebensmittelgeschäft, in dem es nichts weiter gab als Dutzende Nudelpackungen, Marmelade, Wasser und verschiedenfarbige Kernseifen, die zu einer Pyramide aufgeschichtet waren. An einem Tresen standen Frauen mit Kopftüchern an und sahen einer Verkäuferin beim Brotschneiden zu. Jede der Frauen bekam nur ein paar Scheiben, die aufgrund der kaum noch funktionierenden Maschine regelrecht zerfleddert waren. Pascal konnte sehen, dass die Frau, die an der Reihe war, nicht mit den rumänischen Lei, sondern mit irgendwelchen Bezugsscheinen bezahlte.

Pascal wollte wenigstens etwas Wasser kaufen. Moritz stellte sich mit ihm an. Sofort löste sich die Schlange auf, die Verkäuferin legte den Brotkanten zur Seite und bediente die Jungs. Mit Händen und Füßen versuchte sie, sie dazu zu bewegen, mit in den Hinterraum des Ladens zu kommen. Moritz machte den ersten Schritt, und Pascal folgte ihnen. Die Verkäuferin lief durch enge, dunkle Gänge zu einem kleinen Kühlschrank, in dem sie Salami, Brot und so etwas ähnliches wie Hörnchen gehortet hatte. An dem Kühlschrank klebte ein zerkratzter Aufkleber. »Ein Herz für Kinder.« Die Frau machte eine einladende Geste, als wollte sie die neueste Mode präsentieren. Ohne zu überlegen setzte Moritz seine Kraxe ab, holte aus einer Plastedose ein Tütchen mit Pfeffer und reichte es ihr. Pascal, der nach Wolles Flucht die meisten Reserven verstaut hatte, tat es ihm nach. Er bezahlte mit zwei Zuckerpäckchen für Brot und Wurst. Die Verkäuferin wirkte dankbar und dabei irgendwie edel. Ihr verlegenes Lächeln ließ einen Goldzahn aufblitzen. Ihre Haare waren pechschwarz. Sie roch nach Knoblauch und Seife. Als sie mit den Jungs wieder in den Verkaufsraum trat, formte sich aus den schnatternden Frauen wie von Zauberhand wieder die Warteschlange.

»Ihr müsst hier jede Gelegenheit nutzen, etwas Haltbares zu essen mitzunehmen«, riet ihnen Moritz vor der Tür. »Die Rumänen leben in den ländlichen Gebieten wie in einer Art Fron. Die meisten betreiben kleine Landwirtschaften, aber auch alle anderen, die auf den Dörfern oder am Rande der Städte wohnen, halten Hühner und ein bis zwei Schweine. Manche haben alle befestigten Wege auf ihren Höfen umgegraben, um Platz für den Anbau von Kartoffeln oder Tomaten zu schaffen. Mit den Tieren zum Beispiel dürfen sie aber nicht tun und lassen, was sie wollen, sondern müssen nach irgendwelchen staatlichen Auflagen die nationale Versorgungslage absichern. Es ist wirklich schrecklich. Das kann nicht gutgehen, was die hier machen. Aber der Markt in Sibiu ist eine Ausnahme. Da geht immer was. Wartet's ab.«

Nach einigen Schritten proklamierte Angelo: »Ich schwöre hiermit feierlich, mich nie wieder über dünn schmeckenden *Moccafix* aufzuregen. So wahr mir mein schlechtes Gewissen helfe.«

Moritz schaute ihn lange an. »Mei Gutster, du wirst dir noch ganz andere Sachen schwören, wenn du heil aus den Bergen zurückkommst.«

»Hast du Zweifel?«, fragte Angelo leicht angriffslustig.

»Nee, ich sag ja nur. Passt auf euch auf, bleibt immer zusammen, streitet euch nicht, und seid demütig dem Berg gegenüber. Er steht über allem. *Moccafix* oder *Dallmayr Prodomo* sind da oben völlig wurscht.«

»Der Berg, der Berg. Mein Gott, du tust ja so, als ob wir die Reinhold-Messner-Route am Nanga Parbat nehmen wollen«, erwiderte Angelo und versuchte, Pascal zum Grinsen zu animieren.

Doch der schien schwer beeindruckt von Moritz' Ansage. »Was ist denn das Wichtigste dabei, aus deiner Sicht?«

»Durchhalten, wenn es wehtut, und absteigen, wenn es gefährlich wird.«

»Was heißt denn gefährlich?«, bohrte Pascal nach.

»Wenn ihr das nicht merkt, kann euch sowieso keiner helfen. Das ist ein Instinkt, den musst du, muss einer von euch haben. Wie seid ihr eigentlich auf die Idee gekommen, das Făgăraş-Ding durchzuziehen, so ganz ohne Durchblick?«

»Komm, jetzt mach doch den beiden schicken Berlinern keine Angst, Moritz«, unterbrach ihn Anja mit einem Lächeln in Richtung Angelo. Pascal fiel erst jetzt auf, dass sie als Oberteil nur ein weißes Männerunterhemd trug und die Gurte der Kraxe ihre Brüste darin betörend schön zusammendrückten.

»Nee, ist schon gut so«, sagte Pascal. »Wir wollten uns einfach mal was beweisen. So nach dem Abi, wisst ihr, als jahrelange Freunde.«

»Aber ohne Bergführer oder jemanden, der das schon mal gemacht hat?«, hakte Moritz nach.

Pascal und Angelo tauschten einen kurzen Blick. »Ja, wir sind ja jetzt schließlich erwachsen.«

Moritz schüttelte den Kopf. »Na ja, müsst ihr selber wissen. Wir gehen jetzt erst mal zusammen auf den Markt, und dann bringen wir euch noch zur ersten Baude. Einverstanden?«

»Spitze!«, sagte Pascal und stieß Angelo in die Seite.

Am Rande der Stadt, zwischen den letzten Häusern, einem stinkenden Fluss und Bahngleisen gelegen, wurde auf dem riesigen Markt das allgemeine Überleben Sibius organisiert. Die Menschen machten hier jene Geschäfte, die in den leeren Läden längst unmöglich geworden waren. Alles, was die Leute aus den umliegenden Dörfern anbauten, wurde hier verkauft. Dazu Getränke, ein paar Klamotten und eigenartige Süßigkeiten.

Pascal brauchte einige Minuten, um sich zu orientieren und das Stehenbleiben, Weitergehen und Feilschen zu studieren. Märkte dieses Ausmaßes kannte er nicht. Pascal dachte an Adam, den ungarischen Gärtnerkapitalisten, der bestimmt vor jedem der hier im Dreck oder auf klapprigen Hockern ausharrenden Bauern mehr Respekt hatte als vor den wohlbehüteten Jungs aus der DDR.

Angelo hatte sich bereits allein in das Gewimmel begeben, und endlich traute sich auch Pascal loszulaufen. Er machte ein paar Schritte auf den ersten Stand zu, an dem neben verschiedensten Kräutern auf alten Holzgestängen vor allem Aprikosen angeboten wurden.

»Caisă, caisă, bine, bine«, rief ihm lächelnd die junge Verkäuferin zu, die einen Säugling an der Schulter trug. Ein sehr alter Mann, der neben ihr hantierte und dessen Haut an Gesicht und Hals an verbranntes Butterbrotpapier erinnerte, packte ihm, nachdem er das Obst auf einem vorsintflutlichen Gerät abgewogen hatte, für wenige Lei sechs Aprikosen in eine braune Tüte. Pascal biss in eine Frucht und machte den beiden ein anerkennendes Zeichen. Die Frau blickte verschämt zu Boden, so kam es ihm jedenfalls vor, und der Mann winkte freundlich.

Pascal genoss es, sich in diesen Rausch hineinfallen zu lassen. Um ihn herum gab es endlich Farben: saftiges Grün von Lauch, Gurken und etwas Ähnlichem, das Moritz später, als Pascal ihn darauf ansprach, als »Zutschini« erkannte. An einem anderen Stand gab es kleine verschrumpelte Orangen, die in ihrer grellen Farbe mit dem Sattrot und dem Gelb der danebenen aufgehäuften Tomaten und Paprika harmonierten. Pascal war aufgewühlt. Gern hätte er ein Foto geschossen, doch sein Apparat, den er zur Jugendweihe geschenkt bekommen hatte, war ihm am Balaton abhanden gekommen. So musste er all diese Eindrücke im Gedächtnis abspeichern, musste es irgendwie schaffen, die Bilder, Geräusche und Gerüche zu archivieren. Bestimmt eine halbe Stunde lang lief er ziellos auf dem Markt herum. Er biss genussvoll in eine hingereichte Tomate, deren herausspritzender Saft ihm sein Nicki beschmadderte. Die winzige alte Händlerin lachte über sein Missgeschick und reichte ihm ein Stück Zeitungspapier, mit dem er sich säubern konnte. Er bedankte sich unbeholfen, »mulţumesc, mulţumesc« murmelnd, und deutete eine Verbeugung an. Die Alte lachte immer weiter.

Schließlich entdeckte er Angelo zwischen den Ständen. Er saß auf einem Stuhl und zeichnete die Szenerie des Marktes, umringt von Kindern, die meisten von ihnen in zerschlissenen Hosen, ausgelatschten Schuhen und mit freiem Oberkörper. Angelo schien ganz versunken in seine Zeichnung, die er mit seinen zwei immer griffbereiten Bleistiften anfertigte. Offenbar waren ihm die grölenden Kinder völlig schnuppe. Pascal hockte sich neben seinen Freund und gab den Kleinen von den gerade gekauften Bonbons, die ihm sowieso zu klebrig waren. Dass dies keine gute Idee war, stellte sich schnell heraus. Die Meute begann, ihn und Angelo zu bedrängen und an den Kraxen herumzufingern. Angelo vollendete stoisch sein Bild, Pascal aber wurde nervös und schaute sich nach Hilfe um. Es wurden immer mehr kleine Quälgeister, die plötzlich aus allen Ecken und Enden des Marktes auftauchten, sich an seine Hände hängten und auf ihn einplapperten. Schließlich kam ein Händler aus einem der festeren Verschläge, in denen es Fisch und Fleisch gab, herausgestürmt und vertrieb die Kinder mit einer langen Rute. Das Bild des kindlichen Mobs, der sich nun rennend und feixend zerstreute, brannte sich Pascal ein. Aus purer Dankbarkeit folgte er dem Budenbesitzer und kaufte eine widerlich aussehende Dose mit eingelegtem Fisch sowie ein Glas Gurken. Der Mann deutete immer wieder auf Pascals Kraxe, murmelte etwas von »munţii« und »Carpaţi« und streichelte sich dabei über den Bauch. Pascal tat das Gleiche und wollte sein Portemonnaie herausholen. Doch der Mann fragte ihn nach »şuncă« und »brânză« und versperrte die Tür. Pascal verstand nicht recht, was er von ihm wollte. Doch dann vernahm er die Worte »piper« und »zahǎr« und wusste Bescheid. Er gab dem Mann je ein Päckchen Pfeffer und Zucker.

Nachdem sie sich wieder Anja und Moritz angeschlossen hatten, gingen sie gemeinsam zum Bahnhof von Sibiu und fuhren ein paar Stationen mit einem von einer Dampf-lok gezogenen Zug nach Tălmaciu an den äußersten Rand des Făgăraş-Gebirges. Die Wolkendecke, die Sibiu an die-sem Morgen in Dunst und Niesel getaucht hatte, war ver-schwunden. Es war nun brütend heiß. In ihrem Abteil, das so aussah, als wäre es in den letzten dreißig Jahren nicht mehr gesäubert worden, aßen sie von ihrem Obst.

Moritz war ein Abenteurer, der der Sinnlichkeit des Marktes nicht viel abgewinnen konnte. Für ihn war er nur eine Versorgungsstation auf dem Weg in die Berge, eine Art Basislager. Anja hingegen, die zum ersten Mal bei einer Karpaten-Tour dabei war, schien ebenso wie Pascal schockiert zu sein über die Zustände.

»Stellt euch mal vor, wir müssten hier leben«, sagte sie und biss in ein von Moritz mit seinem Schweizer Messer mundgerecht geschnittenes Stück Wassermelone. »Stellt euch das mal vor! Ich meine, wir in Dresden finden ja unsere Versorgung schon immer scheiße, und das ist sie auch, gerade wenn ich dich so sehe mit deiner schicken Hauptstadtzigarette.« Sie zeigte auf Pascals *Kenton Blau*. »Aber da wird man ja fast demütig, wenn man sieht, wie die Menschen hier leben. Du meine Güte, ist das ärmlich.«

»Ich finde das ja relativ, Anja«, erwiderte Moritz. »Guck mal, wir müssen auch fünfzehn Jahre auf ein Auto war-ten. Unsere kleinen Gebirge sind gegen das, was die hier vor der Tür haben, witzlose Erhebungen, und außerdem wachsen hier Früchte, die wir in Dresden ganz selten, wenn überhaupt mal zu sehen bekommen. Immer eine Frage der Perspektive, findest du nicht?« Er schaute sie väterlich an.

»Sie hat von Armut und Verfall gesprochen, nicht von Trabbis und Freizeitsport«, entgegnete Angelo, der bis dahin stumm aus dem Zugfenster gestarrt hatte. »Kannst du dir eine Verkäuferin in Dresden vorstellen, die feuchte Augen bekommt, wenn sie an Kaffee oder Zucker riecht? Den ihr zwanzigjährige Typen übern Tresen halten? Passiert da nichts bei dir?«, fragte er provozierend.

»Also erst mal – ich bin vierundzwanzig. Aber ich weiß schon, was du meinst.«

Pascal ging durch den Kopf, dass Moritz, wenn sie als Gruppe zusammen bleiben würden, ihr einziger Profi war. Deshalb versuchte er, die Situation zu schlichten und die Stimmung aufzulockern. »Okay, Spaß beiseite, jeder nennt ein Produkt, das es bei uns nicht gibt und bei dem er feuchte Augen bekommt«, schlug er vor und blickte Angelo eindringlich an.

»Die ›Zeit‹«, antwortete Angelo, der Pascals Intention verstanden hatte.

»Meinst du das jetzt philosophisch?«, fragte Anja.

»Die Zeitung meine ich«, antwortete Angelo. »Obwohl, manchmal auch die andere. Wenn man die Zeit zurückdrehen will. Aber das ist ja kein Produkt.« Er versuchte, mit ihr zu flirten.

»Ein IBM-Rechner mit 80286er-Prozessor«, warf Moritz ein. »Oder einen *Sharp* 1262er-Pocket-Computer. So ein kleines Ding, wisst ihr? Dafür würde ich töten. Bei der Staatskapelle gab's wohl grad Riesenärger, weil ein paar von denen die Dinger nach einer Asienreise durch den Zoll schmuggeln wollten. Aber nicht drei, sondern dreißig. Das ist ein kleines Vermögen, selbst in Westgeld. Ich möchte nicht wissen, wer da genau alles mit drin hing und jetzt ins Erzbergwerk muss. Die armen Schweine.«

»Woher weißt du denn so was?«, wollte Angelo wissen.

»Mein Cousin ist Tontechniker bei denen«, antwortete Moritz. »Ab und zu. Natürlich nicht, wenn's in den Westen geht.«

»Aha«, sagte Angelo. »Jetzt du, Anja.«

Sie grübelte länger und blies ihren Atem nach oben aus, sodass ihre offenen Haare zu tanzen anfingen. »Gar nicht so einfach zu sagen. Vielleicht erst mal nur so ein 8x4 für Frauen. Ich kann mein Deo nicht mehr riechen. Außerdem riechen alle Mädels gleich.« Die Jungs lachten. »Und ein Ticket nach Venedig. Das würde ich auch nehmen.« Anja biss noch einmal schmatzend in die Melone. »Jetzt du, Michi.«

Pascal hatte das Spiel zwar angestoßen, selbst aber keine gute Idee für einen Herzenswunsch. »Müssen wir nicht bei der nächsten Station raus?«, fragte er stattdessen.

»Nee, nee, nee, jetzt nicht rumeiern«, rief Moritz.

Angelo half seinem Freund aus der Patsche. »Anja, Moritz, kommt, noch ein Gedankenspiel: Was würdet ihr machen, wenn euch in Ungarn einer beim Trampen mitnimmt und anbietet, euch für ein bisschen Kohle über die Jugo-Grenze zu schmuggeln? Garantiert gefahrlos. Wie würdet ihr reagieren?«

Moritz sah Anja ernst an, und sie erwiderte seinen Blick. Moritz schnappte seine Sachen und sagte: »Jungs, ich glaube, ich lass euch mal alleine.«

Angelo sah Anja verdutzt an, nachdem ihr Freund seine Kraxe in den Gang bugsiert und die Abteiltür hinter sich geschlossen hatte. »Was hat der denn plötzlich?«

»Keine Ahnung«, antwortete sie. »Schätze, er hat keinen Bock darauf, so was mit wildfremden Leuten zu besprechen.«

»Bevor hier gleich unsere Reisegruppe gesprengt wird«, griff Pascal ein, »beenden wir mal unsere Plauderrunde. Ist das nicht herrlich?« Er zeigte nach draußen, wo sich

jetzt sehr nah und sehr deutlich zeigte, weshalb sie herge-
kommen waren: ein Gebirge, das diesen Namen wirklich
verdiente.

In Tălmaciu stiegen sie aus und folgten dem verstummten
Moritz in Richtung Straße. Sie führte tief in ein Tal. Zu
ihrer Linken erhoben sich die ersten Anderthalbtausender
des Făgăraş. Nach einiger Zeit, die sie rauchend, Notizhefte
vollschreibend und zeichnend zugebracht hatten, tauchte
ein mit Strohballen beladenes Pferdefuhrwerk auf, das sie
zur Haltestelle Valea Mărului mitnahm. Moritz, der von
diesem Bahnhalt aus die Făgăraş-Route angehen wollte,
setzte sich vorne zum Fahrer, die Jungs und Anja machten
es sich hinten bequem. Sie kamen in dem schaukelnden
Gefährt auf der kaum befahrenen Straße langsam voran,
und die unglaubliche Landschaft versetzte sie in eine Art
Trancezustand. Immer weiter grub sich die Straße in das
Tal und traf schließlich auf die Olt, einen rauschenden
Fluss, der von da ab neben der Straße dahinschoss. »Der
Mann aus den Bergen«, so hieß eine Fernsehserie, mit der
Pascal solche Bilder verband – die Hänge, die immer steiler
wurden, die üppige Vegetation des Massivs.

Irgendwann waren sie mittendrin im Gebirge, und
Moritz machte ihnen ein Zeichen. Sie sprangen von dem
quietschenden Pferdefuhrwerk herunter und hoben dan-
kend die Hände, als der Fahrer den Wagen wieder in Gang
setzte.

Moritz ging in eine direkt an der Straße stehende Baude, kam aber bald wieder heraus und schüttelte den Kopf.
»Kein guter Ort, um unterzukommen. Unfreundliche Betreiber und viel zu teuer.«

Pascal merkte, dass Moritz nicht allzu vertraut war mit
den Gegebenheiten auf dieser Seite des Făgăraş, so wie er
es vorher behauptet hatte. Auf seiner Karte, in die mit vielen Farben, Kreuzchen und Ausrufezeichen hineingemalt

worden war, befand sich ein Übergang über die Olt, ein paar hundert Meter hinter dem Bahnhäuschen, das sich auf der anderen Seite des Flusses gelegen sein sollte. Ein Kutscher bejahte ihre Frage nach der Brücke, sodass sie losliefen und schon bald die verlassen wirkende Station auf der anderen Seite des Flusses sehen konnten. Nach drei oder vier Kilometern, die sie an der engen Landstraße im Tal gelaufen waren, blieben sie stehen, tranken etwas Wasser und versuchten, sich neu zu orientieren. Pascal kramte zum ersten Mal Wolles Karte heraus. Erstaunlicherweise hatte er sich im Großen und Ganzen die gleiche Strecke, vor allem den gleichen Einstieg ins Gebirge vorgenommen. Anhand dieser Karte war aber auch klar, dass die nächste Möglichkeit zur Querung bestimmt erst in fünf Kilometern kommen würde. Trotz dieser Entdeckung traute sich Pascal nicht, Moritz' Autorität infrage zu stellen. »Los, Leute, lasst uns weiterlaufen. Sie wird schon bald kommen, die Brücke.«

»Also, wenn ich die Karte richtig lese«, fuhr ihm Angelo genervt in die Parade, »was wir übrigens auch schon im Abteil hätten tun können, dann hätten wir einfach mit dem Zug weiterfahren sollen bis zu der Haltestelle, die jetzt offenbar unser Ziel ist. Und die nun seit vielen Kilometern *auf der anderen Seite des Flusses* liegt.« Jede Silbe klang wie ein Vorwurf. »Aber die Kutschfahrt auf dem Heuhaufen war ja schon mal die ganze Reise wert«, fügte er hinzu.

Moritz, der schon losgelaufen war, blieb stehen und drehte sich um. »Pass mal auf, Freundchen! Wenn du ein Problem hast und deine Energie mit so was vergeuden willst, dann mach nur weiter. Aber komm mit den Folgen klar. Das wird nicht das einzige Mal bleiben, wo es deinem verwöhnten Arsch in den Karpaten nicht passt. Du bist hier nicht beim Wandertag mit deiner Schulklasse. Ich warne dich jetzt zum letzten Mal. Wenn du mir noch einmal blöd kommst, haue ich dir auf die Fresse, verstanden?«

Anja ging zu Moritz, flüsterte ihm etwas ins Ohr und zog ihn weiter, sodass Angelo gar keine Möglichkeit bekam, seinem Ärger weiter Luft zu machen. Pascal hatte plötzlich wieder Respekt vor Moritz, denn der bestritt überhaupt nicht, dass er als Führer ihrer Gruppe Mist gebaut hatte. Pascal war eher stinkig auf Angelo und ließ ihn am Ende ihres Trosses laufen. Ein paar Lkw fuhren hupend und Staub aufwirbelnd an ihnen vorbei, doch trotz ausgestreckter Daumen hielt keiner an.

Als die Brücke kurz hinter einem aus den Bergen in die Olt schießenden Bach in ihr Blickfeld geriet, beschleunigte Moritz seinen Schritt, führte die Gruppe ohne Rast über den Fluss und an den Bahnschienen entlang die etwa zehn Kilometer wieder zurück. Eine vierstündige, völlig sinnlose Wanderung lag hinter ihnen, bei der Anja zwischendurch geheult und Moritz kein Wort mehr verloren hatte und auch Pascal und Angelo kaum ein Wort miteinander wechselten.

Der Wärter, ein stiller, freundlicher Hüne, dessen Eisenbahnermütze etwas zu eng auf dem Kopf saß, stellte den drei Hunden noch etwas zu fressen hin und stieg dann, zusammen mit den anderen Bahnleuten und unter temperamentvollem Rufen, in den Zug Richtung Turnu Roșu. Den deutschen Wanderern ließ er den Warteraum und das Klo offen. Nur die Tür zum Büro, in dem sich auch eine improvisierte Küche befand, schloss er ab.

Die Entscheidung der vier, die Nacht in der Bahnhalte zu verbringen, war aufgrund ihres dramatischen Verzuges nötig, doch alle taten so, als sei es eine clevere Sache. Moritz verspürte noch immer keine Lust, sich mit Angelo auszusöhnen. Vielmehr bestand er darauf, dass Anja und er ihr Zelt ein paar Meter weiter, jenseits der Schienen, direkt am Hang aufbauten. Die Berliner richteten sich im Wartehäuschen ein. Doch als Pascal voller Stolz den Campingkocher in Gang gesetzt und aus altem Toastbrot und dem Dosenfisch köstliche Cracker gezaubert hatte, ging Angelo zum Zelt der beiden Dresdner hinüber, entschuldigte sich für seine überheblichen Worte und lud sie zum Essen ein. Bis kurz vor Mitternacht saßen sie neben der Bahnstation, umgeben von einem beunruhigendem Nichts, aus dem ab und an wilde Hunde auftauchten. Die vier redeten lange, und manchmal, wenn sie ein Geräusch hörten, das sie nicht einordnen konnten, machten sie eine ehrfürchtige Pause und lauschten in die Dunkelheit.

»Ist euch eigentlich klar, dass es hier Bären gibt? Richtige Bären?«, fragte Moritz mit schwerer Zunge. Von dem Selbstgebrannten, den er in der Runde hatte kreisen lassen, war er selbst am meisten angeschlagen.

»Klar«, sagte Angelo. »Wir sind ja hier schließlich nicht beim Wandertag.«

Ihr lautes Lachen hallte von einem steilen Hang zum anderen und wieder zurück. Es war ein gespenstisches Phänomen, das Pascal einen Schauer über den Rücken jagte.

Als sie Moritz und Anja von Kati und Jana erzählten, schlich sich für einen Moment die Heimat in ihre Reise. Pascal wurde immer stiller. Er hatte es, bis auf seine Träume, bisher ganz gut geschafft, das in Berlin Geschehene zu verdrängen. Doch jetzt war er machtlos. Er sehnte sich so sehr nach Katis Haut und ihrem Lachen, dass er kaum noch sprechen konnte. Und er wusste, dass das mit Jana zu Ende war.

Angelo hatte sich in den Gedanken verliebt, dass der Fluss, die Olt, für die vier Wanderer ein Schicksalsort sein könnte. Er war betört von der abenteuerlichen Atmosphäre dieser Nacht. Er erzählte sogar von seiner Mutter, ihrem Miteinander, das so schwer zu erklären war, und ihrer steten Sorge um ihn. Und er berichtete von seinem Wunsch, auf die Schauspielschule zu gehen. Anja, die ihren Kopf in Moritz' Schoß gelegt hatte, bat ihn schließlich, etwas vorzutragen. Angelo ließ sich zögerlich darauf ein. Minutenlang war außer den Naturgeräuschen nichts zu vernehmen. Dann begann er, eine traurige Melodie zu summen, die in einer improvisierten Hymne auf die Bahnstation gipfelte und allen, erschöpft und betrunken, wie sie waren, Tränen in die Augen trieb.

»Halta Valea Marului/ am River of No Return,/ dass es zu dir keine Brücke gibt,/ das soll uns nicht weiter störn./ Halta Valea Marului,/ der Zug der Zeit, er schleicht vorbei,/ nur wir, wir können dich verstehn/ und bleiben dir ewig, ewig treu./ Halta Valea Marului,/ die Nacht, sie senkt sich auf dein Haupt,/ die rauschende Stille, so dunkel und schön,/ dass uns das zu Haus doch nie einer glaubt.«

Am nächsten Morgen brachen sie gegen acht auf, gingen nur bergauf, durch dichte Wälder, einen simpel befestigten Pfad entlang. Nach einer halben Stunde hatten sie zweihundert Höhenmeter zurückgelegt – das jedenfalls merkte Moritz an, der unentwegt die Fauna der Gegend mit der der Ostkarpaten verglich. Die Bäume stünden hier bedeutend dichter, und der Boden sei weniger trocken. Pascal, der als Dritter und damit hinter Anja ging, musste während des Marsches ständig auf ihren Po und ihre Oberschenkel gucken. Er versuchte, es zu vermeiden, aber es gelang ihm nicht. Intensiv hatte er in der vergangenen Nacht bei angelehnter Tür vom Wartehäuschen aus ihrem Stöhnen gelauscht und war davon so erregt gewesen, dass er sich zuerst vergewisserte, dass Angelo tatsächlich schlief, um danach leise hinauszutreten und sich einen runterzuholen. Als er wieder auf seiner Isomatte lag, erleichtert und verwirrt, hörte er, wie ein Tier, vermutlich eine Katze, sein Ejakulat aufschleckte, das er in die struppige Wildnis gespritzt hatte. Beim Anblick von Anjas abgeschnittenen

Jeans mit den dreckigen Fransen bekam er dieses eine Bild nicht mehr aus dem Kopf, das ihn schon während des kurzen Schlafs im Zug nach Budapest, im Park hinter dem Keleti pu, auf dem Zeltplatz am Balaton, in den Thermalbädern von Szeged und in der Zugnacht von Arad nach Sibiu erschienen war: Sie hatten kein Licht gemacht, sie waren einfach nur in die kleine Wohnung gestürzt, hatten Stühle und Zeitschriftenstapel umgerissen und sich auf dem Boden gegenseitig ausgezogen. Dann war Kati aufgestanden, hatte das Fenster geschlossen und einen merkwürdigen Satz gesagt: »Juttamüller muss das nicht sehen.« Danach hatte sie sich zu ihm gedreht, nackt, war bestimmt eine Minute vor dem Fenster stehengeblieben und dabei von einem kräftigen Mond beschienen worden. Das blaue Licht auf ihren Schultern, ihrem Kopf und zwischen ihren Beinen, dieser Anblick vollkommener Schönheit, holte Pascal seitdem immer wieder ein.

Die Sache mit dem *Sophienklub* und ihrem doppelten Seitensprung lag nicht einmal zwei Wochen zurück. Sie hatten sich nicht mehr gesehen, bis auf die Abschiedsnacht im *Jojo*. Kati hatte ihn dort ein-, zweimal heimlich berührt, aber sie vermieden es, zu tanzen und miteinander zu reden. Offenbar hatte kein anderer etwas gemerkt, doch die Schuld, die sie Angelo und Jana gegenüber empfanden, stand zwischen ihnen, daran gab es keinen Zweifel.

Sein bester Freund ging als Letzter ihrer Gruppe. Seit sie die Tausendmetergrenze erreicht hatten, sprachen sie nur noch wenig miteinander. Angelo summte immer wieder seine Halta-Melodie. Ab und an blieben sie stehen, tranken einen Schluck, schauten zurück in die Niederungen und voraus, dahin, wo sich das Massiv zu einem einzigen großen Gipfel zusammengeschoben hatte. Als die Wälder sich lichteten und sie nur noch über weite Wiesen stapften, die von felsartigen Gesteinswölbungen aufgebrochen wurden, kam eine physische Ahnung davon auf, was vor ihnen lag. Der Schweiß rann Pascal den Rücken herunter, lief in die Hose rein und an den Beinen wieder raus.

Wenn sie Rast machten, teilten sie Fisch und Katzenzungen. Schokolade war überhaupt gut. Sie wirkte sofort, denn sie stimulierte irgendwelche Glückshormone. Ihre Wasserflaschen füllten sie an kleinen Quellen. Das Wasser kam einfach aus dem Berg gelaufen. Es entsprang ihm und spendete Leben, so empfand es Pascal, wenn er die eiskalte Erfrischung den Rachen hinunterlaufen ließ.

Bei etwa tausendsechshundert Metern erreichten sie den Kamm und damit ihren ersten Gipfel, den Pietrelor. Wenn sie gen Osten schauten, lag vor ihnen eine diffuse Anzahl von Bergen und Klippen. Aus dieser Höhe konnten sie das Făgăraş-Gebirge noch nicht überblicken. Aber sie waren oben, und das zählte. Von hier ab verlief der Crest, wie die Rumänen den Kammweg nannten, nur noch auf einer schmalen ausgetretenen Spur. Dutzende von Kilometern, zwischendurch hinauf auf bis über zweieinhalbtausend Meter. Sie waren nun acht Stunden unterwegs, doch ihr Tagesziel, die Cabana Suru, eine Rotkreuzhütte unter dem gleichnamigen Gipfel, lag laut Auskunft eines Schafhirten noch in drei oder vier Stunden Entfernung. Offenbar enthielten ihre Karten und Pläne Zeitangaben für Profiwanderer.

»Verdammte Axt«, fluchte Pascal, als sie stehen blieben, um die Nachricht zu verdauen. »Was für 'ne Scheiße, vier Stunden noch. Wie hieß er doch gleich? Der berühmte Wandersmann, von dem diese Angaben stammen?«

»Warte mal, ich hab's gleich«, sagte Angelo und grübelte. »Zitterrostocker?«

»Nee«, sagte Pascal, »aber so ähnlich.«

»Der Wackelmagdeburger?«

Pascal schüttelte den Kopf und grinste über das ganze Gesicht.

»Der Zappelriesaer! Das war er, oder?« Angelo war sich ziemlich sicher.

»Ihr meint den Röchelzittauer?«, vermutete Moritz.

Das Geschrei der Jungs war riesengroß. »Jaja, genau den meinen wir«, jubelten sie euphorisch.

»Der Röchelzittauer, der hat uns diese Scheißangaben eingebrockt«, rief Pascal.

»Das kann ich mir nicht vorstellen«, sagte Moritz. »Von dem habe ich schon so viel gehört. Der ist offenbar ein Held unter Wanderern, weil er angeblich seit über dreißig Jahren hier rumkraxelt und jeden Halm, jeden Stein und jeden Hirten beim Namen kennt.«

»Wenn der wirklich so gut ist, wie du sagst, frag ich mich aber, warum der so 'nen bekloppten Namen trägt«, widersprach Angelo. »Röchelt der, weil er nicht mehr kann oder weil er sich freut, falsche Fährten für unerfahrene Wanderer gelegt zu haben? Ich jedenfalls bin dafür, dass wir uns jetzt erst mal einen passenden Platz zum Zeltaufschlagen suchen. Wir sind heute echt genug gelaufen.«

Doch Moritz wollte das Tagesziel unbedingt schaffen, sonst, so meinte er, sei das Unternehmen »Vollständige Kammwanderung« gefährdet. »Wenn wir jetzt nachlassen, schaffen wir jeden Tag ein Stückchen weniger«, sagte er zu Anja, die nicht mehr konnte und murrte. Sie wollte viel lieber auf der Bergwiese unter ihnen campieren und den gemeinsamen Abend genießen. »Nee, Schätzelchen, vergiss es. Ausruhen ist nicht. So schön wie gestern Abend wird's sowieso nie wieder«, beschloss Moritz und Anja erhob sich. »Liebe Freunde aus der Hauptstadt, ich wünsche euch Hals- und Beinbruch. Passt auf euch auf!«, sagte Moritz, gab Angelo und Pascal kurz die Hand und stiefelte los. Anja umarmte jeden der beiden noch einmal kräftig. Während Angelos Abschied recht nüchtern ausfiel, legte Pascal viel Gefühl in die Umarmung.

»Lass dich nicht zu sehr schindern«, sagte er und streichelte ihre Wange.

»Ach, Quatsch«, antwortete Anja lachend. »Wenn es dunkel wird, wird's dunkel. Wenn er mit Taschenlampe am Kopf laufen will, muss er das alleine tun. Dann steig ich ab und ruf nach euch.« Sie lief los und war binnen Sekunden in einer kleinen Senke verschwunden.

Wenig später schloss eine sechsköpfige rumänische Wandergruppe zu ihnen auf. Beim Blick auf die Uhr entschied auch diese sich für die Suche nach einem Nachtlager. Im Grunde war es nur ein kurzer Weg hinunter auf die Wiese, bei der eine Quelle entsprang. Die war sogar in die Karte des Röchelzittauers eingezeichnet. Angelo und Pascal führten die Rumänen dorthin und galten fortan als Meister der Berge. Pascals Ungeschicktheit beim Zeltaufbau wurde geflissentlich übersehen. Später, als sie ihr Abendessen aus Dosengulasch und kleinen Würstchen zubereiteten, gesellten sich noch ein paar Tschechen zu ihnen. Sie redeten bis weit nach Mitternacht, tranken zu viel Schnaps, und Pascal und Angelo wirkten auf die anderen wie perfekte Freunde.

An ihrem ersten Tag ohne richtige Führung gelangten sie nach über sechs Stunden zum nächsten Gipfel. Die Rumänen und Tschechen, mit denen sie den Aufstieg begonnen hatten, waren längst an ihnen vorbeigezogen. Die Jungs gingen langsam, tasteten sich zaghaft an die schroffen und wackeligen Untergründe heran. Sie mussten erst lernen, wie man sich im Gebirge bewegt, wie man auf höher gelegene Felsen klettert und wann eine Hilfestellung nötig ist. Wenn sie nicht weiter wussten oder einer sogar vor einer kniffligen Stelle kapitulierte, warteten sie manchmal eine halbe Stunde, bis die nächste Gruppe aufschloss. Die Tour setzte ihrem Selbstbewusstsein und ihren Gliedmaßen schwer zu. Pascal hatte das Gefühl, sein achtzehnjähriger, eigentlich gut trainierter Körper ließe ihn im Stich. Er fühlte sich alt und gebrechlich und hatte einen Muskelkater wie schon lange nicht mehr. Angelo, der kleiner und schmächtiger war, schienen die Strapazen weniger auszumachen. Meist lief er ein Stück hinter Pascal, um seinen Freund nicht abzuhängen.

Nach einem Zehnstundenmarsch verließen sie am Avrig, einem schwierigen Zweitausenddreihunderter, völlig erschöpft den Kammweg. Beim Abstieg an der Südflanke, der ihnen ewig lang vorkam, tauchte aus Nebelschwaden plötzlich ein Bergsee auf, dessen stahlblaues Wasser in der Abenddämmerung wie flüssiges Eis aussah und an dem sich auch andere Wanderer auf die Nacht vorbereiteten. Hier kühlten sie ihre blasenübersäten Füße und schmierten etwas von Katis *Panthenolspray* auf die offenen Stellen, wuschen sich ausgiebig und cremten ihre schmerzenden Muskeln mit *Nicodan*-Salbe ein. Nach einem kurzen Mahl, das sie gemeinsam, aber wortkarg einnahmen, kroch jeder in sein Zelt.

Der nächste Morgen brachte unsicheres Wetter. Der Himmel sah aus, als würde bald ein Gewitter losbrechen. Die Karten und Aufzeichnungen, die sie, jeder für sich, am letzten Abend studiert hatten, gaben unmissverständlich darüber Auskunft, dass die Tour überaus anstrengend werden würde. Schon der erste Aufstieg machte ihren müden Knochen Probleme. Es ging nur noch über Geröll, eine halbe Stunde lang bergauf. Oben angekommen, wäre Pascal am liebsten wieder umgedreht. Er wusste, dass dies ein entscheidender Moment ihrer Reise war. Aber seine Erschöpfung und die Schmerzen in Knien und Fußgelenken ließen ihn ernsthaft daran zweifeln, ob er dafür gemacht war, diese tagelangen Strapazen auszuhalten. Zudem wusste er, dass es nur noch höher, steiler und gefährlicher werden würde.

Sie passierten einen kleinen Gletscher. Aus allen Erzählungen und Anekdoten der Kletterer, die sie in den letzten Tagen gehört hatten, ergab sich die Gewissheit, dass mit dem sogenannten »Kirchendach« etwas sehr Heikles auf sie wartete. Wolle hatte diese Stelle aber als gangbar markiert und eingeplant. Trotzdem entschied Pascal, Angelo von dem Weg abzubringen. Doch der war bereits losgelaufen und schon zu weit entfernt. Pascal dachte an seine pochenden Knie und die trockene Kehle und hätte vor Verzweiflung am liebsten losgeheult. Das monotone Laufen beruhigte ihn ein wenig. Manchmal, wenn sich zwischen den Steinen noch etwas büscheliges Gras befand, waren die Untergründe weicher. Doch letztlich war es über Stunden immer das Gleiche. Schritt um Schritt, Atemzug um Atemzug, Herzschlag um Herzschlag. Pascal lief wie ferngesteuert. Grauer Stein, grauer Fels, lockere Brocken, mit gelben Gras bewachsene Erde, dunkle, freigetretene, gefährlich rutschige Erde, Grasbüschel, Steine, Erde. Und immer wieder Geröll. Keine Pflanze, kein Vogel, kein Geräusch außer dem Wind, dem Schnaufen und den unter den Schuhen knirschenden oder ins Tal rollenden Steinen.

Plötzlich ging es wieder besser. Und machte sogar Spaß. Oben auf dem Crest zu laufen, war, bis auf ein paar knifflige Stellen, weitaus entspannter als die wechselnden Aufstiege und Talgänge. Ab und an riss der Himmel auf, und die Sonne wärmte sie. Wind fächelte ihnen Kühlung zu. Als sie nach zwei Gipfeln fast am »Kirchendach« angelangt waren, hatten sie ihr eigenes Tempo und eine gewisse Balance gefunden.

Gerade als Pascal das Gefühl hatte, seine Ängste im Griff zu haben, drehte das Wetter von einem Moment auf den nächsten und hüllte den Crest in dichten Nebel. Die Sicht lag bei unter zwei Metern, die Luft wurde feucht wie ein nasser Waschlappen. Pascals Zuversicht schwand augenblicklich.

»Das ist lebensmüde«, rief er Angelo zu. Der war im gleichen Tempo weitergelaufen. »Lass uns dieses ›Kirchenfenster‹ bei solchem Scheißwetter nicht machen«, versuchte es Pascal noch einmal.

»Michi, Mann, jetzt gib doch nicht so schnell auf. Was soll denn das?«, schrie Angelo, ohne sich umzudrehen.

»Ich steige ab. Ich hab keinen Bock, hier oben draufzugehen. Erinnere dich bitte daran, was Moritz gesagt hat!«, rief Pascal.

Angelo blieb stehen. »Lass mich in Ruhe mit diesem Angeber!«, sagte er. »Glaubst du im Ernst, dass der wegen ein bisschen Nebel gleich absteigen würde?«

»Manchmal gehst du mir echt auf die Ketten, Angelo. Hör bitte auf, hier den Harten zu spielen, und lass uns in das Tal da absteigen. Es gibt schließlich noch einen anderen Weg zum Negoiu. Steht ja überall drin.« Er zeigte auf die Karte und die Kladde, die er in der Hand hielt. »Und auch, dass das eigentlich alpin ist, dieses ›Kirchendach‹. Selbst ohne Scheißwetter.«

Angelo schüttelte genervt den Kopf, drehte sich wortlos um und folgte einem ausgeschilderten Weg, der auf der Nordseite ins Tal führte. Der war ebenso steil und gefährlich, hatte aber wenigstens ein sicheres Ziel. Während die Jungs stumm vor sich hin kletterten, ein jeder in seinen Gedanken verfangen, blieb das schlechte Wetter, das von Süden her aufgezogen war, tatsächlich am Kamm hängen. Der nasse Nebel waberte um die Bergspitzen, so, als würden sich aufgedunsene, weiße Finger darum klammern.

Als Angelo und Pascal bestimmt fünfzig Meter abgestiegen waren, brach die Sicht auf, und sie hatten freien Blick ins Tal. Die Aussicht war atemberaubend, doch die Verantwortung für diesen ungeplanten Abstieg, der mit einem großen Umweg verbunden sein würde, ließ Pascal nicht los.

»Hey, komm, ist doch besser zu sehen, wo man hintritt, als bei jedem Schritt ans Schlimmste zu denken, oder?«, sagte er. Angelo ließ sich jedoch zu keiner Reaktion überreden. »Alter, wir müssen hier noch ein paar Tage durchhalten, da können wir uns keine Zickereien leisten.« Angelo blieb stumm. Pascal konnte nur seinen Rücken sehen. Behände bewegte sich sein Freund über den schmalen Pfad, setzte einen Fuß sicher vor den anderen, stützte sich dann und wann an der bröseligen, rauen Felswand ab. Er schien überhaupt keine Angst zu haben. Vielleicht stille Ehrfurcht vor dem Berg, aber keine Furcht.

Pascal hingegen keuchte vor Anstrengung. Noch nie hatte er so konzentriert auf seine Schuhe geschaut. Und noch nie war ihm so sehr bewusst gewesen, dass bergab zu gehen viel schlimmer war als bergauf. Die schwere Kraxe drückte seinen Körper bei jedem Schritt auf Knie und Knöchel. Seine Boots waren ramponiert und klobige Fremdkörper, die er zusätzlich mitschleppen musste. Aber ohne sie wäre es niemals gegangen.

Sie folgten dem Weg ewig weit hinunter. Beim Zurückblicken sahen sie das vernebelte Panorama des »Kirchendachs«, das den Serbota-Gipfel mit dem Negoiu verband. Von unten sah das Gipfelband überhaupt nicht mehr so halsbrecherisch und gefährlich aus. Hier, im schattigen Tal, umgeben von vegetationsreicherer Landschaft, beobachteten sie, wie das schlechte Wetter oben auf dem Kamm tobte. Und sie mussten nun mit den Folgen kämpfen, denn ein angeschwollener Quellbach schoss ins Tal und schnitt ihnen den Weg ab. Dahinter entdeckten sie ihre Wegmarkierung. Hier mussten sie also rüber. So schnell wie möglich, denn die Wassermassen würden noch zunehmen.

Hinter dem Wasserfall gab es eine kleine Stelle, an der das Wasser seichter wurde und der Bach über große, zerklüftete Steine verlief. Sie zogen ihre Wanderstiefel und Strümpfe aus, krempelten die Hosenbeine hoch und wateten hintereinander vorsichtig über die glitschigen, von schaumig tosendem, eiskaltem Wasser umspülten

Felsbrocken. Auf der anderen Seite ließen sie sich schwer atmend ins Gras fallen, pumpten das Adrenalin aus ihren Köpfen, hörten auf ihre galoppierenden Herzen und hielten lange die Stille miteinander aus.

Später trafen sie einen Schafhirten, der auf eine weit vor ihnen liegende Wand zeigte, die sie wieder auf den Kamm führen sollte. Von da zum Tagesziel wären es nur noch dreißig Minuten. Wortlos und eher ungläubig gingen sie der Wand entgegen, und je näher sie ihr kamen, umso klarer wurde, dass es sich um ein reines Geröllfeld handelte: Die schätzungsweise vierhundert Höhenmeter, die sie hier überwinden sollten, bestanden aus staubigen Steinen und riesigen Felsbrocken, die bei Abbrüchen ins Tal gekracht waren. Hier wuchs kein Gras mehr, alles war purer Stein.

Angelo machte die ersten Schritte. Nach zwanzig, dreißig Metern war ihnen klar, dass es kein Zurück mehr gab, dass es nicht einmal sinnvoll war, zurückzuschauen. So kletterten sie weiter, schweigend, schwitzend, hoch konzentriert.

Nach einer halben Stunde musste Pascal eine Pause einlegen. Sie lehnten sich an einen großen Felsen und teilten etwas Schokolade und Wasser.

»Das wird nichts«, sagte er. »Das kann nichts werden, Angelo. Dafür sind wir einfach zu unerfahren.« Seine Stimme zitterte. Am liebsten wäre er einfach stehen geblieben und hätte sich gar nicht mehr bewegt.

Angelo schaute lange die Wand hinauf und erwiderte dann: »Hier können wir nicht zelten, noch nicht mal neben diesem Felsen schlafen. Mann, Michi, ich scheiß mir auch gleich in die Hosen, aber wir müssen jetzt da hoch.«

»Das schlechte Wetter da oben hält sich. Willst du wirklich noch Hunderte von Metern über lockere Felsen klettern, um dann am Ziel in Regen und Nebel zu stehen?«

»Es geht doch gar nicht darum, was ich will oder du, sondern was wir uns vorgenommen und eingebrockt haben«, widersprach Angelo mit bebender Unterlippe. »Wir wollten das beide! Eine Făgăraş-Wanderung. Wir sind sogar, als unser großer Führer Wolle die Biege gemacht hat, immer noch blauäugig hier reingefahren. Wenn wir uns jetzt verkriechen und uns aus dem Ferienlager abholen lassen, können wir gleich die nächsten zehn Jahre bei Mutti wohnen bleiben. Die hat mich nämlich genau vor so etwas gewarnt.« Die Wolken schoben sich weiter über ihren Köpfen zusammen. »Und die hat mir und uns das überhaupt nicht zugetraut.« Wütend trat er gegen einen Stein, der sich, zunächst seltsam verlangsamt, dann aber unaufhaltsam in Bewegung setzte.

»Vielleicht hatte sie ja ein bisschen recht?«

»Jetzt reiß dich gefälligst zusammen, Michi! Denk an irgendetwas, das dich hält, das dich den Mist hier schaffen lässt. Denk meinetwegen an Jana, wenn's dir hilft. Ja, denk an Jana!«

Pascal fing an, hysterisch zu kichern. »Ob du es glaubst oder nicht, Jana ist grad das Letzte, woran ich denke. Die sitzt im Westen in irgendeinem Hotel und unterhält sich mit langweiligen Wunderkindern über Algorithmen und so Zeugs. Und ist noch immer sauer auf mich, weil ich früher losgefahren bin.«

»Merkwürdig«, antwortete Angelo. »Ist das nicht genau so ein Moment, wo man den anderen besonders vermissen sollte? Gerade dann, wenn es einem besonders scheiße geht?«

»Vermisst du denn Kati?«, gab Pascal zurück und trank seine Flasche aus.

Angelo überlegte. »Ich glaub schon.«

Und plötzlich wusste Pascal, weshalb er den Aufstieg doch hinbekommen würde. Weshalb er es jetzt einfach tun und alle Ängste besiegen würde. Als er Katis Namen aussprach, breitete sich Gänsehaut zwischen seinen Schulterblättern aus. Er spürte das dringende Verlangen, seinem besten Freund endlich reinen Wein einzuschenken. Konnte er wirklich weiter neben ihm laufen, seine Anstrengung hören, bei eigener Schwäche auf seine Hilfe und seinen Zuspruch hoffen, ohne ihm die Wahrheit gesagt zu haben? Wie kaputt war er eigentlich, durchfuhr es Pascal, dass er es so weit hatte kommen lassen? Er straffte sich, wild entschlossen, dieses mörderische Geröllfeld zu bezwingen und danach, spätestens am Abend, seine Seele zu erleichtern.

Schließlich standen sie auf einem Kamm, der mit dem offiziellen Crest nichts zu tun hatte. Das stundenlange Martyrium aus Klettern, Hängen, Fallen, Schürfen, Zerren, Steigen und Rutschen brachte sie fast um den Verstand. Aber sie hatten es lebend überstanden. Bei den letzten Schritten, die sie apathisch auf den Kamm hinauf setzten, hatten sie sich geschworen, niemals ihren Eltern von diesem Wahnsinn zu erzählen. Völlig orientierungslos blickten sie sich um und sahen ringsum nur noch Berge, zerklüftete Täler und schlechtes Wetter.

Pascal fand als Erster Worte: »Wir müssen deine Backe verarzten.« Er deutete auf einen feinen, aber unaufhörlich blutenden Riss, den Angelo sich quer über die Wange zugezogen hatte. Mit klarem Regenwasser, das sich in einer steinigen Mulde gesammelt hatte, wusch sich Pascal die Hände. Dann desinfizierte er Angelos Wunde mit einen von Katis Wundermitteln und klebte ein großes Pflaster darüber.

»Michi, bevor wir beide hier draufgehen, müssen wir, glaube ich, noch was klären«, fing Angelo irgendwann an und schaute Pascal ins Gesicht.

»Ja, gleich«, antwortete Pascal.

Minutenlang saßen sie stumm nebeneinander. Keiner

traute sich, den Faden wieder aufzunehmen und das Gespräch fortzuführen. Wie aus dem Nichts tauchte von der Seite des schmalen Gipfelweges ein Kletterer auf. Ein kerniger Einzelgänger mit schwarzem Piratentuch um den rasierten Kopf. Sie erfuhren, dass Waldemar aus Dessau kam, den Făgăraş schon seit elf Jahren immer wieder allein beging und das Gebirge wie seine Westentasche kannte. Einigermaßen unbeeindruckt hörte er sich ihre Geschichte der letzten Stunden an und führte sie, ohne viele Worte zu verlieren, in schnellem Trab über zwei kleine Gipfel und zwei felsige Täler. Sie versuchten, mit Waldemars Tempo Schritt zu halten. Sie sprachen kaum noch miteinander. Auch der Dessauer verspürte offenbar keine Lust dazu, sich mit den jungen Anfängern aus der Hauptstadt auszutauschen.

Schließlich erreichten sie den Caltjun und später den nach dem Berg benannten See, der inzwischen fast im Dunkeln lag. Angelo ging, ohne sich mit Pascal abzusprechen, zur Hütte der Bergrettung und fand dort einen Platz in der Schlafkammer. Pascal blieb zurück in seinem wackligen Zelt, mit schmerzenden Gliedmaßen, pochenden Bauchkrämpfen und in stiller Verzweiflung.

Weil er keine Lust hatte, für sich allein den Campingkocher anzuwerfen, aß er rohen Knoblauch auf weichem Knäckebrot, löffelte kalte Kartoffelsuppe und trank kaltes Wasser aus dem See. Dann schlief er ein, erwachte mitten in der Nacht und übergab sich vor dem Zelt. Völlig erschöpft kroch er zurück in seinen Schlafsack und merkte, dass sein Magen noch immer rebellierte. Als das erste Licht den See lindgrün schimmern ließ, musste er noch einmal kotzen. Sein Körper war total erschöpft. Dann meldete sich sein Darmtrakt, und er schied alles aus, was er in sich hatte. Als er endlich zur Ruhe kam, heulte er sich in einen tiefen Schlaf.

Angelo tauchte gegen halb zehn am Zelt auf. Er brachte etwas Frühstück aus der Hütte mit. Beim Anblick seines elenden Freundes verstand er schnell, goss ihm einen Tee auf und verabreichte ihm eine *Gastrobamat*-Tablette. Er bereitete mit Traubenzucker versetzte Erfrischungsgetränke für den Tag vor. Pascal konnte sich kaum bewegen, bis die Medizin endlich wirkte. Er warf sich eine Koffein-Pille ein und merkte, wie er langsam kräftiger wurde. Irgendwann trotteten sie los. Von der abgebrochenen Aussprache und den Stunden in der Geröllwand redeten sie auf ihrer Tour nicht, tauschten sich aber über Waldemar aus, und Angelo berichtete von seinen Erlebnissen im Schlafsaal, einer größeren Kammer mit vier Doppelstockbetten, in denen sechs Männer und zwei Frauen gesungen, geschwitzt und geschnarcht hatten. Während er erzählte, wirkte Angelo geradezu aufgeräumt. Sein ernster Blick, der Pascal gestern das Blut in den Adern hatte gefrieren lassen, war verschwunden.

Am Nachmittag erreichten sie den Trans-Făgăraşanul-Tunnel, der zu ihrer Linken in das Massiv gebohrt worden war. Nach kurzer Rast machten sie sich auf in Richtung Podragu. Wie gefangengenommene Soldaten liefen sie mit ihrem Gepäck wortlos hintereinander her über den zugigen Kamm, als hätten sie sich ihrem Schicksal vollends ergeben. Kurz bevor sie das Tagesziel erreichten, brachte sie schlechtes Wetter noch einmal in arge Bedrängnis und machte den Abstieg ins Tal des Podragu-Sees unmöglich, sodass sie nur ein paar Meter unter dem Kamm und direkt über einer Geröllwand ihre Zelte aufschlugen. Der Schneefall, der sie eben noch unter einen Felsen gedrückt und zum Ausharren gezwungen hatte, klang mit dem Gewitter ab. Jetzt wurde es hundekalt. Der Kamm war verlassen, karg und ohne jede Poesie.

Nachdem die Zelte standen und sie sich dick eingewickelt hatten, entfachte Angelo mit einigen Seiten der *Jungen Welt*, die er normalerweise benutzte, um sich unter der Kleidung gegen den Wind zu schützen, auf einem kleinen

Steinhaufen ein Feuer. In einer Nische hatten sie etwas trockenes Gras und Holzreste gefunden, mit denen sie das Feuer in Gang hielten. Auch wenn es zu dieser Jahreszeit eigentlich verboten war, tat es doch gut, wärmte und wirkte irgendwie abenteuerlich. Denn sie waren allein auf dem Dach des Făgăraş, völlig auf sich gestellt. Aus purem Unvermögen waren sie hier gelandet. Vielleicht auch aus Vorbestimmung, dachte Pascal. Sie tranken sechzigprozentigen Schnaps vom Markt in Sibiu.

Schließlich begann Angelo zu reden: »Als wir vor ein paar Tagen da unten an dem Bahnhäuschen saßen, da dachte ich, die Nacht am Fluss wäre schon der Höhepunkt unserer Reise gewesen. Das war magisch, oder?«

»Stimmt«, sagte Pascal. »Wie hast du ihn genannt, den Fluss? Den River of No Return.«

»›Sometimes it's peaceful and sometimes wild and free ...‹«, stimmte Angelo das Lied aus dem Marilyn-Monroe-Film an, und gemeinsam hauchten sie ein paar von den Zeilen des Titelsongs. »Weißt du noch, dass ich gestern was mit dir besprechen wollte?«, fragte Angelo nach einer kurzen Pause.

»Klar«, antwortete Pascal und schob kleinlaut hinterher: »Worum geht's denn?« Ihm zitterten plötzlich die Knie.

Angelo legte den Kopf in den Nacken und schien etwas am Nachthimmel zu suchen. »Weißt du, Michi«, sagte er, »Freundschaft ist etwas, das man als höchstes Gut sehen sollte, finde ich. Etwas, das alle Zeit überdauern kann, wenn sie wahr ist und ehrlich bleibt und niemand etwas dazwischenkommen lässt.«

»Mmhm.« Pascal wunderte sich, weshalb Angelo so weit ausholte.

»Hast du dich nie gefragt, weshalb ich *wirklich* wieder aus diesem Lieferwagen ausgestiegen bin? Warum ich *nicht* geflohen bin?«

»Weshalb hättest du fliehen sollen, frage ich mich, ehrlich gesagt.«

»Ja, weshalb.« Angelos Stimme vibrierte. »Vielleicht, weil ich es einfach nicht fertiggebracht habe, von dir wegzugehen, ja, von dir, so blöd das klingt. Weg, ohne mit dir im Reinen zu sein.«

»Hört, hört«, war das Einzige, was Pascal zu sagen einfiel. Er hatte keine Ahnung, wie er mit seiner Scham umgehen sollte, wenn Angelo endlich aussprach, worauf er hinauswollte: den Betrug, den Verrat.

»Weil du mir so tierisch wichtig bist«, Angelo begann zu schluchzen, »weil ich es nicht habe kommen sehen, weil ich es zugelassen und zu lange die Augen verschlossen habe. Und weil ich einen Freund nicht einfach so verlieren wollte, durch das Feigste, das man machen kann. Abhauen.« Angelo stand auf und entfernte sich ein paar Meter.

Im schwachen Feuerschein sah Pascal seinen Rücken, der sich immer wieder zusammenkrampfte. »Hey, entschuldige mal«, antwortete Pascal und stand auf. »Wenn hier einer feige ist, dann ja wohl ich.« Er ging zu Angelo hinüber. Das Feuer erlosch.

»Was soll denn an dir feige sein?«, fragte Angelo. »Wenn, dann bist du einfach nur zu gut für diese Welt, für mich und Jana.«

Pascal erstarrte. Angelos Worte schwirrten um seinen Kopf wie aggressive Hornissen. Für mich und Jana, ... für mich und Jana – hatte er das wirklich gesagt?

Angelo versteckte sein Gesicht, das in der Dunkelheit ohnehin kaum zu erkennen war, in seinen Händen. »Ich schlafe seit Monaten mit Jana«, fuhr er gedrückt fort. »Ich weiß nicht einmal so genau, warum. Ich kann weder Kati so lieben, wie sie geliebt werden will, noch Jana, wie ich sie gern lieben würde. Denn sie gehört ja dir. Aber es hat sich ganz von allein so entwickelt, und wir beide dachten, es könne ewig so weitergehen.« Er schluckte. »Aber heute ist es endlich raus. Endlich habe ich es gesagt. Ich hoffe, du kannst mir jemals verzeihen.«

Pascal spürte, wie ihn Wut durchströmte. Sie stieg von seinen kalten Füßen auf, machte in der Herzgegend kurz halt, um sich dort wie ein Hurrikan mit neuer Energie aufzuladen, wirbelte durch seinen Kopf, schoss dann mit ganzer Kraft und in Sekundenbruchteilen in seine rechte Schulter, seinen rechten Arm, seine rechte Faust, mit der er, nachdem er seine linke Schulter für eine Ausholbewegung kurz nach vorn gestellt hatte, wie ein Boxer auf Angelos Magen eindrosch. Der schnappte nach Luft, taumelte ein paar Meter nach hinten, ruderte mit den Armen und fiel völlig unspektakulär hintenüber auf das Geröllfeld, das ihn mit leisem Poltern in die Tiefe riss.

Wer zu spät kommt

Am letzten Augusttag, dem Tag, an dem die Jungs eigentlich wieder in Berlin sein wollten, kam Anne mit Joan an der Hand zu Kati. Die brühte einen türkischen Kaffee und goss dem Mädchen einen Schluck Brause ein. Sofort hatte sie gespürt, dass etwas passiert sein musste. Etwas, das die zuletzt quälend unsicheren Zeiten beenden würde. Anne schaltete das Radio an und drehte es unverhältnismäßig laut auf.

Mit zittrigen Händen zog sie eine Karte aus ihrer Handtasche hervor und gab sie ihrer Freundin.

Bella Italia
ROMA
Liebe Berliner, ich ziehe es vor, den neuen Lebensabschnitt erst mal unbelastet und volle Pulle anzugehen. Glaubt mir aber, dass wir uns wiedersehen werden. Ganz sicher. Einen Kuss für Joan und einen für John. Und Anne, einen für immer für dich! Bleibt tapfer und stolz, W.

Kati schaute lange auf die schöne Postkarte mit den vier Motiven, von denen sie nur das Kolosseum erkannte. »Merkwürdig, dass die so einfach durchgekommen ist«, sagte sie, drehte die Karte hin und her und begutachtete Vorder- und Rückseite.

»Weißt du, was das bedeutet?«, fragte Anne und fuhr fort, ohne eine Antwort abzuwarten. »Das bedeutet, dass er in Italien ist und allein weitermachen will. Das ist so was wie eine Trennung, was da auf der Karte steht.« Sie begann zu weinen. Still und verzweifelt. Joan kam in ihrem schicken Sommerkleidchen angetrippelt und setzte sich auf den Schoß ihrer Mutter. Auch sie sah traurig aus.

»Mensch, Anne«, sagte Kati, der nun auch Tränen in den Augen standen, »wenigstens wissen wir jetzt endlich, was los ist. Zumindest mit ihm.« Die beiden umarmten sich innig. Joan spielte währenddessen mit Juttamüller, der sich schnurrend zu ihnen gesellt hatte.

»Er hat mir immer wieder gesagt, dass er das machen würde.« Anne schluchzte. »Und ich habe es als Spinnerei abgetan. Dass Italien sein Traumland ist. Weil da die Makkaroni herkommen, weil das Wetter schön ist, und weil kleine Gauner wie er dort ganz anders dastehen.«

»Ach, Quatsch«, sagte Kati und lachte ein von Rotz und Tränen verkleistertes Lachen. »Ich dachte, das sei Amerika ... Weißte was? Den sehen wir hier bald wieder.« Sie glaubte selber nicht daran, wollte Anne aber Mut machen.

»Wolle hatte vorgestern übrigens seinen Zweiundzwanzigsten. Joan hat ihm was gebastelt, und John wollte ihm was vorsingen, irgendwas von Gundermann. Die verstehen die Welt nicht mehr, die Kinder. Mann, dieser blöde Penner!«

Kati nahm sie in den Arm und fuhr ihr beschwichtigend über den Rücken.

»Weißt du inzwischen was wegen Angelos Mutter?«, fragte Anne zur Ablenkung.

»Nee, gar nichts.«

Anne schüttelte den Kopf. »Was ist das nur für eine beschissene Zeit. Ich halte das hier langsam nicht mehr aus. Ständig klingelt einer an der Tür und will die nächste Initiative gründen. Und die anderen wollen entweder weg oder verkriechen sich. Du, ich überlege ernsthaft, die Kinder zu nehmen und zu meinen Eltern nach Randow zu ziehen, bis hier wieder alle klar denken können. Dort gibt's nur Ostfernsehen und einen Plattenspieler.«

»Sei doch froh«, antwortete Kati, »und sei stolz, dass die Leute zu dir kommen. Weil sie dir vertrauen und dich schätzen. Du kannst nicht einfach wegrennen. Nicht jetzt, wo sich endlich etwas bewegt. Selbst bei meinen Alten in Erfurt reden die Leute auf der Arbeit von Ungarn und den Botschaften. Das heißt doch was. Und auf Menschen wie dich, auf die guckt man jetzt ganz besonders.«

»Aber was hab ich davon? Zwei Kinder, die mich nur im Stress kennen, und einen Typen, der mal kurz einen Abstecher nach Italien macht. Auf Nimmerwiedersehen. Und ich soll hier die Welt retten, oder was?«

»So ähnlich«, sagte Kati versöhnlich. »Du kannst das eben richtig gut.«

Anne umarmte Kati. »Weißt du, was mich außerdem fertig macht?« Kati schüttelte den Kopf. »Dieser eine Chef von Wolle, dieser fiese Typ aus dem *Operncafé*, der war schon zweimal bei uns und hat Nachrichten hinterlassen. Falls der junge Herr des Hauses wieder auftaucht oder sich meldet, so hat er sich ausgedrückt.«

»Hat er dich bedroht?«

»Nein, ich hatte eher Angst um Wolle. Ich weiß doch nicht, was er mit denen wirklich am Hut hat.«

»Ich denke, sie hatten ein paar Dinger am Laufen. Aber Kleinkram, glaub's mir«, versuchte Kati sie zu beruhigen.

»Woher willst du das wissen?«, gab Anne zurück.

»Was sind ›Dinger am Laufen‹, Mama?«, fragte Joan, die trotz der Radiobeschallung mitgehört hatte.

»Ach, Süße, das heißt, Wolle war sehr beschäftigt.« Anne kraulte ihrer Tochter durchs Haar. »Komm, wir spielen eine Runde Mau-Mau.«

Kati hatte einen herrlich unbeschwerten Sommer verlebt. Erleichtert, dass die Jungs, die ihr das Gewissen verdreht und das Herz beschwert hatten, endlich weg waren, genoss sie jeden Tag mit Anne an der Ostsee. Die beiden Frauen hatten sich bei einer älteren Dame einquartiert.

Frau von Moers hielt für Anne gegen eine stattliche Bezahlung den ganzen Sommer über zwei Zimmer in ihrer alten Villa frei und stellte keine Fragen. Denn alles, was nach Initiative gegen die Bonzen und nach Getrickse gegen die Bürokratie aussah, unterstützte sie von ganzem Herzen. Irgendjemand aus ihrer Familie hatte über drei Ecken mit dem Hitler-Attentat zu tun gehabt, sie galt als Verfolgte des Naziregimes und geriet daher trotz ihrer pommerschen Kodderschnauze nie ernsthaft in Gefahr. Ihre beiden Gäste trug sie als Familienbesuch in die Kurkarte ein.

Zinnowitz war kein besonders interessanter Urlaubsort, doch durch die vielen sächsischen Urlauber, die vor allem aus dem Heim der Wismut kamen und ganz verrückt nach westlich angehauchter Mode waren, verkauften sich Annes Sachen wie von selbst. Sobald sie ihr weißes Bettlaken ausgebreitet und ein paar Nickis oder Jacken darauf platziert hatten, dauerte es keine fünfzehn Minuten, und sie konnten das Tuch schon wieder einrollen, zu ihrem Barkas schlendern und Nachschub holen. So machten sie das drei-, viermal am Tag. Mehr gestatteten sie sich nicht, da der Überraschungsmoment für alle Beteiligten bleiben musste. Den Rest der Zeit bummelten sie am Strand herum, meistens in Koserow, wo sie lasen, badeten und sich über die heimlichen Blicke der Männer amüsierten. In einer Eisdiele mit angeschlossener Discothek trafen sie ein paar interessante Leute, die sie in den folgenden Tagen auf Grillnachmittage von Künstlern oder Wodkabesäufnisse bei einem durchgeknallten Fregattenkapitän mitnahmen. Einmal fuhren sie alle in ein Dorf zu einem Geheimkonzert eines westdeutschen Liedermachers. Selten hatte Kati so viele strahlende Gesichter gesehen wie bei dem dreistündigen Auftritt in der kleinen Kirche. »Traut euch was!«, rief der charismatische Typ nach der x-ten Zugabe in das vor Spannung vibrierende Publikum. Applaus und Gejohle brandeten auf. Kati kannte den Sänger aus dem

Fernsehen, hatte aber mit seiner Musik bisher nicht viel am Hut gehabt. Danach, beim Beisammensein im Kirchgarten, zu dem wenige Unerschrockene geblieben waren, machte er ihr Avancen.

Am nächsten Tag ging es zurück an den Strand und zur nächsten Fete. So war Katis Sommer gewesen, und ihre gute Stimmung hielt an, trotz all der verwirrenden Neuigkeiten und Gerüchte, die bei ihrer Rückkehr durch den Prenzlauer Berg schwirrten. Bis zu dem Anruf, der sie im Laden erreichte.

»Für dich«, sagte ihre Chefin und winkte sie zum Telefon. »Ist aber das letzte Mal, dass dich einer deiner Verehrer hier anruft, Schätzchen!«

Kati nickte. »Ja, hallo?«, hauchte sie in den rosafarbenen Hörer.

»Guten Morgen. Hier ist Pascal.«

»Pascal? Seit wann nennst du dich denn wieder Pascal?« Sie wollte schnippisch und unaufgeregt klingen, aber ihr Herz hüpfte.

»Weil das mein Name ist und man irgendwann mal erwachsen werden muss.«

»Na, meinetwegen.« Sie schwieg einen aufgewühlten Moment lang.

»Wie geht es dir?«, fragte sie und setzte schnell nach: »Wie geht es euch?« Pascal atmete tief durch. Sie konnte durch die Leitung spüren, wie schwer ihm dieser Anruf fiel.

»Ist einiges anders gelaufen als geplant«, sagte er.

»Was meinst du damit?«

»In Ungarn ist der Teufel los, Kati. Hast du von diesem Picknick gehört?«

»Ja, hat mir gerade eine Kollegin erzählt. Die kennt Leute aus der Duncker, die sich gestern aus Wien gemeldet haben. Die ganze Familie ist rüber.« Ängstlich schaute sie sich nach ihrer Chefin um. »Michi, sag schon, was ist los?«, flüsterte sie. »Du machst mir Angst.«

»Kati, merk dir bitte folgende Formulierung: W hat sich für die Fleischplatte Adria entschieden. A war noch sehr hungrig und ist dann zu diesem Picknick gefahren.«

»Michi …«, Kati fing an zu schluchzen, »ich verstehe dich überhaupt nicht.«

»Ich verstehe das alles auch nicht, aber ich bin bald zu Hause.« Damit legte er auf und ließ sie völlig aufgelöst zurück. Sie ging zu ihrer Kundin und wusch ihr mit viel zu heißem Wasser die Haare. Ihre Chefin schickte sie nach Hause.

In den folgenden Tagen sah sie viel fern und hielt bei den Berichten über die spontane Massenflucht an der ungarisch-österreichischen Grenze immer wieder nach Angelo Ausschau. Einmal glaubte sie, ihn unter den rennenden Ostlern gesehen zu haben, doch die Aufnahmen waren wackelig und unscharf.

Immer wieder lief sie auf ihrem Nachhauseweg am Strausberger Platz vorbei, doch hinter den bodentiefen Fenstern der Wohnung im achten Stock blieb es dunkel. Einmal verschaffte sie sich Zugang zum Haus und fuhr mit dem Fahrstuhl bis ganz nach oben. Plötzlich stand sie vier oder fünf Männern gegenüber, die so aussahen, als würden sie Pause machen. Dass sich in dem weit verzweigten Dach des großen Wohnkomplexes angeblich Abhörzellen befanden, hatte Angelo schon immer behauptet. Bisher hatte sie das eher amüsiert. Nun aber glaubte sie es. Die Männer hatten sie mit einer Mischung aus Erschrecken und Geilheit angesehen, als sie an der Tür der befreundeten Nachbarsleute vergebens nach einer hinterlassenen Nachricht suchte. Aus Verzweiflung klingelte sie auch bei einigen anderen Mietern. Doch obwohl hinter manchen Türen deutliches Geschlurfe und leise Stimmen zu vernehmen waren, machte ihr niemand auf.

Wenn sie Pascals Anruf richtig verstanden hatte und Annes Interpretation folgte, dann waren die beiden Jungs abgehauen. So simpel, so aufregend und so endgültig. Angelo gerade erst nach Österreich und Wolle etwas früher nach Jugoslawien. Niemals hätte sie es für möglich gehalten, dass er die innige Beziehung zu seinen Ziehkindern und zu Anne einfach so über Bord warf. Doch wenn sich eine solche Möglichkeit aufgetan hatte, musste man ihm vergeben, dachte sie. Er hätte es sich selbst nie verziehen, sie nicht genutzt zu haben. Aber niemals hätte sie Angelo zugetraut, seine Mutter ohne Abschied einfach so im Stich zu lassen, zumal er wusste, wo sie sich befand. Wer weiß, vielleicht hatte sich Mechthild von ihrer Klinik aus, die irgendwo im Bezirk Dresden lag, auf den Weg nach Ungarn gemacht und war mit ihrem geliebten Sohn gemeinsam in den Westen gegangen? Aber wie hätten sie sich verabreden und finden sollen? Und weshalb, um alles in der Welt, hatte Angelo sie nicht einmal gefragt, ob sie mitkommen würde? Kati schob das alles vehement beiseite und versteifte sich auf das einzig Naheliegende: dass Angelo am Balaton von einem Strom Ausreisewilliger mitgerissen worden war und Mechthild immer noch in der Klinik weilte, abgeschieden von der Welt.

Im Laden, der ein Sammelbecken der irrsten Gerüchte, Falschmeldungen und Verleumdungen war, brannte jeden Tag die Luft. Die Leute zerrissen sich das Maul, und Kati beobachtete, dass das typische Phänomen, plötzlich leiser zu reden und sich vorsichtig nach Mithörern umzuschauen, wenn es um politisch brisante Themen ging, weitaus seltener praktiziert wurde und die meisten ungeniert sprachen.

In ihren Modekreisen waren die Entwicklungen weniger aufgeregt wahrgenommen worden. Irgendeiner kannte zwar immer jemanden, der jemanden kannte, der abgehauen war. Aber es ging auch keiner davon aus, dass man noch so ohne Weiteres nach Ungarn kam und somit überhaupt eine reale Chance zum Weggehen bestand. Das

168

Wort Flucht benutzte ohnehin keiner. Die wenigsten, die Kati kannte, wollten wirklich weg, und erst recht wollten sie nicht mit jenen in Verbindung gebracht werden, die hinter der Grenze in die Mikrofone stammelten. Aber der Kitzel, den eine so unerwartete Situation am Eisernen Vorhang barg, den konnte jeder nachempfinden. Trotz alledem stand am Ende der Oderberger, der Brunnen- und der Gleimstraße immer noch die Mauer, war ihre Welt hinter Chaussee und Invaliden, hinter Eberswalder und Bornholmer zu Ende. Das war die Realität, mit der sie lebten, die ihnen in diesen Tagen bewusster war als sonst.

Wenn Kati in diesem aufregenden Spätsommer abends in der Straßenbahn saß, schaute sie oft aus dem Fenster und grübelte weder über den Westen noch über ihre Chancen, dort vielleicht etwas zu sein oder zu werden, sondern hatte viel irdischere Gedanken. Sie dachte an Juttamüller und wie lange sie die Katze wieder allein gelassen hatte, an diese eine Bluse, die sie im Intershop im Berolinahaus gesehen hatte und unbedingt haben wollte, und an ihre Eltern und Schwestern, die ein so anderes Leben lebten und ihr doch so nah waren. Und immer wieder an Michi, nach dem sie sich so sehnte und den sie auf einmal Pascal nennen sollte. Sie dachte an Angelo, der sie sitzengelassen hatte, was sie nachvollziehen konnte. Auch, weil sie Schuld empfand. Und an Angelos Mutter, die all das noch gar nicht wusste und daran garantiert zugrunde gehen würde. Und an Jana, die sie bei einem Konzert von Ulla Meinecke, Jule Neigel, Purple Schulz und Heinz Rudolf Kunze auf der Rennbahn in Weißensee getroffen und die ihr gesagt hatte, dass auch sie nichts Genaueres über Pascal wusste. Kati hatte ihr seinen Anruf nicht verschweigen können, versuchte aber, das mit dem festen Telefon, das es im Laden gab, zu erklären.

»Meine Eltern haben auch Telefon«, hatte Jana gekränkt erwidert.

»Mmhm«, murmelte Kati, weil sie nicht wusste, wie sie darauf antworten sollte. »Aber bist du denn nicht froh, dass er bald wiederkommt?«, schob sie hinterher.

»Froh, was heißt froh? Ich habe Pascal fast acht Wochen nicht gesehen. Er hat weder geschrieben noch versucht, mich über meine Eltern anzurufen. Während diese ganzen D-Mark-Flüchtlinge sich an den Grenzen stapeln, bin ich auch seinetwegen«, und hier versagte ihr kurz die Stimme, »auch seinetwegen aus Braunschweig zurückgekommen.«

Kati war irritiert und froh, als sie schließlich in ihre leere Wohnung kam, wo sie bis spät in die Nacht wach lag, die Hand zwischen den Schenkeln, und an Janas Mann dachte. Pascal. Pascal. Immer wieder: Pascal!

An einem Nachmittag Anfang September schließlich tauchte Pascal wieder auf. Er saß, an seine Kraxe gelehnt, schlafend in einer Art Schneidersitz auf dem Treppenabsatz vor Katis Wohnung. Leise schloss sie ihre Tür auf und schaute, wie stets in den letzten Tagen, zunächst nach Anzeichen einer Hausdurchsuchung. Sie konnte sich nicht vorstellen, dass der Staatsapparat Angelos Verschwinden einfach so akzeptieren würde, ohne eventuelle Mitwisser aufspüren zu wollen und auszuquetschen. Ihre Wohnung aber schien unangetastet zu sein.

Sie war zwei Tage lang mit dem Modeinstitut unterwegs gewesen. In Suhl, im VEB Fahrzeug- und Jagdwaffenwerk »Ernst Thälmann«, hatten sie anlässlich des Weltfriedenstages erst bei den Simson-Kollektiven Unterwäsche vorgeführt und einen Tag später bei den Waffenleuten auch Kleider, Pantalons und Bademoden gezeigt. Es waren zwei lustige Abende gewesen, an denen viel Alkohol geflossen war und wenig über Politik geredet wurde. Die Werktätigen wollten mal richtig die Sau rauslassen und den langbeinigen Mädels aus der Hauptstadt auf die Knackpos gucken.

Nachdem sie das Fenster geöffnet, Juttamüller frisches Futter hingestellt und zwei verstreut herumliegende Schlüpfer weggeräumt hatte, hockte sie sich zu dem noch immer tief schlafenden Pascal und küsste ihn auf die Stirn. Der starke Geruch, der von ihm ausging, machte ihr nichts aus. Sie küsste ihn noch einmal auf die Wange und auf seine stoppeligen Barthaare am Kinn.

»Hey«, sagte er, als er erwachte, und schloss gleich wieder die Augen. Allerdings hielt er ihre Beine fest und zog sie zu sich hinunter.

»Pascal … Michi … Pascal«, flüsterte sie und streichelte sein Haar.

»Warst du lange weg?«, murmelte er, die Augen noch immer geschlossen.

»Zwei Tage. Suhl. Kulturhaus. Unterwäsche.«

»Diese perversen Schweine!«, sagte er und grub sich unter ihre Achseln.

»Schön, dass du wieder da bist.« Sie nahm seinen Kopf zwischen die Hände. »Warum hockst du hier vor meiner Tür und bist nicht bei Jana oder in Pankow?«, fragte Kati.

Pascal gab ihr einen vorsichtigen, trockenen Kuss. »Bevor Angelo los ist, ›für immer‹, wie er es nannte, hat er mir gebeichtet, dass er schon länger eine Affäre mit Jana hatte. Aber dass das jetzt alles nicht mehr wichtig sei und wir ihm verzeihen sollten.«

»Bitte?«, platzte es aus Kati heraus.

»Ja. So sieht's aus«, sagte Pascal. »Ich hatte keine Lust, ihm von uns zu erzählen, von der einen Nacht und den Gefühlen, die ich für dich habe. Das geht ihn, finde ich, jetzt überhaupt nichts mehr an.«

Kati erhob sich und ging auf schwankenden Beinen in ihre kleine Küche, ließ Leitungswasser in ein altes Weinglas laufen und stürzte es hektisch hinunter. Jetzt konnte sie sich erklären, weshalb Jana in Weißensee so komisch reagiert hatte. Sie hatte überhaupt nicht an Pascal gedacht, sondern an Angelo. Seinetwegen war sie zurückgekommen. Da Angelo sein Gewissen bei Pascal erleichtert hatte, würde Jana nun beide Männer verlieren. Das wusste sie nur noch nicht.

»Kann ich auch ein Glas Wasser haben?«, fragte Pascal, der Kati hinterhergegangen war. Wortlos goss sie ihm das Glas randvoll. Sie lehnte sich an die Duschkabine, die direkt neben dem Abwaschbecken stand, blickte lange Zeit zu Boden und kämpfte um Fassung.

»Wenn ich das bloß gewusst hätte«, sagte sie, »dann hätte ich doch viel weniger heimlich an dich zu denken brauchen. Ich habe mir solche Vorwürfe gemacht! Der Freund meines Freundes. Ich hatte so ein schlechtes Gewissen. Nicht wegen der Nacht, sondern weil ich nicht aufhören konnte, an dich zu denken.« Sie umarmten sich.

»Was meinst du, wie es mir ging?«, antwortete Pascal. »Ich hab mich auch die ganze Reise über scheiße gefühlt. Und dann das.«

»Wo ist er hin?«, fragte sie unvermittelt.

»Ich weiß es nicht. Keine Ahnung.«

»Er hat doch niemanden da drüben.«

»Vielleicht zu seinem Vater?«

»Glaube ich nicht.« Sie schüttelte den Kopf.

»Weiß denn seine Mutter schon Bescheid?«

»Die ist doch auf Kur. Irgendwo im Elbsandsteingebirge, glaub ich.«

»Ahh, ja, stimmt. Dann sollten wir sie damit vorerst auch in Ruhe lassen. Das würde sie sicher umbringen.«

»Allerdings«, sagte Kati.

»Weißt du was? Vielleicht sollten wir erst mal gar nicht so groß mit der Nachricht hausieren gehen«, schlug Pascal vor. »Soweit ich weiß, hatte Angelo für den Herbst nichts vor bis auf die Aufnahmeprüfung an der Schauspielschule und das Training dafür. Also wird kaum einer nachfragen. Lassen wir ihm den Vorsprung und dir und Mechthild die

Ruhe. Wenn die Nummer auffliegt, ist sowieso der Teufel los. Dann werden sie euch vorladen und vernehmen und den ganzen Mist.«

Kati umarmte ihn erneut stürmisch. »Was denkst du, wann er sich bei uns melden wird?«

Pascal dachte einen Moment nach. »Ganz ehrlich? Für mich klang das wirklich nach einem endgültigen Abschied. So, als wollte er einfach wegrennen, von allem. Auf der Hintour, als Wolle die Biege gemacht hat, da war Angelo schon fast mit dabei, hat dann aber doch abgebrochen. Eine echt heikle Situation, weißt du, in einem ungarischen Auto, an der Grenze zu Jugoslawien. Aber dann, als er wieder zum Balaton aufgebrochen ist und zu diesem Picknick wollte, da war kein Halten mehr. Ich hab's auch gar nicht mehr versucht.«

»Wie hast du auf sein Geständnis reagiert?«, hakte sie nach.

»Ich hab zum ersten Mal einem Menschen ins Gesicht geschlagen. Mit der Faust«, antwortete Pascal, und ihm stiegen Tränen in die Augen. Minutenlang standen sie so in der Küche: eng umschlungen, verzweifelt und verliebt. Juttamüller war durchs Fenster hereingekommen und schleckte gierig Futter aus dem Napf.

»Armer Angelo«, sagte Kati. »Er wusste, dass ich ihn nicht mehr liebe, und hat sich mit dem Schlimmsten getröstet, das er tun konnte.« Minutenlang streichelte sie seine verschwitzten Haare, seinen Nacken. »Pascal, mein liebster Pascal. Ich bin bei dir. Immer«, flüsterte sie ihm ins Ohr, während er einen völligen Zusammenbruch erlitt.

Als Mitte September die Fenster am Strausberger Platz noch immer dunkel blieben, war sich Kati sicher, dass Mutter und Sohn gemeinsame Sache gemacht und in den Westen abgehauen waren. Mechthild hätte so ihren einzigen Sohn endlich wieder für sich und ihn gleichzeitig für immer aus den Klauen der ungeliebten »Modelfrisöse« befreit. In diesem Sommer war der Schritt offenbar möglich, wenn man Verbindungen, Informationen oder genug Verzweiflung mitbrachte. Und außerdem gab es da immer noch diesen ominösen Vater, von dem sie nur wusste, dass er Italiener war und in Westberlin lebte.

Einen Tag nachdem Pascal bei Kati vor der Tür gesessen hatte, machte er auf einer Bank auf dem Teutoburger Platz mit Jana Schluss. Sie bestritt nichts, forderte ihn aber auf, ihr wie ein Mann zu begegnen. Doch er verkündete das Ende, und Jana ertrug es.

Bis zu seiner Einberufung, die am 1. November unwiderruflich bevorstand, kam Pascal auf Empfehlung einer Freundin von Anne als technische Hilfskraft in der Staatsbibliothek unter und wurde dort in der Xerokopie eingesetzt. Im Erdgeschoss standen einige der Riesenmaschinen, die aus dem Westen stammten, waren streng abgeschirmt und nur von autorisiertem Personal zu bedienen. Kopien gab es ausschließlich auf schriftlichen Antrag und zu wissenschaftlichen Zwecken. Das war aufregend, und Pascal mochte den Wirbel darum.

Kati hatte ihm zugeraten, diesen Job anzunehmen. Sie hätte ihm ohnehin zu allem geraten, was Anne empfahl. Nun brauchte er morgens nur durch den Park zu schlendern, über die Monbijoubrücke mit den klappernden Holzbohlen zu laufen und war schon fast da. Abends kam er erschöpft und voller Neuigkeiten zurück. Es erfüllte sie mit Glück, dass er ihre kleine dunkle Bude als sein Zuhause bezeichnete.

Manchmal holte sie ihn von der Arbeit ab, und sie gingen ins *Kisch-Café*. Hier tranken sie guten Kaffee, aßen die auf den Untertassen liegenden Kekschen und fühlten sich sehr erwachsen. Pascal erzählte Kati von Knut Everts, einem älteren Mitarbeiter in der Stabi, den er auf Anhieb gemocht hatte. Er war Annes Kontaktmann und hatte offenbar Pascals Anstellung vermittelt. Nachts, wusste Pascal zu berichten, nutzte Knut die Kopierer für verbotene Zwecke.

Kati hörte gar nicht richtig hin und streichelte lieber seine Wangen. »Gehst du jetzt unter die Rebellen?«, flüsterte sie ihm ins Ohr und drückte ihre Hand unter dem Tisch fester auf seinen Oberschenkel.

Am Tag seines neunzehnten Geburtstags fuhr Pascal zu seinen Eltern nach Pankow. Ohne Kati, denn noch sollte keiner etwas von ihrer Beziehung wissen. Als er am Nachmittag zurückkam, verbrachten sie die nächsten Stunden im Bett. Sie hörten das Beethoven Violinkonzert mit Yehudi Menuhin, das Kati Pascal zum Geburtstag geschenkt hatte, schauten Oberliga und danach Bundesliga und hockten dann stundenlang vor der Glotze, weil sich in Prag in der BRD-Botschaft etwas tat. Es lief ihnen kalt den Rücken runter, als die Massen bei Genschers Verkündung aufschrien und jubelten, sodass seine Worte verschluckt wurden. Kati kullerten die Tränen. Über dreitausend Leute sollten in Zügen aus Prag gen Westen transportiert werden, dazu sechshundert aus Warschau. Später las die Tagesschau-Sprecherin die Zahl derer vor, die in den letzten Wochen über Ungarn abgehauen waren: dreiundzwanzigtausend.

»Meinst du, da war er dabei?«, fragte Kati aufgewühlt.

»Natürlich«, erwiderte Pascal. »Sonst wär er ja hier, oder?«

Als Pascal drei Tage vor den Feierlichkeiten zum vierzigjährigen Bestehen der Republik in ihrer Wohnung einen in Zeitungspapier gewickelten Packen kopierter Blätter unter seinem Pullover hervorzog und diese nun zu Dutzenden Paaren zusammentackerte, begriff Kati den großen Plan, der hinter seiner eingefädelten Anstellung stand. Pascal, der in seinem Leben bisher außer in Rumänien selten mutig gewesen war und sich etwas getraut hatte, war in Annes Auftrag Flugblattvervielfältigerer geworden. Sie brauchten für das Hinausschmuggeln der Kopien einen unbescholtenen Typen, und er war genau der Richtige.

Pascal strahlte über das ganze Gesicht. »Kati, du musst das lesen. Das glaubst du nicht, was da drinsteht!«

Sie nahm die Zettel, die er ihr hinhielt und die neben der Überschrift einen schräg gestellten Schmetterling zeigten, und begann zu lesen:

Bürgerbewegung DEMOKRATIE JETZT
Oktober 1989, Redaktionsschluss 30. 9.
Unser Land lebt in innerem Unfrieden. Menschen werden krank an der Gesellschaft. Viele verlassen das Land ... Der Staat hat sich die Produktionsmittel angeeignet. Unsere Wirtschaft ist veraltet und uneffektiv ... Wir leiden, weil wir nicht als mündige Bürgerinnen und Bürger behandelt werden ...

Kati hatte sich auf einen Küchenstuhl gesetzt und atemlos das Papier überflogen, auf dem jeder Satz eindeutig den Tatbestand des »Landesverrats« erfüllte. Schon es in den Händen gehalten zu haben, würde ausreichen, um hinter Gittern zu landen. Irgendetwas sagte ihr, dass allein diese erste Seite, sollte sie in Umlauf kommen, der Anfang wäre von etwas Wuchtigem, Gefährlichem, Unabwendbarem. Auf der zweiten Seite ging es dann erst recht zur Sache:

Wir werden vom Staat und von der SED gegängelt. Zeitungen, Rundfunk und Fernsehen belügen uns. Eine Minderheit maßt sich das Recht auf Wahrheit an ...

Und weiter unten:

Ein Schmetterling soll unser Zeichen sein. Denn unser Land gleicht einer Raupe, die sich eingesperrt hat und zu einem unansehnlichen Kokon geworden ist. Ein Kokon ist immer in Gefahr, auszutrocknen und zu verderben. Doch es kann aus ihm auch ein freier und freundlicher Schmetterling geboren werden …

Als sie verstanden hatte, dass das alles der Aufruf zu einer Bürgerbewegung war, ein ernst gemeinter Gegenentwurf zur Politik der SED und der Blockparteien, wanderte ihr Blick immer wieder zu den vier Zeilen, in denen die Unterzeichner ihre Namen und Adressen eingetragen hatten. Da stand die Rykestraße, die heruntergekommenste Straße, die sie kannte. Und jetzt war sie Geschichte geworden. Ganz klein noch. Aber es war Geschichte, was da ablief. Und Pascal? Wusste der, was er tat? Sie sah zu ihm hinüber, wie er immer noch paarweise die Seiten zusammenheftete.

»Und? Was denkst du?«, fragte er neugierig.

»Ziemlich stark, was die da fordern. Und saugefährlich, oder?«

»Da kannste sicher sein«, sagte er. »Wenn Wolle wüsste, dass es jetzt so was gibt, wäre er nicht abgehauen, schätze ich.«

»Mein Revolutionär! Wer hätte das gedacht?« Kati lachte.

»Übermorgen kommt Gorbi vor dem Republikgeburtstag zur Neuen Wache, direkt bei uns an der Stabi um die Ecke. Da sind alle Bullen und die Sicherheit total drauf fixiert. Knut und ich wollen uns an die Ecke Universitäts-/ Clara-Zetkin-Straße stellen und das Ding verteilen. Direkt daneben, das fällt nicht so auf, sagt Knut. Wär schau, wenn du mitmachst.«

»Hey, mal langsam«, bremste sie ihn. »Das ist überhaupt nichts für mich. Nee, nee, lass mal.«

Pascal war enttäuscht, denn insgeheim hatte er sich ausgemalt, wie sie als Bonnie & Clyde unterwegs wären.

Kati war nicht wohl bei der ganzen Sache. Ab hier, so ahnte sie, war Schluss mit lustig. »Weißt du denn, worauf du dich da einlässt?«, fragte sie besorgt.

»Knut sagt, besser geht's nicht. Erstens ist die Stelle optimal wegen der vielen Touristen, zweitens würden in diesen Tagen viel weniger Leute zu den Bullen rennen und einen verpfeifen, wenn sie mal was Verbotenes sehen. Und drittens habe ich Vertrauen zu ihm und er zu mir. Läuft ja alles ein bisschen über Anne. Und somit über dich.«

Die Flugblattaktion war ein voller Erfolg. Kati hatte sich doch krank gemeldet und war nach dem Frühstück in Richtung Bibliothek gelaufen. Vor einem Seitenausgang der Uni hatte sie Punkt dreizehn Uhr Pascal und Knut getroffen, die ihre Mittagspause dazu nutzten, die kopierten Aufrufe unter die Leute zu bringen. Sie nahmen immer nur ein getackertes Exemplar aus der Umhängetasche in die Hand, liefen schnellen Schrittes auf dem Bürgersteig und drückten es Passanten im Vorbeigehen in die Hand. Nach kurzem Draufschauen behielten es die meisten. Für Kati entwickelte sich, nach ihren anfänglichen Zweifeln, die ganze Aktion zu einem Rausch. Sie fühlte sich unglaublich stark und mit Pascal, der auf der anderen Seite der Straße ging, auf neue Weise verbunden. Das letzte Mal war es ihr so gegangen, als sie dreizehn war und mit Freundinnen im Erfurter Warenhaus zwei Jeans und eine Bluse geklaut hatte.

Nach einer Viertelstunde waren alle Aufrufe verteilt, und gemeinsam gingen sie auf die Linden. Von Weitem sahen sie Gorbis Halbglatze mit dem markanten Muttermal

hervorblitzen, er war umringt von Menschen und Kameras. Die Situation wirkte so gar nicht gesteuert und cho-
reografiert wie sonst bei Staatsgästen. Irgendetwas musste passiert sein, was das Protokoll ausgehebelt hatte. Kati
konnte bestimmt dreißig Typen von der Firma ausmachen,
die zu Paaren an den Ecken und auf den Bürgersteigen
standen und die Leute beobachteten. Dass in einer Neben-
straße Aufrufe für eine oppositionelle Bürgerbewegung
verteilt worden waren, hatten die schlichtweg nicht mitbekommen. Sie hatten alles richtig gemacht.

Am nächsten Tag, dem Nationalfeiertag, standen sie spät
auf und gingen zum Alex, holten sich gegenüber der
Markthalle eine Grilletta und tranken Cola. Am frühen
Nachmittag schlenderten sie, wie am Vorabend verabredet, zur Weltzeituhr. Relativ schnell war klar, dass die
übliche Mahnwache, bei der sich seit einem halben Jahr
an jedem Siebten des Monats die immer gleichen Leute
stumm und schilderlos zum Protest gegen die Fälschungen
bei der letzten Kommunalwahl zusammenfanden, diesmal
anders verlaufen würde. Unter dem unausgesprochenen,
aber gefühlten Schutz des leibhaftig in der Stadt weilenden
Perestroika-Erfinders hatten viel mehr Menschen als sonst
den Mut gefunden, auf den Alexanderplatz zu kommen.
Kati empfand das mehr als Happening denn als politische
Äußerung. Jeder wusste, warum er da war, aber keinem
konnte man daraus einen Strick drehen: Man stand einfach an der Weltzeituhr herum, am Republikgeburtstag,
ein paar hundert Meter entfernt vom Palast der Republik,
und unterhielt sich ab und an mit anderen Wartenden.
Tatsächlich war es doch viel mehr. Und die Kameras auf
den Dächern surrten, und die Sicherheitstypen glotzten.
Auf dem Alex standen überall Buden und Karussells, tummelten sich Losverkäufer, schlenderten Familien umher.
Kati fühlte sich unglaublich lebendig.

»Süße, ich muss jetzt langsam mal los«, sagte Pascal plötzlich.

»Was?«, fragte sie perplex.

»Ja, tut mir leid, ich hab völlig vergessen, dass ich um vier noch ein Forderungsspiel im Klub hab.«

»Ein Forderungsspiel?«, fragte sie ungläubig. »Was soll das denn sein?«

»Na ja, ich bin bei Rot-Weiß Nummer Fünf, und Niko Bernau, das unsympathische Schnöselkind, steht seit ein paar Tagen in der Pyramide in der Zeile unter mir und hat mich gefordert, und ich hab dummerweise letzte Woche zugestimmt. Da komme ich leider nicht mehr raus aus der Nummer. Der Typ ist erst fünfzehn und hat eine tierische Rückhand.« Pascal wirkte ernsthaft besorgt.

Kati konnte sich ein Lachen nicht verkneifen. »Du verarschst mich, oder?«

»Nee, ernsthaft, ich muss das machen.«

»Du willst jetzt hier weg, um gegen ein Kind um deinen Ranglistenplatz im Tennis zu spielen? Ernsthaft?«

»Was heißt Kind? Der ist Berliner Vize-Jugendmeister und nebenbei auch noch der Sohn von Amadeus Bernau, dem Einzigen, der bei uns im Verein nie beim Subbotnik mitmacht, sondern das als Geldleistung ableistet. So einer, weißte? Und gegen dessen Sprössling muss dann schon mal gewonnen werden.«

Sie schüttelte den Kopf und schaute ihn an wie einen Außerirdischen. »Pascal, du hast sie ja nicht mehr alle. Außerdem ist es doch sowieso gleich dunkel.«

»Wir spielen mit Flutlicht. Geht ja seit diesem Jahr«, erklärte er, fast ein bisschen stolz. »Meine Eltern wollen auch kommen. Ich muss echt mal los.« Er gab ihr einen Kuss und rannte in Richtung U-Bahn.

Kati stand mitten in der Menge, die sie eben noch hatte umarmen wollen, jeden Einzelnen von ihnen, und fühlte sich plötzlich schutzlos und allein. Glücklicherweise entdeckte sie Eileen, eine Bekannte, und deren Mutter. Im Gespräch konnte sie ihr mulmiges Gefühl vergessen, das Pascals überraschender Abschied bei ihr ausgelöst hatte.

Schließlich gab es doch eine Art Tumult, dessen Entstehung sie nicht mitbekommen hatte. Zaghaft begannen die Leute an der Weltzeituhr zu rufen: »Keine Gewalt!«, was sich nach und nach zu Sprechchören auswuchs. Kati hatte Tränen in den Augen, als sie den Mann und die Frau sah, die von ungefähr zwanzig Polizisten abgeführt und zu einem vor der *Palatschinkenbar* abgestellten Armeelaster gebracht wurden. Nach kurzer Zeit, in der sich das Geschehen um die Festnahme herumgesprochen hatte, setzten sich die Leute in Bewegung. Kati lief mit. Ganz langsam, ohne jede Hektik, verschob sich die relativ überschaubare Menschenmenge, getrieben von Mut und Entschlossenheit. Zunächst ging der Zug unter der S-Bahn-Brücke hindurch, wo sich aus der Schwulenbar noch ein paar Gäste anschlossen, an den Rathauspassagen, dem Roten Rathaus und dem Nikolaiviertel vorbei bis hin zur Spree mit Blick auf den Palast der Republik. Die Leute sammelten sich nach und nach an der Uferbrüstung und blickten über das Wasser auf die kupferfarben schimmernde Fassade des festlich beleuchteten Klotzes, wo gerade die offiziellen Feierlichkeiten begannen. Immer mehr Leute rückten vom Alexanderplatz und vom Fernsehturm, aus dem Nikolaiviertel und der Spandauer Straße nach und blieben einfach an dieser Stelle stehen. Jemand schoss eine Silvesterrakete auf die andere Seite.

Kati befand sich nun wieder in Hochstimmung. Gestern hatte sie einen Aufruf verteilt, der sie in den Knast gebracht hätte, wäre sie erwischt worden, und heute stand sie mit Hunderten Menschen vor dem Gebäude, in dem die Mächtigsten der Mächtigen Geburtstag feierten. Doch niemand von hier draußen wollte bei dem Festprogramm dabei sein. Niemand von denen, die um sie herum standen, hätte tauschen wollen, keiner wollte von den silbernen Löffelchen mit dem PdR-Logo essen oder die schönen Lieder der Staatskünstler und Quotenwestler hören. Die, die hier standen, wollten protestieren, ihren Frust loswerden und vor allem Gorbatschow wissen lassen, dass hinter dem ganzen Zirkus Unzufriedenheit herrschte und er der Einzige war, der ihnen helfen konnte. Und so begannen sie im Schutz der einbrechenden Dunkelheit, seinen Namen zu rufen. Immer lauter, fordernder, wütender. Es sollte für alle die Nacht werden, nach der es kein Zurück mehr gab.

Die große Uhr, die über dem Eingang zum U-Bahnhof Senefelderplatz prangte, zeigte 8.23 Uhr, als Kati mit schmerzenden Augen, blutenden Knien und verletzter Seele aus dem Revier an der Schönhauser Allee hinausgeschubst wurde. Minutenlang verharrte sie sitzend auf der zugewucherten Brache Ecke Metzer und weinte stumm und bitterlich. Mehr als sieben Stunden hatte sie im Keller des Klinkerbaus zugebracht. Die meiste Zeit stehend, mit dem Gesicht zur Wand, immer wieder gequält von Schlagstockhieben in die Kniekehlen oder auf die Schulterblätter. Kati sprach kaum ein Wort in dieser Nacht, denn das hatten sie allen im Keller gleich klar gemacht: Wer das Redeverbot missachte, hätte mit mehr zu rechnen als mit Schlägen oder Sitz-, Liege- und Schlafentzug.

Kati flüsterte heimlich nach ihrer Mutter, nach ihrem Vater, nach Pascal und sogar nach Angelo. Sie flehte still um Annes Beistand, doch die war, nachdem die Demonstration über die Karl-Liebknecht-Straße vom Palast weggeleitet und an der Mollstraße durch gezielte Provokationen gesprengt und brutal aufgelöst worden war, als eine der Ersten weggezerrt und auf einen Lkw gesperrt worden. Kati hatte gesehen, wie drei zivile Typen ohne Vorwarnung auf Anne zugegangen waren und auf sie einschlugen.

Diese Taktik hatte funktioniert, und die bis dahin friedliche Menge war in Angst und schließlich in Gegenwehr verfallen. Was folgte, war ein brutales Durcheinander. In den kurzen Momenten, in denen Kati klar denken konnte, sah sie Bilder vor sich, wie sie alle ins Stadion der Weltjugend gefahren und dort zusammengeschossen würden. So wie sie es in Büchern gelesen und Filmen über die chilenische Pinochet-Diktatur gesehen hatte. In den Minuten der Hatz, als sie und Eileen versucht hatten, sich auf dem Friedhof an der Prenzlauer zu verstecken und kurz darauf aufgespürt und abgeführt wurden, hatte sich auch die Spur von Eileens Mutter verloren. Die Plane des Armeelasters wurde heruntergelassen, der Motor gestartet und der Lkw nur ein paar hundert Meter weiter um die Ecke gefahren. Trotzdem wussten sie nicht, wo sie sich befanden, als sie irgendwann in einem Keller unter Glühbirnenlicht standen und die Tortur begann.

Jetzt, Stunden später, in der Sonne des längst erwachten Sonntagmorgens, wollte Kati nur noch nach Hause. Nicht zu Juttamüller in die Oranienburger, nein, sie wollte nach Erfurt, auf den Roten Berg, zu ihrer Mutter, ihrem Vater und ihren Schwestern. Mit wackligen Beinen lief sie los, irgendwann festeren Schrittes und, wie um ein Trauma gleich im Keim zu ersticken, hin zum ADN-Gebäude an der Hans-Beimler-Straße, da hin, wo die Demo auseinandergeprügelt worden war. Auf dem Bürgersteig fand sie einen Zahn und eine zerbrochene Brille. Sie hob auch einen blutverschmierten Impfausweis aus dem Rinnstein und steckte alles in ihre gebatikte Umhängetasche, die ihr unerklärlicherweise während der gesamten Nacht keiner abgenommen oder kontrolliert hatte. Am Haus des Reisens trat sie auf die Karl-Marx-Allee, deren Asphalt und Bürgersteige von der gestrigen Militärparade noch frische Narben aufwiesen. Wie in Trance lief sie in der Mitte der großen Straße, stolperte über Wimpel und Fähnchenreste, plattgetretene Taschentücher und Becher. Am Strausberger Platz blickte sie hoch zu Angelos verlassener Wohnung und ging schließlich im Hinterland der Allee auf den Ostbahnhof zu. Sie kaufte eine Fahrkarte und schlief, bis auf die Umsteigerei, bis Erfurt durch.

Eine Woche lang wagte sich Kati nicht aus ihrem Zimmer. Erst als Honecker abgesägt war und alle Zeichen auf Dialog und Perestroika hindeuteten, ging sie mit ihren Eltern, die sie geduldig und mit viel Fingerspitzengefühl wieder aufgepäppelt hatten, zu einer Montagsdemonstration. Die Energie, die Entschlossenheit und die positive Stimmung der von ihr sonst als so duckmäuserisch empfundenen Provinzler halfen ihr, wieder an das Gute im Menschen zu glauben.

Eine Woche später fuhr Kati nach Berlin in ihre Wohnung und verabschiedete Pascal, der seinen Grundwehrdienst antreten musste. Sie wusste, dass dies für einen jungen Mann mit Ängsten und Unsicherheiten verbunden war, doch sie konnte Pascal nicht verzeihen, dass er sie an diesem Abend an der Weltzeituhr alleingelassen hatte. Er verschwieg ihr, dass er in einem spannenden Dreisatzmatch verloren und später mit seinen Eltern im Garten gegrillt hatte, während sie in die Demo geraten und die ganze Nacht auf der Wache gewesen war. Darüber hatten sie nicht gesprochen, als er sie in Erfurt anrief. Vor der Einberufung trafen sie sich zwar in ihrer Wohnung und schliefen auch miteinander, aber als er sie dann in der Tür fragte, ob sie ihn zur Baracke nach Lichtenberg begleiten und ihm dort einen letzten Kuss geben würde, schüttelte sie den Kopf.

»Das eben war der letzte Kuss. Ich weiß, du schaffst das auch ohne mich«, antwortete sie und strich ihm über die Wange. Später weinte sie, denn er tat ihr furchtbar leid.

An einem Montag ging sie zum ersten Mal wieder zur Arbeit. Ihre Chefin hatte ihr ohne jeden Vorwurf die Lehrstelle freigehalten. Kati war nicht die Einzige aus dem Umfeld des Frisörladens, die bei den Ereignissen am 7. Oktober verhaftet worden war. Ihrer Chefin kam überhaupt nicht in den Sinn, ihre beste Auszubildende abzustrafen. Im Gegenteil, als Kati nach ihrer dreiwöchigen Erholungspause in Erfurt wieder im Laden auftauchte, wurde sie von ihren Kolleginnen innig umarmt. Kati genoss dieses fast zärtliche Willkommen und nahm sich vor, es mit der Lehre wieder ernster zu nehmen.

Trotzdem ging sie ein paarmal mit zu den Mahnwachen in die Zionskirche oder in die Gethsemane, verbrachte aber auch viel Zeit in ihrer Wohnung, kuschelte mit Juttamüller und las Tolstoi. »Damit du auch jeden Tag an mich denkst«, hatte Pascal gesagt, als er ihr das Buch gegeben hatte. Sie fand es blöd, weil er nach allem, was vorgefallen war, etwas von ihr verlangte. Andererseits gefiel ihr seine Geste.

Beim Lesen versank sie immer tiefer in der Welt Anna Kareninas. Während um sie herum das Land explodierte, erlag sie der Faszination der schönen Ehebrecherin aus Sankt Petersburg. Sie verpasste die große Demo auf dem Alex, die von den Theaterleuten organisiert worden war, und verspürte auch ein paar Tage später keine Lust, auf die Premiere eines als kontrovers angekündigten Films im *Kino International* zu gehen. Sie kannte keinen der Schauspieler, und der verheiratete Typ, der sie auf die Premiere mitnehmen wollte, hatte nichts anderes im Sinn, als sie ins Bett zu kriegen.

Kati hatte viel mehr Freude daran, sich an diesem Abend mit Kitty und Ljewin zu beschäftigen. Sie liebte Ljewins Verzweifeltsein. Sein Verhalten erinnerte sie zwar an Angelo, doch sie stellte sich den Gutsbesitzer ganz anders vor: größer, beeindruckender, aber auch blasser, durchsichtiger. Und sie hoffte so sehr, dass die kleine doofe Kitty endlich den richtigen Schritt machen und sich ihm zuwenden würde. Sie las und las, schaute nicht fern und aß kaum etwas.

Gegen Mitternacht setzte sie sich an den Küchentisch und schrieb einen Brief an Pascal, mit dem sie ihn aufrichten wollte. »Du sollst nicht denken, dass ich Dich vergessen habe«, so begann sie den Brief und endete mit: »Du sollst nie vergessen, dass ich an Dich denke!« Sie war hin und weg von dieser sprachlichen Klammer, und in ihrem Gefühlsrausch legte sie Lippenstift auf und küsste das Briefpapier. Dann schrieb sie seine kryptische Armeeadresse auf den Umschlag, beklebte ihn mit einer Giraffenbriefmarke des Berliner Tierparks und ging hinaus in die Nacht, um ihn in den nächsten Briefkasten zu werfen.

Als sie gegen ein Uhr auf die Straße trat, kam ihr die alte Frau Striller aus dem ersten Stock mit ihrem humpelnden Langhaardackel entgegen.

»Na, Mädelchen! Haste dir schön jemacht für die Westler?«, rief sie ihr zu.

»Nee, fürn Ostler, aber der weiß noch nichts davon«, erwiderte Kati und strahlte über das ganze Gesicht.

»Wer't gloobt, würd seelisch«, brabbelte die alte Frau und zupfte Kati am Ärmel. »Ick sag dir wat, mein Mäuseken, der Schabowski is zwar 'ne Pfeife, aber da hamse ihm heute Abend richtich vaäppelt. Ick war ja noch mit seine Mutta in die Kartoffeln in Perleberch. 'ne jute Frau war dit. Und der kleene Dicke is eben einer von die Kommunisten jeworden. Wat willste machen, wa?«

»Sagen Sie mal, Frau Striller, ist alles in Ordnung?«, fragte Kati ernsthaft besorgt. »Soll ich Sie hochbringen oder noch ein bisschen einheizen? Haben Sie überhaupt noch Briketts oben?«

»Nee, nee, lass ma. Geh du man nur. Haste dir verdient. Ick kenn dit ja allet noch von vorn Krieg und die Fuffzja«, antwortete Frau Striller, und erst jetzt bemerkte Kati, dass

186

nahezu alle Leute in eine Richtung liefen, dass überhaupt für einen stinknormalen Donnerstagabend erstaunlich viele Leute auf der Straße waren. Manche riefen etwas, alle strahlten. Und alle strömten Richtung Friedrichstraße.

Liegt ja sowieso auf meinem Weg, dachte Kati und ging los.

Teil III

4th Street

Wolle schreckte aus tiefem Schlaf hoch. In seiner Nase mischten sich die Gerüche einer fettigen Käsesauce aus der Assiette auf seinen Knien mit der frisch aufgetragenen Handcreme der Stewardess. Jetzt ist es auch zu spät, Freundchen, sagte ihr Blick, und sie schnappte ihm das Tablett unter der Nase weg. Die Mine des jüdisch-orthodoxen Opas, der neben Wolle am Gang saß, drückte irgendeine Form von Verachtung aus, fand er. Vielleicht für die Speise an sich, vielleicht für sein Nichtaufessen. Wolle war viel zu müde, um sich weiter mit fremden Leuten zu beschäftigen, und nickte schnell wieder weg. Aber er fand nicht in seinen Traum zurück. Also passierte das, was in den letzten Wochen immer passierte: Unzusammenhängende Fetzen und Erinnerungsstücke jener Ereignisse, die sein Leben so sehr durcheinandergebracht hatten, wirbelten durch seinen Kopf. Belgrad. Staub und Sonne. Ein Obststand an der Ausfallstraße. Kyrillische Buchstaben.

Wolle hatte sich durchgefragt und war in einem Grillrestaurant auf ein paar schmierige Typen getroffen, die einen Schleppervorschuss von hundert D-Mark verlangten und natürlich nicht am vereinbarten Treffpunkt aufgetaucht waren. Und dann die lange Busreise über Sarajevo nach Dubrovnik. Durch Gojko-Mitić-Land und Pierre-Brice-Weiten. Irgendwo hier mussten sie die »Winnetou«-Filme gedreht haben. Bei jedem Halt kaufte er ein Souvenir. Auch auf der Adria-Fähre nach Bari, für die er wahrscheinlich viel zu viel bezahlt hatte. Ebenso wie für die nächste Busfahrt und die ersten Tage in Rom, in denen er in einer Absteige am Bahnhof geschlafen und die Tage

damit zugebracht hatte, aus dem in einem Krimskrams-
laden erstandenen gelben Übersetzungsbuch die hundert
wichtigsten italienischen Wörter zu lernen. Den Trip über
den Ozean wollte er von Rom aus angehen. Er hatte es sich
in den Kopf gesetzt, eben nicht in Westdeutschland oder
Westberlin wie ein kleiner Ossiflüchtling rumzuhängen.
Oder gar in einem Aufnahmelager zu verschimmeln.

Anfang September ergatterte Wolle in einer kleinen
Trattoria in der Nähe der Piazza Navona einen Job als Kü-
chenhelfer. Beim Herumstromern war er mit dem Wirt ins
Gespräch gekommen. Dessen Bruder hatte in den Sech-
zigern in Solingen gearbeitet, weshalb der Wirt ein Herz
für Deutschland hatte und ein Faible für seine Fußballer.
Das mit dem Osten und den Ungarnflüchtlingen interessierte ihn nur am Rande. Es war eine simple Geste der
Gastfreundschaft, dem sympathischen jungen Mann eine
Aushilfstätigkeit anzubieten und ein Zimmer bei einer Verwandten zu vermitteln. Nach vier Wochen wusste Wolle
nicht mehr, wie eine Bulette schmeckte, und hatte den
Geschmack des gepanschten rumänischen Rotweins, der
in seiner Heimat als Delikatesse galt, aus seiner Erinnerung
gestrichen und durch Chianti und Rosso di Montalcino
ersetzt. Er war wie geboren für diese Form der Anpassung,
einfach, weil er schnell dazulernte und sich nicht dämlich
anstellte. Schließlich hatte er im *Operncafé* schon ein wenig von der großen weiten Welt gekostet und konnte die
Jungs in der Trattoria, allen voran den harten, aber fairen
Patron, für sich einnehmen. Er putzte Töpfe und Pfannen,
wusch Gläser und polierte Besteck, brachte den Müll zum
Hinterausgang und schleppte Getränkekisten in den Keller.

An den Abenden blieb er mit den Jungs oft noch sitzen
und redete mit ihnen, so gut es eben ging, bei einer Zigarette über Fußball. Natürlich hatten sie keinen Schimmer
vom 1. FC Union Berlin. Aber der schwitzende Koch Car-
lo, der als glühender Romanista die 0:2-Niederlage seines

Klubs im UEFA-Pokal-Rückspiel gegen Dynamo Dresden im Stadio Olimpico gesehen hatte, fing jede Unterhaltung mit »Torrrste Gutscho, Torrrste Gutscho, una bestia« an und fasste sich mit theatralischer Geste ans Herz, wenn er von dem blond gelockten Mittelstürmer erzählte, der den Römern bei beiden Niederlagen jeweils ein Tor eingeschenkt hatte.

Mit Giovanni, dem zweiten Koch, fand Wolle in den Gesprächen eine Ebene über Frauen und Punkrock. Der nur wenig Ältere nahm ihn mit auf Konzerte abgefahrener Bands in dreckigen Löchern, gegen die der *Knaack-Klub* zu Hause ein Luxustempel war. Er war einigermaßen begabt am Bass, sodass Wolle ein paar Sessions mit ihm veranstaltete, aber irgendwie fehlte ihm der inhaltliche Bezug und die Inspiration. Etwas, wogegen man anpunken konnte. Vielleicht ging es ihm zu gut in Rom.

In den Clubs und Bars lernten sie Frauen kennen, aber trotz aller Anpassungsfähigkeit bekam Wolle keinerlei körperlichen Kontakt zu den Italienerinnen. Er sprach ihre Sprache nicht, er war nicht katholisch und nicht blond. Eines davon hätte geholfen, merkte er. Stattdessen hatte er eine kurze Affäre mit Verena, einer sechsundzwanzigjährigen Stewardess, die als Deutsch-Italienerin im Rheinland aufgewachsen war und nun bei der *Alitalia* jobbte. Sie nahm ihn ein paarmal mit in ihre Wohnung, die sie sich mit einem Model aus Westberlin teilte. Bevor sie miteinander schliefen, legte Verena auf ihrem gläsernen Couchtisch zwei, drei Lines, deren Wirkung Wolle enttäuschte. Nach dem Sex kifften sie und schauten langweilige Fernsehshows mit unglaublich aufgedonnerten Moderatorinnen. Trotzdem genoss er diese Stunden. Manchmal öffnete Verena den riesigen, chromblitzenden Kühlschrank und machte ihnen beiden ein Ciabatta mit Schinken, Avocado und Ei.

Nach unzähligen nervenden Behördengängen erhielt er Ende Oktober auf der Botschaft endlich seinen westdeutschen Pass und stieg schon ein paar Tage später in eine Maschine nach New York. Verena hatte ihm einen preiswerten Flug vermittelt und ihn bis ans Gate gebracht.

»Vielleicht komme ich dich mal in New York besuchen«, sagte sie und ging.

Ein paar Stunden nach dem verpassten Flugzeugessen wachte Wolle ein weiteres Mal auf und schaute hinaus in die Zuckerwatte. So kam ihm dieser Anblick vor – wie Zuckerwatte auf dem Rummel.

Es war sein Premierenflug, alles war faszinierend. Schließlich brachen die Wolken auf, und sein Sehnsuchtsort bot sich ihm dar, diese schon beim Blick von oben umwerfende Stadt, die noch vor ein paar Wochen weiter entfernt schien als der Mond. Wie eine Braut hatte sie sich hübsch gemacht mit ihren Stränden und Poolvillen auf Long Island, den gigantischen Autobahnen, dem glitzernden Sund, den riesigen Supermarktparkplätzen und Leuchtreklamen und dieser atemberaubenden Kulisse, die er anhand des Central Parks und des dahinter beginnenden Hochhausdschungels als jenes Manhattan ausmachte, von dem er so oft geträumt hatte.

Das Telefon an der Houston-, Ecke Allen Street, das er bereits zum dritten Mal mit Münzen fütterte, wollte ihm an diesem sonnigen Herbstabend einfach nicht weiterhelfen. Immer wieder klingelte es sein amerikanisches Tuten, das Wolle in seiner schrillen Monotonie mitteilte, dass am anderen Ende keiner seinen Anruf entgegennehmen wollte. Der Ton mischte sich in seinem Kopf mit den Straßengeräuschen, deren Echtheit ihn verblüffte. Das waren die realen Sirenen, nicht das Film-Tatütata, das waren die echten Hupen, die ganz real quietschenden Stoßdämpfer der Towncars, die Radios, die aus den Geschäften plärrten, und das Sprachengewirr, an dem ihm imponierte, mit wie viel Volumen und Selbstbewusstsein die Leute agierten und dabei noch einen Kaffeebecher balancierten.

Überhaupt: die Kaffeebecher. Für Wolle waren sie ein Synonym für New York City. Wo gab es das schon, dass man sich im Laden an der Ecke einen Kaffee eingießen ließ, um ihn auf der Straße zu trinken? Das fand er unglaublich cool. Und jetzt lief dieser dickliche Cop an ihm vorbei, der so einen Pappbecher in der Hand hielt und den heißen Filterkaffee durch eine hochgebogene Öffnung im weißen Plastedeckel schlürfte. Das war Amerika.

Die Sache mit Giovannis Cousin Enzo war ein Flop auf ganzer Linie. Niemand kannte ihn in dem Ristorante auf der Houston Street, in dem er angeblich als Kellner arbeitete, und unter der Nummer, die ihm Giovanni in Rom mitgegeben hatte, war er nicht zu erreichen. Langsam musste Wolle mit seinem Geld haushalten. Von den dreihundertachtzig Dollar, die er an Trinkgeldern im *Operncafé* abgezweigt und die ganze Zeit in seiner Kraxe versteckt hatte, waren zwanzig bereits für Flughafenzeug und den JFK-Bus draufgegangen. Die achthundert D-Mark, die er ebenfalls mit auf die Făgăraş-Reise geschmuggelt hatte, musste er bereits in den zwei verrückten Tagen in Belgrad ankratzen.

Wolle legte auf und entschied, sich um eine andere Unterkunft zu kümmern. Noch einmal betrat er das Lokal und fragte in seinem rudimentären, aber angstlos vorgetragenen Englisch-Italienisch eine Kellnerin, ob sie ihm ein kleines Hotel in der Nähe empfehlen könne.

»I am with you in a sec, honey«, sagte die kleine Frau, die auf ihren strammen Armen vier Teller mit köstlich dampfenden Linguine in Tomatensauce balancierte. In ihrem Satz steckte alles drin, was er brauchte, um glücklich zu sein, dachte Wolle. Was sonst gab es auch zu einem

Typen mit einen verdreckten Rucksack zu sagen, der offensichtlich Hilfe benötigte? In seiner alten Welt hätte es dafür
ein »Ham Se keene Oogen im Kopp, oda watt? Seh ick aus
wie die Auskunft? Ick arbeete hier!« gegeben. Aber diese
schwarz gelockte Fee, die sich ihm jetzt näherte und die
ein Namensschildchen über der linken Brust trug, lächelte
ihn einfach an. »How may I help you?«, fragte Carmela.

»I am a guy from Eastberlin. I come from Roma today
and I look for nice little place to sleep«, sagte er frei heraus
und lächelte zurück. »You don't know Enzo, no?«

»I sure know Enzo – but he just doesn't work here anymore«, sagte sie mit einer kleinen Pause mitten im Satz
und hatte dabei einen für Wolle unerklärlich ironischen
Ausdruck auf dem Gesicht.

»Look, handsome«, fuhr sie fort und legte Wolle die Hand
auf den Arm, »I just moved out from Fourth Street and C.
It's a nice little studioplace with seperate bathroom in a huge
apartment of an old lady. Her name is Dorothy Velik. Say
hello from Carmela. Don't call her. Just walk down these
couple of blocks and ring at her door. That might help. She
is very religious, she has a warm heart and she misses her
son. If you succeed come back and say thank you!«

Sie kritzelte Dorothys Adresse auf ihren Kellnerblock
mit dem Logo von *Gino's Ristorante*, schob ihm den abgeris-
senen Zettel über den Tresen und schwirrte davon.

Als Wolle in seinem Bundeswehrparka, den er schon in
Ostberlin mit Stolz getragen hatte, wieder vor die Tür trat
und seine Kraxe aufsetzte, war er sich sicher, dass er es mit
Manhattan aufnehmen wollte. Trotz des Rückschlags mit
Enzo. Als er sich an der Bushaltestelle hinter Szeged dazu
entschieden hatte, den heiklen Weg mit Adam zu gehen,
egal, ob Pascal und Angelo mitkommen würden oder nicht,
da hatte er schon New York als Ziel vor Augen. Nicht sofort,
klar, denn er musste noch ein wenig Westgeld verdienen,

aber New York war seine Vision, als er in den glutroten ungarischen Sonnenuntergang gepinkelt hatte.

Wolle spürte einen Schlag im Rücken. »Fuck you, dude, don't block my fuckin' way, asshole«, fauchte ihn ein riesiger, aufgeputschter Schwarzer an und holte ihn damit aus seinen Tagträumen. Jetzt riss der Typ im Weitergehen die Arme in die Höhe und stieß einen irren Schrei aus. Niemand nahm von dieser Szene Notiz, aber Wolle hatte einen Kloß im Hals. Seine Stimmung schlug um. Gern hätte er sich jetzt hingelegt. In ein schönes, weiches Bett. Er wäre jetzt gern auf sein eigenes Klo gegangen. Er hätte jetzt gern jemanden in den Arm genommen. Verena, Anne, Carmela, Joan, irgendwen. Doch er musste stark sein. »New York City ist die heißeste Stadt, wenn man einen Boyfriend und ein Hotelzimmer hat.« Schon Nina Hagen wusste das.

Er blieb einfach stehen und schloss die Augen, sah jetzt John und Anne, die am Tisch in der Wohnung saßen und Mau-Mau spielten, sah die kleine Joan, die sich diebisch freute, schon die dritte Sieben hintereinander legen zu können und ihre Mutter damit sechs Karten ziehen zu lassen. Manchmal gewann man ja gerade mit vielen Karten, weil man plötzlich alle Optionen hatte, während die anderen auf ihrer einzigen Karte sitzenblieben. Manchmal hatte man Glück im Unglück. Das hatte er versucht, Joan zu erklären, wenn sie mit zwei oder drei Siebenen die Angeschmierte war. Doch ein Kind konnte das nicht verstehen. Kinder empfanden in so einer Situation nur Schmerz. Wolle wischte sich eine Träne weg. Er hatte sich für das Alleinsein entschieden. Und er musste sich einen Platz zum Schlafen suchen.

Am ersten Tag des neuen Jahrzehnts, in das er bis drei Uhr in einer Kneipe in der 8. Straße hineingefeiert hatte, entschloss er sich, Anne eine Karte zu schreiben. Auf seinem täglichen Erkundungsspaziergang um den Tompkins Square Park ging Wolle zunächst in den koreanischen Deli am Christadora Building und kaufte Zigaretten, Brot, *Florida*-Orangensaft und die Postkarte.

Seit fast sieben Wochen war er nun in New York, und noch nie hatte er eine wirkliche »Situation« im Park erlebt. Klar, es war härter und existenzieller als am Helmi oder am Teute. Allerdings konnte es dort auch passieren, dass einen die Suffkes anmachten oder Punks und Faschos aneinandergerieten. Der Unterschied war schlicht und ergreifend: Hier am Tompkins Square wurden wirklich harte Drogen gedealt, und hier trugen viele Typen echte Waffen unter den weiten Lederjacken. Aber genau deshalb hatte es ihn schließlich hergezogen, dachte er, während er sich auf eine Bank setzte und Annes Karte schrieb.

Seine Unerschrockenheit hatte er von Dorothy gelernt, die ihm in ihrer christlich-fundamentalen Nächstenliebe jede Angst austrieb. Sie wusste genau, dass in den Projects hinter der Avenue D die Welt weiß Gott nicht in Ordnung war. Wie alle ihre Nachbarn bekam sie beinahe jeden Tag zu spüren, dass ihre kleine Straße am äußeren Rand des schillernden Manhattan lag und den Einflüssen des Drogenhandels und dem Verfall ausgesetzt war. Dorothy wusste, dass auch in ihrer Umgebung zu bestimmten Zeiten Scharfschützen der Gangs auf den Dächern saßen, die einen polizeilichen Zugriff auf die Stashhouses oder Streitigkeiten untereinander schnell klärten. Aber sie weigerte sich, deshalb ihr positives Weltbild aufzugeben oder weniger gern hier zu leben.

Fast jeden Tag, am Wochenende sogar zweimal, ging sie in die kleine polnische Saint Stanislaus Kirche in der 7. Straße, betete für ihren Mann, ihren Sohn, ihre Schwester und ihren jeweiligen Untermieter. Das war ihr Leben, und Wolle war sich inzwischen sicher, dass Dorothy Velik ein glücklicher Mensch war. Seit Claudio, ihr kolumbianischer Ehemann, mit Demenz im Pflegeheim lag, vermietete sie ein Zimmer und das kleine Extrabad ihres Apartments.

Wolle erzählte ihr von Anne, dass sie in Kirchenkreisen aktiv und überhaupt eine sehr mutige Frau im kommunistischen Berlin sei. Er gab sich selbst als freiheitsliebenden, jungen ostdeutschen Musiker aus, der es in New York schaffen wollte. Diese Mischung überzeugte sie davon, ihn hineinzulassen, ohne die Miete vorab zu kassieren und ohne ihn ein zweites Mal bei Tageslicht zu begutachten. Seit dem ersten Tag verstanden sie sich hervorragend. Allerdings wäre Dorothy sehr enttäuscht gewesen, hätte sie erfahren, dass er Anne und die Kinder verlassen hatte und man ihn als Musiker in dieser Umgebung keine drei Takte lang ernst nehmen würde.

Seit in Berlin die Mauer gefallen war, knapp eine Woche nach seinem Auftauchen, fragte Dorothy ihn fast täglich, ob er nicht zurück nach Germany gehen oder seine Familie nachholen wollte. Jetzt, wo sie alle frei waren.

Anne,
ich schicke Dir verspaetete Neujahrsgrueße aus Manhattan.
Ich lebe in der aufregendsten Stadt der Welt bei einer alten,
polnischstaemmigen Amerikanerin. Habe Dich im TV gesehen
bei der Alexdemo am 4. Nov. und finde es crazy, dass ihr jetzt
in den Westen fahren koennt. Bleib stark und gib den Kindern
einen Kuss. Schreibst Du mir mal? Wolle
PS. Kannst du mir Angelos und Michis Adressen schicken?

Als er seine neue New Yorker Adresse an den Rand der Karte kritzelte, fiel ihm auf, dass er bei den Umlauten schon nicht mehr ganz sattelfest war und dass er Wörter wie TV und crazy vor ein paar Wochen nie benutzt hätte. Er warf die Karte ein. Dann suchte er sich einen Apparat und rief Julia an.

»Hi«, murmelte sie verschlafen.

»Hi«, sagte er in dem Bemühen, seine Hoffnung auf den ersten Geschlechtsverkehr seit seinem Abschied von Rom nicht allzu deutlich durchschimmern zu lassen. »Ich bin's, der Ossi.«

»Ach ja, hi«, antwortete Julia nach einer kurzen Pause.

»Passt grad nicht?«, fragte er.

»Na ja. Äh, Wolle, richtig? Ich hab dir vor ungefähr zehn Stunden meine Nummer gegeben.«

»Dann bin ich bestimmt neun Stunden zu spät, wenn man es romantisch sehen will.«

Julia lachte ein tiefes Gurgeln, aus dem er die Kippen und den *Stolichnaya* heraushören konnte, die sie gestern gemeinsam konsumiert hatten. »Du bist hier aber in Manhattan. Hier gibt's keine Romantik.«

»Kennst du den Kuchenladen in der 10. Straße? Stell dir vor, die haben geöffnet.«

»Soll das romantisch sein?«, fragte sie ungläubig, aber er merkte, dass er jetzt nicht einknicken durfte. »Hier hat immer alles geöffnet. Außer am 4. Juli und am ersten Weihnachtsfeiertag«, schob sie belehrend hinterher.

»Hey, gestern war für mich fast wie Weihnachten.«

»Was meinst du damit? Deinen ersten Jahreswechsel in Freiheit, oder was?«

»Nee. Du. Du warst wie Weihnachten.«

»Ach, Mensch, Wolle, lass den Quatsch. So was brauchst du hier nicht zu bringen. Da fühlen sich die Amerikanerinnen echt verarscht.«

»Das glaube ich nicht«, erwiderte er. »Außerdem bist du ja keine Amerikanerin, sondern eine Prinzessin aus der Nähe von Stuttgart, richtig?«

»Ja, und ich habe einen Prinzen, der in England studiert, falls du das vergessen hast.«

»Ich kann dich, krrrkrrr, kaum verstehen, krrrkrrrr«, krächzte er, und Julia lachte.

»Wo bist du denn gerade?«, fragte sie belustigt.

»Ahh, krrrkrrr, jetzt wird's wieder besser«, spielte er das Spiel weiter. »Ich bin 2nd Ecke 10th. Also: New York Cheesecake oder Black Forest Cherry Torte? Wonach ist dir zum Neujahrskaffeetrinken?«

»Lädst du dich jetzt selber zu mir ein?«

»Na ja, erst mal bringe ich dir einen Kuchen vorbei, den wir dann natürlich auch beide essen könnten. Müssen wir aber nicht.« Wolle spürte, dass er fast durch war mit der Nummer. Er hatte jetzt einen kleinen Steifen und drehte sich, obwohl es ziemlich kalt war und er seinen Parka trug, zum Schutz vor Blicken in Richtung der versifften Wand, an der der Apparat hing.

»Alright, Wolle. Ich hoffe, du bist kein Psycho«, sagte Julia, und Wolle dachte sich, dass es wohl am besten wäre, darauf nichts zu erwidern. Offenbar lag er damit richtig, denn sie beschrieb ihm detailliert, wie er zu Fuß zu ihrer Wohnung gelangte. »Wenn du läufst, gibt mir das ein bisschen Zeit zum Wachwerden und zum Duschen. Geh langsam durch den Park, vorbei am Dakota Building, und ich habe derweil das Bett gemacht, Kaffee gekocht und den Tisch gedeckt. Alles verstanden?«, fragte sie.

»Ja, soweit alles klar. Das ist dann Upper Westside, richtig?«, vergewisserte er sich.

»Genau. Der Doorman heißt Béla und ist eigentlich ein ungarischer Pianist.«

»Interessant. Wie heißt du denn überhaupt mit Nachnamen, Julia?«

»Posche. Und du?«

»Peuckert.« Julia musste lachen. »Was gibt's denn da zu lachen?«, fragte er, und seine Erektion klang jetzt langsam wieder ab.

»Peuckert. So hieß meine Cello-Lehrerin. Ungefähr fünf Jahre habe ich das probiert, weil meine ältere Schwester so gut im Klavierspielen war und ich auch was in der

Richtung machen wollte. Frau Peuckert war eine alte, badische Jungfer, die streng gerochen, stark geraucht und deshalb beim Atmen immer leicht geröchelt hat. Ich hab mich sehr vor ihr geekelt. Gerade als Teenager ist das furchtbar.«

Wolle, der keine Lust auf Small Talk oder Familienschnurren hatte und lieber anzüglich bleiben wollte, sagte: »Cello kann ich mir gut bei dir vorstellen.«

»Okay, okay«, sagte Julia. »Ich langweile dich. See you in ninety minutes.« Dann legte sie auf.

Wolle kaufte in einem Deli um die Ecke Schnittblumen und trug sie zusammen mit dem Kuchen vorsichtig bis Uptown. Beides stellte sich als absolut unsinnig heraus. Als ob er nicht auch dort Mitbringsel hätte kaufen können. Trotzdem genoss er den unverhofften Feiertagsspaziergang.

Seit er bei *Gino's* illegal jobbte, hatte er kaum noch Zeit, die Stadt zu erkunden. Der gesamte Dezember war ein reiner Tellerwäschermonat gewesen. Dishwasher-Wolle, so nannten ihn die Mitarbeiter, vor allem die Italiener und die beiden Mexikaner, wenn sie im dunklen Hof gemeinsam eine rauchten.

Üblicherweise schlief er an sechs Tagen in der Woche bis zehn Uhr, nahm mit Dorothy ein kleines Frühstück ein, las Zeitung oder in einem Buch, und dann ging er auch schon hinüber ins Restaurant. Schnell hatte sich da herumgesprochen, dass er ein wenig Italienisch verstand und in Rom bereits in der Küche gejobbt hatte. Doch hier war es ganz anders als in Rom, wo neben der Tätigkeit viel geredet, geflachst und gelacht worden war. In New York wurde, bis auf drei Zigarettenpausen, durchgearbeitet. Die ganze Härte der Stadt zeigte sich selbst in den staubigen Hinterräumen eines alteingesessenen italienischen Familienlokals an der Lower East Side. Work hard. Work fast. And shut up. Das war sein Leben, aber er beschwerte sich nicht. Er bekam jede Nacht zwischen vierzig und fünfzig Dollar in die Hand gedrückt. Das war nicht viel, aber so kamen, mit ein wenig Trinkgeldbeteiligung, bis Neujahr fast zweitausend Dollar zusammen.

Er hatte ja noch Dorothy und ihre Gespräche über Gott, Ronald Reagan und Ben Johnson. Die alte Dame war trotz ihrer Gottesfurcht latent rassistisch, hatte aber einen Narren an der Leichtathletik und ihren schwarzen Helden gefressen. Sie war besessen von der Idee, dass Florence Griffith-Joyner von Gott gesandt sei und mit seiner Hilfe bestimmt auch bald wiederkommen werde. Wolle stimmte ihr zu, um das Thema nicht allzu sehr zu vertiefen. Außerdem sollte er ihr immer wieder bestätigen, dass ohne die Hilfe und den Einfluss des wahrscheinlich besten amerikanischen Präsidenten aller Zeiten »The Berlin Wall« nie und nimmer gefallen wäre. So schauten sie manchmal einfach irgendwelche Hallen-Trials auf ESPN oder Maueröffnungsdokumentationen auf CNN, waren sich einig, ohne sich einig zu sein, und es war gut so.

Für das, was ihn als Zweiundzwanzigjährigen nebenbei noch so interessierte, hatte er Carmela, die ihm in der kurzen Zeit eine gute Bekannte geworden war und nicht nur eine Wohnung, sondern auch noch den Job besorgt hatte. Genau genommen war es dieser eine Moment gewesen, in dem sich vieles ineinandergefügt hatte. So dankbar er ihr war, er war auch stolz auf sich. Immerhin hatte er den ersten Schritt gemacht und sie nach einem Ort zum Schlafen gefragt. Wolle hatte daraus gelernt. Always move on. Bleib nie stehen. Trau dich. Und versuchte das auch bei Carmela. Irgendwann gingen sie miteinander aus, in einen Comedy-Laden im East Village, an einem anderen Tag in ein Konzert im *Bowery Ballroom* und danach ins CBGB's, wo sie wie verrückt tanzten. Wolle war mächtig aufgedreht. All die Bands und Punkhelden, die hier gespielt hatten! Und dann Carmela: dieses Kraftwerk, diese

Ausstrahlung! Allerdings steckte sie ihm an diesem Abend, dass sie auf Frauen stand. Die Enthaltsamkeit wurde langsam zu einem echten Problem für ihn. Auf den Toiletten im Restaurant wollte er nicht onanieren, und in Dorothys Wohnung konnte er nicht.

Während er zu Julia lief, genoss er die kalte Luft und die strahlende Sonne. Das gefiel ihm am New Yorker Wetter. Dass es im Winter zwar arschkalt sein konnte, aber oft die Sonne schien. Und der Himmel wirkte blauer als in Berlin. Wolle liebte den Blick die 2nd Avenue hinauf. Die leicht ansteigende Straße ließ einem Manhattan fast unendlich vorkommen. Es wirkte, als ob sie sich bis zum Horizont nach Norden erstreckte, endlos flankiert von Fressbuden, Zoohandlungen, Plattenläden, Reinigungen, Fotogeschäften und natürlich den Delis, die im Winter ihre Auslagen aus Obst, Gemüse, Magazinen und Blumen mit einem extra auf die Bürgersteige gezimmerten Zelt schützten.

Er sog den Geruch ein, der ihm schon so vertraut war und der bestimmt aus der Obsession der New Yorker für ihren Müll herrührte, denn das Süß-Saure, das diesen Geruch am meisten prägte, war unbestreitbar Fäulnis. Tausende Pizzastücken, die halb gegessen in den eisernen Müllbehältern landeten, die an jeder Kreuzung standen. Hunderte nicht ausgetrunkener Colas, deren Zucker langsam seine zersetzende Arbeit begann. Dutzende Packungen mit Pad-Thai-Nudeln, Burgern und Donuts, die langsam verschimmelten und die Ratten anlockten. Darunter mischten sich exotische Düfte aus den asiatischen und indischen Restaurants, die über die Klima- und Heizungsanlagen aus den Küchen und Gasträumen auf die Straßen geblasen wurden.

Er war in Midtown angelangt, wo es langsam ruhiger wurde. Die Sonne versteckte sich südwestlich hinter den Hochhäusern, und die 2nd Avenue lag nun meist im

Schatten. An der 65. Straße ging er nach links, überquerte die Prachtstraßen und enterte den Park, in dem er bisher nur ein einziges Mal gewesen war. In der Adventszeit, als es geschneit hatte und Carmela ihm das Seehäuschen und die Schlittschuhbahn zeigen wollte. Wolle beschleunigte den Schritt, nahm kaum Notiz von der kargen, aber immer noch schönen Vegetation des Parks und der imposanten Skyline an der Südseite, denn seine Gedanken fokussierten sich wieder voll und ganz auf Julia. Sein linker Arm, in dessen Beuge er seit über einer Stunde die Blumen und die Tüte mit dem Kuchen hielt, schmerzte. Dann war er am Ziel, dem westlichen Ende des Parks.

Plötzlich fiel ihm ein, weshalb ihm der Name Dakota Building vorhin in Julias Wegbeschreibung bekannt vorgekommen war. Er erinnerte sich an das Bild: In einer Beatles-Biografie, die ihm seine Eltern zur Jugendweihe schenkten, hatte er das Haus schon einmal gesehen. Vielleicht lief er ja gerade über genau jene Stelle, an der John Lennon ermordet worden war. Kurz musste er an seinen Musiklehrer Güßler denken, der mit ihnen in der neunten Klasse wochenlang Beatles-Lieder seziert hatte. In einem schrecklichen Englisch trug er die Songs vor, schlug aber dazu – und das beeindruckte Wolle damals sehr – lässige Harmonien auf dem zerkratzten, braunen Schulflügel an. Wolle würde nie vergessen, wie dieser komische Kauz mit seinem Oberlausitzer Dialekt darin aufgegangen war, der pubertierenden Klasse »Eleanor Rigby« oder »For No One« vorzuspielen, sie daran Dur von Moll unterscheiden zu lehren. Einmal war er dermaßen in die Musik versunken, dass er vom Klavierhocker rutschte und sich auf den Arsch setzte. Das Grölen der Klasse war Wolle gemein vorgekommen, und trotzdem hatte er eingestimmt. Er schämte sich noch heute dafür. Güßler aber hatte sich einfach wieder hingesetzt und weitergemacht.

Der Doorman im Entrée von Julias Haus, ein speckiger, rothaariger Typ in den Fünfzigern, der einen zerknitterten schwarzen Anzug und eine albern gepunktete Fliege trug, schaute nur kurz auf, als Wolle sich anmeldete. Er schien Bescheid zu wissen.

»Twentysecond floor, Sir. Have a nice day«, sagte er mit einem Grinsen, und Wolle musste bei dem starken Dialekt an Adam, seinen Fluchthelfer, denken. Was der wohl davon halten würde, dass Wolle heute in einem Uptown-Foyer in New York City an einem Landsmann vorbeischlenderte, um mit ziemlicher Sicherheit ein reiches Mädchen aus dem Westen zu vögeln? Adam hätte bestimmt eine Binsenweisheit gefunden. Mit solchen hatte er Wolle noch die ganze Fahrt bis Belgrad genervt. Zweiundzwanzigste Etage, verdammt, klingt das großartig!, dachte er und drückte den Knopf.

Als der Fahrstuhl sich auf Julias Etage öffnete, stand sie schon in der Wohnungstür. Sie trug eine Marlene-Dietrich-Hose, eine weiße, ärmellose Bluse, die alles andere als brav wirkte, und sah umwerfend aus. Sie roch fantastisch, war dezent geschminkt und begrüßte Wolle mit einem Küsschen links und einem rechts.

»Du bist kein Axtmörder und kein Kommunist, right?«, vergewisserte sie sich und ließ dabei ihre Hand auf seiner Wange liegen.

»Wenn, dann bin ich umgeschulter Kapitalist, aber noch ganz am Anfang. Und die Axt hat mir dein dicker Béla da unten abgenommen.«

Sie bedankte sich artig für die Blumen und schnitt den Kuchen an. Obwohl sie sich erst ein paar Stunden kannten, benahmen sie sich sehr vertraut. Bis zur Abenddämmerung saßen sie in der Küche und redeten, schlemmten ein riesiges *Häagen-Dasz* und tranken Vodka on the rocks. Wolle erfuhr, dass Julia dreiundzwanzig Jahre alt war, eine Art Volontariat im *National Museum of History*

absolvierte und einer deutschen Industriellenfamilie ent-
stammte. Ihre Eltern waren Spender des Museums, und
so kam sie in den Genuss, hier diverse Abteilungen zu
durchlaufen. Sie wollte Archäologin werden und im Frühjahr ein entsprechendes Studium beginnen. Natürlich in
Manhattan.

Nachdem sie schließlich angefangen hatten, zaghaft zu
knutschen und ein wenig herumzufummeln, ging Julia zu
einem Schalter und betätigte blickdichte Jalousien, die sich
mit einem Surren vor die Fenster schoben. Abgesehen von
einem schönen Badezimmer bestand die Wohnung nur
aus einem großen Raum. Bis auf den Schein einer dicken
Kerze, die all die Stunden über gebrannt und zur wohligen
Atmosphäre beigetragen hatte, war es nun völlig dunkel.
Julia kam auf Zehenspitzen auf Wolle zu und pustete die
Kerze aus. Dann führte sie ihn wie einen Blinden zu ihrem
Bett, schob die beiden massiven Überdecken zur Seite, entkleidete sich in unangebrachter Eile und schlüpfte unter
die Decken.

»Komm her«, sagte sie leise.

Wolle war verblüfft. Er hatte schon länger mit einer or-
dentlichen Erektion zu tun. Dass es nun passieren würde,
war ein großartiges Gefühl. Schon am Abend zuvor hatte
er Julia auf Anhieb gemocht und ihren von brünetten Haaren umspielten Hals angeschmachtet. Und trotzdem war
ihm nun seltsam zumute.

»Warum willst du mich nicht sehen?«, fragte er, während er seinen Pullover über den Kopf streifte.

»Bitte stell keine Fragen«, sagte sie noch leiser.

»Oder willst du das Draußen nicht sehen?«, ließ er nicht
locker.

»Bitte!« Sie flehte ihn geradezu an, ruhig zu sein. Er
spürte ihre Hand an seiner Hose, spürte, wie sie seinen
Reißverschluss öffnete und, während er noch Schlüpfer
und Hose über die Beine zog, bereits seinen Schwanz

berührte. Mit sanften Händen und ohne jene Hast glitt sie auf und ab und ließ ihn seine Fragen vergessen. Dann, auf dem Bett, verwöhnte sie ihn mit zarten Lippen, fordernder Zunge und warmem Speichel. Aber sie sagte kein Wort und ließ alles zu, bis sie zuckend und stumm auf das Laken zurücksank.

»Was ist das für Musik?«, fragte er einige Minuten danach.

»Satie«, sagte sie und seufzte. Julia betätigte einen Schalter neben dem Bett, die Jalousien fuhren hoch und gaben den Blick auf die Stadt wieder frei. Sie befanden sich bestimmt fünfzig, sechzig Meter über dem Meeresspiegel. Durch die bodentiefen Fenster funkelten die unglaublichsten Lichter in das Apartment, und die Neonreklamen eines Parkhauses und eines Hotels schälten sich aus der hereinbrechenden Nacht.

»Passt gar nicht, dein Satie, finde ich«, erwiderte er. »Dahinten fliegt ein Hubschrauber durch die Häuserschluchten.«

»Ich mag gerade den Kontrast. Die stummen Zeichen der Zivilisation da draußen und diese zarten, sphärischen Zauberklänge.«

»Hört, hört!«, sagte Wolle.

»Ey, verarschst du mich?«, fragte sie empört und schlug ihm spielerisch auf die Brust.

»Nee, überhaupt nicht. Wie ich gestern schon sagte, ich komme ja eher vom Punk, also von den lauten Sachen und so.«

»Damit konnte ich nie was anfangen. Ehrlich nicht.«

»Kennst du überhaupt was aus der Richtung?«

»Keine Ahnung«, antwortete sie, stieg aus dem Bett und ging Richtung Bad. »Ich weiß nur, dass Satie so alt war wie wir, als er das geschrieben hat. Stell dir das mal vor.« Sie schloss die Tür hinter sich.

»Johnny Rotten aber auch«, rief er ihr hinterher.

»Johnny who?«, hörte er sie durch die Tür fragen, dann rauschte vernehmlich die Klospülung. Als sie zurückkam, trug sie einen weißen Bademantel mit den goldenen Initialen JP über der linken Brust.

Wolle war im *Gino's* aufgestiegen und arbeitete inzwischen in der Küche. Da er keine Greencard und kein Arbeitsvisum besaß, war er zweimal aus- und wieder eingereist, um keine Probleme mit den Behörden zu bekommen. Allerdings merkte er, dass er so nicht weiterkam. Die Patrone mochten ihn, auch die der anderen Läden weiter unten in der Mulberry oder Mott, wo er manchmal einen *Averna* als Absacker trank. Aber er gehörte einfach nicht dazu und wurde kaum in Freizeitaktivitäten mit einbezogen. Er ahnte, dass es ein Zusammensein gab, das sich neben der Gastronomie abspielte, aber er hatte keinen Schimmer, wie er Zutritt erlangen könnte. Das frustrierte ihn, und er hörte Ende Juni im *Gino's* auf. Dorothy bemerkte, wie er mehr und mehr abbaute und seine Lebensfreude verlor, und fragte ihn, was los sei.

»I really don't know, Dorothy«, gab er zurück. »I think I'm a little homesick but I would hate myself for giving up now.«

»Darling«, erwiderte sie, »you have to feel where your heart is at. If it doesn't feel at home in New York anymore it might want to be back in Berlin. I've been telling you for months now. You're a good person, a great young man with a lot of energy and many hopes and talents. You have to use all the things God gave you and make the best of it. Don't stick to things that will hold you back. You can always return to New York. You are always welcome at old Dorothy's place.«

Sie umarmten sich und blieben noch eine Weile vor dem Fernseher sitzen. Wolle hatte sie eingeladen, nach

dem gemeinsamen Kirchgang das Finale der Fußball-Welt-
meisterschaft anzuschauen. Es war ein schwüler Julinach-
mittag, und sie tranken Eistee und aßen Kekse. Insgeheim
fieberte er mehr für Argentinien mit als für Deutschland,
Maradona war ihm deutlich näher als Guido Buchwald. Da
Argentinien jedoch kaum eine Chance hatte, waren sich
Wolle und seine Vermieterin einig, dass der Sieg der Deutschen letztlich ein verdienter war. Es fiel Dorothy schwer
zu verstehen, weshalb er zögerte, die deutsche Mannschaft
zu unterstützen.

»Dorothy, these are just other Germans, West Germans,
you understand?«

»No, I don't. Our troops freed the Germans back in
1945. *All* of them. Don't tell me that fortyfive years later
their hearts and souls have split in two. Don't tell me that
my brother did all this for nothing.«

»I can't do anything about it. I grew up between *my* Germans and I am still one of them. We even didn't call ourselves Germans. We called ourselves ›Citizens of the GDR‹.«

»Ah, come on. You risked a lot to escape your own little
communist Germany and I truly admire that. Your strong
desire for freedom and your strength will get you far. But
soon this will be *one* united Germany. Why would you not
support it? I just don't get it.«

»That's how I feel, Dorothy. Look at this great Argenti-
nian player, Maradona, look at his tears, his sadness. I ado-
re him as a player. I feel much more sorry for him than I
feel happy for Buchwald. Or him, Littbarski: He's from Berlin, actually. But from Westberlin. And that's not mine.«

»I tell you something, darling. Littbarski is first of all a
Polish guy. I know my people«, sagte sie und lachte laut.

»But still I cannot support him with my heart.« Wolle
machte eine hilflose Geste.

»You Germans are crazy. Why do you hate yourselves
so much?«

»You are really asking, Dorothy?«

»No, actually I'm telling you to stop it. You have a player on your team with a family name that sounds like an infamous concentration camp, and no one cares. What happened is not your fault, Wolle. Move on. I am telling you: Move on!«

Julia hatte angedeutet, dass sie gern mit ihm im Herbst nach Italien fliegen und ihn dazu einladen würde. Sein Rom wolle sie kennenlernen, hatte sie gesagt. Und irgendwann wolle sie auch mal nach Thailand, auf eine einsame Insel, und dort mit Drogen experimentieren. Sie und Wolle schmiedeten gemeinsam Pläne, aber sie meinten es nicht ernst. Noch immer schliefen sie im Dunkeln miteinander. Julia akzeptierte, dass Wolle weiterhin ein eigenes Leben führte und dass sie in Dorothys Haus nicht übernachten konnte.

An einem frühsommerlich warmen Junitag begleitete Wolle Julia zu einem Gartenfest in den Hamptons. Zunächst wollte er ablehnen, denn er ahnte, dass er sich in dieser Gesellschaft nicht wohlfühlen würde. Er hatte weder Lust, vor vermögenden Amerikanern und Westdeutschen den abgehauenen, armen Ossi zu geben, noch wollte er sich verstellen. Aber hier in New York war er genau das: ein abgehauener, armer Ossi, der aus welchen Gründen auch immer nicht in seine »befreite« Heimat zurückgehen wollte.

»Komm schon, Django«, sagte Julia. »Ich stell dich ein paar Leuten vor. So läuft das hier. Du musst erst drin sein, um mitspielen zu können.«

»Ich weiß ehrlich nicht, ob ich überhaupt mitspielen will. Eigentlich will ich mein eigenes Ding machen.«

»Dein eigenes Ding? Sei mal ein bisschen offen«, entgegnete sie und gab Wolle einen Kuss.

Der Gastgeber schickte eine Limousine, die sie aus der Stadt hinauskutschierte. Julia bestand darauf, über die

Brücke gefahren zu werden – schließlich seien sie in eine Villa in East Hampton eingeladen. Die Gastgeber seien Verleger aus Deutschland, hatte Julia ihn vorbereitet. Die meisten Leute hier wären so etwas in der Art.

Nach einigen steifen und sehr kurzen Small Talks zur Begrüßung, bei denen Julia es genoss, die Gesprächspartner im Unklaren darüber zu lassen, in welcher Beziehung Wolle zu ihr stand, führte man sie zu einigen großen eingedeckten Gartentischen, vor denen auf einer Staffelei die Sitzordnung angezeigt war. Julia zog Wolle zu ihren Plätzen und deutete auf sein Gedeck. »Wolfgang Peuckert« stand auf dem handschriftlich gemalten Schild. Sie lachte, während er schlucken musste. Auf ihrem Schild stand ihr richtiger Name, und der legte die Lüge der letzten Monate offen: Einen einzigen Buchstaben hatte sie ihm verschwiegen, in dem sehr viel Gewicht lag. Doch Wolle tat so, als hätte er das nicht registriert, und konzentrierte sich stattdessen auf einen Zigarrenraucher Mitte vierzig, der mit einem Stuhl kämpfte, der immer tiefer ins Gras einsank. Julia hakte sich bei Wolle ein und dirigierte ihn in dessen Richtung. Sofort begann der Mann ein Gespräch, das Wolle genau so vorhergesehen hatte.

»Doktor Klauswilhelm Tettenborn, grüß Sie!«, schnarrte er und erhob sich. »Fräulein Julia, lange nicht gesehen.« Er deutete einen Handkuss an. Dann fixierte er Wolle, der sich bei Banana Republic extra eine Stoffhose, ein lässiges weißes Hemd und beige Stoffschuhe gekauft hatte. »Peuckert, Peuckert …«, überlegte Tettenborn, nachdem Wolle sich kurz vorgestellt hatte, und drehte dabei die *Cohiba* zwischen seinen teigigen Fingern. »Sie sind nicht zufällig verwandt mit Doktor Armin Peuckert, dem ehemaligen BDI-Justiziar?«

»Nicht dass ich wüsste«, sagte Wolle gespreizt. »Ich entstamme der Familie von Hans-Jürgen Peuckert, Ingenieur beim VEB Wohnungsbaukombinat Berlin, der maßgeblich an dem auf der 10. Tagung des ZK beschlossenen Wohnungsbauprogramm mitgewirkt hat und ohne den es die Ostberliner Stadtbezirke Marzahn und Hellersdorf so heute wohl nicht geben würde. Und der, das möchte ich nicht verschweigen, seit seinem 1982 angemeldeten Patent 174 über die ›Kombinierte Dach-Bitumen-Heißbeschichtung‹ in der Branche als Vorreiter gilt. Also national, meine ich. Was ja in ein paar Wochen dann möglicherweise flachfällt.«

Wolle wusste selbst nicht, weshalb er sein Gegenüber gleich so angriff. Aber er bemühte sich, nicht angespannt zu wirken, und legte Julia lässig die Hand auf den Oberschenkel. Um abzulenken, goss sie beiden Männern ungefragt Kaffee aus edlen Metallkannen nach.

Tettenborn musste sich kurz fassen. Er legte die Zigarre feierlich in einen Aschenbecher, knöpfte sich akkurat das Sakko über den dicken Bauch und reichte Wolle die Hand. »Ich sag's Ihnen ehrlich: Sie sind der erste Ossi, der mir, sagen wir: leibhaftig und in so angenehmer Atmosphäre begegnet. Also der erste waschechte, wenn ich das alles richtig verstanden habe. Und jetzt kommt's: Ich hätte das ums Verrecken nicht gemerkt. Das ist ja kolossal. Sie sehen weder aus wie einer noch benehmen Sie sich so oder hört man es an der Sprache. Das ist ja meist recht deutlich herauszuhören, das Ostdeutsch. Also wirklich, mein außerordentliches Kompliment!«

Julia reagierte schnell. »Wolfgang, ich möchte dir unbedingt noch Bettys Cézanne zeigen, von dem ich dir erzählt habe. Entschuldigen Sie, Klauswilhelm«, sagte sie und zog Wolle, der noch nach Worten suchte, eiligst vom Tisch weg.

»Bitte sag mir, dass der Fatzke das eben nicht ernst gemeint hat, Julia«, presste Wolle hervor, als sie ihn in das Obergeschoss des Anwesens führte. Sie schloss eine Tür und umarmte ihn.

»Sei nicht traurig, mein kleiner Zoni. Die meinen das nicht so. Mit ›die‹ meine ich alle, die dir noch ähnlichen Quark erzählen werden. Mach dich darauf gefasst. Sei stark und hör einfach weg. Das ist das Beste.« Sie streichelte seinen Kopf.

»Das Beste für wen?«, fragte Wolle.

»Bitte mach mir keine Szene, okay?«

»Du bist eine von denen, da beißt die Maus keinen Faden ab.«

»Wenn du willst, ist das so. Aber du weißt, dass man es nicht so sehen muss. Gerade du nicht.«

»Warum hast du mir denn deinen richtigen Namen verschwiegen, hä?«

»Weil ich nicht wollte, dass das irgendwas zu bedeuten hat zwischen uns.«

»Ah, weil ich ein armer Ossi bin, der dich ausnehmen will? Deshalb?«

»Sie nicht albern, Wolle.«

»Weshalb denn dann?«

»Weil es nun mal nicht einfach ist mit so einem Namen, verdammt noch mal! Verstehst du das denn nicht? Gar nicht?« Sie schluchzte leise.

»Schon klar. Du hast es echt schwer, Baby«, sagte er mit einem bitteren Unterton. »Wie viel kostet denn eigentlich Bettys Cézanne? Ist doch Taschengeld für dich.«

Julia reagierte nicht auf seine Provokation, verließ das Zimmer und ging die Treppe hinunter zur Party zurück.

Wolle blieb auf der Galerie stehen, bis ihn Tettenborn erblickte, der gerade von den Toiletten zurückkehrte.

»Wolfgang, wenn Sie Lust haben – ich kenne ein paar Leute, die gerade bei der Treuhandanstalt loslegen«, rief er hoch, während er noch an seinem Hosenstall rumfummelte. »Haben Sie eine Visitenkarte?«

»Nein«, antwortete Wolle kühl und hielt sich am Geländer fest.

»Na, das ist ja, weiß Gott, auch alles noch am Anfang da in der Tätärä, das kann ja alles noch kommen. Wir sollten uns mal in Ruhe unterhalten. Die Chancen sind riesig, die wir da, also auch ihr, also die wir da alle haben. Bis später also.« Er tippte sich an die Schläfe und ging in den Garten.

Kurz darauf verließ Wolle das Haus durch den Vordereingang, lief vorbei an den auf dem warmen Kies geparkten Limousinen und spazierte bis zur großen Hauptstraße, die die Hamptons miteinander verband. Plötzlich verspürte er eine große Sehnsucht. Er befand sich so weit weg von seiner Heimat, hatte so wenig Kontakt gesucht mit seinen Leuten, dass er völlig übersehen hatte, dass da drüben gerade etwas viel Größeres abging als hier in New York. Für ihn waren das, was er aus Berlin hörte, was er mal im *Spiegel* las oder bei CNN sah, nur Erzählungen über peinliche Landsleute, die den *Hertie* gestürmt, die Sexshops leergekauft, Bananenlaster umlagert und sich doppelt nach Begrüßungsgeld angestellt hatten. Die sich überteuerten Plunder andrehen ließen oder Kohl und seine gewendeten CDU-Leute gewählt hatten. Die Annes Bürgerbewegung den Arsch gezeigt hatten. Aber dass diese Zeit wie für ihn gemacht war, das hatte er vollends übersehen, weil er so sehr bemüht war, sich von seiner Heimat abzugrenzen. Ja, er hatte in der Überwindung seines Heimwehs so etwas wie Standhaftigkeit empfunden. Wer wollte schon derjenige sein, der erst abgehauen war und sich dann in das Nest setzte, das die mutigen Demonstranten und die schnellen Kapitalisten bereitet hatten?

Trotzdem wollte er nun wenigstens schneller sein als die abgewichsten Glücksritter und Blutsauger. Und er hatte wieder einmal das Gefühl, am falschen Ort zu sein. Er musste nach Hause.

Aus dem dunklen Vergangenen

Kati schickte Pascal anfangs fast täglich einen aufmunternden Brief in die Kaserne. Sie schilderte ihm, so gut es ging, die Geschehnisse und die sich rasant verändernde Gefühlslage in ihrer engsten Umgebung. Die Briefumschläge beschriftete sie mit ihrer verspielten Handschrift und versah sie oben links mit römischen Ziffern, sodass Pascal schon Ende Dezember Nummer XXXI in Händen hielt. Seine Dienstbezeichnung auf dem Kuvert änderte sich so schnell wie das Leben dieser Tage. War er Anfang November noch der »Gefreite« oder »Soldat« P. Michaud, schrieb sie am Ende des Jahres auf die Briefumschläge »Meinem geliebten Lieblingssoldaten« oder später »Meinem Toy Soldier«. Dass die Briefe trotz dieser respektlosen Anreden eines den »Ehrendienst bei der NVA« Leistenden zu ihm durchkamen, waren in Pascals Augen klare Anzeichen dafür, das Obrigkeitssystem der Armee immer mehr infrage stellen zu können.

Sein verquerer Schmerz, die Maueröffnung nicht vor Ort in Berlin mitzuerleben, mischte sich mit einer Form von Schicksalsergebenheit. Denn nur wegen dieser aufregenden Ereignisse war das berühmt-berüchtigte erste Halbjahr als Gefreiter erträglich. Weil die Welt aus den Fugen geriet. Die Pressekonferenz mit Schabowski guckte er zusammen mit ein paar Kameraden und wusste, dass irgendetwas Spannendes passieren würde, aber dann hockte er im nasskalten, von Wildschweinen und Rothirschen aufgewühlten Wald auf seiner ersten Wache und bekam von der historischen Nacht nichts mit. Am nächsten Tag telefonierte er mit seinem Bruder, der in einem brasilianischen Tanzladen in Kreuzberg gelandet war und ihm trotzdem einigermaßen gefasst erschien. Pascal versuchte an diesem denkwürdigen 10. November auch zweimal, Kati im Laden zu erreichen, aber sie war bis zum Nachmittag nicht zur Arbeit erschienen. Dann musste er wieder Wache schieben.

Anfang Dezember wurde er dank eines im Suff verfassten Schreibens an den Kompaniechef als Erster von seinem Flur in den Ausgang gelassen. Er lief über die Heinrich-Heine-Straße nach Westberlin, wo er am Kottbusser Tor mit sechzehn Reisepässen die Hunderter für seine Stubengenossen und ein paar andere Entlassungskandidaten holte, darunter auch die größten Arschlöcher, an denen er nicht vorbeigekommen war. Kati begleitete ihn nicht. Trotzdem genoss er es, mit der berühmten Linie 1 zu fahren, den Zoo, den Ku'damm und die Läden am Tauentzien anzuschauen, zu WOM zu gehen und sich ein »original italienisches Eis« zu kaufen. Und doch fuhr er gern wieder nach Ostberlin zurück. Abends kochte er zusammen mit Kati, sie hörten ihre neuen Platten, tranken echten *Ballantines* und machten ein bisschen rum.

Wenig später setzte sich Kati im Bahnhof Zoologischer Garten für sechs Westmark in einen Fotoautomaten und entkleidete sich für die vier Bilder Stück für Stück. Sie musste das minutiös vorbereitet haben, denn es funktionierte hervorragend. Immer wieder nahm Pascal den Fotostreifen mit aufs Klo und benutzte ihn zum Onanieren.

Weihnachten verbrachte er die meiste Zeit bei seiner Familie, Neujahr musste er in der Kaserne bleiben und Wache schieben.

Ab Ende Januar, als die Privilegien und Lockerungen, einhergehend mit der zunehmenden Verunsicherung der Offiziere, auch für die einfachen Gefreiten aus dem ersten Diensthalbjahr zunahmen, blieben Katis Briefe immer öfter aus, denn sie sahen sich nun fast regelmäßig. Ist ja fast wie Bundeswehr, scherzten er und seine Kameraden auf den Bahnhöfen, wenn sie ihre Dienstkleidung ablegten und sich zivil machten. Ein Vergehen, für das sie vor drei Monaten noch nach Schwedt in den Einzelarrest gekommen wären.

Trotzdem war jeder Tag, den er in der Mecklenburgischen Einöde verbrachte, schrecklich und zerrte an seinen Nerven. Vertane Lebenszeit, so kam es ihm oft vor, die er mit Idioten, Sadisten und Spießern zubringen musste. Nur wenige, die er in den ersten drei Monaten kennengelernt hatte, waren ihm ans Herz gewachsen. Pascal bekam eine Vorstellung davon, wie viel Glück er mit seiner späten Geburt hatte. Jene, die vor den Herbstereignissen ihr erstes Diensthalbjahr absolviert hatten, mussten die Hölle durchgemacht haben.

Schon zu Beginn des Jahres hatte er letztmalig seinem ewig muffeligen EK, einem Schlosser aus Ludwigsfelde, die Schuhe geputzt und ihm die Zahnpasta auf die Bürste gedrückt. Danach reichte er gemeinsam mit anderen Beschwerde ein, und die Offiziere, die solche Schikanen unter einfachen Soldaten jahrzehntelang geduldet hatten, stellten all das beim nächsten Morgenappell unter Strafe. Plötzlich war es so einfach. Und keiner der verwöhnten und inzwischen bald irre gewordenen Entlassungskandidaten wollte riskieren, in den letzten Wochen noch einmal in den Bau zu kommen. Sie waren ebenso verunsichert wie die Offiziere, und gemeinsam bildeten sie einen Block, gegen den die ersten beiden Diensthalbjahre beinahe täglich opponierten. Ende Januar wurden die EKs vorzeitig entlassen.

Bei einem Ausgang in Berlin erfuhr Pascal von Anne, dass es die Möglichkeit gab, Zivildienst zu leisten. Er fand zwei Mitstreiter auf dem Flur, und sie formulierten ein Schreiben an den Kompaniechef:

218

Auf der Grundlage des Zivildienstgesetzes der DDR vom 20.2.1990, Paragraph 2, Absatz 1, Buchstabe B, beantrage ich die Ableistung meiner verbleibenden Dienstzeit im Zivildienst. Als Einsatzbereiche kann ich mir aufgrund von bisher gemachten Arbeitserfahrungen Einrichtungen der Post, des Kommunalwesens oder des Gesundheitswesens vorstellen. Für den Zivildienst habe ich mich aus folgenden Gründen entschieden: Ich kann in Anbetracht der stark geschwächten Wirtschaft und des Notstands in vielen Bereichen nicht länger auf Kosten des Staatshaushalts leben und meine Zeit mit der Bewachung völlig veralteter Technik verbringen.

Ein Feindbild ist für mich aufgrund des Entspannungsprozesses in Mitteleuropa ohnehin nicht mehr existent.

Nach zwei Wochen bekamen die Soldaten Post mit der Bestätigung ihres Anliegens. Daraufhin wurden sie in ein extra Zimmer verlegt und mussten keine Wachen mehr schieben, sondern nur noch in der Funkstelle arbeiten. Ihr Dienstaustritt wurde auf Anfang Mai terminiert. Doch schon Ende April, vier Wochen nach der Volkskammerwahl, konnten alle, die rechtzeitig einen Antrag gestellt hatten, nach Hause fahren.

Im alten Shiguli seines Zimmergenossen Krille fuhren sie die F96 herunter. Pascal verabschiedete sich von den sanften Hügeln am Tollensesee, den fast vertrauten Wäldern zwischen Neustrelitz und Fürstenberg und erfreute sich wie ein Kind am einsetzenden Frühling. Irgendwann, kurz hinter den stinkenden Rieselfeldern, erschien vor ihnen endlich das Wahrzeichen ihrer Stadt: der Fernsehturm. Und da wussten sie, dass sie es endgültig überstanden hatten.

Pascal schlug sein Hauptquartier erst einmal in Pankow auf. Sein Vater, dessen Forschungsstelle an der Uni wegen marxistisch geprägter Auslegung der Geschichte des Feudalismus auf der Kippe stand, spielte zu dieser Zeit meist

Cembalo oder Tennis mit Pierre, Pascals Bruder. Die Mutter setzte in ihrer Buchhandlung nun auf Sachbücher und bemühte sich, von Verlagen aus dem Westen gute Bücher in die Auslage zu bekommen. Und spätestens seit klar war, dass es eine Währungsunion geben würde, ackerte sie wie wild, um sich darauf vorzubereiten.

Pascal ging gleich am zweiten Abend nach seiner Heimkehr auf eine Party seiner alten Abiturklasse. Michaela Rzezacz hatte eine Wohnung in der Kastanienallee besetzt und ihre alten Freunde eingeladen. Wieder hatte Mirze ihr gutes Händchen für Stil bewiesen, in der Wohnung die alten Tapeten abgespachtelt und die Wände mit großformatigen Motiven bemalt. Ihre in Westberlin lebende Großmutter steuerte eine *Miele*-Waschmaschine bei, die nun, bei dem Treffen, von den Gästen bewundert wurde. Sie standen um das in der Küche aufgestellte Gerät herum, horchten auf das leise Laufwerk und lobten das schöne Design der Frontseite.

Sie alle gingen locker, vertraut und herzlich miteinander um, genossen das Glück, eine weitgehend unbelastete Generation zu sein. Das gab ihnen ein Gefühl von Freiheit. Wer würde schon den Agitator oder die FDJ-Sekretärin einer Schulklasse verurteilen wollen, die in ein paar Sitzungen allgemeines Blabla von sich gegeben hatten, weil sie dazu verpflichtet worden waren oder weil es sonst keiner tat? In ihrer Klasse hatte es kaum richtige Ausreißer gegeben, weder aktiv handelnde Dissidenten noch frühe Parteieintritte oder gar, bis auf Jens Rieger, Berufsoffiziere. Deshalb mussten sie auch keine großen Auseinandersetzungen wegen ihrer eigenen politischen Geschichte führen. Stattdessen sprachen sie über ihre neuen Jobs, ihre Pläne und die ersten Reisen, die sie unternommen hatten. Sie tranken italienischen Wein, aßen Schopskasalat und sangen ein paar internationale Lieder, die sie vor ein paar Monaten für die Feier zur Übergabe der Abiturzeugnisse im *Kino Colosseum* an der Schönhauser eingeübt hatten. Es war, als würden sie sich mit diesen Liedern an ihrer eigenen kleinen Geschichte festhalten. Einige Mädchen aus der Klasse hatten bereits ihr erstes Studienjahr begonnen, die Hälfte der Jungs war bei der Fahne. Pascal beteiligte sich kaum an den Gruselgeschichten über die Armee, die eine Zeit lang die Gespräche bestimmten. Er fühlte sich unwohl in seiner späten Verweigererrolle.

Auch über Angelos Verschwinden und den Tod seiner Mutter wurde gesprochen, und Pascal musste, wie schon im Herbst, noch einmal ihre Geschichte erzählen. Er versuchte, sich zu erinnern, was er damals von ihrer gemeinsamen Zeit ab der Rumänienepisode berichtet hatte, und kam immer wieder durcheinander bei den bulgarischen Stränden und Klöstern, durch die er wie in Trance gewandelt war. Die meisten Freunde aus der Klasse hatten Angelo einen solchen Schritt insgeheim sogar zugetraut. Nur dass er seit so vielen Monaten komplett abgetaucht war, machte alle sprachlos.

Pascal hielt durch. Er kam nicht ins Schlingern, erzählte mit fester Stimme und ehrlicher Betrübnis von seinen letzten Stunden mit Angelo. Er redete sich in eine Art Lügengestrüpp und war irgendwann selbst überzeugt davon, dass es sich so abgespielt hatte.

»Ich konnte ihm einfach nicht folgen«, sagte er mit belegter Stimme. »Ich wollte all das nicht aufgeben. Mein Land, meine Familie, meine Band, meine Freundin, euch ... Ich habe immer noch Respekt vor Angelos Schritt, klar, vor seinem Mut und seiner Konsequenz. Aber kein Verständnis.« Mirze und die anderen hingen an diesem Abend an seinen Lippen.

Später, als die meisten schon nach Hause gegangen waren, merkte er, dass mit Mirze und ihm inzwischen etwas gehen könnte. Obwohl oder gerade weil sie sich schon so lange kannten. Aber sie war mit einem sechs Jahre älteren

Opernregiestudenten zusammen und er mit Kati, worüber wenig gesprochen worden war in der Runde.

Nach der Party bekam er einen monströsen Herpes, der ihm zwei Wochen lang zu schaffen machte und zu dem sich auch noch ein Ekzem hinter dem rechten Ohr ausbreitete, das er mit der Schminke seiner Mutter zu übertünchen versuchte.

Pascal grübelte darüber nach, ob er es ein paar Bekannten nachmachen sollte, die mit dem neuen Gesetz zwar auch aus dem NVA-Waffendienst ausgeschieden waren, aber nicht vorhatten, den Zivildienst anzutreten. Heutzutage würde einem keiner mehr die Bullen auf den Hals schicken, sagten die. Es würde noch nicht einmal auffallen, wenn man einfach wegblieb. Nach einem turbulenten Wochenende ging Pascal doch aufs Amt für Arbeit und bekam eine Zivildienststelle zugewiesen. Ab Mitte Mai sollte er im Dreischichtsystem in einem Altenheim in Biesdorf-Süd Dienst schieben. Seine Aufgaben als Altenpflegergehilfe nahm er vom ersten Tag an ernst. Er musste den alten Leuten den Po abwischen und sie waschen, er hörte sich ihre Geschichten an, lernte ihre körperlichen Leiden kennen. Die Arbeit war anstrengend und forderte seine Kräfte. Gleich in seiner zweiten Nachtschicht musste er wegen eines Todesfalls die Polizei rufen. Recht schnell freundete er sich mit Schwester Caro an, die unmissverständlich mit ihm flirtete.

Obwohl er wusste, dass die Zeiten vielleicht nie wieder aufregender sein würden als jetzt, verbrachte er viel Zeit in seinem Elternhaus fernab der Innenstadt. Stundenlang setzte er sich unter die Anton-Michaud-Eiche, die nach seinem Großvater benannt war, trank Kaffee, las neue Bücher und verschlang die aufregenden Westzeitungen und Magazine, die es nun endlich gab. Er arbeitete an seiner Topspin-Rückhand und an seinem schwachen zweiten

Aufschlag. Seine Mannschaft hatte ihm den Platz für die Punktspiele frei gehalten, seit klar war, dass er in den Zivildienst wechselte. Und so konnte er, auch weil die Oberschwester beim Dienstplan ein Auge zudrückte, schließlich an allen Spielen teilnehmen. Gegen Wildau I gab's eine knappe 4:5-Niederlage gleich zu Beginn, und das Pech zog sich von da ab durch die Saison. Gegen Außenhandel III gingen sie baden, bei Berolina Biesdorf ebenso, gegen Motor Köpenick verloren sie das letzte Doppel denkbar knapp. Erst im letzten Heimspiel, gegen Akademie der Wissenschaften I, errangen sie ihren ersten Sieg. Der Gegner war allerdings sehr geschwächt. Fünf Stammspieler waren in den Westen gegangen. Pascal gewann in dieser Saison immerhin drei Einzel. Und das ohne jedes Training im Winter.

Kati begleitete ihn zu keinem einzigen Spiel. Für sie war der weiße Sport immer verbunden mit dem Moment an der Weltzeituhr, dem Anfang vom Ende.

Lieber Pascal,
finde ich komisch beim Schreiben, PASCAL, denn ich habe Dich ja nie so kennengelernt. Aber möglicherweise ist das gar nicht so schlecht, die Idee mit der Rückbesinnung zum Geburtsvornamen, die ja irgendwie ein Neuanfang ist für Dich und Deine Umgebung.
Großer, tut mir echt leid, dass ich Deinen letzten Brief von der Asche nicht beantwortet habe. Ich bin einfach nicht dazu gekommen. Arbeit, Weiber, Stress – New York fucking City, vastehste?
Ich finde es mutig, dass Du den Schritt mit dem Zivildienst gegangen bist. Ich hoffe, dass Du es gut getroffen hast bei den alten Omas und dass Du da was draus ziehen kannst. Ich habe jetzt fast neun Monate mit einer alten Lady zusammengewohnt und kann nur sagen, dass das gar nicht so schlecht war. Allerdings hatte sie auch noch fast alle Zähne im Mund, ein

unerschütterliches, amerikanisch positives Weltbild und eine eigene Butze. Das sind alles Sachen, mit denen man nicht so schnell senil wird, denke ich. Außerdem hat sie sich nie ihren Glauben nehmen lassen. Den Halt haben unsere alten Leute ja auch nicht mehr, so wie ich das sehe. Ach Mensch, ich hab richtig ein bisschen Sehnsucht nach all den schlecht gelaunten alten Kackern im Prenzlauer Berg …

Deine Ausführungen zur Politik, zur Wahl und den Gefühlen, die ihr da habt, die waren für mich hilfreich, aber ich bin auch ganz schön weit weg davon. Ob jetzt ein Ibrahim Böhme oder ein Wolfgang Schnur, oder wie die alle heißen, bei der Stasi waren, interessiert mich hier ja so überhaupt gar nicht. Aber für euch waren die Typen offenbar zu Hoffnungsträgern geworden, auch wenn sie sich dann als faule Eier im Nestchen DDR rausgestellt haben. Das tut dann natürlich weh. Aber was soll's. Da wird noch viel Blut fließen, und ich weiß nicht, ob das überhaupt nötig ist. Ich von meiner Warte aus würde empfehlen: Deckel drauf und neu anfangen. So jedenfalls würden das die Amis machen. Die labern nicht lang, wenn's was zu entscheiden gibt.

Apropos: Dass Anne so schnell aus der Politik raus ist, wie sie damals reingerutscht ist, finde ich gut und nur konsequent. Sie wollte ja nie Bundeskanzler werden. Dazu musst du viel zu viel austeilen und eben auch einstecken können. Das hat sie gleich gemerkt, und das sollen andere machen. Außerdem, bevor ein Ostler mal Bundeskanzler wird, da werd ich vorher Popper oder schwul.

Was Du über das Ende unserer Reise und Angelos Flucht erzählt hast, kommt mir alles immer noch bizarr vor, denn ich kann einfach nicht glauben, dass unser zarter Sänger so ganz von der Bildfläche verschwinden wollte. Was ihn wohl angetrieben hat? Anne hat mir geschrieben, dass sich seine Mutter, während wir in Ungarn waren, das Leben genommen hat. Heißt das, er ist immer noch auf der Flucht vor ihr und weiß nicht, dass sie gar nicht mehr da ist? Könnte er hier neben mir wohnen, ohne dass ich es wüsste? Wo vermutest Du ihn denn? Insgesamt passt das alles nicht zu Angelo, so wie ich ihn kennengelernt habe. Ich denke mal, er ist in Brasilien im Amazonas ertrunken oder in Sibirien erfroren, aber so ganz abtauchen, was soll das? Das hab ja noch nicht mal ich ausgehalten. Und du weißt, wie viel Grund ich hatte, dem Berliner Sumpf zu entfliehen.

Jetzt sind auch schon wieder vier Monate vergangen, seit wir das letzte Mal Kontakt hatten. Ich werde aus meinem New Yorker Exil zurückkommen in die bald wiedervereinigte Hauptstadt. Es war hier echt eine super Zeit, aber jetzt freue ich mich auf Berlin und hoffe, dass wir uns bald mal wiedersehen, bei Fengler oder im Jojo, und Du mir alles erzählst. Schreib mal, ob's schon neue Läden gibt, wer die so macht und wie es überhaupt so ist.

Grüß auch Kati! (Das ist ja eigentlich das Schärfste, dass ihr jetzt zusammen seid.)

Bleib wachsam und standhaft,
Wolle

Pascal las den Brief zum dritten Mal. Er schaute von seinem Schreibtisch auf die klebrig schillernde Akazie im Hof, auf die verrostenden Mülltonnen, die darunter standen, und auf das HSV-Zeichen, das in einem Fußballtor prangte, das die Jungs aus dem Haus mit weißer Farbe auf die Mauer gepinselt hatten. Darunter hatte einer »HSV Fotzen« geschrieben und darunter wieder einer »BFC Schweine«. Jeden Tag ging Pascal an der Wand vorbei, und noch nie war ihm dieser kleine Dialog aufgefallen.

Pascal hatte sich die Wohnung bei der KWV in der Schwedter Straße besorgt, zu der Zeit, als Kati anfing mit ihrer Rumeierei. Es hatte nur einen Besuch bei der Wohnungsverwaltung gebraucht und natürlich eine Menge Charme, eine Packung *Mon Chérie* und einen *Matchbox*

Ferrari für den Sohn der Bearbeiterin – und schon konnte er legal in eine Dreiraumwohnung mit Innenklo in der Bötzowstraße ziehen. Früher wäre das für eine Einzelperson absolut undenkbar gewesen. Die Wohnung hatte seit einem halben Jahr leergestanden. Caro, seine Kollegin aus dem Pflegeheim, hatte ihm den Tipp gegeben. Ihr Bruder sei dort mit seiner Freundin und dem Baby schon im Januar ausgezogen und nach Bayern gegangen, Strom und Gas seien nie abgestellt worden. Sofort war Pascal hingefahren und hatte die Wohnungstür mit einem Dietrich geöffnet; mehr war nicht nötig gewesen. Er ließ nur die stinkenden Trapse einmal durchlaufen, besorgte einen neuen Kühlschrank, und das war es schon.

Caros Bruder musste ein Mann mit guten Kontakten gewesen sein, denn die Raufasertapete war eindeutig aus dem Westen und sah immer noch schick aus. Sogar Farbfernseher und Waschmaschine standen noch in der Wohnung. Die Hellerau-Schrankwand ließ Pascal wenige Tage später von ein paar Kumpels von Anne abholen, die sie in einem neu eröffneten Filmkunsttreff in Treptow wieder aufbauten und darin die aus dem Westen spendierte Videosammlung unterbrachten. Die beiden Sessel der hellbraunen, fies geriffelten Couchgarnitur gab er dem Drogisten im Erdgeschoss, der sie wiederum zu seiner Tochter nach Werneuchen schaffte. Caros Bruder hatte in der hinter dem Schlauchklo liegenden Küchenkammer eine Dusche eingebaut und einen Achtzigliterboiler installiert, der auch das Wasser für die Küche mit heizte. All das war wie ein absoluter Hauptgewinn, denn Heimwerken war ganz und gar nichts für Pascal, der schon schwer überfordert war, als er mit dem vom Vater geliehenen Werkzeug ein paar Bilder und ein Schlüsselbrett anbrachte.

Hinter der Schrankwand hatte es nicht mehr für die Tapete gereicht, deshalb war dort eine große weiß gestrichene Stelle aus purer, verputzter Wand. Dort stellte

Pascal einen Tapeziertisch ab, den er nun als Schreibtisch benutzte. Er schaute immer noch in den Hof hinunter, las abwechselnd den Brief und die erste Karte, die er von Wolle bekommen hatte.

Hi Pascal,   *New York City, 1990, February the 10th*

lange nichts gehört, altes Haus.
Wie ich höre, bist Du allein zurückgekommen von unserem Trip (habe ich mir fast gedacht) und hast Dich kurz vor Toresschluss doch brav bei den Stoppelhopsern einkaserniert. Gute Entscheidung! Wenn das vorbei ist (was bald sein wird, denke ich), besuch mich doch mal in Amerika und erzähle, wie alles gelaufen ist.
Long live Tschechisch Fairbanks und
No pasarán!
Wolle
PS. Verzeih mir meine blöden Gags, immer bereiter Gefreiter.

Die eng beschriebene Karte protzte auf der Vorderseite mit einer Ansicht der Manhattan Bridge. In grobkörnigem Schwarz-Weiß zeichneten sich im Hintergrund die Spitzen der Hochhäuser ab. Pascal war damals, als er die Karte bekommen hatte, verwundert gewesen, dass sie mit all den Anspielungen und Gemeinheiten nicht in der Poststelle der Kaserne rausgezogen worden war, sagte sich dann aber, dass die offenbar schon gar nicht mehr auf Inhalt kontrollierten. Die Fragen, die Wolle jetzt in seinem Brief stellte, wühlten Pascal fürchterlich auf. Er stand mit der Dreischichtbelastung und der Trennung von Kati ohnehin schon kurz vor einem Zusammenbruch. Wieder las er die Zeilen und versuchte herauszufinden, was Wolle unternehmen würde, um Angelos Verschwinden auf den Grund zu gehen. Schließlich hatte er angekündigt, nach Berlin zurückzukommen.

Immer besser war es Pascal gelungen, seine Schuldgefühle zu verdrängen, doch Wolles Brief holte alles wieder hervor. Ein Jahr war es nun her, dass er mit seinem besten Freund in Streit geraten war, ein ganzes Jahr, dass er und überhaupt alles ins Rutschen geraten waren. Es fiel Pascal schwer, die Vorgänge im Făgăraş einzuordnen. Oder seine Erinnerung daran. Und dann auch noch Kati. Es war zum Kotzen. Er kämpfte um sie, spürte aber, dass die neue Zeit sie ihm entreißen würde.

Manchmal hatte Pascal das Gefühl, nicht mehr mitzukommen. Stundenlang saßen er und seine Freunde auf den sonnigen Bürgersteigen und redeten sich die Köpfe heiß. In diesem Sommer waren sie alle wie Frösche im immer heißer werdenden Wasser. Sie merkten gar nicht, wie sehr sie gekocht und durchgeschüttelt wurden. Am ehesten spürten sie es vielleicht bei ihren Eltern, deren Arbeitsstellen in Gefahr waren, deren Lebensentwürfe komplett infrage gestellt wurden. Aber mit neunzehn interessierten sie sich nicht wirklich für die Gefühle ihrer Alten. Vor allem, weil alles plötzlich mit Scham und Wut behaftet war. Bevor sie die eigenen Eltern durchleuchten und hinterfragen wollten, mussten sie sich selbst erst einmal zurechtfinden in diesem Erwachsenenleben, das unter neuen Vorzeichen stand.

Wie viel Nutzen man aus der neuen Zeit ziehen konnte, lernten viele Leute aus ihrer Umgebung recht schnell. Für die schien der Kapitalismus wie gemacht. Einer von ihnen war Schorsch Menze, ein ehemaliger Kulturhausleiter, der im späten Winter '89 die Crème de la Crème der Ostberliner Models zusammentrommelte und mit einer Bademoden- und Travestieshow durch größere Diskotheken und Klubhäuser tingelte. Schorsch hatte auch Kati überzeugen können, bei den »Fashionixxen« mitzumachen. Höhepunkt einer jeden Show war der Strip eines Pärchens, das anzüglich zu »Nothing Compares 2U« tanzte und sich schließlich komplett entkleidete. Die Provinz rastete aus, und auch in größeren Städten des Ostens kam das Programm an.

Mitte Juni waren die »Fashionixxen« auf der Autobahn Richtung Gera unterwegs, als kurz nach Einbruch der Dunkelheit die Achse des uralten rot-weißen Ello brach und das Auto vor dem Hermsdorfer Kreuz liegenblieb. In einer kollegialen Geste hielt ein Bus aus Kassel an. Die gerade aus der Zweiten Bundesliga in die Oberliga abgestiegenen Fußballer aus Hessen, die von einem Spaßkick gegen die Männermannschaft ihrer neuen Partnergemeinde an der Ostsee kamen, staunten nicht schlecht, was für eine außergewöhnliche Fracht sie da gerettet hatten. Sie überredeten ihren Fahrer, die Ostmädels zu ihrem geplanten Auftritt nach Gera zu chauffieren, und mieteten sich dort im selben Hotel ein, um ausgiebig die Annäherung beider Staaten zu feiern.

Kati, so stellte Pascal einen Monat später fest, war dem Werben eines Mittelfeldspielers namens Malte Fuchs erlegen. Diese Nachricht traf ihn wie ein Schlag. In seiner ersten Verzweiflung schlief er mit seiner Kollegin Caro. Sie taten es im Aufenthaltsraum, in einer schwülen Nachtschicht, und schlossen nicht einmal ab. Pascal stieß seinen ganzen Frust in Caros Unterleib. Sie lag vor ihm auf dem Tisch, an dem das Pflegekollektiv normalerweise seine mitgebrachten Stullen und den Bohnenkaffee zu sich nahm. Während draußen im Garten ein Sprosser sang, verbiss sich Pascal in Caros Hals. Er konnte nicht genau einschätzen, ob es ihr gefiel, aber anschließend wusch sie mit einem Waschlappen zärtlich und ohne Hast seine und ihre Genitalien und versicherte ihm, dass es ihr gut ginge mit der Sache. Gemeinsam rückten sie die Wachstischdecke zurecht, richteten die umgefallene Vase mit den Kunstblumen auf und brachen zu ihrem Rundgang zu den schnarchenden und leidenden Alten auf. Doch schon am Morgen, als sie sich mit einem heimlichen Kuss im Medikamentenraum voneinander verabschiedeten, dachte er wieder nur an Kati und den drohenden Verlust ihrer Liebe.

Stundenlang saßen er und Kati im Monbijoupark oder im neu eröffneten *Westphal* am Kollwitzplatz und versuchten herauszubekommen, ob ihre Gefühle für Malte so stark waren, dass sie sich trennen mussten. Pascal heulte und schimpfte.

»Ich weiß doch auch nicht, was wir machen sollen, Pascal«, sagte Kati und blickte zu Boden.

»Das ist echt so 'n unglaubliches Klischee, dass ich es nicht glauben kann: Drittklassiger Wessifußballer greift Ostmodel ab. Das ist würdelos, weißt du das?«, fragte er boshaft.

»Lass das mit dem Model und dem Fußballer! Damit machst du es nur noch schlimmer.«

»Ist aber nun mal so.«

Kati schwieg und rauchte. Sie hatte wieder angefangen, und das Schlimmste daran war, dass er sie dabei so unfassbar sexy fand.

»Kati«, begann er erneut und nahm ihre Hand. »Mach das nicht kaputt mit uns. Bitte, mach es nicht kaputt. Ich liebe dich. Von Anfang an habe ich dich geliebt.«

»Aber irgendwas daran war auch immer falsch, findest du nicht? Ich habe dich auch geliebt, aber ich hatte bis zuletzt ein schlechtes Gefühl dabei. Die ganze Geschichte mit Angelo. Ich habe mir immer Vorwürfe gemacht, auch weil alles so unsicher ist. Das ist doch nicht gut, so was.« Sie schluchzte.

»Bis zuletzt? Meinst du das ernst? Bis zuletzt? Sind deine Gefühle einfach so übergelaufen?«

Kati vergrub den Kopf in ihren Händen. Eine Frau mit einem Kinderwagen lief an ihnen vorbei und schüttelte den Kopf.

»Wir streiten jetzt seit fast zehn Tagen«, fuhr Kati fort, »und du tust alles dafür, dass ich dich nicht mehr lieben kann. Ich glaube, du hast es kaputt gemacht.«

»Ich habe es kaputt gemacht?«, schrie er, und die Frau drehte sich noch einmal um. »Du machst alles kaputt. Du und dein Scheiß Malte. So sieht's doch aus! Ihr seid es, die alles zerstören. Ich bin einfach nur enttäuscht und sauer. Hast du dafür überhaupt kein Verständnis, Liebling?«

»Ich bin nicht mehr dein Liebling, Pascal«, antwortete sie in einer Mischung aus Trauer und Entschlossenheit. Dann sah sie ihm in die Augen, zögerte kurz und drückte seine Hand. Sie stand auf und verschwand aus seinem Leben.

Ende Oktober, an einem seiner letzten Zivildiensttage, ging er zu Janas Verabschiedungsparty im *Orfeo*, das versteckt nahe dem Tauentzien lag. Pascals brillante Exfreundin und überzeugte Sozialistin hatte sich in einen fünfzehn Jahre älteren Anwalt vom Ku'damm verliebt, der nun von seiner Sozietät nach Boston geschickt wurde und seine blutjunge Geliebte mitnahm. Sie würde ihr Informatikstudium am *MIT* fortsetzen, das hatte er irgendwie eingefädelt.

Jana sah in ihrem Kostümchen, den High Heels und den dezenten, aber teuren Ohrringen wie der Prototyp einer Karrierefrau aus. Pascal schaute sich um. Obwohl Jana so jung war, passte sie sich hervorragend ein in diese Truppe aus Männern in Maßanzügen, Frauen mit Perlenketten und Neureichen mit rosa Polohemden und kernigen Adamsäpfeln. Die Frauen sagten beim Zuprosten »Chin-chin«.

»Schön, dass du es geschafft hast«, flötete Jana, nachdem sie sich mit zusammengekniffenen Knien von der dunklen Ledergarnitur erhoben und ihm zwei Bussis aufgedrückt hatte. Solange er sie kannte, hatten sie sich mit einem Kuss auf die Wange begrüßt. Jetzt waren es zwei. Keine drei Wochen nach der Wiedervereinigung.

»Geschafft?«, fragte er.

»Ja. Schön jedenfalls, dich zu sehen. Warste schon mal hier?« Sie schaute sich um zu der funkelnden Bar und den verchromten Wänden und war selbst ganz ergriffen.

»Ehrlich gesagt nicht, nein«, antwortete er.

»Wie geht's dir?«, fragte Jana und berührte seinen Arm.

»Also, ich wohne in der Bötzowstraße in einer riesigen, leeren Bude, ich mache gerade meine letzten Tage Zivildienst in einem Pflegeheim, Kati und ich haben uns getrennt. Und ich habe überhaupt keine Idee, wie es weitergehen soll. Literaturwissenschaften 1992 wird's ja wohl nicht werden, denke ich.«

»Nein, das denke ich auch«, erwiderte sie und machte eine Pause. »Die Welt steht dir offen, Michi«, fuhr sie fort. »Du hast so viele Talente. Du bist so ein guter Typ.«

Pascal fiel auf, wie organisch all das Neue an ihr wirkte. Die Sprache, die Frisur, ihre ganze Haltung hatte sich verändert.

»Mir fehlt er«, sagte sie plötzlich. »Ist es in Ordnung, wenn ich das sage? Nachdem du ja mit Kati und so weiter und so weiter …?«

Er nickte. Warum auch immer. Aber es stimmte ja.

»Fehlt er dir auch?«, fragte sie und blickte ihm offen ins Gesicht.

»Ja«, antwortete Pascal.

»Was er wohl macht? Ich könnte schwören, er macht Musik. Das war so sehr sein Ding.«

»N'abend«, unterbrach sie ein Typ und tat betont locker. »Ansgar Juhnke.«

»Michi, äh, Pascal, das ist mein Freund. Meine große Liebe Ansgar«, ergänzte Jana.

»Angenehm. Ich schätze, ich bin die zweit- oder drittgrößte Liebe. Geschichtlich gesehen«, sagte Pacal.

»You'll never know«, sagte Juhnke und nahm es offenbar sportlich. Janas Wangen färbten sich rot.

»Schön habt ihr's hier«, versuchte Pascal, die Situation zu retten. Etwas Besseres fiel ihm nicht ein.

»Ja, den Laden betreibt ein guter Freund von meinem Doppelpartner. Und der Türsteher, der Schwarze mit dem Regenmantel, der ist doch irre originell, oder? Die Musik ist mir noch ein bisschen too black, aber heute legt wohl DJ Maze auf, der wird noch ein wenig clubbiger, später.« Juhnke war aufreizend gesprächig und gab sich betont jugendlich. Aber schon das Wort »originell« nervte Pascal dermaßen, dass er überlegte, darauf etwas Flapsiges zu erwidern.

»Übrigens, Pascal spielt auch Tennis«, ging Jana dazwischen, die ahnte, was er ausheckte.

»Ach, toll«, meinte Juhnke. »Wo denn, wenn ich fragen darf?«

»Rot-Weiß Pankow«, antwortete Pascal, wobei er sich keine Mühe gab, das besonders verständlich rüberzubringen. »Das liegt im sowjetischen Sektor«, schob er hinterher.

»Ach, toll«, wiederholte Juhnke und zeigte sein Gewinnerlachen. »Das hab ich ja lange nicht gehört: sowjetischer Sektor. Sehr spaßig. Vielleicht können wir euch ja mal einladen zu uns an die Hundekehle. Zum Beispiel nächstes Jahr? Jana und ich wollen eigentlich den nächsten Sommer über komplett in Berlin sein.« In dem Moment wurde Juhnke von einem anderen Gast abgelenkt und drehte sich abrupt weg.

»Ist der ein Sohn von *dem* Juhnke?«, fragte Pascal, nachdem sich der Anwalt entfernt hatte.

»Nein, überhaupt nicht«, sagte sie. »Ansgar ist zwar aus dem Westend, aber nicht verwandt mit dem Entertainer. Aber der Name hilft natürlich mehr, als dass er schadet.« Sie kicherte und nippte an ihrem Longdrink.

»Wobei?«, fragte Pascal.

»Ach Mensch, Michi, jetzt hab dich nicht so. Guck mich nicht so verdammt entgeistert an. Alles geht jetzt noch mal von vorne los. Alles. Hättest du dir vor einem Jahr träumen lassen, dass ich mal an der besten Informatik-Uni der Welt studieren werde?«

»Na ja«, sagte er, »du warst ja schon in Braunschweig bei der Mathe-WM. Von da wäre der Weg nicht mehr weit gewesen. Aber du warst eben noch nicht so weit. Ganz und gar nicht. Damals.«

Sie zog eine Schnute.

»Was machen eigentlich deine Eltern?«, fragte er, um das Thema zu wechseln.

»Mutti und Vati geht es super. Die haben gekündigt und eröffnen grad eine Radiologiepraxis an der Friedrichstraße. Ansgar meint, in drei Jahren könnten die mir ein Haus in Cambridge finanzieren. Radiologie sei das Beste überhaupt. Als er gehört hat, wie wenig meine Eltern trotz ihrer Stellung verdient haben in der DDR, ist er bald hintenübergefallen.«

»Neuengland statt Fehrbelliner? Das klingt ein wenig wie Rom, Paris, Erkner, das ist dir schon klar, oder?«

Sie nickte, breitete ihre Arme aus und tanzte ein wenig auf der Stelle.

»Na, dann ist doch alles gut«, sagte er, und die Bässe der schwarzen Mucke begannen zu dröhnen. Der Cuba Libre pulsierte in seinen Adern. Sie standen einen Moment stumm nebeneinander und schauten den ersten Tänzern zu.

»Pascal, was hat er gesagt, als er losgefahren ist?«, fragte sie unvermittelt.

»Wolle oder Angelo?« Ihr Blick flehte ihn an, sie ernst zu nehmen. »Willst du wirklich hören, ob dich mein bester Freund, mit dem du eine heimliche Affäre hattest, noch einmal erwähnt hat, bevor er abgehauen ist?«

»Ja«, sagte Jana geradeheraus. »Immerhin hast du auch mit Kati geschlafen, bevor ihr losgefahren seid.«

»Aber sie war nicht deine beste Freundin«, konterte er.

»Aber die Freundin deines besten Freundes«, entgegnete Jana. »Bitte sag mir: Hat er noch etwas gesagt?«

Pascal atmete kaum hörbar ein. »Ganz ehrlich, Jana, er hat dich mit keinem Wort erwähnt.«

Lange und eindrücklich schaute sie ihn an und fragte: »Was ist?«

»Du hast dich sehr verändert«, antwortete er.

»Ich weiß. Aber heimlich war ich schon immer eine Tussi«, sagte sie lachend. »Nur jetzt darf ich es auch endlich offen sein.« Sie wippte mit den Hüften. Es war sexy und komisch zugleich. »Und stell dir vor, ich fühle mich gut dabei«, fügte sie hinzu.

Pascal umarmte sie. Sie ließ es geschehen, auch wenn Juhnke und seine Leute zu ihnen herüberschauten.

»Kommst du mich mal besuchen in Boston?«, fragte Jana. »Kannste ja gleich mit Wolle verbinden.«

»Der ist schon wieder zurück.«

»Echt? Ich krieg hier drüben gar nichts mit.«

Pascal lachte. »Hey, Jana, viel Glück in Amerika. Ich hab dich echt gern. Aber übertreib's nicht mit deinem neuen Ich. Das alte war auch okay, ganz oft.«

»Mach dir keine Sorgen, mein liebster Exfreund. Guck du mal, dass du genug aus deinen Möglichkeiten machst. Wie gesagt, the world is wide open for you.«

»Wide open. Alles klar«, sagte er, drehte sich um und verließ den Club.

Auf dem Weg zum Bahnhof Zoo kam Pascal in der Budapester Straße an einem chinesischen Restaurant vorbei, das in einem beleuchteten Schaukasten mit einem inzwischen vergilbten Harald-Juhnke-Foto warb. Der Sänger trug einen gelben Pulli unterm Jackett, hatte Stäbchen in der Hand und zeigte auf eine fettige Pekingente, die vor ihm auf einem gedeckten Tisch stand. Das alles sah so verlebt aus, wie aus der Zeit gefallen. Das Bild erschien ihm wie ein Sinnbild für seine Gefühle Westberlin gegenüber. Und es war ein verdammt komischer Zufall. Im Bahnhofsgebäude entdeckte er dann auch noch den Fotoautomaten, in dem Kati vor Monaten ihren Striptease für ihn aufgenommen hatte. Er wollte heulen, doch er hatte keine Tränen, so sentimental gestimmt er sich auch fühlte.

Als er in die S-Bahn stieg, die ihn zum Alexanderplatz brachte, dachte er über Janas neuen Freund nach, seine aggressiv-positive Art, seine manikürten Fingernägel, seinen korrekt gezogenen Scheitel. Ein perfekter Anwalt, der es bestimmt weit bringen würde. Ein Typ, der alles richtig macht. Im Grunde hatte Jana sich einen Charakter ausgesucht, wie sie selbst immer einer gewesen war. Pascal stellte sich vor, wie Ansgar Juhnke und Jana Wennemann in einem von ihren Osteltern finanzierten amerikanischen Reihenhaus Kinder bekamen. Jana würde irgendwann am *MIT* promovieren und im neuen Jahrtausend einen Nobelpreis überreicht bekommen. Er traute ihr alles zu. Aber er liebte sie nicht mehr. Ihre Aufforderung, die neue Zeit anzunehmen, ihre Chancen zu nutzen, etwas Besonderes aus sich herauszuholen, war ihm altklug vorgekommen. Aber so war sie nun einmal. Und bestimmt hatte sie recht. Natürlich hatte sie recht.

Am Marx-Engels-Platz stiegen zwei energische Polizisten zu, die ein Bild in der Hand hielten und die Bahnpassagiere nacheinander musterten. Einer hatte die Hand am Halfter, in dem eine mattschwarze Knarre steckte. Offenbar ging es um etwas Ernsteres. Als sie vor Pascal stehenblieben, meinte er, sein Herz setze aus. Sein Gehirn verwandelte sich binnen weniger Sekunden in einen großen, schuldbeladenen Brei, und seine Knie begannen zu zittern. Wie immer. Sie hatten ihn. Jetzt war es raus. Aus

und vorbei. Nichts mit Chancen nutzen oder etwas Besonderes machen. Er war beinahe so weit, in vorauseilendem
Gehorsam seine Handgelenke übereinander zu legen und
sie den Polizisten hinzuhalten. Doch die angespannten
Gesetzeshüter taxierten ihn nur kurz und gingen grußlos
weiter. Am Alex stiegen sie mit ihm aus und betraten das
nächste Abteil.

Kyritzer Gegebenheiten

Anfang Dezember feierte Kati ihren zwanzigsten Geburtstag. Drei Monate lebte sie nun mit Malte in der kleinen Einliegerwohnung im Haus seiner Eltern, begleitete ihn fast zu jedem Training und saß bei den Heimspielen auf der Tribüne des zugigen Stadions. Dass ein ausrangierter Spieler mit gültigem Vertrag nicht auf den Platz darf, aber trotzdem zu jedem Spiel erscheinen muss, war ihr zu Anfang nicht klar. Als die orkanartige Wirkung der Hormone Mitte November langsam nachließ, merkte sie, wo und mit wem sie in Kassel gelandet war. Sie begann, hinter die Fassade dieses schmucklosen, biederen und in jeder Form hässlichen Hauses zu blicken und versuchte, mit Maltes Mutter, die den gesamten Haushalt schmiss, und seinem Vater, der außer an den Wochenenden praktisch nie anzutreffen war, so wenig Kontakt wie möglich zu haben.

Malte bekam von ihrer Einsamkeit und zunehmenden Traurigkeit nichts mit. Obwohl sich die ganze Stadt und die meisten Fans des Clubs über seine Eroberung in echter Bewunderung das Maul zerrissen, konnte er mit Kati wenig anfangen. Er nahm sie ab und an mit ins Fitnessstudio oder nach Frankfurt zum Shoppen. Aber selbst an ihrem Geburtstag hielt er es nicht für nötig, von seinem üblichen Tagesablauf abzuweichen. Statt sie zu überraschen oder eine kleine Feier zu organisieren, schlief er aus, zockte eine Runde im Casino, hielt einen ausgiebigen Mittagsschlaf, ging zum Nachmittagstraining und abends mit ein paar Freunden aus. Sie waren Dauergäste in einschlägigen Clubs, pokerten in dubiosen Lokalitäten, und ihre Nächte uferten nicht selten aus. Während Kati im Reihenhaus saß.

Als Geburtstagsgeschenk überreichte Malte ihr ein Parfüm, das ekelhaft roch, und einen Blumenstrauß, den seine Mutter beigesteuert hatte. Die Blumen sahen aus, als gehörten sie auf das Grab eines Achtzigjährigen, den seine Familie nicht sonderlich vermisste. Kati lächelte, bedankte sich höflich, stellte den Flakon oben auf den Badschrank, wo er langsam einstaubte, und überließ die Blumen ihrem Schicksal auf dem Esstisch der Eltern. Als Malte losgezogen war, telefonierte sie erst mit ihrer Mutter in Erfurt und dann mit ihrer zwei Jahre jüngeren Schwester Nadine, die ihre Berliner Wohnung übernommen hatte.

»Weinst du etwa?«, fragte Nadine und klang ehrlich überrascht.

»Nein«, antwortete Kati. »Mach dir keine Sorgen.«

»Keine Sorgen? Was soll ich denn sonst tun, als mir Sorgen um dich zu machen? Du bist einfach abgetaucht, hast uns nie besucht, nicht mal mich in Berlin, und heulst an deinem Geburtstag, deinem zwanzigsten! Du heulst!«, rief sie. Und da Kati nicht reagierte, redete sie weiter: »Sag mir doch mal, was du an Malte findest, große Schwester! Vielleicht kann ich ja noch was aus deinen Fehlern lernen.«

»Ach, Nadinchen, verstehst du das nicht? Da triffst du einen in einem besonderen Moment, und alles sieht nach Schicksal aus. Und der Typ macht alles richtig. Ist nicht zu fordernd, aber auch nicht zu lasch. Er weiß, was er will. Und er küsst gut, und im Bett ist es auch nicht schlecht …«

»Jaja, schon gut, ich kann's mir vorstellen. Bäh!«

»Und weißt du«, fuhr Kati fort, »endlich mal einer, der beim Anblick eines Mercedes oder einer Stereoanlage nicht gleich diesen glasigen Blick kriegt, sondern für den das alles normal ist. Plötzlich hat es einfach geknallt. Vielleicht hat es auch was damit zu tun, dass Angelo mich einfach so alleingelassen hat. Obwohl er allen Grund hatte. Aber das konnte er nicht wissen. Und selbst wenn er mit Pascals Freundin geschlafen hat, hat er mich trotzdem weggeschmissen für sein neues Leben. Vielleicht bin ich ihm hinterhergezogen. Unbewusst.«

»Und bist in Kassel gelandet. Mit einem Fußballer, den keiner mehr leiden kann. Klasse. Du bist echt die Größte. Glückwunsch! Mensch, Kati, komm zurück! Hier in Berlin, das ist richtig Wahnsinn, was hier abgeht. Ich bin dir so dankbar, dass ich hier sein kann.«

»Wie geht es Juttamüller?«, fragte Kati.

»Ach, der doofe Kater. Dem geht's gut. Aber er stiert an die Wand, aus dem Fenster, auf die Dusche. Als würde er dich da sehen, so kommt's mir manchmal vor.«

»Gib ihm einen Kuss von mir«, bat Kati.

»Auf die haarige Schnauze? Niemals. Das musst du schon selber machen. Hol wenigstens den Kater zu dir, damit du da in Hessen ein Stück Heimat hast!«

Dieses Stückchen Heimat tauchte einige Tage später auf. Malte brachte auf Anordnung seines Trainers einen Mannschaftskameraden und Langzeitverletzten mit.

»Kümmere dich um den Jörg. Der hat hier sonst keinen«, hatte Maltes Trainer gesagt. »Wenn du dem Verein den Gefallen tust, geb ich dir nach Weihnachten eine Woche länger frei und empfehle dich weiter.«

Malte war auf den Vorschlag eingegangen. Er hoffte auf einen Vereinswechsel und wusste, dass die Meinung des Trainers am Ende noch wichtig sein konnte. Deshalb nahm er diesen stillen Typen mit zu sich nach Hause. Während er sein 3er-Cabrio vor der Doppelgarage parkte, malte er sich aus, wie er in Bogenhausen oder auf der Elbchaussee leben und noch mal richtig durchstarten würde.

»Das ist Kati, meine Ostmieze. War mal eine super Hürdensprinterin«, stellte Malte seine Freundin dem Gast vor und lachte sich dabei schlapp. »Geil, oder?«, sagte er ohne jede Scham, nahm Kati übertrieben heftig in den Arm und strubbelte ihr über den Kopf, als wäre sie ein Hündchen.

240

»Guten Tag. Ich heiße Jörg«, stellte sich der Besucher vor. »Ich bin selber eine Ostpocke. Aus Brandenburg.«

»Hallo Jörg«, antwortete Kati. »Habt ihr schon gegessen? Soll ich euch was machen?«

»Du, Mümmelchen, ich muss später noch mal los. Ferdi hat Geburtstag. Macht aber 'ne Männerrunde. Also, nur für gesunde Männer«, sagte er prustend in Richtung Jörg und deutete auf dessen kaputte Hand.

Kati hatte zum ersten Mal das Gefühl, dass es ausschließlich gut war, dass Malte ausging. Sie glaubte ihm die Geschichte mit dem Geburtstag und der Männerrunde sowieso nicht. Dazu kam es zu oft vor.

Nachdem sie Nudeln zubereitet und den beiden zwei, drei Biere aus dem Kühlschrank gereicht hatte, machte sich Malte auf den Weg. »Dann macht's mal gut, ihr zwei Hübschen«, verabschiedete er sich. »Ihr habt euch ja bestimmt 'ne Menge zu erzählen.« Er grinste, als ob er seine Freundin verkuppeln wollte.

Jörg wurde rot und fummelte an seinem Verband herum. Erst jetzt wurde Kati bewusst, dass es nur eine Handverletzung war, die ihn am Mannschaftstraining hinderte. »Was ist denn so schlimm mit der Hand? Kann man damit nicht trotzdem spielen?«, fragte sie.

»Ich war schon immer Torwart. Seit der Kindheit. Und so ein Trümmerbruch im Gelenk, das ist einfach scheiße. Ich bin von Stahl Brandenburg aus der zweiten Mannschaft hierher gewechselt, vor einem halben Jahr. Und dann ist mir das hier passiert. Ich bin im Supermarkt auf einem runtergefallenen Joghurt ausgerutscht. Bourbon-Vanille. Ich weiß noch genau, wie mich vor ein paar Monaten in Westberlin die vielen Joghurtsorten fasziniert haben. Wir kannten das ja aus der Werbung. Aber im Regal wirkte es noch absurder. Hundert Sorten. Total verrückt. Und jetzt brech ich mir die Hände deswegen. Quasi mein Arbeitswerkzeug. Schön bescheuert, oder?«

Sie mussten beide lachen, und er goss sich mit links und etwas unbeholfen ein weiteres Bier ein. In dem Moment wusste sie, dass sie, sollte sie diesen Mann irgendwann kriegen, den Ausbruch wagen würde. Sie wäre nicht mehr allein.

Nach Weihnachten dampfte Malte mit seinen Jungs nach Österreich zum Skifahren ab. Jörgs Rehabilitation zog sich hin. Kati traf ihn immer wieder im Café oder zu Spaziergängen und verknallte sich unaufhaltbar in ihn. Sie waren sehr zaghaft miteinander, denn es ging um viel. Ein zugelassener Kuss oder gar eine Affäre mit der Freundin eines Mitspielers hätte seine Chancen auf eine Karriere im Westen zerstört, während Kati nicht weiter über ihre Zukunft nachdachte. Inzwischen aber fand sie in Jörg einen Seelenverwandten und verbrachte viel mehr Zeit mit ihm als mit ihrem offiziellen Freund. Sie gingen oft ins Kino, die Stunden dort waren jene Momente, in denen sie ihre draußen unmöglichen Gefühle am ehesten zulassen konnten. Sie saßen nebeneinander, berührten sich wie zufällig an Schultern, Unterarmen und Oberschenkeln und ließen ansonsten nichts passieren.

Malte interessierte sich nicht fürs Kino. Mit ihm schauten sie ab und zu Action-Videos, deren Helden ihn mit coolen Sprüchen faszinierten. Malte hatte nichts dagegen, dass Kati mit Jörg so viel unternahm, und akzeptierte offensichtlich, dass seine Gefühle für Kati mehr und mehr abnahmen und ihre Beziehung ihn ermüdete. Sie endgültig vor die Tür zu setzen, verbot ihm sein schlechtes Gewissen.

Im Frühling, als Jörgs Vertrag dann doch aufgelöst wurde, fasste sich Kati ein Herz und teilte Malte mit, dass sie sich zu Jörg hingezogen fühle und ihn verlassen werde. Malte nahm das gelassen hin, fast erleichtert.

»Vielleicht passt ihr eben besser zusammen«, stellte er nüchtern fest.

»Das weiß ich noch nicht, aber ich spüre, dass wir, du und ich, keine Zukunft miteinander haben«, sagte Kati. Sie saßen am Küchentisch. Malte spielte mit einem Korken, den er nach und nach zerbröselte.

»Kann sein, dass ich einen Vertrag in Wien kriege. Das verpasst du dann.«

»Hm, das verpasse ich dann. Ist aber besser so. Für mich. Und für dich.«

Mit zwei großen Taschen trat Kati die kurze Reise zu ihren Eltern nach Erfurt an, während Jörg in derselben Woche den Entschluss fasste, dem Profifußball den Rücken zu kehren und lieber den kränkelnden Gasthof seiner Eltern in die neue Zeit hinüberzuretten.

Kati verkroch sich in Nadines altem Kinderzimmer.

Ihre Eltern hatten die Wende bis hierhin gut überstanden. Ihr Vater saß nach wie vor an sicherer Stelle in dem inzwischen in eine GmbH umgewandelten riesigen Presswerk, und auch die Position ihrer Mutter als Krankenschwester stand nicht zur Disposition.

Gleich am ersten Abend fuhren sie hinunter in die Stadt und aßen im *Interhotel Erfurter Hof*. Kati merkte schnell, wie stark sie die kurze Zeit im Westen von ihren Ursprüngen entfremdet hatte. Sie mokierte sich über ihre Mutter, die mit dem Kellner sprach, als müsse sie dessen Gunst erlangen und um Verzeihung bitten, wenn sie eine Bestellung aufgab oder nach einer neuen Gabel fragte.

»Mutti, lass das, wie redest du denn? Das ist sein Beruf, etwas für dich zu tun. Du musst ihn davon nicht erst überzeugen«, ärgerte sich Kati.

Ihre Mutter reagierte schnippisch und ein wenig beleidigt: »Freundlich zu sein, hat noch niemandem geschadet.«

»Ja, aber dieselben Leute waren früher oft so un-
freundlich, und du rutschst immer noch fast auf Knien
rum. Wie sollen sie es denn lernen, wenn ihr das nicht
ändert?«

Ihre Mutter wandte sich ihrem Mann zu. »Hörst du das,
Dieter? Sie redet wie ein Westler. Meine eigene Tochter!«

»Jetzt streitet euch nicht wegen einer Gabel«, versuchte
ihr Vater zu schlichten. »Vielleicht hat Kati ja ein bisschen recht.« Er machte eine kurze Pause und sah sich um.
»Ober, mehr Bier bitte«, rief er hinter sich und hob dabei
lässig die Hand.

Kati und ihr Vater kicherten wie kleine Kinder. Ihre
Mutter stand auf und lief mit rotem Kopf zur Toilette. Auf
ihrem Weg begegnete sie dem Kellner, der eine Flasche
Bier zu ihrem Tisch brachte. Fast hätte sie einen Knicks
gemacht.

Katis Vater wollte keines der neuen Gerichte bestellen,
deren Namen ihm nicht auf Anhieb etwas sagten. »Was
soll das denn sein: ›… auf einem Rutschiolabett‹ oder hier:
›Vitello Tomato‹? Willy Brandt hat damals bei seinem Aufenthalt hier einfach Schnitzel gegessen«, sagte er. »Und
warum gibt es heute kein gutes Schnitzel, wenn man schon
mal mit der Tochter hergeht?« Schließlich entschied er sich
für Kasseler. »Das passt ja dann auch, quasi«, sagte er und
kicherte mit Kati wieder um die Wette. Allerdings trug er
seine Bestellung derart feierlich vor, als würde er damit
einen neuen deutsch-deutschen Grundlagenvertrag besie-
geln. Der Kellner vermied es, mit den Augen zu rollen, gab
aber trotzdem eindeutig zu verstehen, was er von dem Besuch dieser Mittelklassefamilie aus dem Neubaugebiet hielt.

Kati beobachtete ihre Mutter, die sich wieder gefangen
hatte. Mit Ende vierzig sah sie immer noch verdammt gut
aus, allerdings hatte sie bei ihrer neuen Frisur komplett
danebengelangt. Und ihr fiel plötzlich auf, dass sich die
beiden, wenn sie übereinander sprachen, »Mutti« und

»Vati« nannten. Sie fand das komisch, gönnte ihnen aber, so miteinander zu sein – so waren sie immer gewesen.

Als sich ihre Eltern auf Katis Empfehlung hin genießerisch das erste Tiramisu ihres Lebens teilten, traten ihr fast die Tränen in die Augen. Auf der Rückfahrt im neuen, gebrauchten Opel Omega hörten sie einen Schlagersender und ließen jeder für sich den Abend nachklingen. Ihre Mutter, die auf dem Beifahrersitz saß, kraulte ihrem Vater den Nacken, und Kati wünschte sich nichts sehnlicher, als auch einen Mann zu finden, dessen Schwächen sie ertragen, dessen Stärken sie lieben und mit dem sie ewig zusammenbleiben könnte. Sie sehnte sich nach Jörg.

Den Roten Berg, das Neubaugebiet, in dem Kati ihre Jugend verbracht hatte, betrachtete sie nun mit dem Blick einer Fremden. Ihr begegneten Leute, die sie früher entweder nicht gesehen oder die es nicht gegeben hatte. Überall waren hässliche Satellitenschüsseln angebracht, und in den Hausfluren roch es nach Pisse und Rattengift. Skinheads liefen nachts grölend herum oder soffen in den grünen Höfen und hörten dabei bescheuerte Musik. Das Schlimmste aber war, dass Mandy, ihre kleinste Schwester, sich dieser Szene offenbar zugehörig fühlte.

Die Fünfzehnjährige, die früher einmal Flöte gespielt hatte und Tierärztin werden wollte, befand sich am schwierigsten Zeitpunkt ihrer Pubertät. Für die bösen Jungs, mit denen sie abhing und bei denen sie so etwas wie Stolz und Stärke erfuhr, machte sie sich extra hässlich, rasierte sich die Haare am Hinterkopf, trug wuchtige Ohrringe und war selbst für Kati kaum erreichbar.

»Lass mich in Ruhe«, sagte Mandy, als Kati sie an einem Nachmittag, an dem sie kurz in die Wohnung geschlüpft kam, zur Rede stellen wollte. »Du bist doch sowieso immer weg gewesen und jetzt auch noch Nadine. Und ich bleib hier in diesem Drecksloch. Denkst du, da geb ich mich

mit Zecken und Kanaken ab? Denkst du ehrlich, dass ich
darauf Bock hab?«

»Die Typen, mit denen du jetzt rumhängst, sind doch
alles Spinner und Schläger. Zeig mir mal einen von denen,
mit dem du länger als zwei Stunden Zug fahren oder in ein
Restaurant gehen willst, ohne dich insgeheim für ihn zu
schämen!«

»Schämen? Bist du blöde? Ich schäme mich eher für die
ganzen Erwachsenen, die keinen Durchblick mehr haben
und sich von den Wessis die Butter vom Brot nehmen lassen. Die den ganzen Tag nur rumheulen oder Angst haben,
irgendetwas falsch zu machen.«

»Und deshalb lauft ihr rum und macht alles kaputt,
schreibt blöde Sprüche an die Wand und bedroht Leute?«

»Wer sagt denn das?«

»Ich bin zwar eine doofe Erwachsene, aber ich weiß,
was hier los ist.«

Sie schwiegen eine Zeit lang, in der Mandy an ihren
schwarz lackierten Zehen herumpulte. »Ziehst du jetzt
wieder her?«, fragte sie plötzlich, und ihr viel zu dunkles
Make-up verschwamm in leisen Tränen. Kati nahm ihre
kleine Schwester, mit der sie wegen ihrer ständigen sportlichen Verpflichtungen viel zu wenig Zeit verbracht hatte, in
die Arme. Lange saßen sie vor der Durchreiche zur Küche
und schauten auf den stumm geschalteten Fernseher.

»Hat Malte eigentlich dich rausgeschmissen oder du
ihn?«, fragte Mandy.

»Ich bin gegangen. Ich konnte ihn ja gar nicht raus-
schmeißen.« Sie lachten.

»Hast du einen Neuen?«, fragte Mandy.

»Nicht richtig. Aber ein bisschen.«

»Auch wieder ein Fußballer? Papa ist, glaube ich, schwer
enttäuscht, dass das mit euch nicht gehalten hat. Der hat
immer davon erzählt, dass er mit seiner bekloppten Be-
triebssportgruppe mal zu Malte ins Stadion fährt. Da war

er ganz verrückt drauf. Aber dein Typ hat ja nie gespielt. Sowieso, scheiß Fußball! Ich finde Kickboxen viel geiler. Das knackt richtig, wenn du einen triffst.«

»Ach, Mandy, Kickboxen. Was soll das denn sein? Das ist doch auch wieder nur was zum Angstmachen.«

Mandy hatte den Kopf auf Katis Arm gelegt und ließ sich streicheln. »Deshalb ja. Weißt du, wenn wir so durch die Stadt ziehen, gerade unten am Dom, auf dem Petersberg oder in der Südstadt, also da, wo die ganzen Spießer rumhängen, und die abgefallenen Balkone und eingestürzten Häuser fotografieren, dann ist das wie ein Kick, die Angst, die wir verbreiten. Dann fühle ich mich echt lebendig.«

»Das klingt ganz schön traurig, mein großes Mädchen«, sagte Kati. »Traurig und schlimm. Ich bin nicht besonders stolz auf dich. Wär ich aber gerne. Wie läuft's denn in der Schule?«

Mandy lächelte. »Ich hab auf der Klassenfahrt am Werbellinsee mit unserem Sportlehrer geschlafen. Draußen, im Februar. War geil. Das weiß keiner außer dir.«

»Bist du verrückt?«, fragte Kati. »Weißt du nicht, dass der Typ dafür in den Knast kommen kann?«

»Klar, aber der ist so süß. Der war mal Ruderer und hat einen Knackpo, Wahnsinn.« Mandy schmunzelte. »Na ja, jetzt hab ich ihn jedenfalls in der Hand. Leider macht er nicht Physik oder Chemie oder Bio. Da könnte ich es besser gebrauchen.«

»Was hast du denn so? Einsen? Oder Fünfen?«

»Alles. Aber eigentlich könnte ich viel bessere Zensuren haben. Aber wozu denn? Ist doch sowieso alles für'n Arsch. Die Betriebe gehen alle pleite oder werden zugemacht. Unsere Alten sind doch fast noch am besten dran. Das Krankenhaus können sie nicht schließen, und Umformtechnik ist einfach zu groß. Aber der Rest wird sterben, das wissen alle. Das ist doch hier alles wertloser Scheiß.«

Kati wusste, dass es sinnlos war zu streiten. Trotzdem wollte sie noch etwas sagen: »Du musst ja nicht ewig in Erfurt leben. Streng dich ein wenig an! So ganz ohne Schule geht es leider nicht. Und ich weiß, dass du ein gutes Mädchen bist!« Sie umarmten sich und Kati spürte, wie wichtig es wäre, hierzubleiben und auf ihre kleine Schwester aufzupassen. Sie konnte sich gut an jene Zeit erinnern, als sie im gleichen Alter war und nichts anderes im Sinn hatte als zu opponieren.

Nachdem Kati noch ein paarmal durch ihre marode Heimatstadt gelaufen war, beschloss sie, auf Jörgs Vorschlag einzugehen und zu ihm nach Kyritz zu ziehen.

———————

Ziemlich schnell stellte sich heraus, dass Kati mit Bierausschank und Zimmerbelegungsplanung unglücklich werden würde. Jörgs Mutter Annemarie, die für eine hart arbeitende Gastwirtin erstaunlich feinfühlig und mit einem geradezu engelsgleichen Charakter gesegnet war, eröffnete ihrer zukünftigen Schwiegertochter deshalb alle Möglichkeiten, im Rahmen der Kyritzer Gegebenheiten, wie sie es nannte, einer passenden Beschäftigung nachzugehen. Kati richtete sich in einem der vielen ungenutzten Räume des *Gasthofs Lindner* eine Schneiderwerkstatt ein.

Kyritz, auf halber Strecke zwischen Berlin und Randow, war einerseits Rückzugsort, andererseits ein guter Ausgangspunkt für Katis Fahrten. Sie hatte ihre Fahrerlaubnis gemacht, die jetzt Führerschein hieß, und kaufte sich bei einem halbseidenen Händler am nördlichen Stadtrand von Westberlin einen knallroten Peugeot Talbot. Damit war sie unabhängig und in sechzig Minuten im Prenzlauer Berg oder bei Anne in Randow, zumindest theoretisch. Von Monat zu Monat wurden ihre Ausflüge in die alte Welt jedoch seltener. Ihr Kontakt zu Anne, die ihre Kinder gemeinsam mit den Großeltern auf dem Land aufzog, immer noch

Klamotten machte und außerdem an der Schönhauser Allee mit Freunden das *Ecklokal* eröffnet hatte, riss jedoch nie ab. Anne nahm Schneideraufträge von Filmfirmen an, die sie an Kati weitergab, und besuchte sie auch in Kyritz. Dann schnitt Kati ihr die Haare oder sie spazierten mit Jörg und Annes Kindern durch die lichten Wälder und philosophierten über das neue Leben.

»Was würdest du jetzt wohl machen, hätte euer Bus nicht diese Panne gehabt?«, fragte Anne an einem herrlich trockenen Sommertag.

»Ich wäre wohl nicht die Frau eines Gastwirtssohnes in Kyritz an der Knatter, denke ich«, sagte Kati.

Annes Sohn John, der mit zwölf schon erstaunlich pubertär war, lief mit seinem Discman und riesigen Kopfhörern weit hinter ihnen, und Joan, die in einer Woche in die Schule kommen sollte, tollte mit Jörg einem Tagpfauenauge hinterher.

»Vor zwei Jahren bist du nach Kassel gezogen, und ich dachte ernsthaft, dass du da bleiben und eine Fußballerfrau werden würdest. Die mit ihrem gut verdienenden Typen in immer neue Städte zieht und immer braungebrannter und einsamer wird«, sagte Anne.

»Tja, und dann habe ich eben diesen verschuldeten Vollinvaliden getroffen und hänge nun hier fest«, antwortete Kati schmunzelnd. »Was ich bisher nie bereut habe.«

»Echt? Nie?«, hakte Anne nach.

»Nee, nie«, gab Kati zurück und machte eine Pause. »Du hast das immer gekonnt, alle Welten zu leben, überall dabei zu sein, dich förmlich zu zerteilen und sogar noch für deine Kinder da zu sein. Ich aber packe das nicht. Für mich gibt's nur: entweder *Wabe* oder Landgasthof. Marienburger oder Dorfstraße. Ich krieg nur eins davon hin. Ich wäre vom *Jojo* heute total überfordert. Glaub's mir.«

»Ach, das *Jojo*, das ist so hintendran. Du kannst dir nicht vorstellen, was gerade alles los ist in der Stadt, was für neue Sachen aus dem Boden schießen. Weißt du, wer bei uns im Laden bald eine Bar aufmacht?«

»Wer denn?«

»Wolle! Der hat sich den Keller vom *Ecklokal* angesehen und macht im Herbst die *Eckbar* auf. Behalt es aber bitte noch für dich. Wir öffnen einmal die Woche. Man muss durch die Küche, und es gibt nur Zugang für Freunde und Kumpels. Wolle ist total überzeugt davon, dass das laufen wird.«

»Spielt ihr dann da auch Acid und Techno und so was?«

»Klar, warum nicht. Das sind uralte Eiskeller. Die haben so dicke Wände, da hört draußen keiner was, und du kannst dadrin machen, was du willst.«

»Ich kann mit der Musik überhaupt nichts anfangen, ehrlich gesagt.«

»Na ja, bisschen Speed oder Pillen dazu ist schon besser«, antwortete Anne, und die Frauen schauten sich verschwörerisch an.

»Du bist echt verrückt, Anne. Jetzt fängst du noch mit Drogen an, oder was?«

»Ich fange immer mit allem an und nehme es unter die Lupe. Wenn es mir gefällt, bleib ich ein Weilchen dabei. Wenn nicht, war es eben nur ein Versuch.«

»Und was ist mit Wolle? Seid ihr wieder zusammen?«

»Nee, um Gottes willen. Mich lässt man nur einmal sitzen. Aber ich liebe diesen Typen. Der schaut immer nach vorne, nie zurück, das mag ich. Und die Kinder mögen ihn auch immer noch. Gerade für John ist er wichtig. Der kommt jetzt in so ein Alter, in dem er in Randow nicht wirklich genügend ordentliche Jungs zum Quatschen hat. Mann, da sind vielleicht ein paar Hirnis dabei! Die haben nur Mist im Kopf.«

»Warum holst du sie nicht nach Berlin zurück, gründest eine Familie und gibst ihnen ein bisschen mehr Halt?«

»Ah, ah, höre ich da einen Vorwurf heraus?«

»Quatsch, ich meine ja nur. Warum willst du keine richtige Familie haben?«, fragte Kati und hatte dabei vor allem ihren eigenen dringenden Wunsch nach Kindern im Kopf.

»Ich bin so, wie ich bin«, antwortete Anne. »Und meine Kinder wissen das, denke ich. Ich glaube nicht einmal, dass sie so was wie eine ›richtige Familie‹ vermissen.«

»Sag mal, kann Nadine vielleicht bei euch arbeiten, so ab und zu?«, fragte Kati unvermittelt. »Ich habe das Gefühl, die hängt ganz schön durch in Berlin.«

»Klar. Soll sich melden in der Werkstatt oder im Laden. Warum will sie denn nicht zu dir ziehen?«

»Zu mir, nach Kyritz?«, fragte Kati.

»Ja, eben. Siehste, wie absurd das klingt?«, sagte Anne und nahm Kati in den Arm. »Es ist dein Leben und du sollst es leben, wie du es für richtig hältst.«

Umschwirrt von Mücken und Bremsen, liefen sie noch eine Weile den ausgetretenen Weg entlang, der sich zwischen Kiefern und jungen Buchen hindurchschlängelte. Das dichte Grün der Blaubeerpflanzen bildete einen samtenen Teppich auf dem Waldboden.

»Denkst du manchmal noch an Pascal?«, fragte Anne.

»›Manchmal‹ ist das richtige Wort«, antwortete Kati.

»Und?«

»Was und?«

»Vermisst du ihn?«

»Ich denke fast öfter an Angelo«, sagte Kati. »Neulich habe ich geträumt, dass er gestorben ist. Wie saßen zu dritt in einem Schlauchboot auf der Ostsee. Angelo, meine Freundin Eileen aus dem Laden und ich. Und Angelo hat gesungen, irgendwas von U2, und dabei die Ruder bedient. Plötzlich ist aus dem Boot die Luft rausgegangen und alles vollgelaufen. Angelo konnte nicht schwimmen und hat nur mit den Armen gezappelt, während wir versucht haben, nicht unterzugehen. Und dann bin ich aufgewacht.«

»Komischer Traum. Immerhin weißt du nicht, ob er wirklich ertrunken ist.«

»Klar, man wacht doch immer auf, wenn es brenzlig wird.«

»Nee, ich träume so was fast immer zu Ende. Mit allem Drum und Dran.«

»Das wäre der Horror für mich. Mir reicht der Anfang vom Ende.«

»Siehste, für mich wär's viel schlimmer, das Ende nicht zu kennen. Wäre ich du, hätte ich das nicht ausgehalten, diese Ungewissheit mit Angelo.«

»Eben. Und da sind wir grundverschieden. Mir reicht, dass er weg wollte. Und vergiss nicht, dass ich ihn bestimmt nicht mehr geliebt habe zu der Zeit, als die Jungs im Făgăraş-Gebirge waren«, gab Kati zu bedenken.

»Komisch«, sagte Anne. »Ich habe lange nichts mehr gehört von Pascal. Er ist wohl mit diesem Mädchen aus seiner Klasse zusammen.«

»Ja, ich weiß. Die hat einfach nur auf den richtigen Zeitpunkt gewartet. Auch 'ne Taktik, einen Mann abzubekommen: Sich nie die Finger schmutzig machen und das Schicksal auf sich zukommen lassen.«

»Empfindest du es so, dass du dir die Finger schmutzig gemacht hast?«

Plötzlich kamen Jörg und Joan schreiend hinter einer am Wegesrand stehenden Kastanie hervorgesprungen. Die Frauen gaben sich ordentlich erschrocken und reichten den Herumstromernden die Wasserflaschen aus ihren Rucksäcken.

»Was habt ihr geredet?«, fragte Jörg schwer atmend.

»Ach, nur so«, winkte Kati ab und flüsterte ihm ins Ohr: »Ich will ein Kind von dir!«

TEIL IV

Bacigalupo

Im Herbst '93 war Wolles erste eigene Bar schon wieder Geschichte. Ein Brand, der während eines zweitägigen Spektakels mit DJs aus Chicago, London und Berlin in einer der improvisierten Toiletten ausgebrochen war, hatte die illegale Location auffliegen lassen. Die beiden Kids, die mit Rauchvergiftungen ins Krankenhaus Fröbelstraße kamen, erholten sich zwar schnell, aber Wolle entschied, dass die Zeit der *Eckbar* vorbei war.

An unüblichen Abenden hatte er dort die Leute um sich versammelt. Montags und mittwochs, manchmal auch sonntags. Wolles ausgeprägtes Talent, die richtigen Gäste mit den richtigen Barleuten im richtigen Raum zusammenzubringen, führte dazu, dass in der *Eckbar* legendäre Partys liefen, sich ein geheimbündlerisches Gefühl einstellte und er nun auf einem Haufen Schwarzgeld saß. Wolle warb seine Mitarbeiter in den seit ein paar Monaten fast wöchentlich aus dem Boden schießenden Technoclubs ab, die an seinen Tagen oft geschlossen hatten. Die Bartypen waren selbst Raver, die sich gern den Hunderter dazuverdienten und sogleich in Pillen und Speed reinvestierten.

Wolle war so etwas wie ein Pionier. Im Prenzlauer Berg war die Kneipenkultur gleich nach der Wende zu einer eigenen Blüte erwacht – neben dem *Westphal* die *Krähe* oder das *Blabla*, dieser verrückte Laden Sredzki, Ecke Knaack, in dem man bis in den späten Morgen abstürzen konnte und wo es fast jeden Abend eine Klopperei gab –, man musste aber schon etwas genauer hingucken, wenn man eine gute Party zum Tanzen finden wollte. Die *Eckbar* mit ihren sechs Meter hohen Eiskellern an der Schönhauser Allee, die unter fast einem ganzen Straßenblock verliefen und in den letzten fünfundvierzig Jahren scheinbar ungenutzt vor sich hingedämmert hatten, war sein Trumpf. Im Sommer musste man nicht schwitzen, und im Winter tanzte man im kompletten Straßenoutfit. Die Musik konnten sie so laut drehen, wie sie wollten. Es war perfekt. Doch dann brach das Feuer aus.

Wolle zog sich für ein paar Tage in seine Bude in der Choriner Straße zurück und überlegte, was er nun tun sollte. Er wollte raus aus der Stadt, das war klar, aber er war vollkommen aus der Übung. Während der drei Jahre, die er wieder in Berlin verbracht hatte, war er höchstens mal für ein paar Tage mit Freunden nach Italien gedüst. Kurze Trips in zu engen Autos auf viel zu heißen Autostradas. Sie mieteten sich kleine Häuser oder schliefen direkt am Strand, aßen und tranken gut und gingen baden. Dann fuhren sie wieder zurück in ihre Stadt, in der sie nichts verpassen wollten. Es waren drei Jahre wie in einem Kokon. Aufbruch, Exzess und unbegrenzte Möglichkeiten, das war es, was sie gelebt und gefühlt hatten. Doch jetzt musste Wolle raus aus Berlin. Er wollte dringend wieder den Duft der großen weiten Welt schnuppern und auftanken.

Manchmal kam es ihm so vor, als hätte er die drei letzten Jahre durchgeackert. Bei seinem ersten Job hatte er in einem italienischen Lokal in Charlottenburg gekellnert. Das *Operncafé* mied er aus diversen Gründen, hielt mit dieser guten Referenz allerdings nicht hinterm Berg, als er sich in den Westberliner Läden umsah. Nach einem halben Jahr wechselte er ins *Passetti*, einem etablierten Italiener zwischen Skalitzer und Köpenicker. Hier lernte Wolle den ganz eigenen Kosmos der Kreuzberger Linksintellektuellen kennen. Nächtelang trauerten die dem kunstfreundlichen DDR-Publikum hinterher, zogen über die jetzt so gierigen, undankbaren und primitiven Ostler her und diskutierten überhaupt die Weltrettung in Gänze, um sich dann wegen ein paar fremder Grappas oder Espressos auf der Rechnung in die Haare zu kriegen. So war das immer, und am Ende ließen sie sich il conto dezidiert auseinanderklamüsern. Giancarlo, der stille und früh gealterte Wirt, sah dem Treiben mit einem feinen Lächeln zu und spendierte, wenn die Redakteure, Künstler und Lebemänner ihre kleinlichen deutschen Streitereien zu Ende gebracht hatten, einen schönen Schnaps. Dann waren alle zufrieden. Wie kleine Kinder, die man mit einem Schokoeis ruhig stellte.

Bei *Passetti* lernte Wolle im Umgang mit den Gästen viel dazu. Egal, wer in dem von Exzentrikern stark frequentierten Laden gerade die größte Rede schwang – wenn der Wirt in der Nähe war, strahlte seine Aura auf alle ab und ließ sie weich werden. Er war der Patron, und dem unterwarfen sich alle Gäste, selbst die großspurigsten. Giancarlo mochte Wolle sehr, was auch daran abzulesen war, dass der neben einer bildhübschen blonden Halbitalienerin der einzige Deutsche in der Mannschaft war. Als ihm Wolle eröffnete, dass er mit Mitte zwanzig, seine erste eigene Bar aufmachen wollte, hatte ihm Passetti keine Steine in den Weg gelegt, ihm sogar Geld geborgt und einen guten Getränkehändler vermittelt, der bei der Abrechnung nicht ganz so genau hinschaute.

Als Wolle ihm nun sagte, dass es schon wieder vorbei sei, er ihm aber das Geld zurückgeben könne, antwortete Passetti in väterlichem Ton: »Es ist nie etwas wirklich vorbei. Es fängt etwas Neues an, aber das andere bleibt bei dir. Fahr mal in den Süden, wo die Menschen nicht so viel über das Scheitern nachdenken, sondern über das Leben.«

Ein paar Wochen nach dem Brand, zu Neujahr, landete Julia mit der Fähre auf Ko Phangan an. Sie hatte einen unangebracht großen Koffer dabei, weswegen Wolle auf dem kleinen Moped hinter dem Pick-up-Taxi herfuhr.

In der kleinen Familienanlage in der Haad Yao Bucht im Nordwesten der thailändischen Insel blieben sie fünfzig Tage und schliefen in einer Hütte, die täglich nur ein paar Stunden Elektrizität und Wasser hatte. Sie benahmen sich wie voneinander unabhängige Traveller, aber es gab auch keinen Grund, sie nicht für ein Paar zu halten. Sie experimentierten mit jeder Form von Drogen und fanden in einem von der zahnlosen Großmutter der Vermieter zubereiteten Mushroomshake ihre Erfüllung. Wolle nahm Julia mit zu einer Fullmoonparty am Strand von Haad Rin, bei der sie stundenlang im Wasser standen und sich in Trance tanzten. Es war wie die Loveparade, die in Berlin seit wenigen Jahren immer mehr Anhänger fand, nur eben in den Tropen. An einem der nächsten Tage, an denen sie die Nachwirkungen der Drogen mit Schlafen, Trinken und Dösen verarbeiteten, schaffte es Julia schließlich, Wolle ihren Körper zu zeigen und zu ihrer Nacktheit zu stehen. Hinter einer kleinen Klippe, unweit ihrer Hütte, hatten sie salzigen Sex und warteten nun darauf, von der hereinkommenden Flut vertrieben zu werden.

»Ich kann nicht hierbleiben, so gern ich würde«, sagte Julia. »Ich muss mein Studium zu Ende bringen. Ein Jahr noch.«

»Und dann?«, fragte Wolle und strich ihr eine Strähne aus der Stirn.

»Ich will irgendwann eine Familie. Aber ich will nie so leben wie meine Eltern. Ich will frei bleiben.«

»Ich auch«, erwiderte er.

Auf dem Rückflug dachte Wolle an seine Eltern. Schon seit mehreren Monaten hatte er keinen Kontakt mit ihnen. Das war keine Seltenheit. Sein Vater war so alt wie er jetzt gewesen, als sie ihn, das Wunschkind Sven-Olaf, bekommen hatten. Gemeinsam mit der vier Jahre alten

Tochter Kerstin hauste die Familie in einer fußkalten Hochparterrewohnung in Karlshorst, wartete auf ein Auto und versuchte jedes Jahr aufs Neue, einen Urlaubsplatz in einem nach Leberwurst, Muckefuck und Bohnerwachs riechenden FDGB-Heim im Thüringer Wald oder eine Bleibe an der Ostsee zu ergattern. Meist reichte es nur für den Harzrand oder die Mecklenburger Seenplatte. Erst viel später kamen die langen Touren auf den Balkan. Und was machte der kleine Sven-Olaf mit sechsundzwanzig? Er verabredete sich mit einer Millionärstochter aus New York zu einer jährlichen und unverbindlichen Hippievögelei im schönsten Tropenparadies unter Gottes Sonne. Wolles Leben hatte nichts mit dem seiner Eltern zu tun. Aber die hatten immer noch sich, um sich aneinander festzuhalten. Außerdem warteten sie sicher sehnlichst auf Enkelkinder. Ein Wunsch, den ihnen Kerstin, die mit ihrem Mann eine Pfarrei nördlich von Berlin übernommen hatte, sicher bald erfüllen würde.

Im Sommer nach dem Thailandurlaub heuerte Wolle zum zweiten Mal bei Passetti an. Er wollte etwas ändern, aber er wollte auch einmal das Richtige tun. Er bezog eine kleine Wohnung in der Wrangelstraße in Kreuzberg, die auf einen verwunschenen Hof blickte. Seine Nachbarn waren Türken, Araber und eine Raver-WG aus sozial gestörten Kommunikationsstudenten. Zu Fuß lief er an den kleinen Platz, an dem das Lokal lag. Er konnte sich auf Anhieb wieder in die Belegschaft integrieren und eroberte mit seinem charmanten Italienisch und den Travellergeschichten die Herzen der Gäste. Er war sich sicher, dass das *Passetti* sein Studium bedeutete, seine Meisterklasse. Neben der fachlichen Routine, die er sich aneignete, formte er seinen Status und verfeinerte sein Image als Clubpionier, Ostflüchtling, Chiantikenner und Vielgereister.

Sein Kontakt mit der alten Welt im Prenzlauer Berg riss nie gänzlich ab, da er es immer wieder schaffte, nachts im *Schwarzsauer* auf der Kastanienallee oder im *Blabla* vorbeizuschauen und dabei alte und neue Gesichter zu entdecken. Anne war oft hier mit ihren Leuten, auch Musiker und Theaterleute, die man um drei Ecken kannte. Und viele Kaputte und solche, die erst hier dazu wurden. Jetzt, wo er einer geregelten Arbeit nachging, fiel ihm umso stärker auf, wie viele Leute der Szene hier ihre Nächte versoffen und fast daran zugrunde gingen. Heimlich fühlte Wolle sich auf der anderen Seite des Lebens angekommen.

Im dritten Winter aber merkte er, dass der Charme der traditionellen Kieztrattoria langsam verblasste und der Osten mit seinen neuen Läden einen immer größeren Reiz ausübte. Zunächst hatten sie alle, Mitarbeiter und Stammgäste, ihr kleines Kreuzberger Biotop noch vehement gegen die Ausstrahlung, die der Prenzlauer Berg und Mitte wie eine Bugwelle vor sich herschoben, verteidigt. Was war schon eine ranzige Bar in einem Hinterhof an der Rosenthaler Straße gegen ihr geliebtes Refugium? Sollten sich doch die Kids im *Tresor* und im *E-Werk* wegballern und mit Techno beschallen lassen – solange es das *Passetti*, das SO 36, den *Würgeengel*, das *Roses* auf der O-Straße und den unverwüstlichen Kotti gab, wollte hier keiner weg.

Doch dann ging es recht schnell. Die ersten Stammgäste zogen im Herbst '96 weg, liefen zum *Brot und Rosen* am Friedrichshain über oder erlebten einen zweiten Frühling im *Delicious Doughnuts*, *WMF* und *Cookies*. Sie hinterließen eine Lücke, die Wolle zu schaffen machte. Wieder einmal hatte er das Gefühl, am falschen Ort zu sein. Obgleich ihn sein alternder Chef immer mehr in Führungsaufgaben einband, zog es ihn wieder dahin zurück, wo er aufgewachsen war. Als der ewige Berliner Winter im April '97 seinen Abschied ankündigte, kurz nachdem Wolle wieder einmal von einer wochenlangen Thailandreise zurückgekehrt war, machte Passetti ihm ein Angebot, das Wolle nicht ablehnen konnte.

Giancarlo Passetti lebte nun seit mehr als der Hälfte seines Lebens in dieser Stadt. Er hatte sich vom Gastarbeiter zum Szenegastronom emporgearbeitet. Er war immer noch mit Sylvia zusammen, mit der er keine Kinder hatte bekommen können. Vielleicht lief es deshalb so gut mit ihnen und mit dem Laden. Sylvia war die einzige Person, der Passetti vorbehaltlos vertraute. Sie verbrachten jedes Jahr zwei Wochen in seiner Heimat in den Marken. Ansonsten stützten sie sich gegenseitig in der aufreibenden Existenz, ein angesagtes Restaurant zu führen.

Bis jetzt hatte er sein Kind im Osten vor ihr verheimlicht. Nur Hardy, der Mechthild regelmäßig Geld gebracht hatte, wusste, dass es da etwas gab. Mitte '89 war der Kontakt mit ihr abgerissen. Im März nach dem Mauerfall hatte Passetti sich auf den Weg gemacht und war die wenigen hundert Meter, die zwischen seinem Lokal und dem Strausberger Platz lagen, hinübergelaufen. Er traf Mechthild nicht an und erhielt schließlich von einem Privatdetektiv die Information, dass sie im Sommer verstorben sei. Ihr gemeinsamer Sohn Angelo sei über Ungarn geflüchtet und seither nicht wieder aufgetaucht.

Passetti fragte sich, wie viel Angelo von seiner Vaterschaft und der finanziellen Unterstützung über all die Jahre gewusst hatte. In den folgenden Monaten schaute er anders zur Tür seines Ladens, lief aufmerksamer durchs Treppenhaus und trank weniger unbeschwert seinen morgendlichen Kaffee. Er wusste, dass ihn seine Vergangenheit irgendwann einholen würde. Doch er wartete und schwieg.

Nach über einem Jahr, als das mögliche Auftauchen Angelos zu einer ernsthaften psychischen Belastung geworden war und Sylvia ihn bat, etwas gegen seine gedrückte

Stimmung zu unternehmen, fuhr er morgens mit dem Zug nach Sachsen und besuchte Mechthilds unscheinbares und ungepflegtes Grab. Er verbrachte einige Zeit in dem kleinen Dorf, machte einen Spaziergang und spendete eine unverhältnismäßig große Summe für die Kirchengemeinde. Die Scheine passten kaum in den Schlitz der kleinen Box. Als er auf dem Rückweg wieder durch Dresden fuhr, glaubte er, seinen Kopf endgültig von der heimlichen Vaterschaft befreit zu haben und blickte gelöst in die Zukunft.

Er schaffte es, den Laden noch besser zu machen, mietete nebenan einen Kiosk dazu, in dem er tagsüber Espresso, Cappuccino und Gebäck anbot, und sein Erfolg übertraf all seine Erwartungen. Doch auch dieser Zauber ließ nach, und irgendwann, als Wolle, den er immer als eine Art Ersatzsohn gesehen hatte, wieder zurückgekehrt war, überließ er ihm die Nachmittage und mischte sich nur noch unters Volk, wenn abends die langjährigen Stammgäste kamen. Ihnen spielte er den lässigen Gastgeber vor, genau so, wie sie es haben wollten. Er beobachtete Wolle und war sich sicher, dass der es weit bringen würde. In der Spiegelung von Wolles Jugend, Ausstrahlung und Energie verstand er, dass er hier langsam alt geworden war.

Sein Vater war mit fünfundfünfzig gestorben. Passetti würde dieses Alter in naher Zukunft erreichen. Aber er wollte sich nicht damit abfinden, dass er über den Zenit seines beruflichen Lebens bereits hinaus war. Mit einem seiner Gäste, einem Bühnenbildner, der aus der DDR ausgereist war und nun in ganz Europa an großen Häusern arbeitete, steigerte er sich in mehreren Nächten in den Gedanken hinein, im Prenzlauer Berg noch mal so etwas wie eine Legende zu kreieren. Dort war, bis auf wenige Ausnahmen, immer noch kulinarisches Brachland. Doch nie im Leben würde er gänzlich umsatteln und sich woanders ansiedeln können. Das *Passetti* war sein Leben, seine Liebe und sein Auskommen. Das Geld, das er auf herrlich unkomplizierte Weise mit dem Caffè verdient hatte, wollte er Wolle geben. Und jetzt, da der auf die dreißig zuging und ausreichend Erfahrungen mit Bars, einem eigenen Club und der Führung eines etablierten Lokals gemacht hatte, schlug Passetti ihm vor, ein Ristorante am Kollwitzplatz aufzumachen und es richtig krachen zu lassen.

»Eure Boheme fährt inzwischen Mercedes«, verkündete er Wolle nach einer durchzechten Nacht. »Ich sehe das doch, wenn sie hierher kommt. Neulich habe ich an einem einzigen Tisch mit lauter Ostlern, weißt du, diesem Direttore vom Theater, zwei hübschen Frauen und noch zwei anderen Typen, da habe ich eine funkelnde *Breitling* gesehen, vier *Ericsson* Mobiles, eine *Prada*-Tasche und sowieso ständig gepuderte Näschen dazu. Die wollen ihren Erfolg nicht mehr verstecken. Zumindest nicht abends, wenn es um Damen, Amore und diese ganze Situatione geht. Stell dir vor, für die machen wir einen Laden, für die und die ganze Camarilla, die ihr folgt. Für deine alten Freunde natürlich auch. Aber sie müssten schon um die vierzig Mark pro Person am Tisch lassen. Wolle, ich spüre, wenn wir die Ersten sind, dann könnte das klappen.«

Wolle wusste ganz genau, wovon Passetti sprach, und schlug nach kurzem Überlegen ein.

Den ganzen Frühling hindurch konzentrierte er sich auf den Ausbau des Ladens. In den seit Jahren leerstehenden Räumen, die früher als Treffpunkt der Volkssolidarität gedient hatten, ließ er das unter Linoleum versteckte Parkett freilegen und abziehen. Wenn man in den Laden kam, ging es links und rechts ziemlich tief hinein, und gleich am Eingang, da, wo man die neuen Gäste am besten sehen und verteilen konnte, stellte er einen großen Tresen hin, hinter dem er walten würde. Das war es, das ihn antrieb, ihm Kraft und Leidenschaft verlieh. Genau das wollte er sein: der Patron vom Kollwitzplatz. Er ließ sich wieder häufiger in den Kiez-Stammläden blicken und hielt mit seinen Plänen nicht hinterm Berg, denn er ging davon aus, dass sein neuer Laden der ganzen Gegend einen kräftigen gastronomischen Schub geben würde.

In diesen Frühling, der ihm wie ein einziger großer Aufbruch vorkam, fiel auch Julias Umzug nach Berlin. Sie hatte sich nach Jahren des Zauderns dazu entschieden. Nicht nur wegen Wolle. Sie bezog ein riesiges Dachgeschoss, das ein Generalunternehmer für ihren Vater ausbaute. Obwohl dieser das komplette Eckhaus aus konspirativen Gründen und in einer komplizierten Konstruktion erworben hatte, sprach sich der Ausbau schnell herum. So wohnte Wolles Geliebte zwar unerkannt, aber doch als eine der Ersten in einer Eigentumswohnung im Prenzlauer Berg. An der Klingel stand unscheinbar »Dr. P.« und im Fahrstuhl, der allein zu ihrer Wohnung führte, schlicht »Dach«.

Mitten im Ausbau des Ladens traf Wolle bei einem Frühstück im *Anita Wronski* zufällig auf Pascal. Der lud ihn auf seine Hochzeit ein, die genau am Eröffnungstermin des neuen Ladens Ende Juli stattfinden sollte.

»Echt schade, alter Kumpel«, sagte Wolle ehrlichen Herzens. »Schade, dass ich nicht zu euch kommen kann. In Hoppenrade war ich mal auf 'nem Rave. Ist ein klasse Ort.«

»Das kann ich mir vorstellen«, antwortete Pascal, der einen kleinen Bauch bekommen hatte und die Zufriedenheit eines erfolgreichen jungen Menschen ausstrahlte.

»Wie sieht's aus bei dir? Warum sieht man dich so selten?«, fragte Wolle.

»Keine Ahnung«, entgegnete Pascal, der sein Portemonnaie und seinen Autoschlüssel auf den Tisch gelegt hatte und aus einer Schale einen Schluck Milchkaffee trank. »Mirze und ich, wir sind beide nicht so wirklich die Techno- und House-Typen. Party ja, vielleicht mal ins *Boogaloo* oder ins *Doughnuts,* aber eben nicht ganz so exzessiv wie bei dir und in deinen Läden. Ich habe davor fast ein bisschen Angst, ehrlich gesagt. Nach allem, was man so hört.«

»Also, erst mal mach ich seit Jahren schon wieder was anderes. Ich bin wieder im *Passetti* in Kreuzberg. Mann, sag mir nicht, dass ihr da tatsächlich noch kein einziges Mal gewesen seid?«

»Nein, aber ich habe viel darüber gehört.«

Wolle beobachtete, wie zufrieden Pascal an seiner Zigarette zog und sich mit der anderen Hand seine spärliche Brustbehaarung über einem aufgesprungenen Knopf seines Hemdes kraulte.

»Wie läuft's denn so? Was macht ihr?«, fragte er und tippte insgeheim auf Finanzen oder Kulturmanagement.

»Ich mache Werbung«, antwortete Pascal.

Wolle bemerkte erst jetzt, weshalb ihm die Begegnung bisher so künstlich vorgekommen war: Pascal hatte seine Aussprache durchweg vom Berlinerischen befreit, er sprach gestochenes Hochdeutsch. Durch diverse spöttische Bemerkungen von Julia wusste Wolle, dass ihm seine eigene Berliner Herkunft noch immer deutlich anzuhören war.

»Wie, Werbung?«, hakte er nach. »Denkst du dir das alles aus, was in den Werbepausen so läuft? Wie kommt man denn dazu?«

»Im Groben stimmt das schon. Zuerst habe ich an der HdK studiert, dann diverse Praktika in PR-Agenturen absolviert. Um etwas dazuzuverdienen, hab ich diese gut bezahlten Promotionjobs gemacht: Rumstehen, durch Kneipen ziehen, Sachen verteilen. Ist super bezahlt, aber auch echt hart. Das Schlimmste war mal, als ich an der Gedächtniskirche im Osterhasenkostüm kleine Kaffeepröbchen für *Jacobs Krönung* verteilt habe. Das stählt, sag ich dir.«

»Für was stählt das denn?«, fragte Wolle.

»Die meisten Leute mögen keine Werbung.«

»Logisch«, sagte Wolle. »Ich kenne genug Leute, die dachten, sie hätten ein Haus gewonnen, als sie diesen Brief aufgemacht haben, der damals an die ganze Stadt verschickt wurde. Mein Onkel hat sogar eine richtige Party veranstaltet, bis ihm einer gesagt hat, dass das bloß ein Werbegag ist.«

»Schau mal«, sagte Pascal und holte aus seiner Hemdtasche ein riesiges Mobiltelefon hervor. »So was fällt dann zum Glück auch mal bei der Arbeit ab.«

»Ich weiß nicht«, entgegnete Wolle. »Ja, vielleicht werden sich die Dinger durchsetzen, aber ich glaube, das ist ein großer Scheiß. Stell dir mal vor, irgendwann laufen alle Leute damit rum und lassen es am Tisch und in der Bahn oder am besten noch mitten in einer Unterhaltung klingeln und nehmen sich dabei wahnsinnig wichtig. Mir ist das unsympathisch, ehrlich gesagt. Bei uns im Laden in Kreuzberg würde sich keiner trauen, mit so 'nem Teil rumzufuchteln.«

»Ich fuchtel ja gar nicht herum, wie du siehst. Aber es ist schon praktisch«, antwortete Pascal. »Ich kann zum Beispiel Mirze anrufen, wenn ich bei *Kaiser's* bin, und fragen, ob wir noch Butter haben. Oder Waschmittel.«

»Glückwunsch«, blaffte Wolle mit sarkastischem Unterton. »Solange du am Handy nicht um ihre Hand angehalten hast, ist ja alles in Ordnung.«

Pascal lachte, steckte sich das Telefon wieder in die Brusttasche und trank von seinem frisch gepressten Orangensaft.

»Hast du was von Angelo gehört?«, fragte Wolle unvermittelt.

Pascal verschluckte sich und hatte minutenlang mit einem hartnäckigen Stück Fruchtfleisch zu kämpfen, das in seine Luftröhre gelangt war.

»Was ist denn los?« Wolle reichte ihm sein Wasser. »Haste immer noch ein schlechtes Gewissen?«

»Weswegen denn?«, entgegnete Pascal mit hochrotem Gesicht und hustete immer noch in seine Armbeuge.

»Na, wegen Kati. Wenn ich das alles richtig verstanden habe, dann ist doch Angelo durchgebrannt, weil du mit seiner Alten was hattest, richtig?«

»Das – stimmt – so – nicht!«

»Erzähl mir keinen Scheiß«, sagte Wolle. »Diese ganze Nummer damals kam mir ziemlich spanisch vor.«

»Nun mach mal halblang«, röchelte Pascal, der sich langsam wieder beruhigte. »Das beruhte damals auf Gegenseitigkeit. Wir waren beide schlechte Freunde, was das betrifft. Das weißt du hoffentlich auch?«

»Ja, aber das ist natürlich untergegangen, weil er für immer abgehauen ist. Verstehste auch, oder?«

»Jaja. Aber unfair ist es trotzdem. Ich hatte was Klitzekleines mit Kati, und er hatte etwas mit Jana. Erinnerst du dich noch an sie? Meine Ex?«

»Wie könnte ich die je vergessen? Das linientreue Genie. Wenn ich ehrlich bin, ist sie mir immer tierisch auf den Keks gegangen.«

In diesem Moment klingelte schrill Pascals Handy. Er stand abrupt auf, um sich direkt am Bordstein, für jeden sicht- und hörbar, mit jemandem zu unterhalten. »Ich muss in die Agentur. Da brennt's«, erklärte er, als er zurückkam. »Also, der neue Laden an der Ecke, was du erzählt hast – das wäre genau unser Ding. Gibt ja hier immer noch kaum was Hochwertiges.«

»Mach dir da mal keine Sorgen«, sagte Wolle. »Ich mach das mit Passetti.«

»Klingt super. Der bringt natürlich auch noch mal einen guten Teil Kundschaft mit. Beziehungsweise die meisten ziehen ja sowieso gerade hierher.«

»Genau. Und wir werden das Wohnzimmer. Ich brauche dich nur anzugucken, und weiß, dass ich es genau für Leute wie dich mache. Ach so, wenn dir ein Name einfällt, möglichst italienisch und unbekannt, aber wohlklingend, dann sag's mir.«

»Bacigalupo«, antwortete Pascal wie aus der Pistole geschossen. »Das war eine Familie von italienischen Drehorgelbauern, die über hundert Jahre und bis Ende der Siebziger im Prenzlauer Berg produziert hat. In die Werkstatt haben wir in der Zehnten mal einen Ausflug gemacht. Ich glaube, einer der letzten Bacigalupos hat uns so ein Ding auch gezeigt. Hier«, er imitierte die kreisrunde Handbewegung, »Zille, Nante, der Eckensteher, ›Icke, dette, kieke mal‹, Drehorgel eben.«

»Ehrlich gesagt, perfekt!«, sagte Wolle. »Ich schlag es Passetti vor, und wenn wir es nehmen, dann essen du und Mirze das erste halbe Jahr umsonst. Deal?«

»Deal«, antwortete Pascal und schlug ein.

Die Platanen, die der Kollwitzstraße ihr weiches Antlitz verliehen, fingen Mitte August an, ihre Haut zu verlieren. Große Stücke trockener Rinde raschelten im nächtlichen Sommerwind auf dem Bürgersteig vor dem *Bacigalupo*. Es war ein paar Tage nach der Eröffnung, als Wolle morgens gegen halb fünf den Laden abschloss und ihm bei der letzten Zigarette, die er seit der ersten Nacht immer auf den Eingangsstufen rauchte, Tränen in die Augen traten, so überwältigt war er. Was für ein Glück, und was für ein Traum war in Erfüllung gegangen! Der Laden funktionierte, Julia war in der Stadt, er führte sein eigenes Restaurant. Er fühlte sich leicht, stark und unbezwingbar.

Tagsüber war es heiß, und in den länger werdenden Nächten kühlte es nur langsam ab. Der Außenbereich des Restaurants war jeden Abend bis weit nach Mitternacht voll besetzt. Später zogen die meisten Gäste nach drinnen und ließen die ersten Wochen zu einem rauschenden Fest werden. Das *Bacigalupo* war ein absoluter Volltreffer. Passetti hatte den richtigen Riecher bewiesen, und Wolle war genau der richtige Mann, dem Laden ein Konzept, Glaubwürdigkeit und Aura zu verleihen.

Die Speisekarte war übersichtlich und stringent. Der Chefkoch machte keine großen Experimente, aber er hatte einige kleine Lieblingsgerichte kreiert: Entenleber auf Rucola, ein Filetto mit Bohnen und einer Beerensauce, Pappardelle mit Pilzen oder Ragout. Ein paar Variationen davon und bezahlbare, gute Weine – mehr brauchte es nicht. Schließlich ging es im *Bacigalupo* gar nicht vordergründig ums Essen. Es war sein Wohnzimmercharakter, der die ersten Kunden schnell zu Stammgästen werden ließ, die Ausschweifungen an den Tischen und in den Toiletten, die sich herumsprachen, und die hübschen Mädchen, die sich mit ihrer anbetungswürdigen Mittzwanzigjährigkeit an den Tischen der männlichen Alphatiere niederließen. Zudem die Tatsache, dass sich die neuen, lässigen Autos so herrlich subversiv direkt vor dem Laden parken ließen.

Wolle beobachtete oft, wie die junge, vom ersten selbst verdienten Geld berauschte Avantgarde aus ihren Limousinen oder Sportwagen stieg und die paar Schritte zum Laden oder zu einem schon mit Freunden besetzten Tisch mit der Erwartungshaltung absolvierte, dass dies wieder einer jener Abende werden würde, bei denen man einfach dabeisein musste. Es waren Leute, die sich am Theater, beim Film, in der Mode oder mit eigenen Geschäften einen Kontostand erarbeitet hatten, der nicht mehr im Minus hing – auch wenn es sich manchmal nur um ein Übergangsplus handelte –, und die das Fröhlich-Federnde ausstrahlten, das dieser Zustand mit sich bringt. Im Herbst, als die Mädchen ihre schönen Beine wieder unter Stoff versteckten, als sich der Laden nur mit seinen Räumen darbot, seiner Einrichtung, Akustik und Atmosphäre, wurde alles immer nur noch besser.

Recht schnell fand sich Wolle damit ab, dass viele der Kellner und Küchenhilfen koksten, und bevor es in seinem Laden einen unkontrollierbaren Handel gab, übernahm er für seine Gäste den Part des Verteilers selbst. Erst umsonst, später gegen Trinkgeld. Wenn die Rechnung kam und die Gäste ihm fünfzig bis einhundert Mark Trinkgeld gaben, wusste er, was zu tun war. Es war relativ einfach. Er hatte sich extra Briefchen anfertigen lassen, die er während eines festen Handschlags überreichte. Er achtete allerdings penibel darauf, es nur mit Leuten durchzuziehen, denen er vertraute.

Sicherlich führte auch dieses kleine geheime Detail mit dazu, dass das *Bacigalupo* ein halbes Jahr nach Eröffnung in allen Gastroführern als Hotspot in Berlin galt. Selbst in der *New York Times* wurde es erwähnt. Es war der pure Wahnsinn.

Sie überlebten Weihnachten und Silvester problemlos. Wolle musste zwei Hilfsköche und einen Kellner austauschen, vier, fünf Gäste hatten aus diversen Gründen Hausverbot, und Wolle kämpfte immer noch mit dem Entschluss, die »Nachtigall« vom *Baci* fernzuhalten. Die »Nachtigall vom Prenzlauer Berg« war ein ehemaliger Opernsänger oder Operettendarsteller, der allabendlich im schmuddeligen Anzug, mit polierten Lackschuhen und einer schlecht sitzenden Perücke in den Laden kam, an die größeren Tische herantrat und gegen Geld etwas Musikalisches vortragen wollte. Anfangs liebten alle dieses bizarre Theater, denn die Nachtigall sang schöne Lieder und unterstützte dies mit großen Gesten. Wolle drehte dann die Konservenmusik leiser oder ganz aus, und sämtliche Gäste ließen sich auf die paar Minuten Liveauftritt ein. »Dein ist mein ganzes Herz«, »Nessun Dorma«, »Otschi Tschornoje« oder »Ach, wie ist's möglich dann« waren die Hits aus dem breit gefächerten Repertoire. Anfangs war die Gesangseinlage wirklich unterhaltsam, doch irgendwann verpuffte der Reiz dieser Freakshow. Trotzdem brachte es Wolle nicht übers Herz, die Nachtigall rauszuschmeißen, und vereinbarte mit dem Sänger, dass er kurz vor Ladenschluss ein kleines Ständchen zum Besten geben durfte. Wolle gab fünf Mark, und gut war's.

An einem spätwinterlichen Abend saß die Nachtigall gegen ein Uhr am Tresen und wartete auf den Auftritt. Der Laden war immer noch proppevoll. Auf der einen Seite gab es den Zehnertisch mit einer Band, Tourleuten und mindestens zwei Escorts dazu. Sie waren laut und ein wenig ungehobelt, doch Wolle ließ sie gewähren. Selbst als ein Paar vom Nebentisch aufstand, um viel zu früh zu zahlen, unternahm er nichts. Er wusste, dass es ihm mehr brachte, wenn diese Typen einen guten Abend hatten und sie und ihr Gefolge die Nacht in Berlin mit dem *Baci* in Verbindung bringen würden. Da musste ein eingeschnapptes Pärchen mit nicht perfekt verlaufenem Jubiläumsabend als Kollateralschaden angesehen werden. Am anderen Ende des Ladens hatte sich ebenfalls eine große Clique versammelt: Schauspieler, Regisseure, Dramaturginnen mit weichen Oberarmen und Hospitantinnen mit kleinen spitzen Mündern. Passetti war an diesem Abend aus dem Westen rübergekommen und saß bei ihnen.

Wolle hatte sich kurz nach dem Eintreffen der Nachtigall zu Pascal und Mirze an den Tisch gesetzt, die Freunde oder Kollegen mitgebracht hatten. Es war eine gute Runde. Sie nahmen drei Gänge zu sich und tranken viel Wein, später stieß Julia dazu. Und dann kam Hardy, ein etwa fünfzigjähriger Bekannter von Passetti, der um die Ecke gerade eine Reparaturwerkstatt für Saiteninstrumente aufgemacht hatte und hinten in seinem Laden wohnte.

»Wenn es das *Baci* nicht gäbe, würde ich hier eingehen«, sagte er und hängte seinen verschneiten Mantel an die Garderobe.

»Geh doch wieder nach Westberlin«, antwortete Wolle schnippisch und goss ihm ein Glas ein.

»Scheiße«, erwiderte Hardy und ließ sich auf seinen Platz plumpsen. »Das läuft überhaupt nicht so, wie ich mir das vorgestellt hatte. Ich dachte, hier im Osten rennen überall Musiker rum, die natürlich auch mal was repariert kriegen müssen. Aber entweder habt ihr ausschließlich Trompeter und Klarinettisten am Start, oder das mit dem Prenzlauer Berg und seinen Künstlerbewohnern ist ein Riesenunfug. Mann, Mann, Mann«, schnaufte er und nahm einen viel zu großen Schluck vom Roten.

»Woher sollen denn deiner Meinung nach die ganzen Gitarristen kommen, Hardy?«, fragte Wolle. »Wir hatten früher in der Zone doch noch nicht mal Strom und Wasser, geschweige denn Gitarren.« Der Tisch bebte vor Lachen.

»Wir hatten doch nüscht«, prustete es noch einmal aus Pascal heraus, und der Spaß nahm kein Ende.

»Ich verstehe nur Bahnhof«, schaltete sich Julia ein. »Können wir über irgendwas Aktuelles reden?«

»Wer bist denn du eigentlich, Prinzessin?«, flirtete der alte Haudegen Julia unverhohlen an.

»Julia. Hi. Ich bin 'ne Freundin von Wolle.«

»'ne Freundin? So, wie er dich begrüßt hat, bist du eindeutig die Olle von Wolle, wenn ich das mal so Gesamtberlinerisch formulieren darf.«

»Nein«, sagte Julia, »bin ich nicht. Wir haben das erst lange nicht hingekriegt, und jetzt bin ich einfach eine Freundin. That's it.« Sie schaute Wolle mit einem vielsagenden Blick an, und der machte eine entschuldigende Handbewegung.

»Auf die Freundschaft!«, prostete Pascal in die Runde. »Das ist das Wichtigste: Freundschaft.«

»Und was ist mit Liebe?«, fragte einer von Pascals Freunden. »Immerhin sitzt hier ein frisch vermähltes Paar.«

Julia strich sich eine Haarsträhne hinters Ohr. Wolle fiel auf, dass Mirze, Pascals durchaus ansehnliche, aber etwas forsche Frau, mächtig rot geworden war.

»Ja, Mirze, was ist mit der Liebe?«, fragte er. »Erzählt doch mal, wie es so ist. Jetzt, nach einem halben Jahr Ehe.«

Sie zierte sich etwas. »Wir haben von der Hochzeit noch einen Gutschein übrig. Zwei Tage im *Atlantic Hotel* in

Hamburg. Müssen wir noch einlösen, Pascal!« Sie schaute ihn seltsam unbeteiligt an.

»Das ist doch Mist«, dröhnte Hardy nun wieder. »Gutscheine und Ehe: beides Mist, meiner Meinung nach. Weil beides niemals eingelöst wird. Gutscheine verfallen und Eheversprechen ebenso. Ich hab es noch nie anders erlebt.« Er gefiel sich in seiner rebellischen Pose und drehte sich eine Zigarette. »Monogamie ist doch nur vorgeheuchelt und kann niemals funktionieren.«

Da stand Mirze geräuschvoll auf. »Muss los.«

»Hey, jetzt halt mal ein bisschen was aus, Mädchen!«, sagte Hardy. »Ich sag doch nur, was mir im Kopf rumgeht.«

»Komm, Mirze, mach keinen Quatsch«, stimmte Wolle ein. »Ich lass uns noch einen Espresso machen, und wir kommen alle runter und reden über was anderes, okay?«

»Ganz ehrlich: nein danke, Wolle! Ich hab absolut keine Lust darauf, mir hier von Mister Dire Straits für Arme die Welt erklären zu lassen.« Sie schnappte ihre Jacke vom Haken und verschwand hinter dem plüschroten Vorhang am Eingang. Nach und nach gingen auch die anderen Gäste des Tisches. Nur Pascal, Julia und Hardy blieben bei Wolle sitzen.

»Hardy, du bist echt eine alte Nölbacke«, griff er das Thema noch einmal auf, als sie viel später an den Theatertisch umgezogen waren. »Kommst hier rein und lässt deinen Frust ab. So geht das nicht.«

Doch Hardy war längst dabei, den angetrunkenen Theaterfrauen das mit der Unnatürlichkeit der Monogamie noch einmal genauer auseinanderzusetzen.

Wolle nahm sich Passetti kurz beiseite. »Was, bitte, soll ich mit dem machen?«

»Du bist der Boss, Wolle. Du allein bestimmst, wer sich hier das Maul zerreißen darf und wer nicht.«

»Aber es ist dein alter Freund. Was verbindet euch eigentlich?«

»Das ist eine sehr, sehr lange Geschichte.«

»Erzählst du sie mir irgendwann?«

»Vielleicht. Aber eigentlich auch nicht. Der Mensch muss auch Geheimnisse haben.«

Passetti sah ihn kurz an, und Wolle bemerkte die Tränen, die seine dunklen, weisen Augen für einen kurzen Moment füllten. Inzwischen sang die Nachtigall mit ihrem kurzatmigen Tremolo: »Dein ist mein ganzes Herz, / Wo du nicht bist, kann ich nicht sein …«

Als sie wieder Platz genommen hatten, setzte sich Julia auf Wolles Schoß und kraulte seinen Hals. Andere Mädchen lehnten ihre Köpfe gegen die Schultern der Typen neben ihnen. Das Klappern der Aschenbecher und das Ratschen der Stühle und Absätze verstummte. Selbst die Lautesten und Betrunkensten hielten inne, und die für gewöhnlich laut tratschenden Druffis aus der Küche, die schon seit geraumer Zeit auf dem Abflug ins *E-Werk* waren und nur noch auf Wolles Auszahlung warteten, standen am Tresen und ließen sich von der Stimmung mitreißen. Unterstützt von einem inbrünstigen Griff ans eigene Herz, intonierte die Nachtigall die letzten Zeilen aus der Léhar-Operette: »Sag mir noch einmal, mein einzig Lieb, / Sag mir noch einmal: / Ich hab dich lieb!«

Im Herbst '98, nach anderthalb Jahren wie im Rausch, brauchte er dringend eine Pause. Julia, die in Berlin eine Galerie aufgemacht hatte, konnte ihn überreden, sie in das Haus ihres Onkels nach Ca's Concos auf Mallorca zu begleiten.

Die zweistöckige Finca, die abseits des stillen Dorfes im Südosten der Insel lag und fast das gesamte Jahr ungenutzt blieb, war an einen Hügel gebaut, mit Blick auf die Kirchtürme von Santanyí und das dahinter blauschimmernde Meer. Der Pool hatte sich in den Sommermonaten aufgeheizt, sodass Wolle und Julia viel Zeit auf den bequemen Liegen unter den Sonnenschirmen verbrachten. Oder sie lagen auf den warmen Marmorsteinen rund ums Haus, aßen an dem imposanten hölzernen Esstisch auf der Veranda und lasen in dem großen Gästezimmer, das sie sich ausgesucht hatten. Ihr einziger Kontakt zur Außenwelt war ein kleines Lokal im Dörfchen, in dem sie ab und an essen gingen. Dazu die Besuche des sympathisch schludrigen Mercado und der winzigen Bäckerei, die salzloses Weißbrot in drei Variationen anbot.

Julia hatte kurz vor diesem Urlaub eine halsbrecherische Amour fou mit ihrem Galeristenpartner abgebrochen, nachdem der zu seiner Frau und dem kleinen Sohn zurückgegangen war. Diese schmerzliche Erfahrung war der Hauptgrund für sie, sich eine kurze Auszeit zu nehmen.

Eines Nachts saßen Wolle und sie am Kamin, hörten Klaviermusik und schauten auf die Lichter der Villa, die gegenüber am Hang lag. Im Dorf gab es Gerüchte, dass dort ein englischer Mafioso hause, Sexfilmchen gedreht würden und andere krumme Dinge liefen. Plötzlich, an einer besonders leisen Stelle des Klavierkonzerts, hörten sie ein Rascheln aus dem Kamin. Erst machte sich Wolle über Julias Ängste lustig, doch dann entdeckte er beim genaueren Hinsehen, dass in der Esse zwei junge Eulen saßen. Er schlug vor, am nächsten Morgen den Naturschutz anzurufen oder zumindest den Förster zu holen. Doch Julia ließ Wolle keine Ruhe, und weit nach Mitternacht holte er einen verendeten Vogel heraus und befreite das völlig erschöpfte zweite Tier.

Als Julia und Wolle dem Tier, das überlebt hatte, etwas übrig gebliebenes Kaninchenfleisch in den winzigen Schnabel steckten, es mit einem Küchenhandtuch wärmten und ihm kleine Portionen Wasser mit einer im Haus entdeckten Kinderhustensaftspritze einflößten, wurde

Julia ganz mild und zärtlich. Als Wolle der erschöpften Eule in einer Obstkiste ein Nest gebaut und sie in der Astgabel des großen Zitronenbaums untergebracht hatte, schoben sie sich zwei Poolliegen dicht nebeneinander und redeten noch lange.

»Mein Gott, ist das fürchterlich«, schluchzte Julia und nippte an ihrem Rotweinglas, während Wolle an seiner Tüte zog. »Stell dir die Mutter vor, wie sie tagelang nach den Kleinen gesucht hat. Meinst du, sie hatte Gefühle dabei? Haben Eulen Gefühle?«

»Was weiß ich? Ich denke eher nicht. Die fressen ja auch andere Vögel und kleine, süße Mäuse. Und vielleicht hätten Eulen sogar das Kaninchen verputzt, das wir vorhin gekocht haben. Wie sollen sie da Gefühle haben?«

»Aber bei ihren eigenen Kindern? Da muss doch so etwas sein wie Mutterliebe und Schmerz, wenn denen was zugestoßen ist.«

»Ja, vielleicht. Bestimmt.« Wolle hatte keine Meinung zu diesem Thema. Ihm war natürlich bewusst, dass Julias biologische Uhr langsam anfing zu ticken.

»Stell dir nur vor, wie es uns ergehen würde, wenn unsere beiden Kinder sich in einem Abflussrohr oder in einem Schacht eingeklemmt hätten!«, sagte sie.

»Oder in einem Kamin«, antwortete Wolle und schämte sich gleich dafür. Julia begann wieder zu schluchzen. »Ach, komm, Julia, ich weiß, dass das eben anrührend war. Aber sieh es mal so: Eines, das wahrscheinlich stärkere, hat überlebt. Auch ein Ding der Natur. So ist das nun mal. Bei den Menschen hat früher auch nur eins von fünf Kindern die ersten Jahre überstanden. Und nun schau uns an, wo wir gelandet sind: an einem blauschimmernden Pool auf 'ner Insel im Mittelmeer, die wir per Flugzeug erreicht haben.«

»Wolle, kannst du denn der ganzen Sache nichts abgewinnen? Ist es wirklich so schwer? Ist es nicht das, worum es am Ende doch geht? Dass man Familie hat und Kinder? Um die man sich kümmert und um die man sich sorgt?«

»Oder eben auch nicht«, quetschte Wolle leicht ironisch heraus, und in diesem Moment schlugen über ihnen die Flügel eines größeren Vogels, der Richtung Feld in die Nacht flog. Gebannt schauten sie dem Tier hinterher und hörten sein Schreien.

»Das war sie bestimmt, die Mutter«, sagte Julia, ganz verzaubert. »Und jetzt findet sie das eine, das wir gerettet haben.«

»Ich bin mir sicher, sie freut sich. Ganz sicher.« Sie zogen an dem Joint, und Wolle begann, an Julias Bauch herumzuspielen. Erst zärtlich ihren Bauchnabel massierend, dann fordernder. »Komm, lass uns das Glück der Eulenmutter feiern. Am besten gleich hier«, flüsterte er, und Julia ließ sich auf das Spiel ein. Seine Finger rutschten unter ihr gelbes Bikinihöschen.

Julia schloss die Augen und klickte den Verschluss ihres Oberteils auf, bevor sie die Träger über die Schultern zog. »Du bist so ein sarkastisches Miststück«, raunte sie. »So ein verdammt gefühlloses Miststück.«

––––––––––

Es hatte Streit gegeben während seines Urlaubs. Der Koch hatte offenbar ein Verhältnis mit einer Kellnerin angefangen. Außerdem musste es unter dem Rest der Mannschaft um Drogenschulden, Verantwortlichkeiten bei den Einkäufen und Fußballzwistigkeiten gegangen sein. So rekonstruierte es Wolle nach seiner Rückkehr und versuchte, den verlotterten Laden wieder in den Griff zu bekommen. Zu allem Unglück war während dieser Zeit Passettis Mutter gestorben, woraufhin auch der über eine Woche nicht in Berlin gewesen war.

Wolle bemühte sich nach Kräften. Doch das *Baci* wurde in den kommenden Monaten zunehmend leerer. Seine

Zeit war offenbar abgelaufen. Die Gäste, darunter viele neue, die Wolle eigentlich gar nicht haben wollte, beschwerten sich über die langweilige Karte und die nachlassende Qualität der Gerichte. Wolle entließ den Koch und holte mit Passettis Zustimmung einen neuen aus Kreuzberg. Die Kellnerin und Geliebte des gefeuerten Kochs, bis dahin eine Zierde des Ladens, trat daraufhin immer schlecht gelaunter auf und suchte ständig Streit; auch sie entließ er. Doch das machte alles nur noch schlimmer. Um weitere Verluste zu vermeiden, machten sie das *Bacigalupo* im Frühjahr '99 endgültig zu. Passetti ging vergleichsweise milde mit der Niederlage um. In der letzten Abrechnung zeigte sich, dass sie mit einem kleinen Plus aus der Sache rauskamen. Der erhoffte zweite Frühling war es für Passetti allerdings nicht geworden.

»Sagen wir: Es war wie eine schöne Woche im Frühling«, erklärte er Wolle, als sie im alten Kreuzberger Laden noch einmal darüber sprachen. »Wie eine Verliebtheit, die zu schnell verfliegt. Wie der schönste Urlaub, der zu schnell zu Ende ist. Aber du hast das sehr gut gemacht, Wolle, einen tollen Laden geführt. Du hast auf jeden Fall das Zeug für viel mehr.«

»Für mich funktioniert dein Verliebtheitsbild leider nicht«, erwiderte Wolle. »Ich hab da anscheinend ein ernsthaftes Problem. Ich krieg das im Leben einfach nicht so richtig hin, Boss.« Für Wolle war Passetti noch immer der Chef, eine Marotte, die sie beide beibehalten hatten, obwohl sie längst Geschäftspartner waren.

»Mein Junge, ich kenne dich jetzt lange genug. Du rennst vor dir selber weg. Oder du weißt noch nicht, wer oder was du eigentlich bist. Erst wenn du das rausgefunden hast, wirst du jemand anderen richtig lieben können.« Passetti goss ihnen Grappa nach.

Wolle merkte, wie ihm der Alkohol langsam die Sinne vernebelte. Später würde er noch etwas rauchen und sich in irgendeiner Kneipe den Rest geben. Das, was Passetti sagte, verstörte ihn.

»Wer bin ich denn?«, fragte er wie ein trauriges Kind.

»Keine Ahnung. Wirklich nicht. Aber das ist ja das Geheimnis. Du kannst es nur selber herausfinden«, antwortete Passetti.

»Glaubst du im Ernst, dass von den dreißig Hanseln, die jetzt hier noch rumsitzen, alle wissen, wer sie sind?«, versuchte Wolle, von sich abzulenken.

»Ich denke nicht«, sagte Passetti und legte ihm seine Hand auf die Schulter. »Sonst würden sie ja jetzt nicht hier sitzen.«

»Du sitzt ja auch hier, Boss. Aber du liebst Sylvia. Tust du doch, oder?«

Passetti wischte sich kurz über die Augen. »Ich hatte eben Glück, im Großen und Ganzen. Und es ist mein Beruf. Lass den Kopf nicht hängen, Wolle! Probier was Neues. Salute!«

Die Männer umarmten sich herzlich. Wolle mochte Passetti sehr. Er musste an seine eigenen Eltern denken, die das *Baci* nie von innen gesehen hatten. Zwar hatte Wolle sie einmal dahin eingeladen, aber gekommen waren sie nicht. Schon immer hatten sie ihm kaum etwas zugetraut, und er war vor ihren skeptischen Blicken sein Leben lang weggerannt. Und jetzt, mit dem Ende des *Baci*, fühlte er sich elend. Es war so, als hätten sie wieder einmal recht behalten.

———————

Wolle zog sich direkt nach der Endabrechnung nach Ko Phangan zurück, wo er diesmal allein blieb. Julia hatte um die Weihnachtszeit in der Galerie einen Sammler kennengelernt, der sie liebte und bereit war, ihr den Wunsch nach einer Familie zu erfüllen. Wolle vermisste Julia, aber er wusste auch, dass dieser Schritt besser für sie war, als über Jahre auf ihn zu warten und zu hoffen, dass er einen Sinneswandel durchmachte.

Im thailändischen Resort vergammelte er die Tage, blieb ganz für sich, schlief stundenlang in der Hängematte seiner kleinen Hütte, aß zwei Mahlzeiten in dem paradiesischen Restaurant am Meer und knatterte mit einem japanischen Moped über die Insel. Nach zwei Wochen ließ er sich auf ein Gespräch mit einer Chinesin aus San Francisco ein. Nancy war sehr klein, fast so alt wie er, hatte einen ähnlichen Durchhänger und trotzdem Lust, das Leben zu genießen. Außerdem rauchte sie den ganzen Tag Joints. Fast Kette. So etwas hatte Wolle noch nicht gesehen. Sie liefen jeden Abend an das Südende der Bucht und soffen in der in die Klippen gebauten englischen Bar ihren Kummer weg. Danach gingen sie zu ihm oder zu ihr in die Hütte und vögelten. Im Gegensatz zu ihrem quirligen und gesprächigen Wesen war der Sex mit Nancy relativ monoton. Vielleicht lag es am Dope oder auch nur daran, dass sie eben weniger empfand als er.

Nach einer Woche nahm sie ihn mit auf einen kleinen Rave, der irgendwo im Geheimen stattfinden sollte. Bei Sonnenuntergang bestiegen sie einen Pick-up-Truck und fuhren mit ein paar anderen Travellern durch unbekanntes Gelände. Es schaukelte und ruckelte mächtig, und Wolle hatte schon fast keine Lust mehr. Der Wagen quälte sich auf einen Hügelrücken, hinter dem sie das Meer vermuteten. Plötzlich wurden sie angehalten. Da standen schon andere junge Leute, umringt von Polizisten, die mit MPs bewaffnet waren.

»Fuck«, entfuhr es Nancy. »I should have known. This gig is kind of half legal. And as far as I know they didn't bribe anyone from the police. Could be difficult«, sagte sie und lächelte trotzdem.

»What do you mean with ›difficult‹?«, hakte Wolle nach und sah sich schon nackt in einem Verlies zwischen Ratten, vollgeschissenen Eimern und echten Schwerverbrechern hocken.

»Speed up, hurry up!«, wies Nancy ihn energisch an. Da fiel ihm ein, dass sie ihm ihre große Plastiktüte mit Gras zum Aufbewahren gegeben hatte. Er verstand und holte das Paket aus seiner Tasche. In dem Moment ließen die grimmigen Thai-Polizisten auch schon die Lichter ihrer Taschenlampen hektisch über die Ladefläche flimmern. Nancy stopfte sich das Päckchen blitzschnell in den Schlüpfer und raunte: »Don't worry. I'll handle this. Don't play the hero. Don't say anything to these men or try to save me. Trust me. Just walk. I'll meet you down at the beach.«

Wolle hörte irgendwo hinter den Palmen bereits das Techno-Wummern, doch bevor die Besucher auf die Party durften, wurden sie im Scheinwerferlicht der zwei Polizei-Jeeps ausgiebig nach Drogen durchsucht. Wolles Prozedur war schneller erledigt als gedacht, doch er sah, wie zwei Männer Nancy wegführten. Ins Dunkle. Er hatte einen spontanen Schweißausbruch, denn die Angst vor der eigenen Verhaftung wich nun der Peinlichkeit, diese kleine Frau alleingelassen zu haben. Doch was hätte er tun sollen? Sie hatte schon recht, dachte er. Außerdem war es nun mal ihr Zeug, das er in der Tasche gehabt hatte. Trotzdem war es ein fürchterliches Gefühl.

Wie benommen lief Wolle den anderen Ravern nach und erreichte wenige Augenblicke später die kleine Bucht. Sie war bunt ausgeleuchtet, überall tanzten Menschen, es gab eine improvisierte Bar am Strand und ein übergroßes DJ-Pult am Hang. Die Bässe ballerten hypnotisch, und die flächigen, tranceartigen Auf- und Abwärtsbewegungen der Musik verfingen sich in glücklichen Gesichtern, hüpfenden Körpern, den Palmen und dem Meer. Doch er war noch immer wie betäubt und versuchte, den Schreck runterzuspülen und wegzutanzen.

Irgendwann stand Nancy neben ihm, lächelte und bot ihm einen Zug von ihrer frisch gebauten Tüte an.

»Fuck«, stieß Wolle erschrocken aus. »What happened?«

»Nothing …«, sagte sie. »Just nothing.« Sie begann zu tanzen.

»Come on, how did you get away with this?« Wolle deutete auf das Gras in seiner Hand.

»Look in my eyes«, sagte sie, »I played the asian card and I tipped them a little and else.«

»What else?«, fragte er erbost.

»You don't have to know everything, Berlin-Boy.«

Es schüttelte Wolle, und er versuchte, mit ihr zu tanzen. Doch sie war verschwunden.

Am nächsten Morgen päppelten sich die heimgekehrten Raver auf der Frühstücksterrasse mit einem Spezialshake wieder auf. Nancy wirkte reserviert und sprach kaum ein Wort mit Wolle. Nach ein paar Tagen reiste sie ab, ohne ihm »Goodbye« gewünscht zu haben. Wolle kämpfte mit einem Gefühlstief. Er kriegte den Arsch nicht hoch und verfiel in einen Blues, aus dem es scheinbar kein Entrinnen gab.

Als er sein Moped abstellte, um in einem kleinen Reisebüro an der Schotterstraße seine Rückreiseoptionen zu checken, klopfte ihm jemand auf die Schulter.

»Wolle, alter Freund und Kupferstecher«, rief der große Mann und umarmte ihn herzlich. Wolle erkannte Danilo, den Türsteher aus der *Wabe*, mit dem er kurz vor seiner Flucht den Abend im *Eden* verbracht hatte. »Mensch«, sagte Danilo und schlug ihm auf die Schulter, »ich dachte, du seist in den Westen abgehauen?«

»Hi!«, antwortete Wolle. »Ist ja jetzt fast zehn Jahre her, dass wir unser Geschäft in Leipzig *nicht* miteinander gemacht haben. War eine schräge Nacht. Und nur zur Info: Das ist hier so was von Westen!«

»War doch nur ein Scherz, alter Klemmi. Hast du die Kleine eigentlich noch ordentlich durchgenagelt damals?«

Kurz flackerte in Wolles Erinnerung das Gesicht von Sylvia, der Kellnerin, auf, wie sie auf der Motorhaube lag. »Darüber spricht man nicht.«

»Ahh, immer noch ganz der Gentleman und seriöse Typ, wa?«

»Würde ich jetzt so nicht unterschreiben«, erwiderte Wolle. Aber er hatte keine Lust, über sich zu reden. »Wo hat es dich denn hinverschlagen?«

»Du wirst es nicht glauben«, sagte Danilo und ließ seine aufgepumpten Brustmuskeln einmal nach rechts und einmal nach links zucken. Wolle fiel jetzt erst auf, wie riesig der Typ war. Er musste über zwei Meter groß sein. »Ich bin in Leipzig geblieben und hab mit KG, also dem krausen Gernot, Geschäfte gemacht. In Berlin waren mir nach der Wende zu viele Russen und Araber am Start. Ist ja heute auch nicht anders. In Leipzig gibt es nicht so viele davon. Ein paar Albaner und so. Nicht, dass ich fremdenfeindlich bin, aber du verstehst, was ich meine. Mit denen will man nicht so viel zu tun haben.«

Wolle dachte nach. »Und was ist mit Gernot?«

»Traurige Geschichte«, antwortete Danilo und kratzte sich den Schweiß aus dem Nacken. »Es lief ganz gut mit uns«, fuhr er fort, »aber dann ist er immer verrückter geworden. Der war ja schon immer nicht ganz dicht. Er hat die Mädels schlecht behandelt und mich betrogen. Dann hat's einen tragischen Unfall gegeben, bei uns da in der Walachei. Na, jedenfalls weilt er nicht mehr unter uns. Wollen wir eine Cola trinken gehen?«

»Klar, warum nicht«, sagte Wolle.

Danilo ging erstaunlich freimütig mit ihm um, als hätte Wolle durch die damalige Zusammenarbeit mit Rothe und Tomaschewski eine Art mafiösen Familienstatus erlangt. Der Türsteher hatte tatsächlich alles gemacht, was gefährlich, dreckig und profitabel war. In der Nachwendezeit hatten sie eine Disco eröffnet, in der sie im großen

Stil anfingen, mit Drogen zu handeln. Koks, Speed, Ecstasy, nur Heroin ließen sie beiseite, um nicht vollends in die Schusslinie der Bullen und der ausländischen Konkurrenten zu geraten. Sie machten zwei Automärkte für Gebrauchtwagen auf und zogen nebenbei einen Edelpuff hoch, den hauptsächlich der krause Gernot managte. Inzwischen hatte Danilo angefangen, in Immobilien zu investieren, vertickte aber immer noch und im großen Stil Kokain in Sachsen. In diesem Winter hatte er sich hier auf der Insel eine Villa gebaut und offenbar einen sicheren Transportweg für Koks aus Thailand nach Deutschland erschlossen. Das Thema war das einzige, bei dem er sich bedeckt hielt. Ansonsten erzählte er Wolle alles, was der wissen wollte, und vieles darüber hinaus. Es ging um verschobene Waffen aus Russenkasernen, verabredete Fußballschlägereien und feindliche Übernahmen von Fitnessstudios. Die Jungs aus dem *Operncafé* hatten dabei immer mal wieder mitgemischt, aber auch da hatte es Probleme und Streit gegeben. Rothe hatte es wohl mit Großraumdiscos versucht und war auch an der Oranienburger Straße mit von der Partie. Er lebte immer noch in Karolinenhof, besaß aber auch ein Haus in Venezuela. Tomaschewski war vor einem seiner Läden am Berliner Ring bei einer Schießerei mit Russen ums Leben gekommen. Heiko Zwei hatte seine Hände beim Straßenstrich in Westberlin im Spiel, Heiko Drei und der Kasache, die Türsteher aus dem *Operncafé*, saßen im Knast. Bogumir, Tomaschewskis Fahrer und Mann fürs Grobe, arbeitete inzwischen als Geldeintreiber für Danilo in Leipzig.

Wolle fuhr in den nächsten Tagen einige Male in Danilos Haus. Er hatte entschieden, doch noch ein paar Tage länger auf der Insel zu bleiben. Irgendwann reisten Isi und Norma an, zwei sächsische Schönheiten, mit denen sie Drogen nahmen, Pornos guckten, auf Partys gingen und abwechselnd schliefen. Mit Norma, einer ziemlich wilden Zweiundzwanzigjährigen, verbrachte Wolle auch ein paar Tage allein. Er mochte ihre ungekünstelte Art, ihren starken Dialekt und ihren jugendlichen Körper, auch wenn sie ihn durch unzählige Tattoos – einem erbärmlichen Durcheinander aus japanischen Schriftzeichen, exotischen Pflanzen, Namen und Jahreszahlen, von Tribals umrankt – verunstaltet hatte. Trotz all dieser schrecklichen Insignien war Norma ein beeindruckend schönes Mädchen. Ihren unstillbaren Hunger nach Sex und Drogen fand Wolle mit der Zeit allerdings befremdlich. Wenn sie im Morgengrauen nach einer Party zu viert in Danilos Jeep zurück in die Villa fuhren, zogen sie die letzten Lines auf der Rückseite von Danilos Mobiltelefon. Sie hatten so viel verdrückt in den letzten Tagen, dass sie schon vom Lecken an den Bahtscheinen high wurden.

Später, nach Sonnenaufgang, saßen sie nackt auf der Terrasse und hörten das Lieblingslied des Hausherrn, das die Männer berlinernd und die Mädchen im breitesten Sächsisch mitgrölten. Der Song war über zwanzig Jahre alt. Norma und Isi kannten das Lied nur von Ostrockpartys. Der schwurbelige, nahezu unverständliche Text war in ihrem Zustand sowieso eine Zumutung, doch sie zelebrierten dieses Ritual. Schon wenn sich das elektrische Tor zur Auffahrt öffnete, riefen sie alle im Chor: »Einmal wissen, dieses bleibt für immer. / Ist nicht Rausch, der schon die Nacht verklagt. / Ist nicht Farbenschmelz noch Kerzenschimmer. / Von dem Grau des Morgens längst verjagt. / Einmal fassen, tief im Blute fühlen. / Dies ist mein und es ist nur durch dich. / Nicht die Stirne mehr am Fenster kühlen, / Dran ein Nebel schwer vorüber strich. / Einmal fassen, tief im Blute fühlen. Dies ist mein und es ist nur durch dich. / Klagt ein Vogel, ach, auch mein Gefieder / Nässt der Regen, flieg ich durch die Welt. / Flieg ich durch die Welt, / Flieg ich durch die Welt.«

Wie von Sinnen wirbelten sie beim Singen um den Pool, wie bei einem Indianertanz, einer Beschwörung, einer okkulten Zeremonie. »Hey, na na nanananana …«

Sie spürten, dass die Musik irgendetwas mit ihnen zu tun hatte, dass das Lied eine versteckte Melancholie in ihnen ansprach. Aber es war auch Musik, zu der schon ihre Eltern getanzt hatten, und das beeinträchtigte ihren Zauber ganz und gar nicht. Sie tanzten den Osten auf Ko Phangan. Sie schrien die wirren Zeilen in den tropischen Morgen und fühlten, dass es um Liebe ging. Etwas, nach dem sie sich letztlich alle sehnten. Nach einem Zuhause. Dieses hier war es nicht, das war ihnen klar. Doch spätestens wenn sich Danilo im Sog der irrlichternden Geige mit einem großen Sprung in den Pool plumpsen ließ und die anderen es ihm nachtaten, spürten sie einen Moment lang so etwas wie Glück.

———————

Seinen zweiunddreißigsten Geburtstag verbrachte Wolle Ende August bei Anne und den Kindern. In den vier Tagen, die er in Randow war, nahm er keine Drogen und trank kaum Alkohol. Er wusste, dass er eine Auszeit benötigte, denn in den Wochen im Berliner Spätsommer und in Thailand hatte er sich an das weiße Pulver gewöhnt. Er zog jetzt mehr als ein Gramm am Tag durch.

Anne hatte mit Mitte dreißig noch ein Mädchen bekommen. Steffen, der Vater, war ein Berliner Kunsttischler, der in Randow eine Werkstatt und ein Atelier betrieb. Die kleine Adele, ein stilles, fast schwermütiges Kind, war inzwischen fünf Jahre alt. Alle lebten in trauter Nachbarschaft: Anne kümmerte sich um die Kinder, ihre Eltern und ihr Geschäft, und Steffen erfüllte seine väterlichen Pflichten. Eine Beziehung war das nicht, aber Anne hatte alles, was sie brauchte, und es funktionierte auf eine bestimmte Weise.

Joan war vierzehn Jahre alt und befand sich mitten in der Pubertät. Obwohl Wolle sie in den letzten Jahren wenig gesehen hatten, bestand zwischen ihnen beiden immer noch jenes enge Gefühl aus der Zeit, als er ihr Ersatzvater gewesen war. Joans leiblicher Vater, der nach seiner Republikflucht in einem Tonstudio gearbeitet hatte und in einem schwäbischen Fluss bei einem Badeunfall ums Leben gekommen war, hatte stets jeden Kontakt zu seiner Tochter vermieden. Seinen Tod hatte Anne ihr verschwiegen.

»Ich habe ihr genug Scheiß und Ehrlichkeit zugemutet, Wolle. Man muss nicht alles wissen im Leben. Sie kannte ihn so wenig, sie wird nicht nach ihm suchen. Sie hatte dich und mich«, erklärte Anne Wolle bei einem ihrer Spaziergänge, bei denen sie die Sternschnuppen zählten.

»Aber ich war auch nicht richtig für sie da. Außer die ein, zwei Jahre, wo sie noch sehr klein war«, sagte er.

»Ja, das war aber eine urst wichtige Zeit. In dem Alter, mit vier, fünf, da besetzt ein Typ das Männerbild fürs Leben. Und das bist nun mal du. Und ehrlich gesagt, das ist nicht das Schlechteste. Für sie.« Sie streichelte ihm zärtlich über die Wange. Wolle war gerührt. Auch darüber, dass Anne in ihrer selbst gewählten Abgeschiedenheit immer noch jenes pure Ostwort »urst« benutzte, das eigentlich völlig ausgestorben war.

»Was will sie denn mal machen?«, fragte Wolle.

»Joanie hat mir und Kati ab und zu über die Schulter geguckt und war auch mal dabei, als wir an einem Set waren oder ein paar Kleider abgeliefert haben. Das hat ihr gefallen. Die aufgeregten, schicken Leute mir ihren Schirmmützen und Ohrstöpseln. Tja. Das vermisse ich schon. Auch für sie: Dass es hier weit und breit kein Kino gibt, das anständige Filme zeigt.«

»Soll ich sie mal ein paar Tage mit nach Berlin nehmen?«, fragte Wolle. »Filme gucken, in einen Club gehen, bisschen einkaufen, shoppen? Stell dir vor, die Alte

Schönhauser wird gerade eine Einkaufsstraße – kein Witz! Auch die Neue Schönhauser, weißte, die mit der Kurve. Da machen kleine Läden auf. Auch die Rosenthaler ist richtig angesagt. Kannste dich noch an Hector erinnern, meinen Kumpel aus der Bolivianischen Botschaft? Der macht da so eine Art Platten- und Klamottenladen. Läuft anscheinend richtig super.«

»Wolle, siehst du das Leuchten in meinen Augen?« Anne wirkte in ihrer Ironie äußerst lässig. Das beeindruckte Wolle sehr. »Weißt du, mein geliebter, alter Freund«, sagte sie und legte ihre Hand um seine Hüfte, »ich habe oft das Gefühl, dass ich die viele Energie, die mal in mir gesteckt hat, in den letzten Jahren der DDR für immer verbrannt habe. Ich habe den ganzen Widerstand, dieses Heimliche, dieses Kreative und Gefährliche so exzessiv betrieben, dass ich am 3. Oktober '90 innerlich zusammengeklappt bin. Nicht nach außen hin, da haben mich Joan und John immer auf Trab gehalten. Aber tief in mir drin ist so viel abgestorben, dass ich keinerlei Gefühl mehr habe für unsere alten Straßen, Wege, Orte und Erlebnisse. Und die Träume und das alles. Ich wusste gar nicht, was dann kommen soll, wenn wir eine Revolution oder eine Veränderung hinkriegen. Ich wollte einfach nur mitmachen. Dieser Drang in mir, der war überwältigend. Wir wussten, dass es so nicht weitergeht, und irgendjemand musste das alles ja anstoßen. Deswegen hab ich mitgemacht. Und dann? Was kam dann? Deutschlandfahnen, Satellitenschüsseln, Treuhand, Danziger statt Dimitroffstraße, Tor- statt Wilhelm-Pieck-Straße, Viertel vor elf statt dreiviertel elf. Lass es uns schlicht und ergreifend festhalten: Es war für'n Arsch. Wir waren ein paar mutige Indianer, die ihren despotischen Häuptling und seine bösen Krieger besiegt haben, damit die Bleichgesichter nun die Bodenschätze unseres Landes unter sich aufteilen können.«

Wolle hatte partout keine Lust, mit Anne zu diskutieren. Über Reisefreiheit zum Beispiel, über freie Rede und Wahlen. Er kannte die Argumente, und er hatte manchmal sogar Verständnis dafür. Dass andere es früher spannender, wertvoller, langlebiger, freundschaftlicher und menschlicher gefunden hatten, obwohl ihm vieles aus heutiger Sicht fragwürdig erschien – was sollte man dagegen tun? Versuchen, es wegzureden? Es klein oder gar lächerlich zu machen? Er hatte sich angewöhnt, den Leuten ihre Sicht auf das alles zu lassen. It's a free country – diese Einstellung hatte er sich aus Amerika mitgebracht, und daran würde er festhalten.

»Lustig. Und ich war in der Zeit in Amerika«, stieg er wieder ein.

»Ja, wahnsinnig lustig. Auch wahnsinnig lustig, dass du in Jugoslawien warst, als sie meine Werkstatt kurz und klein geschlagen haben, und dass du in Rom rumgetrödelt hast, als sie uns zum Republikgeburtstag auf der Schönhauser zusammengeknüppelt haben.«

»Anne, ich war dem nicht gewachsen: Vater, Mutter, Kind. Kleinkrimineller. Nachtmensch. Ich fühlte mich wie in einer Zwangsjacke. Ich musste weg. Ich weiß, dass du das eigentlich verstehst.« Er legte seinen Kopf an ihre Schulter. Von Weitem sahen sie ein Schuppenlicht am Randower Gehöft, das sie angelassen hatten, um den Weg zurück zu finden. Auf dem Stoppelfeld neben ihnen stand reglos ein Tier.

»Und ich war dem, was danach kam, nicht gewachsen«, entgegnete Anne. »Deswegen hab ich mich hierhin verkrümelt. Ich finde es hier immer noch schau, jeden Tag. Ich weiß nur nicht, ob ich jemals so richtig glücklich sein werde. Überhaupt, meine ich.«

»Du hast die Kinder. Auch wenn's nicht immer klar ist, versuch, dir vorzustellen, wie unfassbar traurig es wäre, sie nicht zu haben. Bei John ist alles viel besser gelaufen als gedacht. Und Joan ist auch ein wirklich liebenswürdiger Mensch. Liebenswürdig im wahrsten Sinne des Wortes. Und bei Adele wird es genauso sein. Das ist alles ein großes Glück. Viel mehr, als die meisten Menschen haben. Versuch, dich daran festzuhalten.«

Sie drückte ihre Finger in seine Seite, Wolle führte ihre andere Hand an seinen Mund und küsste sie sanft. Für den Rest des Weges schwiegen sie.

Als ob es die ruhigen Tage in Randow nie gegeben hätte, verliefen der September und der Oktober für Wolle im Exzess. Die tollen Tage auf Ko Phangan und der Dauergenuss des Kokain hatten ihn wieder unternehmungslustig gemacht. Er tauchte tief ein in die dampfende Berliner Mitte-Szene, machte Bekanntschaft mit Türstehern und Betreibern, Tresenkräften und Dealern. Er war nächtelang unterwegs und knüpfte alte Bande wieder neu. Der Zusammenbruch des *Baci* hatte seine Reputation als Wirt nicht ernsthaft beschädigt, das merkte er in den Gesprächen. Er galt etwas. Immer noch.

Im Spätherbst war Danilo in Berlin und machte mit Wolle eine große Fahrradtour. Er kannte einen Autoschrauber in Moabit, bei dem er etwas ›abholen‹ musste. Als sie gemeinsam auf den an der Bahnstrecke gelegenen Industriehof fuhren, waren sie auf der Stelle beeindruckt von der verlotterten und leicht verruchten Atmosphäre des Ortes. Hinter der Werkstatt, von der wenig befahrenen Straße nicht einzusehen, stand ein weiteres verlassenes Fabrikgebäude. Unten befand sich das Lager einer ehemaligen Kranvermietung, die offensichtlich pleitegegangen war. Die Gerätschaften hatte der Immobilienbesitzer als Pfand behalten, ließ sie aber trotzdem verrotten.

»Im zweiten und dritten Geschoss saß mal ein Callcenter«, erklärte der Schrauber. »Die haben den Leuten dubiose Kapitalmarktgeschäfte angedreht. Jetzt stehen beide Stockwerke leer. Guckt es euch an. Ist ein Jammer.«

Danilo und Wolle liefen über Scherben und Metallspäne auf das Gebäude zu. Die Tür zum dunklen Treppenhaus war nicht abgeschlossen. Sie gingen nach oben. Die Türen im zweiten Stock waren verriegelt. Über die ausgelatschten Treppen stiegen sie in den dritten Stock hinauf. Rechts und links führten offene, große Eisentüren in die beiden separaten Hallen. Sie waren perfekt ausgebaut worden, um illegale Geschäfte zu tätigen. Es gab Küchen, gute Klos, einen robusten Sisalteppich und zugeklebte Fenster. Alle fünf Meter hingen Glühlampen von den Wänden.

Nach ein paar Minuten wusste Wolle, dass er auf der einen Seite der Treppe wohnen und auf der anderen Seite Berlins neuestes illegales Restaurant eröffnen würde. Es war ohnehin mal wieder Zeit für etwas Neues. Vor Kurzem hatte er seine Dreizimmerwohnung in der Choriner Straße an den neuen Immobilienbesitzer abtreten müssen, der das gesamte Haus durchsanieren wollte und Eigenbedarf angemeldet hatte. Wolle hatte das Bündel Geldscheine angenommen, die ihm der Osnabrücker unter der Hand zuschob. Die Fabrikhalle kam wie gerufen. Danilo hätte in dem Laden ein neues Standbein in Berlin, und Wolle würde hier alle die versammeln, die Danilos Produkte unkompliziert erwerben und konsumieren wollten.

Während er stumm durch die Räume lief, spürte er instinktiv, dass dies das ganz große Ding sein könnte. Vor seinem inneren Auge schrieb er schon die Speisekarte, suchte sein Gehirn nach einem passenden Namen ab, entwarf ein Logo und ein Codeword für die Tür. Das war ein guter Tag, ein guter Ort, ein gutes Gefühl. Er lächelte.

Ich rufe dich

Die Liebe zwischen Mirze und Pascal war eher überraschend über sie gekommen. Sie kannten sich, seit sie vierzehn waren, hatten vier Jahre lang die gleiche Klasse besucht, die Spätpubertät und das frühe Erwachsenwerden mit Maueröffnung und dem Verschwinden ihres Heimatlandes parallel durchgemacht. Pascal hatte genau beobachtet, wie Michaela Rzezacz zur Frau wurde, und im langweiligen Staatsbürgerkundeunterricht seinen Blick immer mal wieder an ihrem Oberkörper entlangwandern lassen. Mit den Augen war er zuweilen an Mirzes Schlüpferkante hängengeblieben, wenn sie sich beim Völkerball nach dem Spielgerät bückte. Michi und Mirze, das konnte er sich schon vorstellen, damals. Sie war groß, fast stattlich, er bewunderte das Makellose ihrer Fingernägel, ihre Souveränität im modischen Improvisieren und später ihren fast männlichen Musikgeschmack.

Einmal, gleich Mitte der neunten Klasse, musste er mit ihr in Geografie einen Vortrag zum Petrolchemischen Kombinat Schwedt halten und besuchte sie deswegen in der elterlichen Wohnung am Treptower Park. Pascal war hin und weg von ihrer Posterwand, die fast komplett aus BRAVO und POP ROCKY-Originalen bestand. Das ließ auf eine gute Versorgungslage schließen. Mirzes Vater war Trompeter in einem Berliner Opernorchester und hatte den Vorspann für eine Krimireihe im DDR-Fernsehen komponiert. Ihre Mutter arbeitete als Betriebsärztin in einem Werk am Ostbahnhof, in dem Rasenmäher für Genex und den Export ins westliche Ausland hergestellt wurden. In dem Werk passierten offenbar viele Unfälle, und aus den

Fenstern konnte man über die Spree nach drüben schauen, wie Mirze mit verschwörerischem Unterton erzählte.

Mirzes Zuhause kam Pascal vertraut vor. Das Bürgerliche, Neutrale, das dem Westen nicht Unaufgeschlossene und trotzdem im Osten Verhaftete – all dies wurde für jeden Besucher durch sorgsam in der Wohnung platzierte Zeichen sichtbar: ein historischer Stich von Chemnitz im Wohnzimmer über der braunen, lässig abgewetzten Couch, der Stadt, die jetzt Karl-Marx-Stadt hieß und in der Mirzes Großeltern wohnten. Ein privates Bekenntnis zum alten Chemnitz, das klang in Pascals Ohren damals fast wie Pommern, Schlesien oder gar Königsberg. Eigentlich unaussprechlich, wie ein staatlich verordnetes Vergessen. Aber in diesem Rahmen denkbar. Kombiniert war das historische Bild mit schrägen Karikaturen von Jacques Brel und Miles Davis im Bad und einem Brecht-Plakat in der Küche. Auf der schicken *Yamaha*-Anlage ihres Vaters hatte Mirze Simon & Garfunkel aufgelegt und alle Türen offengelassen.

Pascal hätte Mirze gern verführt an jenem Nachmittag. Doch er schämte sich für seine Stinkesocken, deren Ausdünstungen nun ihr Jugendzimmer eroberten, nachdem sie darauf bestanden hatte, dass er vor der Wohnungstür seine vom Regen und Schlamm beschmadderten Turnschuhe auszog. Oder bildete er sich den stechenden Geruch nur ein? Er empfand es jedenfalls als furchtbar peinlich. Auch hatte er überhaupt keine Ahnung, wie er etwas Körperliches mit Mirze angehen sollte. Er war fünfzehn Jahre alt. Eine ergebnislose Fummelei mit Sandra in der Schönholzer Heide und sein erstes Petting, zu dem ihn Sommersprossen-Peggy in einer vergessenen Remise angestiftet hatte, waren die Höhepunkte seiner Teenagertage gewesen. Pascal wusste, dass er mit diesen Erfahrungen unter seinen Jungs sogar relativ weit vorn lag. Aber diese Michaela hier, die seit dem ersten Tag ihrer gemeinsamen

Schulzeit von allen Mirze genannt wurde, war einfach zu weit weg von ihm. In allem. An Gefühle ihrerseits war gar nicht zu denken, bildete er sich ein. Sie bewegte sich wie eine Göttin, nach deren Zuneigung sich realistischerweise nur ältere Jungs oder ausgewachsene Männer sehnen durften.

Nach ein paar Monaten, gegen Ende der neunten Klasse, hatte Pascal das akzeptiert, sich in erreichbarere Gefilde geträumt und auf der Klassenfahrt dann seinen ersten Geschlechtsverkehr mit Nicole, der farblosen Klassenbesten, gehabt. Über den baldigen Verlust dieser Verbindung tröstete er sich ein paar Wochen hinweg, indem er die heißeren Mädchen seiner Klasse anhimmelte. Mirze war mit dabei, natürlich, aber auch andere, die sichtbar zu jungen Frauen heranreiften. Die Schüler, allen voran Pascal und Angelo, sahen hingegen noch immer aus wie kleine Jungs. Manche seiner Kumpels hatten einen Bartflaum und fast alle schon Haare am Genital, aber sie waren noch lange keine Männer. Der Entwicklungsunterschied zwischen ihnen und den Mädchen war einfach nicht zu übersehen. Die waren in der Zehnten aus den Ferien wiedergekommen und hatten alle diesen zufriedenen und leicht verklärten Blick in den Gesichtern, der der Welt mitteilte, dass es passiert war. Dass sie sich als Frau entdeckt hatten oder entdeckt worden waren. Zumindest war Pascals Gefühl so, und er musste den Umstand akzeptieren, nicht zu den Eroberern dieser Liga von Mädchen zu gehören.

Bei ihren ersten, vorsichtigen Annäherungen auf Augenhöhe, kurz nach der Wende, waren sie beide noch liiert gewesen: Pascal mit Kati und Mirze mit dem Opernregiestudenten. Doch dann hatte es auf einem ihrer regelmäßigen Klassentreffen, die sie bis weit in die Neunziger beibehielten, geknallt. Jens Rieger veranstaltete einen gemeinsamen Abend und übernahm sämtliche Rechnungen. Er war in einem großen Versicherungsbüro schnell aufgestiegen, hatte trotz guten Abiturs nicht studiert und fühlte sich rundherum als Gewinner. Er verdiente von ihnen allen mit Abstand das meiste Geld und genoss seinen Vorsprung in vollen Zügen. »Der Abend in der Leipziger Straße«, so nannten Mirze und Pascal fortan den Beginn ihrer Partnerschaft. Es war ein warmer Maitag gewesen, und zum ersten Mal gab es zum Klassentreffen kein selbst gemachtes Essen, sondern bestellte Pizza und *Aldi*-Champagner. Irgendwann waren alle ordentlich angetrunken. Pascal hatte mit Mirze schon den ganzen Abend Blicke ausgetauscht. Dass Mirze wegen einer Leningrader Sopranistin verlassen worden war und wieder bei ihren Eltern am Treptower Park wohnte, war nur kurz Thema gewesen, dann wurden spannendere Neuigkeiten ausgetauscht. Sie gedachten verstorbener oder entlassener Ex-Lehrer und redeten über jene, die durch Abwesenheit glänzten. Wie zum Beispiel Nicole, die den Kontakt zu ihren alten Klassenkameraden nie aufrechterhalten hatte und kürzlich nach Los Angeles gezogen war. Sie wollte Drehbuchautorin werden, was total absurd klang. Nicole, das Mauerblümchen mit den vielen Einsen, die angehende Musikschullehrerin oder FDJ-Kreissekretärin oder beides. Sie erinnerten sich, wie einmal die Tochter Ernst Thälmanns bei ihnen in der Klasse gewesen war und einen Vortrag über die Arbeiterklasse und den Kampf ihres im KZ ermordeten Vaters gehalten hatte. Pascal war es so vorkommen, dass mit ihr irgendetwas nicht stimmte. Sie wirkte fahrig, überfordert, hatte schlechte Haut und schwitzte übermäßig. Nicole aber war so angetan, dass sie am Ende, als die Lehrerin alle aufforderte, Fragen zu stellen, darum bat, die Hände der Arbeiterführertochter berühren zu dürfen. Nur die Hände, nur für einen Moment. Das war Nicole. So hatten sie sie in Erinnerung. Wahrscheinlich wusste nur Pascal, dass sie, im Schatten der Mauer, die direkt vor ihrer elterlichen Wohnung verlief, schon immer eine heimliche Geschichtenschreiberin gewesen war. Die Nachricht über Nicoles Auswanderung übertraf sogar die Entzugsstory von Annette, die wohl in einer Klink in Ostfriesland hockte und die Pillen und das Pulver aus den Nächten im *Tresor* und im *Planet* aus sich herauszutherapieren versuchte.

Vielleicht waren es die Geschichten dieser scheinbar wilden Mädchen, aber in jedem Fall war es der Alkohol, der Mirze schließlich veranlasste, leise an der Klotür zu klopfen. Pascal, der sich gerade die Hände wusch, öffnete, ließ sie ein und verschloss gleich wieder die Tür. Sie küssten sich minutenlang. Ohne Worte, ohne Erklärungen. Mit viel Anfassen und Drücken und Beißen und Lecken. Es war wie das Nachholen aller auf der Strecke gebliebenen Gelüste. Irgendwann wurde das Klopfen der anderen an der Badezimmertür zu fordernd, und sie lösten sich voneinander – die Münder rot geküsst, mit schwiemeligem Blick.

Sie fuhren nach Treptow. Während Mirzes Eltern auf Afrikareise waren, benutzten sie deren leeres Bett, um diesen Abend ausklingen zu lassen. Schon lange habe sie das gewollt, vertraute sie ihm noch in der Nacht an. Und Pascal erinnerte sich beim Frühstück an die neunte Klasse, seine Schweißfußpanik und die Unerreichbarkeit dieser jetzt vor ihm ein Ei köpfenden, versonnen lächelnden Frau.

Die folgenden Jahre widmeten sie dem Versuch, in ihrer alten Umgebung ein modernes junges Paar zu sein, sich nicht zu verleugnen und in der neuen Gesellschaft anzukommen, zu studieren und eine Karriere zu starten. Das Verbindliche ihrer Beziehung, das gewollt Symbiotische, hatte sicher viel damit zu tun, dass sie miteinander an irgendetwas festhielten. An ihrer gemeinsamen Geschichte, an deren Deutung und Auslegung. An ihrer Sprache, an ihren Codes und an ihren irritierten Heimatgefühlen. Sie empfanden inzwischen fast ein wenig Stolz, mit einem großen Bruch klargekommen zu sein. Ihr Rucksack war fast nur mit Positivem gefüllt, mit einem Viertel Lebenszeit, die die meisten ihrer Freunde als durchaus gut empfunden hatten. Selbst die NVA war in Pascals Fall kein Trauma geworden, sondern hatte sich mit seiner nachträglichen Verweigerung und dem anschließenden Zivildienst in eine unbefleckte Episode seiner eigenen Geschichte verwandelt.

Die Welt stand ihnen offen. Und doch wollten viele aus ihrer alten Welt nicht zu weit hinaus. Sie blieben erst einmal in ihren Kiezen wohnen, als wollten sie an dieser einen Konstante ihres Lebens festhalten. Bei Pascal und Mirze kam ihre emotionale Verbindung hinzu, die Sicherheit zu bieten schien. Mit fünfundzwanzig sagten sie »mein Mann« und »meine Frau«. Sie richteten sich in der Bötzowstraße fast bürgerlich ein, mit Ausstellungsplakaten, einem alten Flügel der Eltern im Arbeitszimmer, einem Biedermeiersofa auf abgezogenen Dielen. Unter unzähligen Latexschichten kratzten sie den Stuck und die Mittelrosette an der Decke frei, in die hinein sie einen kleinen Kronleuchter hängten. Opulente Durchgangstüren verbanden die großen Räume der Beletage. Am Wochenende liefen sie über den Flohmarkt am 17. Juni auf der Suche nach einer Meißner-Porzellan-Zuckerdose, einem silbernen Auffülllöffel oder einem hübschen Beistelltischchen. Das wurde zum Ritual, wie auch der Brunch am Kollwitzplatz, die jahreszeitlichen Ausflüge nach Ahrenshoop oder die Teilnahme an nahezu jeder Premierenparty an der *Volksbühne*.

Mirze hatte ihr Kulturwissenschaftsstudium an der Humboldt-Uni schon im Frühjahr '94 abgeschlossen und arbeitete seither in einem Redaktionsbüro, das

Boulevard-Themen für Privatsender bereitstellte. Von der gesponsorten Golfhoteleröffnung über den perversen Witwenschänder aus Brandenburg bis hin zu reißerischen Geschichten aus dem Milieu der vietnamesischen Zigarettenmafia – Mirze arbeitete sich in jedes Thema akribisch ein, hatte eine schön lakonische Art, ihre Beiträge zu betexten, und verdiente damit bald gutes Geld. Die großen Fragen der Welt, der Hunger in Afrika, die Polkappenschmelze oder die Kriege in Jugoslawien gerieten in ihren Gesprächen immer mehr ins Hintertreffen. Schleichend entpolitisierten sie sich, waren mit sich selbst beschäftigt.

Ihr Kiez wurde zu einem Schmelztiegel aus Alteingesessenen und jungen Zugezogenen aus Westdeutschland. Trotz ihrer beharrlichen Identifikation als Urberliner waren Pascal und Mirze offen für die neue Welt, die um sie herum entstand. Freunde, Kollegen, Kommilitonen, die auf der anderen Seite der Mauer aufgewachsen waren, stellten irgendwann die Mehrzahl ihrer sozialen Kontakte dar. Schon zu ihrer Hochzeit in Hoppenrade standen weitaus mehr Neuberliner auf der Gästeliste als ehemalige Freunde. Krille und Schubi, Pascals Stubengenossen und Mitverweigerer aus der NVA-Zeit, die er in einem Anflug von Sentimentalität eingeladen hatte, wussten nichts anzufangen mit der kreativen Atmosphäre des Gutshauses, der Tischordnung und dem Lammcarré, den geistreichen Reden, vorbereiteten Beiträgen und Spielen der neuen Freunde. Sie betranken sich hemmungslos, und Schubi kotzte auf die Terrasse, womit die Partystimmung erst einmal wieder dahin war.

Der Kontakt zu ihren Abiturmitstreitern bröckelte. Übrig blieb nur Mirzes beste Freundin Annette, die aus ihrem Clubsumpf der Nachwendezeit herausgefunden hatte, nun als Maskenbildnerin arbeitete und als alleinerziehende Mutter am Helmholtzplatz lebte. Pascal versuchte, einmal im Jahr mit Jens Rieger und ein paar anderen Jungs eine Art Revival auf die Beine zu stellen, doch viel zu sagen hatten sie sich nicht mehr. Trotzdem zog es Pascal, als er das Ende seiner Ehe mit Mirze kommen sah, wieder zu einem dieser versoffenen und immer trauriger verlaufenden Abende mit den Abi-Jungs. Rieger war von seinem anfänglichen Höhenflug heruntergekommen und lebte mit seiner Frau und zwei kleinen Kindern im Haus der Schwiegereltern in Mahlsdorf. Vom grenzenlosen Optimismus des Aufsteigers war nicht viel übrig geblieben. Nicht der BMW und nicht die halbe Million, die er angeblich verdient hatte. Nur noch ein schlecht laufendes Maklerbüro im Souterrain nahe dem Vorort-S-Bahnhof und eine *Patek Philippe*, die er sich in den guten Jahren geleistet hatte.

Sie trafen sich im *Baci*, was sich aus Pascals Sicht als Fehler herausstellte. Seine alten Jungs passten einfach nicht hierher. Rieger benahm sich, als ob er wöchentlich im *Hyatt* dinieren und unter diesem Standard nichts anderes ertragen würde. Gerling, bei dem alle davon ausgegangen waren, dass er es mindestens zum Professor bringen würde, arbeitete bei einem Wilmersdorfer Schulbuchverlag im Controlling und war gerade Vater geworden, worauf sie lautstark anstießen. Schmadtke wiederum war noch während des Studiums von einem Autokonzern in Süddeutschland abgeworben worden, hatte je ein halbes Jahr im Vertrieb in Russland und Kroatien hinter sich und ging davon aus, dass er demnächst vielleicht nach Brasilien geschickt würde. Er wusste nicht viel von Frauen zu erzählen, was aber nicht groß auffiel. Schon zu Schulzeiten war er mehr am Segelfliegen und an Stabilbaukästen interessiert gewesen als an dem ewigen Getuschel um Mädchen und redete auch jetzt viel lieber von Schwellenländern, Dollarschwankungen und Rennsportsponsoring. So saßen sie zu viert am Tisch nahe der Eingangstür. Alle anderen hatten abgesagt. Ein für den Sommer geplantes Klassentreffen zum zehnjährigen Abiturjubiläum war wegen allgemeinen Desinteresses schon wieder gekippt worden.

»Was ist nur aus uns geworden?«, fragte Rieger kurz vor Mitternacht lallend in die Runde. »Wo ist das alles hin? Die ganze schöne Mentalität und Geschichte?«

»Mei«, antwortete Schmadtke und bemerkte nicht, wie sehr ihn die Jahre in Bayern geprägt hatten. »Mach dich mal locker, Rieger! Immerhin sehen wir uns noch. Das können nicht viele von sich behaupten. Die alte Bande, sie hält noch. Prosit!«

»Manchmal denke ich an die gemeinsamen Abende Anfang der Neunziger«, sagte Gerling. »Wir waren so jung und sind ernsthaft davon ausgegangen, dass wir es alle weit bringen werden. Erinnert ihr euch, wie Annette und Katja davon redeten, eine Plattenfirma zu gründen? Ich hab keinen Moment daran gezweifelt, dass sie das machen. Oder du, Rieger, mit deinen Millionenflausen. Das hat mich beeindruckt! Ich hab zu der Zeit nämlich im Studium noch sinnlose Hausarbeiten in Statistik geschrieben.«

»Was heißt hier Flausen?«, patzte Rieger zurück. »Immerhin hab ich eine gut laufende eigene Firma, kann meine Frau und die Kinder ernähren. Flausen! Ich flaus dir gleich eine!«

»Komm, Alter, reg dich ab. Du weißt schon, was ich meine. Mahlsdorf eben. Und nicht Malibu. So wie Nicole. Wer hätte das gedacht?«

»Wisst ihr eigentlich, dass ich mal was mit ihr hatte?«, fuhr Pascal dazwischen. »Ein paar Wochen lang, so richtig mit Händchenhalten und Bumsen und so.«

Rieger war der Erste, der reagierte: »Hör doch auf, du Penner! Du hast Nicole geknattert? Da hast du dir doch den Schwanz verbrannt, so trocken wie die war?«

Obwohl allen anderen dieser blöde Spruch sehr unangenehm war, lachten sie sich erst einmal scheckig. Schmadtke brüllte besonders laut.

»Ganz ehrlich«, antwortete Pascal. »Das war gar nicht so schlecht. Sie hatte dieses Hochbett. Mmhhm. Das war alles so dreifach heimlich. Vor euch allen, vor unseren Eltern, dann noch die komischen Kontrollen da immer im Grenzgebiet in der Gleimstraße.«

»Na, dann kannst du ja nur hoffen, dass sie das alles nicht in einem Film verarbeitet«, brummte Rieger. »Was läuft denn nun wirklich mit ihr in L.A.?« Er sprach die Abkürzung übertrieben gedehnt und amerikanisch aus. Sein ganzer Lebensfrust kam hinter diesem Sarkasmus zum Vorschein. »Weiß das eigentlich einer?«

»Nur, dass sie Drehbücher schreibt und mit einem russischen Computerentwickler zusammen ist«, wusste Schmadtke zu berichten. »Irgendwas mit Internet.«

Kurz herrschte Stille am Tisch.

»WWW. Ich weiß nicht«, sagte Rieger. »Nicht mal ein Klassentreffen kriegt man organisiert mit diesem YahooAOL-Binichschondrinoderwas?-Scheiß. Versicherungen gehen immer. Und Schulbücher und Autos. Prost!«

Obwohl keiner Rieger zustimmte, stießen sie widerspruchslos an. Langsam wurden sie betrunken. Gerling schaute ständig auf die Uhr. Er hatte seiner Frau versprochen, spätestens um Mitternacht zu Hause zu sein.

»Michi, jetzt sag noch mal genau, was du da eigentlich machst, Mann. Ich vergesse es einfach immer wieder«, fragte Schmadtke ehrlich interessiert. »Kann man damit heutzutage Geld verdienen?«

»Das sind zwei Fragen«, antwortete Pascal ausweichend.

»Mei, dann mach halt sukzessive.«

»Für den Satz hättest du hier vor ein paar Jahren noch richtig in die Fresse bekommen, Schmadtke«, polterte Rieger. »›Mei, dann mach halt sukzessive.‹ Sag mal, hörst du dir überhaupt noch zu?«

»Du lenkst ab von Michi-Pascal. Mich interessiert das auch«, fuhr Gerling Rieger in die Parade.

Pascal versuchte, es so einfach wie möglich darzustellen: »Also, Geld verdienen kann man damit gut, irgendwann.

Im Moment bin ich Junior Texter. Später, hoffentlich, in ein, zwei Jahren, werd ich dann Senior. Und dann verdiene ich richtig Geld, denke ich.«

»Denkst du, hoffst du oder weißt du?«, fragte Gerling.

»Weiß ich. Ich weiß ja, was mein CD verdient. Bestimmt hunderttausend Steine im Jahr.«

»Klingt doch gut«, sagte Schmadtke. »Im Texten warst du ja schon immer gut. Mit Angelo natürlich besonders. Unfassbar nach wie vor, die Sache. Wie geht's dir damit eigentlich? Hat er sich echt nie bei dir oder Kati gemeldet?«

Da war es wieder, das Unentfliehbare. Wieder würde er etwas tun müssen, damit keinem was auffiel. Er hatte am Anfang, als Angelos Verschwinden für alle noch so unwirklich war, verhindert, dass ein Detektiv beauftragt wurde, was einige der einstigen Mitschüler geplant hatten. Es gäbe einen alten Mitstreiter aus Jugendtheaterzeiten, zu dem Angelo Kontakt hielte, hatte er ihnen gesagt. Nur der wüsste, wo Angelo sich aufhielte. Sie alle sollten respektieren, dass er sich am anderen Ende der Welt eine neue Existenz aufbauen wolle. So sei er nun mal: radikal in seinen Entscheidungen. Gerade nach dem Tod der Mutter sei es für Angelo wichtig, im Alleinsein zu sich zu finden. Sie hatten ihm geglaubt, denn immerhin war Pascal der Letzte, der Angelo gesehen hatte. Und er war sein bester Freund gewesen. Sie hatten ihm wirklich geglaubt.

Immer wieder suchten Pascal schreckliche Albträume heim, dunkle Gedanken, Schuldgefühle. Es gab diesen einen Traum, den er einfach nicht los wurde. Er sah sich selbst als Jungen von sieben oder acht Jahren mit anderen an einem Weiher spielen, und er schubste einen Jungen in das nicht mehr als kniehohe Wasser. Er ging unter. Es sah aus, als ob er von der Pfütze einfach verschluckt wurde. Niemand griff ein. Auch Pascal sah regungslos zu. Und dann gingen sie alle nach Hause. Im Traum wachte er morgens in seinem Kinderzimmer auf und starrte durch die halb geöffnete Tür auf einen Kunstdruck mit dem Rubens-Gemälde »Kopf eines Kindes«. Das Bild hatten seine Eltern tatsächlich zwischen seinem und dem Zimmer seines Bruders angebracht, und Pascal hatte oft gerätselt, ob es einen Jungen oder ein Mädchen zeigte. Dieser unbekümmerte Morgengedanke trieb ihn auch in seinem Traum um, bis wie ein Fallbeil die Erinnerung an das schreckliche Geschehen am Weiher niedersauste. In diesem Moment wachte er jedes Mal schweißgebadet auf und empfand größte Schuld, Angst und Scham. Er wusste, dass ihn, solange er keine Gewissheit über Angelos Schicksal hätte, nichts erlösen konnte.

Beim Weihnachtsfest der Agentur hatte er unter einem Vorwand mit einem der Firmenanwälte über Verjährungsfristen für Gewaltverbrechen gesprochen, um die genauen Definitionsunterschiede zwischen »Mord« und »Totschlag im Affekt« in Erfahrung zu bringen. Offenbar war er einigermaßen sicher vor strafrechtlicher Verfolgung. Der Anwalt, ein Typ Ende fünfzig mit üblem Mundgeruch und schwabbeliger Kinnpartie, hatte ihn irgendwann gefragt, ob er was zum Ziehen besorgen könne und welches der Mädchen in der Firma wohl so richtig ausgehungert wäre. Pascal empfahl ihm eine stille, allein lebende Buchhalterin und hätte sich dabei am liebsten selber ins Gesicht gekotzt.

Der schicksalshafte Streit im Făgăraş-Gebirge lag bald zehn Jahre zurück. Und doch würde ihn die Erinnerung immer wieder einholen. Insgeheim, so fühlte er, nahm ihm keiner ab, dass er sich mit Angelos Verschwinden so einfach abfand.

»Glaub's mir, Schmadtke, hat er nicht«, sagte er. »Angelo ist abgehauen. Und so, wie es aussieht, für immer und ewig. Stellt euch vor, jemand hätte uns damals gesagt, unser Freund würde sich in Ozeanien oder sonstwo neu erfinden, Rieger wäre fast Millionär geworden, Schmadtke baut Westmotoren in Bayern, Gerling vermarktet die

Schulbücher des Klassenfeindes. Und ich texte die Reklame dafür. Die dann in der Springer-Presse gedruckt wird. Ey, ist doch echt Wahnsinn.« Pascal lehnte sich zurück und fuhr fort: »Im Sommer fahre ich wahrscheinlich das erste Mal nach Cannes zu den Werbe-Oscars. Versteht mich nicht falsch, aber was wir alle erleben, sollte man sich ab und zu mal auf der Zunge zergehen lassen.«

»Vor zehn Jahren haben wir noch überlegt, wie wir um die 1.-Mai-Demo herumkommen«, gab Gerling zu bedenken. »Ich glaube, ich war damals mit vier, fünf Hanseln aus der Parallelklasse allein am Treffpunkt Leninplatz. Mannomann, war der alte Witzleben sauer!« Gerlings Gesicht zeigte eine Mischung aus Scham und Schadenfreude.

»Platz der Vereinten Nationen heißt das jetzt, oder?«, sagte Schmadtke in die etwas peinliche Stille hinein. »Is auch besser so. Leninplatz konnte ich nie aussprechen, wenn ich besoffen mit'm Schwarztaxi nach Ahrensfelde gefahren bin. Genauso wenig wie Leninallee. Le-nin-allee. Versuch das mal betrunken. Das geht einfach nicht. Klingt wie Lenalé. Landsberger geht schon wieder. Ham sie heute einfacher, die Kids.«

»Heute fährt keiner mehr mit dem Schwarztaxi«, warf Gerling ein.

»Jaja«, sagte Rieger. »Is ein weiter Weg vom Leninplatz an die Croisette. Ich saß da schon '93 mit meiner Firma. Yachten, Hummer, Stripteasebars. War die beste Zeit meines Lebens.« Er schaute mit glasigen Augen aus dem Fenster.

Pascal sagte: »Rieger, du bist dreißig. Geht's noch? Beste Zeit deines Lebens am Arsch! Komm, lass uns trinken! Auf die alten Zeiten und die neuen. Auf die Träume!«

»Und auf Angelo«, sagte Schmadtke. »Auf die Träumer. Ich wär nämlich gern einer.«

Der Abend war vorbei. Gerling war trotz Suffs noch selbst nach Wilmersdorf gefahren, Schmadtke setzten sie in ein

Taxi Richtung Ku'damm, während Rieger und Pascal noch in der *Hausbar* am Wasserturm landeten.

»Ganz ehrlich, Michi, solche Abende vermisse ich in Mahlsdorf«, sagte Rieger, und all das Großspurige und Angeberische war aus seinem bulligen Körper gewichen.

»Rieger, ich glaube, Mirze liebt mich nicht mehr«, begann Pascal verhalten.

»Mach keinen Scheiß. Du bist doch besoffen.«

»Ja. Ändert aber nichts.«

»Liebst du sie noch?«

»Ja.«

Rieger fummelte in der Nüsschenschale herum, die auf dem Tisch stand. Er tat noch nicht einmal so, als hätte er etwas Interessantes beizutragen.

»Weiß auch nicht, ob es die Idee ist, die ich liebe, oder wirklich Mirze«, sinnierte Pascal und ließ die beiden großen Eiswürfel in seinem Glas aneinanderklackern.

»Welche Idee wär das denn?«, fragte Rieger.

»Mhmm. Na, dass man eben durchhält. Dass man zusammen ist und nicht allein.«

Rieger wartete wieder erstaunlich lang mit einer Antwort. »Was ist denn aus deiner Sicht so schlimm am Alleinsein?«

»Weiß ich nicht. Ich kenne es ja kaum«, antwortete Pascal.

»Genau. Du warst doch noch nie so richtig allein.«

»Und hab trotzdem Angst davor.«

»Angst ist ein schlechter Ratgeber.«

»Ach komm, Kierkegaard. Als ob du jemals alles nur einfach so gemacht hättest. Du hast dafür Angst vor anderen Sachen.«

»Was denn? Was meinste damit?«

»Ach, ich weiß auch nicht«, sagte Pascal. »Ich bin jetzt einfach zu besoffen. Und irgendwie traurig. Ich glaube, sie liebt mich einfach nicht mehr.«

»Was soll ich sagen, Michi? Wenn sie dich nicht liebt, so wie du bist, dann wird das auch nichts.«

»Geht's denn darum? Dass man geliebt wird für das, was man ist? So einfach?«

»Ja. So einfach«, antwortete Rieger.

Im anbrechenden Morgen hatte der Regen aufgehört. Nach all den frisch aufgewühlten Gedanken über die Schulzeit kam es Pascal vor, als dämmerte der Himmel über dem Prenzlauer Berg in einem noch kaum wahrnehmbaren Blau. Zwischen den bröckeligen Fassaden der unsanierten Altbauten torkelte er in Zickzacklinien Richtung Greifswalder Straße und pinkelte vor einem mit Efeu berankten Haus zwischen zwei Autos in den Rinnstein.

»Du alte Mistsau!«, pöbelte ihn ein früher Gassigeher an. »Dit kann dowwohlni Warzenschwein! Ihr verdammten Arschgeigen pisst uns die janze Stadt voll.«

Während der Mann rumschnauzte, kackte sein Cockerspaniel in einer lustigen Drehbewegung auf den Bürgersteig. Pascal stand noch eine Weile mit der Stirn an einen Baum gelehnt und dachte darüber nach, wie man schon so früh am Morgen so schlechte Laune haben konnte. Und dass er die Wörter Mistsau, Warzenschwein und Arschgeige in einem Zusammenhang wohl nie wieder hören würde.

Zwei Monate lang hatte sich das Absterben ihrer Partnerschaft noch hingezogen. Dann entdeckte Pascal die SMS. Er war früher als geplant nach Hause gekommen. Mirze hatte ihr Handy auf dem Küchentisch liegen gelassen.

»Freu mich auf morgen. Kuss, T.«

Eigentlich wollte Pascal am kommenden Tag mit Mirze essen gehen, anstoßen auf seinen neuen Job. Die große Agentur aus Hamburg hatte ihn als Senior abgeworben,

und er würde mit gerade mal dreißig Jahren über fünfzig-
tausend Mark im Jahr verdienen, ein eigenes Team leiten,
mit interessanten Kunden arbeiten. Das wollte er mit ihr
feiern, doch sie hatte gesagt, sie sei mit Annette verabredet.
Pascal war enttäuscht, auch wenn sie sich seit Wochen aus
dem Weg gingen und anschwiegen.

Er wusste sofort, dass T. ihr Redaktionsleiter Thomas
sein musste. Beim Sommerfest ihrer Firma, zu dem sie ihn
widerwillig mitgenommen hatte, waren ihm seine Blicke
nicht verborgen geblieben. Doch Mirze hatte alles abge-
stritten.

Nun war es raus. Es war das Ende.

Nach einem heftigen Streit zog Mirze noch am Abend
zu Annette. Irgendwie musste das vorbereitet gewesen
sein, dachte Pascal, denn Mirzes Freundin verbrachte
den Sommer mit ihrem neuen Freund auf Formentera.
Mirze besaß einen Schlüssel zu der Wohnung und wirkte
trotz der brenzligen Situation überhaupt nicht konfus. Sie
packte erstaunlich viele Sachen in den einzigen großen
Koffer, den sie besaßen. Dabei heulte sie geräuschlos und
vermied es, ihn anzusehen. Pascal stand in der Schlaf-
zimmertür und schaute ihr zu, während ihm die Tränen
aus den Augen tropften. An der Wohnungstür wollte er
sie am Arm festhalten, doch Mirze wand sich aus seinem
Griff und sah ihn aus rot geweinten, aber entschlossenen
Augen an.

»Wir hätten nicht heiraten sollen, Pascal.«

»Bist du bescheuert?«, rief er aufgebracht. »Wir sind fast
sieben Jahre zusammen und zwei davon verheiratet. Wie
kannst du nur so kalt sein?«

»Ich will dir nicht wehtun«, antwortete sie. »Aber es
geht nicht mehr. Ich bin nicht die richtige Frau für dich.
Und ich will mehr echte Gefühle im Leben. Weniger
Schein, weniger Abhängigkeiten, weniger Team. Einfach
viel mehr Ich und Leben.«

»Ach, und deswegen fickst du deinen Chef, oder was? Der hat doch Frau und Kinder! Ihr seid so scheiße, alle beide!«

Mirze blieb erstaunlich ruhig. »Man hat nur ein Leben, Pascal. Das weiß Thomas, und das weiß ich jetzt auch. Glaub's mir, wenn du das einmal begriffen hast, wirst du mich verstehen.« Und damit ging sie, ohne Kuss und Umarmung, wuchtete den schweren Koffer die Treppen hinunter und wünschte dem Mann aus dem vierten Stock einen schönen Tag, als dieser zur Seite trat, um sie durchzulassen.

»Wenn einer eine Reise tut ...«, sagte der Nachbar mit schwerem Bieratem und einem Augenzwinkern.

Als Pascal sich auf dem Balkon apathisch eine Zigarette anzündete, hörte er Mirze mit ihrem Gepäck in weiter Ferne noch über das Pflaster ruckeln, bis das Geräusch schließlich verstummte.

Es musste fast Mittag sein, als Pascal schweißgebadet erwachte. Wieder hatte er diesen schrecklichen Albtraum gehabt. In seiner Mundhöhle schmeckte er die widerlichen Ablagerungen der vielen Zigaretten und Schnäpse, die er in der Nacht konsumiert hatte. Sein Blick fiel auf das riesige gerahmte Foto, das Mirze und ihn vor dem Palazzo Pubblico in Siena zeigte. Ein netter Japaner hatte diesen Schnappschuss gemacht: Mirze und Pascal, eng umschlungen. Sie winkelte im Spaß ein Bein an, während sie seine Wange küsste. Es war der perfekte Moment. Später hatten sie in einer Bar am Campo einen Negroni getrunken und ein paar Kindern zugeschaut, die immer wieder in vollem Speed auf den jahrhundertealten Steinen hinunterrannten. Inmitten der vielen Sieneser und erstaunlich weniger Touristen genossen sie das Schauspiel, wie sich zunächst der Platz und später der Palast von der untergehenden Sonne verabschiedeten und verdunkelten. Sie gingen essen und hatten in ihrem schönen Hotel bei offenen Fenstern Sex, während im Fernseher David Letterman im Original mit italienischen Untertiteln lief.

Die letzten Tage ihrer Hochzeitsreise waren weniger ausgelassen verlaufen. Vom Toskanatrip schon ziemlich erschöpft, verfuhren sie sich in Rom ständig und wurden zudem beklaut. Schlecht gelaunt hangelten sie sich von Ort zu Ort, die meisten davon hatte Wolle empfohlen, der Pascal seine alten Römer Plätze, Restaurants und Unterkünfte auf einem Rechnungsblock des *Anita Wronski* aufgeschrieben und in die Agentur geschickt hatte. Ein Flop nach dem anderen. Der schöne Abend in Siena war der letzte seiner Art geblieben. Danach ging es bergab. Daran dachte Pascal, als er das Bild zum ersten Mal seit Langem intensiv betrachtete. Mirzes Eltern hatten ihnen die edle Rahmung spendiert. Ihr Vater vergaß nie, den Preis seines Geschenks zu erwähnen, wenn er zusammen mit seiner Frau das junge Paar besuchte und wie zufällig ins Schlafzimmer lugte.

»Ich denke, dreihundertfünfzig inklusive Passepartout und Rahmen war doch ein guter Preis, oder, Inge?«

Was wird jetzt aus dem Bild?, fragte sich Pascal. Was würde jetzt überhaupt werden?

Er war ein verlassener Mann, der verschwitzt in seinem Bett lag und seiner Schuld, von der niemand etwas wusste, nie würde entfliehen können. Zehn Jahre lang hatte er es geschafft, das Geschehen auf dem Dach des Făgăraş-Gebirges vor sich selbst zu leugnen, es wegzudrücken und wenigstens manchmal an seine erfundene Version der Geschichte zu glauben.

Sein Handy klingelte.

»So, Pascal Michaud, mein alter Freund«, hörte er Riegers Stimme, »wir beruhigen uns jetzt erst mal. Das Ganze kommt ja nun nicht total überraschend. Zum einen tut's mir leid für dich. Aber zum anderen, weißt du ja selber, kommt man darüber hinweg. Und außerdem kommst du heute Abend um sechs zu uns zum Grillen. Und dann erzählst du mir mal, was genau passiert ist. Kannste jetzt noch ein bisschen pennen, ziehst dir einen Actionstreifen rein oder gehst einen Kaffee trinken oder guckst meinetwegen an die Decke. Aber dann setzt du dich ins Auto und kommst zu uns, alles klar?«

»Alles klar«, erwiderte Pascal, obwohl er überhaupt nichts empfand.

»Kopf hoch und rinnjehaun«, sagte Rieger. Und während er den Motor startete und losfuhr, hörte Pascal ihn noch murmeln: »Arme Sau.«

Pascal erschien einigermaßen gefasst im Haus von Riegers Schwiegereltern. Die alten Leute waren zum Wandern in Thüringen, und Rieger und seine Frau spielten sturmfreie Bude. Rieger war der Grillmeister. Ein paar Freunde mit kurzen Haaren, bedruckten Hemden und an den Oberarmen stark spannenden T-Shirts halfen ihm. Die meisten hatten schon drei, vier Bier im Tank und schossen, kurz nachdem Pascal aufgetaucht und von Rieger als »alter Schulfreund, zur Zeit in Trennung« vorgestellt worden war, den ersten Böller in den Vororthimmel. Einfach so, weil das zu einem Gartenfest offenbar dazugehörte. Danach wurden die Kinder im Schlafzimmer vor einen Disneyfilm gesetzt. In der leeren Garage legte eine angetrunkene Freundin Platten auf, und noch vor der Tagesschau tanzten in dem muffigen Eigenbau alle zu Europop und Nena. Bis auf Pascal und eine in sich gekehrte Mittdreißigerin, die Sekt aus einer klobigen Henkeltasse mit »Ich-Chef-du-nix«-Aufdruck trank. Antje, so stellte sich heraus, war die Erzieherin von Riegers jüngerer Tochter.

»Und warum bist *du* schlecht drauf?«, fragte Antje Pascal irgendwann. Sie standen am Buffet und sahen Rieger und einer Frau dabei zu, wie sie versuchten, *Jägermeister* mit ineinander verknoteten Armen zu trinken.

»Ich bin getrennt, noch nicht so lange«, sagte Pascal.

»Na und?«, fragte Antje pampig.

»Wie? Na und?«

»Warum erzählst du mir das?«

»Du hast doch gefragt!«

»Und du hast ernsthaft geglaubt, so was will ich hören?«

»Entschuldige. Was willst du denn hören?«

»Na irgendwas, das mich zum Lachen bringt in diesem ganzen Blödsinn hier.«

»Bin grad nicht so lustig drauf, ehrlich gesagt.«

»Langweilig bist du auch noch. Oh, Mann.« Antje verdrehte die Augen und ließ ihn in Ruhe.

Später, als vernünftige Gespräche kaum noch denkbar waren, bedeutete Antje Pascal, mit ins Haus zu kommen. Sie führte ihn in die oberste Etage in ein kleines Arbeitszimmer. Darin stand ein winziger Schreibtisch mit einem alten Computer, einem von Kindern bemalten Gurkenglas und einer Rolle Küchenkrepp. Auf der Plastikfensterbank lagen Trockenblumen und Ratgeberbücher über erfolgreiches Management. Die speckige Raufasertapete vervollkommnete den traurigen Eindruck, dazu der überdimensionierte schwarz-lederne Bürostuhl, der auf einem durchsichtigen Laminatschutz stand. Und eine alte Liege, auf die Antje ihn jetzt schubste.

»Ich geh mit dir wohin du willst, / auch bis ans Ende dieser Welt. / Am Meer, am Strand, wo Sonne scheint, / will ich mit dir alleine sein.« Leise summte Antje die von unten dumpf zu hörenden Zeilen mit, während sie, auf ihm sitzend, sein Hemd aufknöpfte. Irgendwie gleichzeitig zog sie auch ihre Bluse und ihren Rock aus. Ihm fiel das schöne alte Wort »behände« ein, und er überlegte, ob es mit ä oder e geschrieben wurde.

»Was soll denn das werden?«, fragte Pascal.

»Du bist doch erwachsen, oder?« Antje schob sein Hemd zur Seite und fuhr ihm grob durchs Haar.

»Ja, genau deshalb frag ich ja. Ist das nicht bescheuert, was wir hier machen?«

Antje, die er vor nicht einmal vier Stunden zum ersten Mal gesehen hatte, küsste seine Brustwarzen und rieb mit festen Händen seinen Schwanz durch die leichte Flanellhose.

»Hier, genau hier, fickt mich Jens fast jeden Sonntagnachmittag«, verriet Antje und knöpfte seine Hose auf. »Und das machst du jetzt bitte auch, verstanden? Ich mag dich nämlich, fremder Mann.«

Sie hatte zu viel von dem Tomatensalat gegessen, er roch die Zwiebeln, aber das Kompliment ließ ihn wackelig werden. Er stellte sich vor, wie Mirze gerade mit Thomas in irgendeinem Ostseehotel vögelte, und versuchte, sich aufzurichten, doch Antje drückte ihn auf die Liege zurück.

»Hey, die Kinder schlafen nebenan. Was ist denn, wenn die aufwachen?«, presste er heraus.

»Die kennen mich doch sowieso«, erwiderte Antje.

Das hat überhaupt keinen Sinn, dachte Pascal, doch war er von all dem so überrumpelt, dass ihm nichts Gescheites einfiel. Er fühlte sich unendlich müde und benommen und unternahm noch einen Versuch. »Du, ey, heyhey, hör mal, wir lassen das jetzt mal, bitte. Wirklich, ich mein's ernst. Mir ist grad nicht danach. Erst recht nicht, wenn du das Gleiche hier mit Jens veranstaltest. Das ist doch pervers.«

Antje saß verkehrt herum auf ihm, seinen Schwanz zwischen ihren Oberschenkeln festgeklemmt. »Pervers ist, dass Mutti mit den Kindern und Oma und Opa jeden Sonntag ins Schwimmbad geht und ihren ausgehungerten Mann hier allein lässt«, entgegnete Antje. »Und pervers bist du, der die kleine Antje nicht ficken will.« Sie umfasste jetzt seine Eichel mit Daumen und Zeigefinger, drückte fest zu und hob ihr Becken leicht an. Mit den anderen Fingern schob sie ihr Höschen beiseite.

»Mir reicht's, echt«, sagte Pascal und versuchte aufzustehen. Doch er war bereits in ihr, und sie bewegte sich auf eine Art, die er nicht kannte.

»Wenn du --- weiter --- rumzickst, --- dann --- ahhh«, offenbar war sie schon fertig, nach geschätzten fünfzig Sekunden, »dann blas ich dieses kleine Familienidyll hier in die Luft. Und zwar für immer.« Ihre Hände auf seiner Brust entkrampften sich, und er sah, dass sie mit ihren roten Fingernägeln fiese Abdrücke hinterlassen hatte. Dann fing sie erneut an.

Das kam einer Vergewaltigung gleich. Anders konnte man es nicht nennen. Einen Tag, nachdem er von seiner Ehefrau verlassen worden war. Und da er Jens Riegers bestimmt sehr fragiles Konstrukt aus Schwiegereltern im selben Haus, abgeknickter Karriere und einer Frau, die vielleicht in den Bademeister verliebt war, nicht auch noch gefährden wollte, ließ er es mit sich geschehen.

Antje zog sich schnell wieder an und ging. Pascal folgte ihr etwas später in den Garten. Niemand hatte etwas mitbekommen. Trotzdem verabschiedete er sich bald.

Er setzte sich in sein Auto und atmete tief durch. Er hörte die letzten Vögel in den weiß-lila blühenden Fliederbüschen ihr Nachtlied zwitschern, in einem der angrenzenden Gärten sprangen immer noch Kinder kreischend in ein Planschbecken. Die Sonne war gerade erst untergegangen, als er aus dem Mahlsdorfer Einfamilienhauslabyrinth herausgefunden hatte. Während er auf die verlängerte Landsberger abbog, holte ihn die Erinnerung an den Morgen nach dem Abiball ein: Als er mit Kati und Angelo in die Bahn gestiegen war und Kati ihm diesen unvergesslichen Kuss gegeben hatte.

Kilometer um Kilometer fuhr er die Straße entlang, dem gleißenden Abendhimmel entgegen. Damals waren sie in die gleiche Richtung gefahren, und die Sonne war hinter ihnen aufgegangen. Er erinnerte sich genau an diesen magischen Moment.

Er hatte stundenlang getanzt, mit Kati, Angelo, Mirze und den anderen. Es war eine der glücklichsten Stunden seines Lebens gewesen: Das Abi geschafft, die große Reise vor sich und das ganze lange, heiß ersehnte Erwachsenenleben. Aufbruch, Leben, Schönheit, Freude. Nun fühlte er sich zerstört, gemartert, voller Schuld und Leid. Und die Sonne ging nicht auf, sondern unter. Vor seinen Augen verabschiedete sich der letzte orange Schein dieses späten Junitages. War das ein Zeichen? Ungefähr an der Stelle, wo die Bahn aus der Karl-Lade-Straße auf die Leninallee bog, vereinigte sich der Weg von damals mit seinem heutigen. Er fuhr jetzt in seiner Zeitreise parallel. Im Radio lief ein ihm unbekannter wunderschöner Veronika-Fischer-Titel, eine Ballade mit dem typisch kryptischen Siebzigerjahre-DDR-Sound. »Durch Wald und Feld und Stein der Welt / Durch Blut und Salz und Meer / Durch Einsamkeit und Leid und Freud / Ruft mein Ruf dich her.«

Pascal musste rechts ranfahren, es trug ihn im wahrsten Sinne des Wortes aus der Spur. Er war am Ende, und dieses Lied ließ seine ganze Verzweiflung herausbrechen. Verschwommen sah er ein Pärchen händchenhaltend auf sich zukommen. Die Frau beugte sich am Beifahrerfenster herunter und machte ihm ein Zeichen, dass sie ihm behilflich sein könne. Obwohl es ihn schüttelte und er seinen Weinkrampf nicht in den Griff bekam, verstanden sie und ließen ihn wieder allein. Pascal wusste nicht, was dieses Lied in ihm hervorholte, wessen Ruf ihn hier ereilte. Janas? Katis? Mirzes? Der einer Frau, die er noch nicht kannte?

»Komm her und leb und schlaf mit mir / Und teile mit mir das Brot / Und streit mit mir und lach mit mir / Und lieb mich bis zum Tod.«

Doch dann wusste er es: Es gab nur einen Menschen, der die verstörende Anmut und Größe dieses Liedes empfinden konnte wie er. Angelo. Er sprach durch das Lied zu ihm. Es war Angelo gewesen, der ihm die verrückte Antje geschickt und ihn aufs Ärgste bestraft hatte. Der Pascals Schuld schon in den Mahlsdorfer Fliederbüschen besungen hatte. Und es war Angelos Licht, das nun endgültig über der Stadt erlosch.

Pascal öffnete die Fahrertür und erbrach sich auf die Straße. Er ließ den Wagen stehen und lief durch den Park zu seiner Wohnung, wo er bis zum nächsten Abend unruhig schlief und immer wieder aus Fieberträumen hochschreckte.

————————

Einige Wochen danach trat Pascal seinen neuen Job in der großen Agentur an und stürzte sich in die Arbeit. Er nahm kaum etwas zu sich außer dem einen belegten Sandwich und dem Kaffee, die er sich jeden Morgen, in zweiter Reihe parkend, in einem der neuen Cafés im Scheunenviertel besorgte. Er vermied jeden Kontakt zu seiner bisherigen Außenwelt. Er wollte vergessen. Bei der neuen Arbeit wurde er nicht zum Sprechen gezwungen, und die Anrufe seiner Verwandten und alten Freunde ließ er unbeantwortet. Er ging nie aus, war der Erste und der Letzte in der Agentur. Er verwandelte sich in eine Maschine.

Im Dezember reiste er zu einem Werbedreh nach Kapstadt. Auf dem langen Flug schrieb er, zum Ärger der Produktion und zur Überraschung des Kunden, das Script für den Spot komplett um und legte sich vor Ort bis aufs Blut mit dem Regisseur an. Alle folgten ihm in seinen Entscheidungen, denn er strahlte Ruhe und Entschlossenheit aus und war auf den Punkt genau vorbereitet.

Den Jahrtausendwechsel verbrachte er allein in einem Ferienhaus in Dänemark, wo er fernsah, las und eine Kampagne für eine Landtagswahl schrieb. Die Partei, für die er sich die Werbesachen ausdachte, interessierte ihn nicht, aber er fand griffige Slogans für sie. Pascal unternahm keine Strandspaziergänge und mied den Kontakt mit anderen.

Ein paar Tage später saß er wieder in einem Flugzeug. Es ging nach Buenos Aires, wo er drei Spots für einen Schokoriegelhersteller betreute. Er gab sich keine Mühe, seine schlechte Laune zu verbergen, weshalb seine Chefkundenberaterin versuchte, allgemein für gute Stimmung zu sorgen und ihn vom Kunden fernzuhalten. Pascal bemitleidete sie wegen ihrer teuren Stilettos, ihres engen Kostümchens, perfekten Make-ups und ihres zur Schau gestellten Optimismus. An einem Abend ließ er sich breitschlagen, nach dem Dreh noch auszugehen. Doch nicht einmal die Tangonacht in dem versteckt liegenden, legendenumwehten alten Tanzsaal, in dem argentinische Pärchen zu Livemusik ihre Körper aneinanderschmiegten, ließ ihn weich werden. Keine laue Sommernacht auf der Südhalbkugel erwärmte ihn, kein Model, dass ihm schöne Augen machte, kein perfektes Essen im besten Restaurant der Stadt. Nicht einmal ein Spaziergang durch den zauberhaften Stadtteil Palermo konnte ihn aus seinem Panzer locken. Stattdessen verlangte er immer neue Vorschläge für Drehorte und Kostüme und war nie zufrieden, obwohl Regisseur und Kunde längst genug hatten. Pascal quälte sich und die anderen über alle Maßen und merkte es nicht einmal mehr.

Auf dem Rückflug nahm zufällig der Kameramann neben ihm Platz. Pascal war das eher unangenehm. Doch dieser elegante, zehn Jahre ältere Star seiner Zunft hatte beim Dreh einen guten Job gemacht und auf Pascals Zickereien stets professionell reagiert.

»So where are you going now, Piet?«, sprach Pascal den Mann an, um wenigstens noch irgendetwas Nettes gesagt zu haben.

»Back to my family. Copenhagen«, sagte der Kameramann.

»Kids?«

»Yes, three. Jonas, Stevan and Patricia, the baby.«

»They must have missed you, right?«

»I hope so.« Piet zog sich routiniert die bereitliegenden Schlafsocken über und faltete die Decke auseinander. Er lehnte sich zurück in seinen weichen Business-Class-Sessel.

»Good for you. Having a family and going back home«, sagte Pascal und wusste selbst nicht so genau, wo diese Feststellung herkam.

»Yes. Nothing beats it. Nothing. What about you?«

»Soon-to-be divorced. No kids. No time«, antwortete Pascal und lächelte unsicher.

»Nothing should be a matter of time, don't you think?«

»Don't know. Maybe.« Pascal nahm einen Schluck von seinem Scotch.

»When my wife asks me how the job was and everything I might tell her about you«, erklärte Piet.

»How come?«

»Because I have never met a person that young like you and this arrogant and angry.« Der Däne sagte dies ohne jeden Groll in der Stimme und ohne Angst um seinen Job.

»Hhm«, sagte Pascal, der ein wenig perplex war.

»Yeah, but how could I look into my wife's eyes if I was fawning on you now. Why should I do this? You did what you did. You've messed up seven days of approximately fourty hard working people. Big time. All this for three ads for a product that makes people fat. Pure and simple. And for a script that your accountant lady could have shot in two days. And the problem in this business is – I might be the only one able to tell you. You know, you seem to be in your early thirties, you seem to be a smart guy and you are certainly not such an asshole as seen in the last week. By the way in one of the most beautiful cities in the world. Take my advice: Be a better friend to yourself, will you?«

Der Kameramann lächelte ihn freundlich an. Dann

schloss er die Augen und setzte sich die Schlafmaske auf. Pascal hätte ihm so gern erzählt, dass er gerade wirklich das größte Arschloch dieser Erde war. Hinter ihm lag keine einfache Zeit. Doch statt Erklärungen abzugeben, sagte er: »I'll think about it.« Dann schlief er ein.

Beim Umsteigen in Frankfurt liefen sie sich noch einmal über den Weg. Er beobachtete den Dänen beim Kauf eines Damenparfüms und dreier Spielzeuge. Trotz nächtlicher Reise sah er immer noch gut aus, ausgeruht und knitterfrei. Pascal war in diesem Moment unendlich traurig. Auch, weil er registrierte, dass keiner der Mitreisenden die anderthalbstündige Wartezeit mit ihm zusammen verbringen wollte. Nicht einmal das Model, das sie extra aus Berlin mitgenommen hatten. Er blieb in einem Pub hängen, wo er, gänzlich gegen seine Gewohnheit, Starkbier trank. Im Flugzeug nach Berlin saß er neben seiner Beraterin, die gar nicht erst versuchte, mit ihm ins Gespräch zu kommen. Am Gepäckband bot er ihr an, ein gemeinsames Taxi zu nehmen, weil er wusste, dass sie gerade in seine Nähe gezogen war.

Berlin empfing sie an einem winterlich tristen Sonntagmittag. Ein miesgelaunter Taxifahrer brachte sie auf der mit graufleckigen Schneeresten gesäumten Strecke von Tegel nach Prenzlauer Berg. Pascal sehnte sich plötzlich nach den Platanen von Palermo, einem Drink auf der sommerlichen Hotelterrasse und den dunklen, gurrenden Stimmen der argentinischen Stylistinnen. Er fragte seine Kollegin, ob er sie auf ein Schnitzel im *Borchardt* einladen dürfe, doch sie lehnte ab.

»Mein Sohn und meine Mutter warten auf mich. Aber danke, Pascal, sehr nett von dir.«

Er konnte förmlich spüren, wie verwirrt sie von seinem Stimmungsumschwung war und sich doch für diesen Tag etwas Besseres vorstellen konnte, als mit ihm im Restaurant zu sitzen.

»Na, dann schöne Grüße«, sagte er, als sie übermüdet aus dem Taxi stieg.

»Pass auf dich auf«, sagte sie. »Bis morgen«, und schlug die Tür hinter sich zu.

Während der Taxifahrer vor sich hin brabbelte, beschloss Pascal, etwas in seinem Leben zu ändern.

––––––––––

Der Traum war verschwunden. Eines Morgens fiel es ihm auf. Er hatte seit dem Vorfall mit Antje, seit dem Weinkrampf im Auto nicht mehr von den Kindern am Weiher geträumt. War es vorbei? War seine Schuld getilgt, sein Gewissen bereinigt? Er wollte nicht so recht daran glauben.

In einer Halle in Wilmersdorf spielte Pascal neuerdings wieder regelmäßig Tennis. Cordt, sein Grafikpartner aus Hamburg, hatte ihn dazu animiert. So schaffte er es zumindest an einem Abend in der Woche vor sieben aus dem Büro.

»Osten kann ich mir einfach nicht vorstellen«, konstatierte Cordt einmal auf dem Nachhauseweg. »Too much dirt, too many bad vibes. Meine Freundin liebt es hier im alten Westen, und mir gefällt's auch.«

»Kein Ding«, antwortete Pascal. »Musst dich nicht entschuldigen. Wird ja inzwischen sowieso fast schon wieder uncool bei uns.« Er musste grinsen. Klar, jetzt, wo alle da waren, zogen die ersten schon wieder weg aus dem Prenzlauer Berg. Die meisten nach Kreuzberg rüber. Charlottenburg war zu exotisch für junge Medienleute. Irgendwie passte Cordt, der immer ein wenig zu schnieke aussah für ihr Büro am Hackeschen Markt, ohnehin nicht dorthin. Er war ein Hamburger Kaufmannssohn durch und durch.

»Wann wirst du denn nun endlich geschieden?«, fragte Cordt.

»Demnächst. Im Juni, schätze ich«, antwortete Pascal. »Wieso?«

»Na ja, da gibt's so einige Frauen bei uns, die nur darauf warten, dass der feine Herr endlich wieder ansprechbar ist. Sexuell und emotional, meine ich. Du bist ja so was wie eine Schildkröte, seit du in der Agentur bist. Also im wahrsten Sinne des Wortes: eine Kröte mit Ganzkörperschutzschild.«

»Mehr Kröte oder mehr Schild?«, hakte Pascal nach.

»Hard to tell«, antwortete Cordt, der nach seinem Jahr bei Grey in New York selten einen Satz ohne Anglizismen hinbekam. »Beides zu gleichen Teilen. Ich als junges Ding würde so was jedenfalls nicht anrühren. Als Kreativen bewundern sie dich alle. Als Mensch finden sie dich eher weird.«

»›Weird‹ ist doch gut«

»Vielleicht ist ihr Interesse aber eher ethnologischer Art«, gab Cordt zu bedenken. »Sich mal von einem Buschmann, der sich von Schnecken und Würmern ernährt, einsame Floßtouren macht und wirre Gebete an unbekannte Götter spricht, die Vulva streicheln lassen. That kind of weird meine ich.«

»Schnecken und Würmer? Unbekannte Götter? Bist du bescheuert?«

»Mir ist kein besseres Bild eingefallen. Jedenfalls komm mal wieder runter auf die Erde. Eine gescheiterte Ehe kann nicht das Ende sein. There's something beautiful inside of you. Ich weiß das. Ich bin ja schließlich derjenige, der jeden Tag mit dir abhängt.«

»Du hast überhaupt keine Ahnung, was *das Ende* ist, Cordt«, sagte Pascal. »Überhaupt keine Ahnung hast du, mein Lieber.«

»Mysterious, mysterious. Aber dennoch: Ich freu mich jedenfalls, den anderen Pascal kennenzulernen. Irgendwann.«

Pascal berührte dieser ehrliche Ausbruch seines ansonsten zurückhaltenden Kollegen. In den kommenden

Wochen bemühte er sich um menschliche Züge, brachte seiner jungen Mitarbeiterin mal einen Kaffee mit, lobte von Zeit zu Zeit und nahm sich vor, sich selbst auch mal von außen zu betrachten. Was er da sah, machte ihn unheimlich wütend. Offensichtlich befand er sich im Epizentrum einer vor Selbstbewusstsein, Kreativität und Jugendlichkeit explodierenden Stadt – und hatte daran bislang überhaupt nicht teilgenommen.

Wenige Tage später entdeckte er eine seltsame SMS von Wolle. Er kam gerade aus einem Meeting mit den Schokoriegeltypen, die plötzlich alles infrage stellten und ab sofort nur noch ihre Produkte sehen wollten: keine albernen Storys, keine Menschen, nichts, was den Konsumenten überfordern könnte. Das gemeinsame Mittagessen hatten sie kurzerhand abgesagt, was einem Affront gleichkam.

Als Pascal mit Cordt hungrig, stumm und kopfschüttelnd wieder im Büro saß, las er Wolles Text auf seinem Handy. »Quitzow31, Apparatschik.« Mehr nicht, keine Begrüßung, keine Erklärung. Schon einmal hatte Wolle eine kurze SMS geschickt. Darin nannte er dieselbe Adresse, schrieb irgendwas von einer Eröffnung in entspannter Atmosphäre und im kleinen Kreis. Und den Zusatz »Venus«. Aber zu dieser Zeit war Pascal noch völlig auf seinem Workaholictrip gewesen.

Gespannt hörte er nun seine Mailbox ab: »Pascal, Wolle hier. Hör mal, komm doch endlich mal vorbei. Zier dich nicht so. Wir sind noch ein kleiner Verein, aber wir können gute neue Mitglieder gebrauchen. Ich texte dir die Adresse noch mal und den Code für heute Abend. Keine Ausreden, alter Kämpfer!«

Als Pascal gegen acht die Agentur verließ, traf er auf der Straße einen Kollegen aus einem anderen Team. Der Typ war bekannt dafür, keine Berliner Party auszulassen, sexsüchtig zu sein und sich mit einem Drogenproblem herumzuschlagen. Ein bisschen viel Klischee, dachte Pascal immer, wenn er ihn mit dunklen Augenringen im Montagsmeeting vor sich hindämmern sah. Einen guten Job machte er trotzdem.

»Hey, Viktor, halben Nachmittag frei, oder was?«, fragte Pascal, als sie beide in der Dunkelheit auf ein Taxi warteten.

»Haha. Hab gehört, ihr habt den Schokoriegeln heute eine aufs Maul gegeben? Richtig so!«, antwortete der Kollege.

»Ja, hat fast ein bisschen Spaß gemacht. Sag mal, hast du zufällig schon mal was von einem neuen Laden in Moabit gehört?«

Viktor wirkte verblüfft. »Klar. Gehört hab ich davon schon, aber keiner weiß was Genaues. Komische Türpolitik haben die wohl. Dagegen ist das *Cookies* die Bahnhofsmission. Die fangen offenbar so richtig klein an und machen es mit Empfehlung und Passwort langsam größer. Wird schon einen Grund haben. Zwinkerzwinker. Trotzdem sehr speziell und nervig, wenn du mich fragst. Aber die ganze Stadt redet drüber. Jedenfalls die, die noch nicht da waren. Die anderen halten sich bedeckt. Wenn du was hörst, sag Bescheid. Ich will da nicht erst auftauchen, wenn's schon wieder vorbei ist.«

Zwei Stunden später ließ Pascal ein Taxi in der dunklen Straße halten. Rechts heruntergekommene Industriebauten und Bahngleise, links dunkelstes Arbeiterviertel. Er ging auf den Hof mit der angegebenen Hausnummer. Ein alter Türke, dem in der oberen Reihe ein paar Zähne fehlten, stand regungslos vor einer Werkstatt. Neben ihm saß ein riesiger Hund und schaute Pascal hechelnd an.

»N'abend«, sprach ihn Pascal an. Bis auf einen gewissen Sicherheitsabstand war er auf die beiden zugelaufen. Der Aufpasser sagte kein Wort. Dann fiel Pascal die Nummer mit dem Passwort ein und er stammelte »Ähh, ich sag mal: Apparatschik.«

Der Alte brabbelte etwas zu seinem Hund, der sich nun tänzelnd erhob und an der Leine zog. Mit einem Kopfnicken forderte der Mann Pascal auf, ihm zu folgen. Sie liefen um das Gebäude herum und auf ein fabrikähnliches Haus zu.

Der Aufpasser öffnete die schwere Eisentür und sagte: »Dritte Stock. Is dunkel. Vorsicht bei Treppe.« Der Hund schnupperte kurz an Pascal und hinterließ einen schleimigen Rest an seinem Hosenbein, bevor der Mann wieder nach vorne zur Straße schlurfte.

Pascal stand allein in dem dunklen Treppenhaus, das spärlich von einer in den oberen Stockwerken angebrachten Lichtquelle beleuchtet wurde. Langsam tastete er sich die Eisenstufen hinauf bis zu einer großen, verschlossenen Tür, an die einer mit Kreide »Voilà« gekritzelt hatte. Pascal vernahm dahinter gedämpfte Musik, fand jedoch keine Klingel. Er klopfte.

Nach einer Minute öffnete ihm Wolle. »Sei willkommen, endlich, mein Freund«, sagte er laut und umarmte Pascal heftig. »Schön, dass du da bist.«

Pascal gefiel, was er sah. Der Raum war viel größer, als er von außen gedacht hätte. In dem vorderen kleinen Vestibül, das aus Sperrholzwänden zusammengezimmert worden war, stand eine abgewetzte Sitzgruppe. Hinter einem kleinen Tresen werkelte ein bildhübsches Mädchen, und in der Ecke stand ein Fernseher, auf dem tonlos MTV lief. Dahinter lag ein von Kerzen und wenigen indirekten Lichtern beschienener, fensterloser Saal, ausgelegt mit einem hellen Sisalteppich und bestückt mit eng stehenden Vierertischen. Tischdecken, Lachen, Opernmusik. Zwei vom Nachtleben ausgezehrte, aber freundlich wirkende Kellner mit Schürze bewegten sich elegant zwischen den Tischen. Die Karte bestand aus einem kopierten, handgeschriebenen Zettel. Das alles hatte Stil und die Atmosphäre eines Geheimbundes.

»Hier sind die Regeln«, sagte Wolle, der ein weißes, offenes Hemd zur Jeans trug und etwas abgenommen hatte. In seinem dichten Brusthaar baumelte ein interessantes Amulett. »Jeder, der hierher will, muss von mindestens zwei Bürgen empfohlen werden. Wie in der SED und in der Mafia. Damit will ich verhindern, dass es hier bald von Arschlöchern und Gaffern nur so wimmelt. Die ersten hundert Gäste lade ich persönlich ein. Du bist Nummer 99. Die 100 kommt später auch noch und ist eine echte Granate. Wenn du der Meinung bist, dass du jemanden mitbringen musst – auch wenn es Frauen sind –, dann ruf mich vorher an. Deine persönliche Bürgschaft reicht mir. Wichtig: Ich will von niemandem den richtigen Namen wissen. Jeder erhält einen neuen, den ich persönlich aussuche und den ich mir merken kann. Deiner wird sein«, er wackelte grübelnd mit dem Kopf, »lass mal überlegen ... Frau Elli!«, rief er dem Mädchen am Tresen zu, »... was halten Sie davon, wenn wir meinen alten Freund hier auf den Namen ›Herr Michel‹ taufen?«

Frau Ellis Wangen färbten sich rot und sie sagte: »Schöner Name. Willkommen im *KOMA*, Herr Michel. Was trinken Sie zur Begrüßung?«

Pascal war sofort verzaubert von ihr. Der geheimnisvolle Weg hierher, das spezielle Entrée und der stimmungsvolle Raum machten ihn weich und empfindsam. Und ein bisschen lag das auch an Frau Elli. Sie hatte alles, was eine Frau für den berühmten ersten Blick haben musste: ein schönes Lächeln, freundliche Augen, vollkommene Hände, eine gute Figur mit weiblichen Rundungen und eine angenehme Stimme. Pascal sah sie einen Moment zu lange an.

»Herr Michel, nicht gleich verlieben, bitte!«, herrschte Wolle ihn an und bestellte einen Martini für Pascal. Dann führte er seinen Freund in die weite Halle. Jussi Björling sang irgendeinen Puccini-Kracher aus einer kleinen Kompaktanlage, die Wolle per Fernbedienung steuerte und sich darüber freute wie ein kleines Kind. Aber es passte alles zusammen. Das verrauschte »E lucevan le stelle« war genau die richtige Beschallung für diesen Raum, diesen Moment, dieses Gefühl.

Es wird großartig hier, dachte Pascal, als er sich mit Wolle an einen der freien Tische setzte. Aus den Augenwinkeln sah er stadtbekannte Gesichter: einen Clubmogul, zwei DJs in Begleitung zweier sehr attraktiver Frauen, einen Boxer mit seinem Manager. Pascal fühlte sich plötzlich sehr unerfahren auf diesem Parkett, aber die Nähe zu Wolle verlieh ihm etwas Spezielles, das konnte er spüren.

Während sie sich über die Geschehnisse der letzten beiden Jahre austauschten, wurde das Essen aufgetragen. Es gab Malfatti und Penne arrabiata.

»Was willste machen? So ist das eben im Leben«, resümierte Wolle, nachdem Pascal von seiner Ehegeschichte berichtet hatte. Wolle klang mäßig interessiert. »Sei froh, dass du diesen Job hast. Jammer nicht über den Scheiß, sondern freu dich über den Scheck, die Anerkennung und das alles. Haben nicht viele Leute. Und sowieso: echt schön, dass du gekommen bist.«

Mehrmals ging Wolle zur Tür und begrüßte neue Gäste. Noch nach Mitternacht kamen Leute. Irgendwann hatten sich die Tische vermischt, und Pascal saß neben der jungen Schauspielerin, die er am letzten Sonntag beim Herumzappen in einer ZDF-Schmonzette gesehen hatte.

»Wollen wir rübergehen?«, fragte sie ihn unzweideutig, und er war sich nicht sicher, ob er tatsächlich in einer Moabiter Wohnung aufwachen wollte. Im schlimmsten Fall mit Katzen im Bett. Aber die Frau gefiel ihm.

»Moabit, da wohnt man jetzt, oder was?«, fragte er.

Sie lachte laut auf. »Hey, du bist echt neu, oder? Ich wohne August, Ecke Tucholsky.«

Pascal überlegte nun, ob sie mit »rüber« ernsthaft den Osten meinen könnte, aber da er sich nicht blamieren wollte, fiel er einfach in ihr Lachen ein. Sie machte ihm vorerst keine weiteren Avancen und verschwand irgendwann.

»Du bist süß«, sagte sie, als sie sich wieder neben ihn setzte, und gab Pascal einen feuchten Kuss auf die Lippen. Wenige Minuten später zog sie mit ein paar Leuten los und tippte ihre Nummer in sein Handy. »Wir sind im 103. Ruf an, wenn du noch weiter willst«, sagte sie und verabschiedete sich.

Irgendwann erinnerte sich Pascal daran, dass er für diesen Samstagmorgen gegen zehn ein Statusmeeting zu der neuen Politikkampagne einberufen hatte. Seine Mitarbeiter hassten ihn dafür. Nun schrieb er seiner Juniortexterin eine SMS, in der er sie bat, das Treffen abzusagen. Drei Sekunden später bekam er ein »Danke, Chef!« zurück.

Er beobachtete Frau Elli beim Zusammenräumen, erfreute sich an ihrer fast musikalischen Körpersprache, ihrem elegant federnden Gang. Pascal merkte, dass der Alkohol, den er in dieser Menge nicht mehr gewohnt war, ihn aufs Angenehmste benebelte. Er genoss die Nähe zu Wolle, der einen perfekten Gastgeber abgab und immer wieder Leute miteinander bekannt machte, und er bejahte, als sein Freund ihn fragte, ob er mit rüberkommen wolle.

Gemeinsam mit einer schwarzhaarigen Schönheit, die ihm Wolle als Señora Cento vorgestellt hatte, verließen sie das Lokal und gingen über den Treppenabsatz durch die andere Tür, die Pascal bereits beim Kommen aufgefallen war – dahinter verbarg sich Wolles privates Reich. In seiner riesigen, offenen Küche stand eine Waage, auf der ein großer Haufen Kokain lag. Im hinteren Teil des loftähnlichen Raums projizierte ein Beamer einen Softporno an die Wand. Der Ton war abgestellt, stattdessen lief leiser, aber harter Elektro.

Mit einem Löffelchen entnahm Wolle dem Haufen ein wenig Pulver und legte es auf einer Metallplatte aus. Pascal schwieg andächtig. Ihm zitterten die Knie; das war lange nicht mehr passiert. Was Wolle da mit seiner Kreditkarte machte, egal, wie routiniert und virtuos es klackte und ratschte – es war höchst verboten. Käme jetzt eine Sondereinheit hier reinspaziert, hätten sie alle ein Problem. Das machte ihm Angst und turnte ihn gleichzeitig an. Eine freizügig gekleidete Dame kam aus Wolles hinteren Gemächern angeschlichen, holte ein Metallröhrchen hervor und zog wortlos als Erste etwas von dem Koks. Dann griffen auch die beiden Männer zu, und Pascal tat so, als sei es nichts Besonderes. Zu seinem Erstaunen spürte er wenig, aber das ganze Drumherum versetzte ihn in Hochstimmung. Wolle stellte Pascal dem anderen Mädchen vor. Er nannte sie Lady B, doch sie beachtete Pascal kaum, nahm noch eine große Linie und verdrückte sich wieder nach hinten. Pascal ging ihr hinterher und entdeckte sie auf einer großen Matratzenlandschaft, wo sie sich inmitten exotisch anmutender Decken und Kissen niedergelassen hatte.

»Alles klar?«, hörte er Wolle rufen.

»Ich glaub schon. Lady B ruht bereits zur Nacht«, sagte Pascal.

Wolle rief: »Leg dich dazu, Herr Michel. Heute ist Samstag. Heute wird ausgeruht.«

Pascal musste an Frau Elli denken, die ihn im Gegensatz zu diesen beiden professionell wirkenden Geschöpfen extrem anzog. Er beschloss, sich trotz aller Verheißungen für heute zu verabschieden. Als er durch die Küche kam, bumste Wolle bereits die Schwarzhaarige. Auf einem Stuhl. Es war ein abschreckend emotionsloser Akt, bei dem Wolle noch genügend Abstand hatte, um Pascal zuzurufen: »Herr Michel, halt die Ohren steif und komm wieder.«

Auf der Treppe traf er Frau Elli, die gerade Feierabend machte. Ohne viele Worte zu verlieren, stiegen sie in das Taxi, das vor der Toreinfahrt wartete. Der zahnlose Wachmann stand noch genau an der gleichen Stelle wie zu

Beginn des Abends. Der Fahrer war angenehm diskret, und irgendwann legte Elli ihren Kopf an Pascals Schulter und schlief ein.

Als sie unter dem U-Bahn-Viadukt hindurchfuhren, fragte der Taxifahrer: »So, Danziger. Wo denn da genau?«

Elli nahm Pascals Hand und sagte mit geschlossenen Augen: »Bitte, kann ich mit zu dir? Neben mir wohnt dieser durchgedrehte Punk, der freitags immer auf Bongos trommelt, bis die Bullen kommen.« Sie hielt die Augen noch immer geschlossen. Und lächelte.

Durch Elli und die Besuche im *KOMA* kam eine neue Struktur in Pascals Leben. Er hatte plötzlich einen Ort, zu dem es ihn hinzog und an dem seine Arbeit, seine Kollegen, Kunden und all die damit verbundenen Absurditäten keine Rolle spielten. Viktor hatte ihn mehrmals verschwörerisch nach »Moabit« gefragt, doch Pascal wiegelte jedes Mal ab.

Trotz seiner Nachtaktivitäten arbeitete er konzentriert weiter. Er hatte Erfolg. Cordt, dem er nie etwas vom *KOMA* oder Elli erzählte, machte ihm jetzt ab und an ein Kompliment: »Ich glaub, ich mag den neuen Pascal. So als Mensch verkleidet. Sogar deine Rückhand wird besser. Du schwingst jetzt richtig durch bis zur Schulter. You've got a real swing, baby. Mach weiter so. Und nächstes Jahr gehst du in die Geschäftsführung. Seriously.«

»Wenn, dann gehen wir beide, oder?«, erwiderte Pascal.

»Nee, das ist nichts für mich. Ich will visuell arbeiten, mit Schönheit und Ästhetik zu tun haben, nichts mit Zahlen und Personal, Bürostuff und Zukunftsplanungen. Mach du mal. Du bist prädestiniert dafür. Jetzt erst recht, wo du keine Schildkröte mehr bist, sondern plötzlich likeable. Wer hätte das gedacht?« Cordt schmunzelte. »Ohne mich würdest du immer noch der garstige Zonenkreative sein, an den man nicht rankommt.«

»Und der diese abgebrochene Rückhand spielt«, ergänzte Pascal.

»Genau. I've created a monster. Versprich mir nur, dass wir weiter zusammen ausdenken werden, wenn du als Chef mit deinem administrativen Kram zu tun hast.«

»Cordt, jetzt mach aber mal halblang. Ich bin grad ein Dreivierteljahr hier. Und du schleimst dich schon bei deinem zukünftigen Boss ein. Ich bin dein Partner. Vergiss das nicht.«

»People forget, sometimes«, sagte Cordt.

Pascal dachte über ihr Gespräch nach. Weil es stimmte. Weil auch er es geschafft hatte, so viel zu vergessen. Er hatte einfach die richtige Mischung aus Pflicht und Ablenkung gefunden.

Wenn er es hinbekam, fuhr er dreimal in der Woche gegen neun Uhr abends nach Moabit und ließ sich von der berauschenden Intensität von Wolles Laden verführen. Manchmal dachte er, dass sich so und nicht anders ein Geheimlokal in Chinatown in den Zwanzigern angefühlt haben musste. Es war das Verbotene, das Lasterhafte und die elitäre Verabredung, die die Leute so aufleben ließ.

Pascal war in Elli verknallt. Doch die hielt ihn auf Abstand. An den regulären Abenden des *KOMA* war sie nie wieder mit zu ihm nach Hause gekommen.

»Schlecht fürs Karma«, hatte sie gesagt. »Ich bin ja hier für alle da. So funktioniert das nun mal. Die Leute, vor allem die Typen, sollen träumen können. Und wenn sie sehen, dass du auf mich wartest, ist das schlecht fürs Geschäft und die Stimmung.«

Pascal fand das für eine Zwanzigjährige ziemlich abgeklärt und ging davon aus, dass Wolle dahintersteckte. Er verstand Ellis Argumente, aber es gab ihm trotzdem einen Stich, wenn er mitbekam, wie aufdringliche, schlimmstenfalls prominente Druffis an ihr herumbaggerten oder an Männertischen über sie geredet wurde.

Elli lebte gerade mal seit einem halben Jahr in Berlin. Sie war im Herbst aus Ostfriesland gekommen, mit einem Rucksack und ohne Erwartungen. Nach dem Abitur hatte sie in ihrer Kleinstadt in einem Schuhgeschäft gearbeitet und schnell gemerkt, dass die Provinz sie umbringen würde. Also wollte sie lieber in Berlin in den Tag hineinleben und sehen, was passierte. Sie bezog ein WG-Zimmer in der Kastanienallee und traf im *Schwarzsauer* auf Wolle. Der warb sie von der Stelle weg für seinen neuen Laden an.

Irgendwann ließ Elli sich darauf ein, mit Pascal die Sonntage, an denen das *KOMA* geschlossen hatte, gemeinsam zu verbringen. Sie frühstückten in neuen Lokalen, besuchten Galerien und spazierten durch Mitte und den Prenzlauer Berg. Es zog sie auf ihren langen Wanderungen immer wieder hoch nach Weißensee, weil die triste Einkaufsmeile hinter dem *Kino TONI* Elli sehr an ihre Heimatstadt erinnerte. Sie fand es lustig, dass es in Berlin so etwas gab.

»Das soll nie zu Ende gehen«, sagte sie dann mit Blick auf die abgeranzten Reisebüros, Friseurläden, die geschmacklosen Klamottengeschäfte und die lustigen Straßennamen.

Nach den Spaziergängen kam sie mit zu ihm, wo sie miteinander schliefen, fern sahen und ein frühes Abendbrot zubereiteten. Spaghetti mit Pesto oder mit Knoblauch und Öl. Manchmal schmierte Elli auch nur ein paar Salamibrötchen. Es war schön mit ihr. Es hielt Pascal am Boden. Aber seine Freundin wollte sie nicht sein.

»Ich bin nicht die Richtige für dich, glaub's mir«, sagte sie einmal.

»Das weißt du doch nicht.«

»Frauen spüren so was. Siebenter Sinn.«

»Selbst wenn, was spricht denn dagegen, dass wir mehr Zeit miteinander verbringen?«

»Irgendwas halt. Du willst die Elli, die du geil findest, auch weil sie den Männern den Kopf verdreht. Die mal eine Line zieht und die diese westdeutsche Provinzhistorie hat. Klar, das verstehe ich. Aber du willst eben auch eine Elli, die studieren wird, die endlich mal zu einem Casting geht, eine Firma gründet oder sonst was Besonderes macht. Will ich aber gar nicht. Ich will eigentlich nichts vom Leben. Außerdem haben wir doch den Sonntag. Im Moment jedenfalls«, sagte sie und grinste ihm zu.

Wahrscheinlich war es das, was er mochte: keinen Druck zu spüren. Dass sie nicht nur nichts von sich selbst erwartete, sondern auch nichts von ihm.

Pascal bekam einen Firmenwagen vor die Tür gestellt, und die Inhaber der Agentur boten ihm die Aufnahme in die Geschäftsleitung an. Das Berliner Büro lief prächtig. Immer mehr Kunden fanden es schick, sich von Berliner Kreativen beraten zu lassen. Die neuen Restaurants am Hackeschen Markt waren voll mit ihnen. Pascals drei silberne Nägel, die Branchenoscars, die ihm im Frühjahr verliehen worden waren, hatten die Fachwelt aufhorchen lassen. Er bekam Anrufe von Headhuntern, die ihm zwar sehr viel Geld offerierten, allerdings ausschließlich Posten in München und Hamburg zu bieten hatten. Als Dank dafür, dass er dem Druck standhielt und sich schließlich auf die Idee mit der Geschäftsführung einließ, vermietete ihm sein Chef das frisch sanierte Dachgeschoss in seinem Anlagemietshaus in der Zionskirchstraße zu einem günstigen Preis. Pascal fühlte sich geehrt.

In dem Haus seines Chefs waren von den Altbewohnern nur ein Wissenschaftlerpärchen und eine alte Frau aus dem Hinterhaus geblieben – vermutlich hatten sie sich nicht wie die anderen aus dem Mietvertrag herauskaufen lassen. Wenn Pascal ihnen im Hausflur begegnete, schauten sie ihn an, als wäre er der oberste Anführer der Neulinge, die nun fast täglich in die frisch renovierten Wohnungen einzogen. Er versuchte es mit jovialen Sprüchen über seine Vergangenheit oder berlinerte aufgesetzt, wenn er der alten Nachbarin die Tür aufhielt. Doch sowohl sie als auch das Pärchen ließen ihn spüren, dass er nicht zu ihnen gehörte und nicht willkommen war.

Wenn Pascal nun auf der Südterrasse seiner luftigen Wohnung saß, von der er über ganz Berlin bis hin zum Schöneberger Gasometer blicken konnte, redete er sich ein, dass er ja von hier oben, wo früher ein staubiger Dachboden gewesen war, niemanden verdrängt haben konnte. Doch insgeheim wusste er, dass das Unsinn war. Überall entstanden diese Dachwohnungen, jedes dritte Haus im Kiez war von einem Gerüst und flatternden Planen eingehüllt, alles lag in Staub. Er wusste, dass er ein Teil all der Veränderung war, fast schon eine Speerspitze. Und trotzdem missfiel ihm manchmal die Attitüde seiner neuen Freunde, diesen Kiez nur als Spielwiese ihrer eigenen hedonistischen Zwanziger zu sehen und sich viel zu wenig für seine Geschichte zu interessieren. Es regte ihn auf, wenn sie es einfach nicht hinbekamen, ein paar simple Dinge des Alltags oder der Sprache anzunehmen. Aber nach dem x-ten Verbesserungsversuch zum Thema Maarzahn, Treppto, Alexturm und Trambahn verlor Pascal die Lust. Was willst du eigentlich?, fragten die Gesichter. Das hier ist nicht mehr euer Land! Es ist unser gemeinsames. Und wir wollen mehr als nur mitspielen. Straßenbahn, Fernsehturm – mir doch egal.

»Was erwartest du, Pascal? Willst du, dass dich die Mäuse dafür anhimmeln, dass du schon als Thälmannpionier da rumgesprungen bist, wo sie heute abhängen?«, raunzte Wolle ihn an. »Meinst du, es interessiert die, dass du in ihrem Alter hier noch Kohlen hochgeschleppt hast, im Schulkeller Luftgewehrschießen geübt oder ein bisschen politisches Musikkabarett gemacht hast, von dem man heute nicht mal mehr drei Prozent des Inhalts verstehen würde? Es ist vorbei, Mann. Lös dich mal davon. Das bringt dir alles nichts mehr. Ist eine neue Zeit, und der Job ist, sich darin einzurichten. So habe ich das immer gemacht.«

»Aber man kann das alles doch nicht einfach so herausschneiden, die Vergangenheit«, sagte Pascal.

»Nee, kann man nicht. Aber man muss es auch nicht übertreiben. Neues Spiel – neues Glück. Das ist ja das Geile, dass wir eine zweite Chance bekommen haben. Was wär denn heute mit dir, wenn die Ungarn und Gorbatschow damals nicht zurückgezuckt hätten? Erzähl mal, was wär dann mit dir?!«

»Keine Ahnung. Weißt du es denn für dich?«

»Lenk nicht ab.« Wolle sah ihn herausfordernd an.

Ein Typ kam an ihren Tisch und beugte sich verschwörerisch an Wolles Ohr. Der nickte kurz und rührte dann weiter in seinem Kaffee.

»Hast ja recht«, sagte Pascal. »Man will es sich eigentlich nicht vorstellen, was aus uns geworden wäre.«

Wolle machte eine Sag-ich-doch-Handbewegung. Im Hintergrund sang Maria Callas. Um sie herum plauderten hübsche Menschen ausgelassen miteinander. Pascal war sich ganz sicher, dass Wolle seinen Platz in der Welt gefunden hatte. Er war aber gleichzeitig überzeugt davon, dass sein Kumpel in seinem ersten Leben ganz ähnlich gelebt hätte. Er war bei sich geblieben, obwohl nun alles anders war. Doch im Gegensatz zu Pascal hatte er dieses Andere damals in Ungarn mit seiner Flucht gesucht. Ihm selbst hingegen war es passiert.

Anfang Juli stand die Scheidung an. Das Trennungsjahr war vorüber. Es gab kaum Streitereien mit Mirze, auch weil Pascal den Kontakt so gering wie möglich hielt. Sie hatte, trotz allem, um seine Freundschaft gebuhlt, um die Wahrung ihrer gemeinsamen Geschichte, es aber irgendwann aufgegeben. Ab und an telefonierten sie, redeten aber schließlich doch nur noch über die Formalitäten ihres gerichtlichen Auseinandergehens. Am Tag vor dem Termin trafen sie sich im *Brot und Rosen* auf eine Pizza.

»Glückwunsch, Pascal. Freut mich echt für dich. Das mit der Agentur und den Preisen. Und nun sogar noch ein bronzener Löwe in Cannes. Wow.« Mirze nippte an ihrem Prosecco. Sie war offensichtlich beim Friseur gewesen. Ein paar blonde Strähnchen zu viel, fand er.

»Woher weißt du das überhaupt? Das interessiert doch überhaupt keinen«, sagte Pascal.

»Du glaubst wohl immer noch, wir ernähren uns in der Redaktion nur von der *BILD* und der *SUPER Illu*, oder? Thomas liest jede Woche die *HORIZONT*, das ist Pflicht. Denn da werden die Trends erzählt, findet er. Stilistisch und erzählerisch.«

»Soso, findet er? Erzählerisch? Findest du es nicht ein bisschen taktlos, mir jetzt die Fachlektüre deines neuen Typen unter die Nase zu reiben?« Pascal klappte die Speisekarte zusammen und trommelte mit den Fingern auf dem Tisch.

Mirze blieb ruhig und legte ihm die Hand auf den Arm. »Pascal, ich lebe seit über einem halben Jahr mit Thomas zusammen. Ich bin so sehr um Normalität zwischen uns bemüht. Aber du hast jede Einladung ausgeschlagen. Okay, verstehe ich. Auch, dass du mich nicht mehr zum Sommerfest nach Tornow einlädst. Obwohl ich wette, deiner Mutter, deiner ganzen Familie würde es nichts ausmachen. Wie geht's ihr? Und deinem Vater? Und Pierre?«

Er merkte, wie er wütend wurde. »Hey, du wolltest nicht mehr Teil meiner Familie sein. Also spar dir die Nachfragen, ja?«

»Und wie stellst du dir das vor? Ich habe mir sieben Jahre lang alles reingezogen – diesen sarkastischen Tonfall in deiner Familie, die ewigen Cembalomenuette deines Vaters – und das Desinteresse an meinem Beruf ertragen. Weil ich sie alle sehr mochte. Und jetzt soll mich das alles nicht mehr interessieren? Wie soll das laufen?«

Der sizilianische Kellner mit der riesigen Zahnlücke kam mit den Ruccolapizzen an den Tisch. »Warta lange nisch mehr da, oda?«

»Ja, kann man so sagen«, erwiderte Pascal abweisend.

Der Kellner warf Mirze einen irritierten Blick zu und ging. Pascal beobachtete Mirze dabei, wie sie die Pizza in ihrer alten Routine für sie beide zurechtschnitt, und war auf einmal sehr traurig. Die Entfremdung, die sich mit den Monaten trotz aller früheren Gemeinsamkeiten zwischen sie geschoben hatte, tat ihm immer noch weh. Schließlich verabschiedeten sie sich in einem kurzen, warmen Sommerregen vor dem Laden. Mirze nahm ein Taxi, und er lief nach Hause.

In ihrer alten gemeinsamen Wohnung flackerte Licht. Pascal blieb stehen und beobachtete, wie der neue Bewohner vor der leeren Wohnzimmerwand stand, an die per Beamer die Spätnachrichten projiziert wurden, und dazu mit nacktem Oberkörper eine Art asiatisches Schattenboxen vollführte. Immer wieder flimmerte über die Wand Zinédine Zidanes Elfmeter, der Frankreich ins EM-Finale gebracht hatte, zusammengeschnitten mit den wütenden Reaktionen der Portugiesen auf die vermeintliche Fehlentscheidung des Schiedsrichters. Zu dem absurden Kampfkunstballett des neuen Mieters boten die verzerrten Gesichter von Luís Figo und Nuno Gomes eine perfekte visuelle Ergänzung. Dann kam das Wetter.

Pascal blieb noch einen Moment auf dem Bürgersteig stehen. Er atmete die feuchte, schwüle Luft ein und nahm Abschied vom Kopfsteinpflasteridyll seiner Zwanziger. Bergab und bergauf trottete er bis zum Teutoburger Platz.

Am nächsten Tag fuhr er zum Familiengericht und war fortan ein geschiedener Mann.

Pascals neue Wohnung wirkte in den ersten Wochen wie ein viel zu großes Junggesellenloft. Die drei miteinander verbundenen Zimmer, in denen nur wenige Möbel standen, die weiß getünchten Holzlamellenschrägen, die am Wohnzimmergiebel bis auf fast fünf Meter Höhe reichten, und die riesige pflanzenlose Terrasse erzeugten eine Atmosphäre des Übergangs. Pascal hatte keine Lust auf eine teure Ausstattung und kaufte sich stattdessen in einer Galerie drei großformatige Bilder eines jungen Berliner Künstlers. Berühmte erotische Filmszenen, die in einem merkwürdigen sozialistischen Stil nachgemalt waren und nun den leeren Räumen etwas Stimmung verliehen. Wie sich herausstellte, war Ole, der Maler, den Pascal beim Abholen der Bilder traf, ein entfernter Bekannter von Elli aus Leer. Nun wohnte und arbeitete er am Rosenthaler Platz in einem Ladenatelier, trug stets einen zerschlissenen weißen Anzug und ging nie ohne Cowboyhut vor die Tür. Pascal hatte Ole schon des Öfteren im Nachtleben gesehen und eher albern gefunden. Jetzt besaß er drei Bilder von ihm und hoffte, dass der Maler einmal berühmt werden würde.

Als Pascal Elli von seinen Bildern erzählte, wirkte sie seltsam uninteressiert. Sie erinnerte sich nur daran, dass Ole ihr mit vierzehn ihren ersten Joint angedreht und sie danach trotzdem nicht angefasst hatte. Sie kannte keine einzige der abgebildeten Filmszenen und empfand die Bilder als aufdringlich, unverständlich und sowieso viel zu groß.

Beim Stöbern in einer alten Umzugskiste stieß Pascal auf ein ausgeblichenes Fachbesucherschild der Internationalen Funkausstellung 1995. Auf der Rückseite stand der Name des Mädchens, das er mit diesen Tagen verband: Maria Corvinu. Und eine Festnetznummer in Hamburg. Er erinnerte sich deutlich daran, wie würdig sie in ihrem Hostessenkostüm ausgesehen hatte. Sie hatte seinen Flirt erwidert, und für ein paar Tage war er nur ihretwegen zu den Messehallen gefahren. Nach einem Drink in einer Bar in Wilmersdorf, zu dem er Maria überredet hatte, küssten sie sich. Er war ehrlich zu ihr, erzählte ihr von seinen Lebensumständen. Beim Abschied in einer schlecht einsehbaren Ecke schrieb Maria ihm ihre Nummer auf und schenkte ihm einen letzten, langen Kuss. Eigentlich war es nur dieses eine Mal, dass Pascal seine Beziehung mit Mirze in Gefahr gebracht und zugelassen hatte, dass seine Liebe von einem neuen Gefühl erschüttert wurde.

Maria rief ihn danach zweimal an. Beim ersten Mal nahm Mirze ab und legte genervt auf, weil sich am anderen Ende keiner meldete. Sie war ohnehin oft ungehalten in dieser Zeit. Ihr gemeinsamer Provence-Urlaub war nicht besonders schön gewesen, obwohl Mirze alles minutiös geplant hatte. Doch während der Reise rief sie aus jedem neuen Hotel in ihrem Büro an und hinterließ die Faxnummer, unter der sie für Notfälle erreichbar war. Als Pascal das monierte, gab sie ihm zu verstehen, dass ihr Chef auf ihre Texterfertigkeiten nun mal nicht verzichten könne. Für sie sei das eine Ehre. Pascal empfand es als störend. Die emotionale Verwirrung, die er in diesem Urlaub spürte, drang danach in seinen Alltag ein und ließ ihn das Messe-Techtelmechtel mit Maria anfangen.

Als das Telefon ein paar Tage später wieder klingelte und er selbst zum Hörer griff, täuschte er mit hochrotem Kopf ein Gespräch mit einer angeblichen Arbeitskollegin vor, während Mirze in der Küche eine Salatsauce zubereitete.

»Ich glaube, das hat sich erledigt«, flüsterte er, und Maria schluchzte. »Das müssen wir zu den Akten legen und uns auf die wichtigen Sachen fokussieren, verstehst du?« Er legte abrupt auf, und Mirze fragte irritiert, ob er mit seinen Leuten in der Firma immer so förmlich und sperrig reden würde.

Der Beinahe-Fehltritt mit Maria Corvinu lag jetzt fünf Jahre zurück. Pascal recherchierte im Internet nach ihr und fand sie über ein Businessportal, in dem sie als freie Promoterin für Messen gelistet war. Unter anderem bot sie die Vermittlung von Balkanbands an. Pascal erreichte Maria auf dem Handy, während sie in einer Musikschule gerade auf ihre siebenjährige Stieftochter wartete. Er konnte spüren, dass sein Anruf für sie eine aufwühlende Überraschung war. Erst brachte sie kaum ein Wort heraus, dann ging sie in eine Ecke fernab der anderen Musikschulmütter und beichtete ihm, wie sehr sie diesen Moment all die Jahre herbeigesehnt hatte. Sie verabredeten ein Telefonat für den späten Abend.

Die fast schon unheimliche Anziehungskraft, die auf der Messe von ihrer herben, verletzlichen Schönheit ausgegangen war, übertrug sich nun, viele Jahre später, übergangslos auf ihre Stimme, ihre Worte, ihr Schweigen, ihr Lachen. Ihr Gespräch glich einem emotionalen Erdbeben: Maria, die am Küchenfenster ihres Hamburger Vororthauses kauerte, seit drei Jahren in wilder Ehe mit einem verwitweten Küchenbauer lebte und nun in die Muschel flüsterte, und Pascal, der allein auf seiner Terrasse saß und mit ihr die Magie des nächtlichen Sternenhimmels und verbotene Gedanken teilte. Maria hatte ihren Mann auf einer Messe kennengelernt und sich von seiner Bodenständigkeit einfangen lassen. Als Tochter rumänischer Flüchtlinge verspürte sie die Pflicht, endlich etwas aus ihrem privilegierten Dasein in Deutschland zu machen. Dass ihr Freund bereits einen kleinen Bauch hatte, zwanghaft sparsam und wenig zärtlich war und außerdem zwei Kinder mitbrachte, spielte keine Rolle. Bei ihm war sie in festen Händen, bei einem anständigen deutschen Mann. Sie konzentrierte sich darauf, den Mädchen eine gute Ersatzmutter zu sein. Nach ein paar Monaten fühlte sich Maria jedoch wie in einer Falle und versuchte nur für die Mädchen, ihr aufkeimendes Unglücklichsein zu verdrängen.

Das Eruptive ihres Wiedersehens, das ja nicht einmal eines war, übermannte Pascal völlig. Sie telefonierten fast täglich, und das Vertraute ihrer Gespräche machte für ihn plötzlich den Sinn der Tage aus. Er dachte an nichts anderes mehr als an das nächste Telefonat mit Maria. Aus dem abgestumpften Arbeitstier, das er noch vor einem Jahr gewesen war, war nun ein Liebender geworden. Er musste sie sehen.

»Wenn einer aus ›familiären Gründen‹ nach Hamburg muss, dann ja wohl ich«, murmelte Cordt und sah ihn fragend an, als Pascal sich nach dem Meeting verdrücken wollte.

»Manchmal spielt das Leben eben ein seltsames Spiel«, antwortete Pascal und merkte selbst, wie absurd diese Bemerkung aus seinem Munde klingen musste.

»Aha. Liebe also«, erwiderte Cordt und stellte keine weiteren Fragen.

Sie hatten sich auf Marias Vorschlag hin in einer unpersönlichen Salatbar in der Innenstadt verabredet. Nur ein Gast war in dem Laden. Pascal setzte sich und bestellte einen Tee. Die Frau zwei Tische weiter drehte sich zu ihm um. In diesem Moment war ihm klar, dass er einen riesigen Fehler begangen hatte.

Maria hatte einen Koffer bei sich. Sie stand auf, und sie umarmten sich minutenlang. Alles, was er vor fünf Jahren an ihr gemocht hatte, war verflogen. Ihre Haut schien gealtert, ihr Gesicht das einer älteren Frau. Jegliche natürliche

Schönheit war gewichen. Sie war noch keine dreißig, doch die letzten Jahre hatten ihr offenbar übel mitgespielt.

»Du bist enttäuscht«, sagte sie, zog die Nase schniefend hoch und senkte ihren Blick. Sie setzten sich einander gegenüber. Maria fummelte unsicher in ihren Haaren herum. Er roch ihr Parfüm und mochte es nicht. Am liebsten wäre er sofort aufgestanden und zurück nach Berlin gefahren.

»Nein, nein, Quatsch, ich muss das alles erst noch verarbeiten. Das ging alles so schnell und war so besonders.«

»So geht's mir doch auch«, sagte sie und nahm seine Hände. Sie drückte sie so sehr, dass er sich sachte daraus zu befreien versuchte. Doch sie hielt ihn fest. »Wenn du willst, dann lass uns noch einmal von vorn beginnen«, fuhr Maria fort. »Ich habe meine Sachen mitgebracht. Peter und die Mädchen sind starke Menschen. Die werden auch ohne mich zurechtkommen. Aber ich, ich kann nicht mehr ohne dich sein, Pascal. Ich werde es nicht noch einmal hinkriegen.« Sie begann zu weinen. Das Mädchen hinterm Tresen blickte besorgt herüber. »Ich will bei dir sein, alles mit dir teilen. Ich will dich verwöhnen, immer an deiner Seite stehen. Vielleicht sogar Kinder haben.« Sie sah ihn aus unendlich traurigen Augen an. Eine Strähne fiel ihr schwer ins Gesicht und machte alles nur noch schlimmer.

Mit jedem Kilometer, der Pascal auf der Autobahn näher an Hamburg herangebracht hatte, war seine Vorfreude auf dieses Aufeinandertreffen gestiegen, waren seine Gedanken und Wünsche immer konkreter geworden. Er konnte sich gut vorstellen, wie ähnlich auch sie noch vor ein paar Minuten empfunden haben musste. Und nun fühlte er sich, als würde er von einem Stein unter Wasser gezogen. Er war enttäuscht, sie hatte recht. Das alles war ein großer Fehler, und keines ihrer flehenden Worte konnte daran etwas ändern. Maria hatte ihm in der ersten durchtelefonierten Nacht ein Foto von sich geschickt, das nicht jünger als vier Jahre sein konnte. Es hatte nichts mit der Maria zu tun, die nun vor ihm saß.

Wieder schluchzte sie: »Du bist so verunsichert. Was ist nur passiert?«

Pascal wollte das Gespräch in andere Bahnen lenken. Er fragte nach ihrem Alltag, ihren Eltern, nach Bukarest und Hamburg und schaffte es, auch weil er ihrem Wunsch nach körperlicher Nähe nachgab, dass sie sich beruhigte. Sie umarmten sich, und minutenlang saßen sie so da. Dann krabbelte sie auf seinen Schoß und vergrub ihr Gesicht in seinem Hals.

»Hey«, sagte er und berührte ihre Haare. »Hey, Maria, so blöd das klingt, aber lass uns nichts überstürzen. Das haben die Mädchen nicht verdient und dein Freund auch nicht. Wir kennen uns kaum und haben uns vor fünf Jahren ein paarmal gesehen. Das reicht nicht, um so weitreichende Entscheidungen zu treffen. Ich muss das alles jedenfalls erst mal sacken lassen.«

»Okay«, sagte sie und schien plötzlich wie verwandelt. »Lass es sacken, Pascal, lass es ruhig sacken. Wie abscheulich das klingt aus dem Mund von demjenigen, der mir gestern noch etwas von entfernten Galaxien, magischer Anziehungskraft und einem Leben in Leidenschaft und echter Liebe vorgesäuselt hat.«

Er war völlig verdutzt, wie gefasst und wütend sie nun auftrat. »Entschuldige«, sagte er, »aber du weißt doch auch, dass ein Telefonat nicht das Persönliche, ich meine, das alles, das Chemische und so, ersetzen kann. Gib mir Zeit. Hast du dir das echt so vorgestellt? Dass du mit mir durchbrennst?«

»Ja, genauso habe ich mir das vorgestellt. Weil es sich so angefühlt hat. So, wie es sich damals schon angefühlt hat. Aber dann soll es eben nicht sein mit uns. Adieu.«

Maria nahm ihren Koffer, der viel zu leicht für seine Größe schien, und verließ grußlos den Laden. Das hat etwas von einer Filmszene, dachte Pascal. Auch weil Maria, ohne nach rechts und links zu schauen, über die stark befahrene Straße lief, kurz von einem Bus verdeckt wurde und danach wie vom Erdboden verschluckt schien. Sie war einfach weg. Was, wenn sie sich etwas antun würde? Was, wenn sie ihm etwas antun würde oder gar ihrem Freund und den Mädchen? Pascal suchte Halt in irgendetwas, doch es gelang ihm nicht. Schließlich fand er den Blick der Kellnerin in dem immer noch völlig leeren Laden. Maria musste ihn genau deshalb ausgewählt haben. Um ungestört mit ihm zusammen zu sein und ihre Flucht durchführen zu können.

Die Kellnerin schlich zu ihm an den Tisch, nahm das Geld für den Tee und sagte: »Männer sind Schweine. Lass dich hier nie wieder blicken, du eingebildeter Penner!«

Weiträumig umfahren

Kati erfuhr erst Mitte Oktober von Pascals Unfall, als Anne plötzlich unter Tränen im Gasthof stand und ihr berichtete, was ihr Wolle gesagt hatte. Sie war völlig aufgelöst. Die beiden Frauen zogen sich in Katis Atelier zurück und tranken Tee.

»Pascal war in Hamburg. Keiner weiß, warum. Und auf dem Rückweg ist es passiert, nachts auf der Autobahn. Er hat offenbar viele Stunden da im Wald gelegen. Sie haben ihn aus dem Wagen geschweißt, und dann hat er ein paar Tage ums Überleben gekämpft. In irgendeinem Krankenhaus, ich glaube, in Wittstock oder Pritzwalk. Später dann in Berlin.«

»O mein Gott«, stieß Kati hervor und versuchte gar nicht erst, ihre Tränen zu unterdrücken. »Wie schnell das gehen kann, furchtbar!«, fuhr sie fort. »Weißt du, wo er jetzt ist?«

»Er liegt in der Charité. Wolle sagt, er hat an dem Ort zum Leben zurückgefunden, an dem er auch geboren wurde. Bei all den ernsthaften Problemen, in denen er drinzustecken scheint, hat Wolle noch Sinn für so was, der olle Gangster.« Anne schluchzte.

»Ich fahre morgen hin«, sagte Kati.

Später, als Anne in ihren Wagen stieg, um zurück nach Mecklenburg zu fahren, fragte sie: »Kati, weißt du noch, wie wir damals, nach dem Sommer in Zinnowitz, in deiner kleinen Bude zusammengesessen und auf ein Zeichen von den Jungs aus Ungarn gewartet haben? Was ist nur aus denen geworden? Der eine für immer verschwunden, der andere versackt im Drogensumpf und der dritte, der

Vernünftigste von allen, wickelt sich auf der Autobahn um den Baum. So eine Scheiße!«

»Ja, irgendwie war das so nicht vorauszusehen damals. Nichts war vorauszusehen«, antwortete Kati und gab Anne einen Abschiedskuss.

Nachdem das Auto um die Ecke gebogen war, kuschelte sie sich auf der Liege im Atelier in eine Decke und schlief ein. Sie wollte in dieser Nacht nicht neben Jörg liegen, wollte ihn nicht mit ihren Gefühlen durcheinanderbringen, jetzt, wo sie ihr zweites gemeinsames Kind im Leib trug. Und wo es endlich aufwärts ging.

In all den vorangegangenen Jahren war es ihr Sohn gewesen, der Kati Halt gegeben hatte und sie das eintönige Leben ertragen ließ. Auch wenn sie sich oft fragte, ob das Schicksal als Hoteliersohn auf dem platten Land gut für Anton war, fand sie durch sein Lachen und seine aufgeweckte Art immer wieder Ablenkung und Bestätigung. Er tollte herum, als ob es nichts Schöneres gäbe. Er verbrachte viel Zeit in der Küche und im Garten und schaute den Lehrlingen beim Skatspielen zu. Er liebte es, am Morgen im leeren Gastraum mit Kati Kakao zu trinken, Rührei mit Würstchen zu essen und danach auf dem Nachbarhof mit seinen Freunden und deren Tieren zu spielen.

Ohne Anton wäre sie zugrunde gegangen. Jörg war so sehr mit dem Betrieb beschäftigt, konnte so wenig Zeit für das Kind, für sie und ihre Gefühle aufbringen, dass ihre Ehe öfter auf Messers Schneide stand. Aber Kati stellte die Familie letztlich über alles und ihre eigenen Bedürfnisse hintan. Sie hatte sich für Jörg entschieden und wollte nicht schon wieder aufgeben oder ihm den Traum vom Hochzeitslandgasthof verbauen. Einerseits bewunderte sie seine Stärke und sein Beharren, andererseits wusste sie, dass Kyritz bestimmt nie ganz oben auf der Liste der Touristen stehen würde. Dafür war ihr Angebot zu langweilig,

344

das Ambiente des Gasthofs zu sehr der Vergangenheit verhaftet. Es fehlte ein See vor der Tür, und eine attraktive Außenfläche gab es auch nicht. Doch Jörg hatte nie aufgehört, an sein Ziel zu glauben.

Und nun lief es endlich besser, viel besser. Die Neuberliner hatten das Umland für sich entdeckt, die Studenten aus dem Prenzlauer Berg begannen, sich mit dem Heiraten zu beschäftigen und Familien zu gründen. Jörg und Kati waren aus dem Arbeiten nicht mehr herausgekommen. Schon im letzten Jahr stemmten sie über dreißig Veranstaltungen. Jörg war über seinen Schatten gesprungen und hatte einen guten Koch eingestellt, der den üblichen Brandenburger Mix aus Buletten, Schnitzel, Hirschragout und dreierlei Salaten über Bord warf und etwas internationalen Esprit in die Menüverschläge brachte. Es lief auch deshalb besser, weil sie die geschmacklose Bestuhlung, die seine Eltern gleich 1990 angeschafft hatten, austauschten, das hässliche Brauerei-Schild über dem Eingang abschraubten und eine individuelle Beschriftung erfanden. Und weil Kati ihre Zurückhaltung aufgab und sich in die Geschäfte einmischte. Sie kümmerte sich um die DJs und die Dekoration und bot für die Hochzeiten auch Schneiderinnen und Schminkspezialistinnen an. Das alles sprach sich herum – Kyritz an der Knatter wurde für junge Paare attraktiv, und nun war ihr Gasthof schon im zweiten Jahr hintereinander an jedem Wochenende ausgebucht. Der gemeinsame Erfolg gab ihrer Ehe einen Schub und entfachte ihre Liebe neu. Im März flogen sie für ein paar Tage nach Paris, wohnten in einem herrlichen Hotel und fühlten sich dabei wie neu geboren. Dabei entstand das Mädchen, das jetzt in Katis Körper wuchs.

An einem klaren, sonnigen Herbsttag fuhr Kati in das Rehazentrum am nördlichen Berliner Stadtrand, in dem Pascal seit zwei Wochen lag. Auf der Autobahn stand sie im Stau. Im Radio lief ein alter Depeche-Mode-Song. Wie immer bekam sie am Schluss des Liedes eine Gänsehaut, wenn das ganze Stadion die entscheidenden Zeilen mitsingt und Dave Gahan den enthusiastischen Chor irgendwann ganz mit sich allein lässt. Und dann dieser frenetische Jubel, der ihr einen Schauer über den Rücken jagte.

Der Verkehrsreport holte sie aus ihren Träumen und forderte alle Autofahrer auf, den betroffenen Bereich, in dessen Zentrum sie sich eindeutig befand, weiträumig zu umfahren. Dieser Begriff blieb in ihren Kopf. War es nicht das, was sie mit ihren Entscheidungen immer getan hatte? Hatte sie nicht das, worauf es am Ende hinauslaufen würde, immer möglichst weiträumig umfahren? Die Hürdensprinterinnenkarriere, die Popgymnastikkarriere, die Friseurinnenkarriere, die Modelkarriere, die Dissidentinnenkarriere, die Spielerfrauenkarriere, die Schneiderinnenkarriere und vor allem das Leben in Berlin? Kurz wurde sie aus ihren Gedanken gerissen, als sie nach ewigem Stop and Go plötzlich verstand, dass die ganze Warterei nur dem Voyeurismus der Autofahrer auf ihrer Spur zuzuschreiben war. Auf der anderen Seite des Berliner Rings lag ein Lkw quer auf der Straße, in den zwei weitere Fahrzeuge hineingerast waren. Sie fand es scheußlich, wie die Leute einen Blick auf das schreckliche Geschehen ergattern wollten. Und dann hatte sie plötzlich Captain Future vor Augen, den sie für ein paar Wochen geliebt, der ihr verklärtes Bild vom anarchischen Endzeitostberlin lange geprägt hatte und der ebenfalls unter einem Laster zu Tode gekommen war. Auf seiner Beerdigung hatte sie schließlich Angelo und Pascal kennengelernt, und alles hatte seinen Lauf genommen und führte sie heute in diese Klinik.

Angelo war sicherlich der schwärzeste Fleck auf ihrer Seele, der auch jetzt, nach elf Jahren, nicht verblasst war. Der einfach nicht verschwinden wollte. In ihrer

Erinnerung war sie über Angelos Flucht fast ein wenig erleichtert gewesen. Ihre stürmische Verliebtheit in Pascal und ihr ewig schlechtes Gewissen wegen des Betrugs hatten sie immer daran gehindert, sich mit Angelos Schicksal ernsthaft zu beschäftigen. Sie verstand nicht, weshalb er nach dem Tod seiner Mutter nicht ein einziges Mal in Berlin gewesen war oder sich meldete. Oder mal Jana, Pascals bescheuerte Freundin, besuchte, in die er doch angeblich verliebt war. Sie hätte ihm nie zugetraut, komplett auszusteigen, sich so radikal abzuwenden. Aber viele Leute hatten sich in dieser Zeit verändert. Sie war von sich selbst am meisten überrascht. Wie Angelo jetzt wohl lebte? Mit wem und wo? Hatte er Kinder, war er ein Künstler geworden, Schauspieler sogar? War er noch immer der stille und charismatische Melancholiker, in den sie sich damals im Theater verliebt hatte?

Der Boden des malerischen Klinikgeländes war übersät mit den gelb-roten Blättern der alten Kastanien und Linden. In dicke Decken gepackte Menschen wurden in Rollstühlen an ihr vorbeigeschoben, als sie auf die steinernen Treppen zulief. Kati hatte ihre schönen braunen Stiefel an, die auf dem gewienerten Linoleum des Ganges klapperten. In einem Fenster prüfte sie den Zustand ihres Lippenstiftes und fuhr sich mit der Hand durchs Haar.

»Hey, guck mal an, Miss Brandenburg 2000!«, sagte Pascal, als sie eintrat, und versuchte, sich trotz zweier geschienter Beine ein wenig aufzurichten. Kati ging wortlos an sein Bett und umarmte ihn lange. Dann merkte sie, dass die Blumen, die sie in der Hand hielt, sein Bettlaken mit Blütenstaub berieselten, und suchte eine Vase.

»Wirst du wieder gesund?«, fragte sie.

»Was is'n das für 'ne Frage?«

»Ja oder nein?«

»Klar. Hast du andere Meinungen gehört?«

»Nee, aber wichtig ist, dass du selbst daran glaubst. Wenn ja, dann hab ich nämlich ein schönes Ziel für dich: Eben im Auto hatte ich mal ein bisschen Zeit für mich. Und als ich dann über das schöne Gelände gelaufen bin, da wurde mir so warm ums Herz, und ich dachte, wie schade, dass ich so viele Leute aus meinem alten Leben verloren habe. Buchstäblich aus den Augen verloren. Jedenfalls dachte ich, dass ich meinen Dreißigsten mal richtig feiern werde. Und das Schönste wär, wenn du dabei wärst, Pascal.«

»Ich komm nicht, wenn der Fußballer kommt.«

»Der ist nicht eingeladen.«

»Dann bin ich dabei.«

Kati setzte sich zu ihm ans Bett, nahm seine Hand und streichelte ihm übers Haar. Er ließ es geschehen.

»So blöd sich das anhört, aber du bist ein richtiger Mann geworden.«

»Ja. Hört sich echt blöd an«, sagte er. »Wie aus dem Mund einer alten Tante.«

»Willst du der alten Tante erzählen, wie das passiert ist?« Sie deutete auf seine Beine. »Was hast du überhaupt in Hamburg gemacht und nachts auf der Autobahn?«

»Kein Kommentar. Das ist echt privat. Eher unschön. Ja, bestimmt war ich abgelenkt. Und trotzdem wundert mich immer noch, warum ich dem Rehbock ausgewichen bin. Obwohl ich doch immer geklugscheißert hab: Nie ausweichen! Immer bremsen, Lenkrad festhalten und draufhalten, wenn mal so was vorkommt. Aber ja: Ich war in Gedanken.«

»Woher weißt du, dass es ein Bock war?«

»Ich hab mir eben in den Millisekunden noch die Zeit genommen, das verschreckte, schöne Tier im Schein meiner funzeligen Lampen genauer zu betrachten. Und hab die Hörnchen gesehen. Und da tat es mir doch leid, und ich hab es dann weiträumig umfahren, ich Idiot.«

Kati schmunzelte, grinste und lachte dann und hörte gar nicht wieder auf.

»Was ist?« Er berührte ihre Wange. »Was bringt dich so zum Lachen?«

»Schon gut«, sagte sie und beruhigte sich. »Ist einfach schön, dass wir uns wiedersehen, ohne Streit. Ich freue mich so, dass du deinen Humor nicht verloren hast. Und wieder gesund wirst.«

»Und du hast nichts von deiner Schönheit und Ausstrahlung verloren. Und schwanger bist du auch noch.«

»Was heißt hier ›auch noch‹?«

»Na ja, also alles zusammen ist das einfach ein toller Anblick«, antwortete Pascal zaghaft.

»Danke. Aber bagger mich nicht an, sonst verkloppt dich mein Mann.«

Er schloss die Augen und schwieg. Einen langen Moment waren sie einfach nur beieinander.

»Ja, vielleicht 'ne gute Idee«, sagte er dann. »Ich hab niemanden, der mich beschützen würde.«

»Ochmönsch.« Sie strich ihm mütterlich über die Wange.

»Außer Wolle«, fuhr er fort. »Aber lange wird der mir keine Hilfe mehr sein. Den trägt es aus der Bahn, das ist mal eindeutig abzusehen. Anne will ihn nicht retten, ich kann gerade nicht, und er selbst fährt eben immer volle Pulle.«

»Weißt du noch, als wir ihn damals kennengelernt haben? In der *Wabe*?«, fragte sie.

»Klar. Du hast ihn und seinen bolivianischen Kumpel vor einer Tracht Prügel von diesem Türsteher beschützt. Weiß ich noch wie heute. Das ist letztlich aber genau der, mit dem Wolle krumme Geschäfte gemacht hat und der ihm jetzt im Nacken sitzt.«

»Wie hieß der noch? Dario? Dennis?«

»Danilo. Ist ein echt schwerer Junge geworden, der Typ. Discos, Nutten, Drogen. Wolle hat ihn bei einem Urlaub wiedergetroffen und von dessen Kohle sein neues Restaurant eröffnet. Und dort mit dessen Stoff gedealt.«

»Und nun?«

»Hmm, so genau weiß ich das auch nicht. Aber sie haben wohl Streit. Es gibt ein Ultimatum. Wolle wirkte ziemlich hibbelig bei seinen letzten Besuchen.«

»Jetzt werd du erst mal gesund«, sagte Kati. »Ruh dich weiter schön aus. Sind die hier denn nett zu dir?«

»Total. Sind alle spitze.«

Sie schwiegen wieder eine ganze Weile, in der Kati Pascals Hand nicht losließ. Eine Schwester kam herein und brachte Essen. Sie betrachtete Kati ganz offensiv und schäkerte dabei mit dem Patienten. Als sie wieder draußen war, teilten sich die Freunde das Frikassee und den Vanillequark. Danach schälte Kati Pascal eine Mandarine, so, als wenn nie etwas zwischen ihnen gestanden hätte.

»Weißt du eigentlich, dass ich jahrelang dachte, du wärst immer noch mit dem Fußballer im Westen?«, sagte Pascal. »Ich hatte keine Ahnung, wie schnell du da wieder die Biege gemacht hast. Als ich längst mit Mirze zusammengelebt habe, konnte ich manchmal diesen kleinen Groll spüren. Ich hätte so gern gewusst, wie es dir geht. Aber du warst schon längst nicht mehr da. Echt lustig eigentlich. Ich Idiot.«

Kati antwortete mit einem Lachen. »Ein kleiner Groll. Wie süß! Ich hab dir dein Leben nach uns sehr gegönnt. Das war es doch, was du immer wolltest: eine feste Frau, die das Leben mit dir teilt. Die ihre Prioritäten kennt und nicht gleich wegen einer Tischdecke beim Schwiegerelternbesuch oder beim Gedanken an Kinder die Sinnfrage stellt.«

»Hast du mich so gesehen?«, fragte er.

»Du dich nicht? Du hast doch mit Mirze genau so was gesucht. Ich hab sie ja nur beim Abiball erlebt. Irgendwie eine klassische Platzhirschkuh, wenn du weißt, was ich meine. Ich hab mich damals so viel jünger und unsicherer gefühlt. Auch in deiner Gegenwart. Allein dieser ganze Zinnober mit der Flugblattaktion beim Gorbi-Besuch. Mann, war das gefährlich, aus heutiger Sicht! Das hab ich alles für dich gemacht. Ich wollte einfach nur große Gefühle erleben, und dann ging es eben hin und her. Zur Besinnung gekommen bin ich, glaube ich, erst in Kassel. Als klar war, wie sehr ich mich da verrannt hatte.«

»Mein schlechtes Gewissen dir gegenüber ist, ehrlich gesagt, immer noch gigantisch«, antwortete Pascal. »Vor allem wegen der Weltzeituhr.«

»Deshalb können wir uns ja nun auch beide so wiedersehen, ohne blöde Gefühle. Wir haben eben, was das schlechte Gewissen angeht, einen ausgeglichenen Haushalt.«

Sie lächelten und verfielen beide wieder in Gedanken.

»Wie geht's deinen Eltern?«, fragte sie ihn nach einer Weile.

»Denen geht's gut. Sie waren viel bei mir im Krankenhaus. Das Haus in Pankow haben sie verkauft und sind nach Tornow gezogen. Irgendwie schade, dass die Familienbude weg ist. Da wohnt jetzt ein Chefredakteur, der in einem Interview gesagt hat, dass Pankow das neue Zehlendorf ist. Zieh dir das mal rein.«

»Ja, klar. Und Kyritz ist das neue Las Vegas!« Sie lachten wieder. Kati wusste genau, weshalb sie sich damals in Pascal verliebt hatte. Sie spürte es und ließ das Gefühl für einen Augenblick zu. »Was ist mit Pierre?«, fragte sie.

»Der lebt seit einem Jahr in Paris. Ist Tutor bei einem Professor für Deutsche Literatur an der Sorbonne. Der ganze Stolz meiner Eltern. Seine Freundin ist ziemlich farblos, aber als Französin aus gutem Hause hält sie die Fahne hoch und die Nase sowieso. Und natürlich hält sie die Familie zusammen. Sie essen jeden Mittag gemeinsam. Am Wochenende spielen sie Tennis und fahren zweimal im Jahr auf das Familienanwesen an der Elfenbeinküste. Was für ein Leben!«

»Klingt nicht schlecht. Freu dich für ihn.«

»Sie können keine Kinder kriegen.«

»Ach so. Schade«, sagte Kati. »Apropos …« Sie streichelte ihren Bauch. »Ich sollte jetzt langsam mal wieder zurück. Am ersten Dezembersamstag sehen wir uns im *Gasthof Lindner*, okay?«

»Geht klar. Ich freue mich. Mit Tanzen wird's allerdings noch nichts werden. Aber Dabeisein ist alles!« Er ballte die Faust.

Kati nahm seinen Kopf in beide Hände und küsste ihn auf den Mund. »Ich war so erschrocken, als ich das von dir gehört hab. Werd wieder richtig gesund, ja?«

»Jetzt hast du gar nichts von dir erzählt«, sagte er.

»Ein andermal«, sagte sie. »Ruf mich an, wenn du dich einsam fühlst.«

———

Kati war erleichtert, dass es Pascal den Umständen entsprechend gut ging. Und auch darüber, wie unbeschwert und fröhlich sie miteinander umgingen. Sie spürte das Baby in ihrem Bauch und freute sich immer mehr auf ihren Geburtstag. Dreißig war ein großer Einschnitt, fand sie. Mit dreißig war man nicht mehr jung, sondern einfach nur erwachsen. Egal, ob die Leute sie immer für hübsch und jugendlich hielten – sie fühlte sich jetzt als erwachsene Frau, endlich. Der ganze Ballast der Jugend, der beruflichen Unsicherheiten, der emotionalen und sexuellen Verwirrungen würde endlich der Vergangenheit angehören, so hoffte sie. Die stürmischen Zeiten hatten sich kaum wiederholt. Sie fühlte sich einigermaßen stabil. Nur zweimal hatte sie sich in ihren Zwanzigern kurz zu anderen Männern hingezogen gefühlt. Vor Antons Geburt verdrehte ihr ein Produzent den Kopf, den sie bei einer

Besprechung in einer Kostümwerkstatt in Berlin kennengelernt hatte. Der attraktive, deutlich ältere und verheiratete Mann bemühte sich sehr offensiv um sie und lud sie
nach dem Termin zu einem Kaffee ein. In ihrer Naivität
folgte sie ihm in sein Hotelzimmer, wo er sie küsste und
befummelte. Sie rannte davon und schwor sich, dass sich
so etwas nie wiederholen würde.

Doch dann war das mit Scholl passiert. Der Vater von
Annes Tochter Adele war ein stiller Typ, der ihr gefiel. Da
Anne und Scholl kein Paar waren, hatte sich Kati ein paar
Träumereien gestattet.

Zu Annes Geburtstagsfeier damals war Kati allein gefahren. Jörg hatte ihr viel Spaß gewünscht. Es war ein rau-
schendes Fest. Da das Haus mit Schlafgästen überfüllt war,
sollte Kati bei Scholl übernachten. Tief in der Nacht torkelten die beiden durch Randow in sein Haus, und Scholl
bereitete ihr in seinem einfach, aber geschmackvoll einge-
richteten Bauernhaus schweigend die Gästecouch. Sie sah
ihm dabei zu, betrachtete seine Hände, die so wunderbar
natürlich die Bettwäsche behandelten, und wünschte sich
plötzlich, dass er sie berühren würde. Scholl reichte ihr
noch ein steifes Handtuch und ein Glas Wasser und zog
sich nach ein paar kargen Sätzen in sein Schlafzimmer
zurück. Kati war betrunken und verwirrt und schlich sich
später auf den Flur, um an seiner Tür zu horchen. Lange
stand sie so, mit dem Kopf an das Holz gelehnt, atmete leise und vernahm plötzlich Schritte. Sie stellte sich vor, wie
er in der gleichen Haltung und mit der gleichen Begierde
auf der anderen Seite der Tür stand. Und irgendwann war
nichts mehr zwischen ihnen. Sie taten es gleich im Flur.
Scholl sagte dabei kein Wort, nahm sie mit entschlossenen
Griffen und Bewegungen und stieß sie an die kalte Wand.

Sie brauchte Monate, um sich diese Nacht zu verzeihen
und alles, so gut es eben ging, zu vergessen. Beim nächsten
Aufeinandertreffen verhielt sich Scholl völlig normal, und

Kati widerstand der Versuchung, ihn anzusprechen. Und so war es nun, als hätte es ihre gemeinsame Nacht nie gegeben. Als sie später mit Jörg nach Kyritz zurückfuhr, bat sie ihn, in einen Waldweg abzubiegen und verführte ihn, während Anton hinten in seinem Kindersitz schlummerte, auf dem Beifahrersitz ihres Skodas. Jörg war sehr überrascht und genoss ihren leidenschaftlichen Ausbruch.

Gleich nach der Rückkehr von Pascals Krankenbett sprach sie mit Jörg über ihre große Geburtstagsparty. Sie hatte das erste Dezemberwochenende nicht ohne Grund im Terminplan des Gasthauses freigehalten. Jetzt war es ihres.

Ihre Schwestern mussten unbedingt kommen, dachte sie. Nadine war inzwischen nach Erfurt zurückgekehrt, arbeitete als Kinderkrankenschwester, lebte ungebunden und schien immer ein wenig traurig. Kati schlug ihr mehrmals vor, sich in Berlin zu treffen und gemeinsam einkaufen zu gehen. Aber aus Nadines Sicht war Kati in ihrem Brandenburger Großdorf die totale Provinznudel geworden, und nie würde sie sich als stolze Thüringerin und Bewohnerin der prosperierenden Landeshauptstadt etwas von ihr sagen lassen.

Mandy, inzwischen vierundzwanzig, hatte sich aus dem Familienverbund zurückgezogen und arbeitete seit sechs Jahren in diversen Berliner Clubs als Kellnerin. Sie lebte jenes Leben, gegen das sich Kati bewusst entschieden hatte. Mandy war fast ein wenig enttäuscht von ihrer großen Schwester, zu der sie immer aufgeblickt hatte. Alle zwei Jahre sahen sie sich zu Weihnachten in Erfurt. Mehr Kontakt gab es nicht.

Kati schrieb außerdem einen langen Brief an ihre einstige Popgymnastiklehrerin, die heute eine Tanzschule in ihrer Heimatstadt Eisenach leitete, lud auch Eileen ein, ihre Freundin aus Lehrlingstagen. Und Jeanette, ihre

Lieblingskollegin bei *Umlauf* in der Pasteurstraße. Sie schrieb lange Mails und Briefe an ein paar der Mädchen, mit denen sie bei den »Fashionixxen« gemodelt hatte. Erstaunlich viele sagten zu. Bald wusste Kati, dass zu der Feier mindestens sechzig Gäste kommen würden.

Unbedingt wollte sie eine Band haben, wollte nach Livemusik tanzen. Über ein paar Agenten suchte sie nach einem originellen Vorschlag und bekam schließlich aus Hamburg eine Balkankapelle angeboten, die schon das Publikum diverser Hochzeiten begeistert hatte.

Der graue November schlich ereignislos dahin. Bis auf einen Anruf von Wolle, der Kati im Wartezimmer ihres Frauenarztes ereilte.

»Hey, Kleene, wie geht's dir so? Du hast mich noch nicht zu deiner Party eingeladen!«, sagte er.

»Wolle, ich kann nicht so laut reden, aber das ist natürlich ein Versehen. Tut mir leid. Hast du Zeit am 2. Dezember?« Obwohl es aus Kati heraussprudelte, blieb ihr fast das Herz stehen. Denn es war kein Versehen gewesen. Natürlich hatte sie darüber nachgedacht und Wolles Einladung einfach nicht abgeschickt.

»Klar komme ich. Unbedingt. Sag mal, Kati, spricht was dagegen, dass ich bei euch für ein paar Tage einchecke? Ich muss mal raus hier aus dem Szenepuff. Ich mach meinen Laden erst mal zu, muss dringend 'ne Pause einlegen.«

Kati überlegte kurz. Sie fasste sich an den Bauch, spürte das Kind und ein Ziehen im Unterleib. »Ganz ehrlich, Wolle, hmm«, sagte sie und wusste nicht genau, wie sie ihr ungutes Gefühl ausdrücken sollte.

»Was ist los? Ausgebucht?«, versuchte Wolle zu scherzen. Er konnte sich denken, dass der Gasthof jetzt, Ende November, noch ausreichend Zimmer haben musste.

»Na ja, ist nicht so einfach. Aber was mich viel mehr beschäftigt – ich will da so kurz vor meiner Party nicht in irgendwas reinrutschen. Ich meine, wenn ich das richtig verstanden hab, dann bist du ja schon ganz schön heftig unterwegs, mal vorsichtig formuliert.« Die beiden Frauen, die neben Kati im Wartezimmer saßen, lauschten verstohlen in ihre Richtung, ließen ihre Augen aber auf den bunten Seiten der Klatschmagazine.

»Ach, Kati«, erwiderte Wolle, »lass dir keinen Quatsch erzählen. Ich bin Geschäftsmann, da bleibt das nicht aus, dass man mal in Schwierigkeiten gerät. Hab ein bisschen Stress mit meinem Partner, das Geld rutscht mir, wie immer, so durch die Flossen, und überhaupt brauch ich mal Ruhe. Ich ackere jetzt seit einem Jahr durch und bin einfach platt.«

»Dieser Partner, ist das Danilo, der große Typ aus der *Wabe*?«

»Woher weißt'n das schon wieder?«

»Na ja, wir reden eben ab und zu mal über dich, Anne und ich. Is doch klar.« Kati stand jetzt doch auf und ging vor die Tür.

»Ihr beiden Landpomeranzen malt euch da bestimmt wilde Geschichten aus, wa? Kann ich zwar verstehen, aber mach dir bitte keine Sorgen! Ich muss wirklich bloß einfach mal raus hier.«

»Okay«, antwortete Kati. »Aber versprich mir, dass es keinen Ärger gibt, ja? Ich hab echt grad andere Sorgen. Und ich will absolut keine Drogen in meinem Umfeld. Einverstanden?«

»Versprochen, Baby! Yeah, die alte Bande, sie hält noch. Das freut mich. Ich komm so was wie morgen Nachmittag vorbei. Und bleibe bis zum Fest. Maximal.«

Als Kati die rote Taste auf ihrem Handy drückte, war ihr mulmig zumute.

Am Abend bekam sie Muffensausen wegen ihres Angebots und rief Pascal an, der inzwischen wieder zu Hause war und auf Krücken lief.

»Gesagt ist gesagt, Kati. Ist nun mal so. Das musst du jetzt durchziehen«, riet Pascal. »Aber wie schlimm es genau um ihn steht, weiß ich auch nicht.«

»So ein Mist!«, sagte sie. »Was hab ich nur getan? Hol ich mir zu meinem Dreißigsten die Mafia ins Haus, oder was?«

»Nun mach mal halblang«, versuchte Pascal sie zu beruhigen. »Mafia ist bestimmt der falsche Begriff. Am Ende sind das zwei Typen, die sich nicht mehr so gut verstehen. Und in so einer Situation muss man sich auf seine Freunde verlassen können.«

»Pascal, ich hab Wolle seit Jahren nicht mehr gesehen, und jetzt taucht er plötzlich wieder auf und bei mir unter? Das macht mir schon Angst.«

»Ich verspreche dir: Er würde es nicht tun, wenn er dich damit in Gefahr bringt.«

Pascal humpelte nach dem Telefonat einige Zeit in seiner Wohnung umher und überlegte fieberhaft, ob er Wolle doch davon abhalten sollte, bei Katis Fete aufzukreuzen. Natürlich hatte er ihr nicht erzählt, dass ihn Wolle seit Monaten um Kohle bat, dass er offenbar Unmengen von dem im *KOMA* verdienten Geld sofort verschleuderte und es nicht im Griff hatte, Danilo entsprechend seiner Prozente zu beteiligen. Pascal hatte ebenfalls unterschlagen, dass Danilo Wolle vor ein paar Tagen hatte zusammenschlagen lassen und dass ihm zwei alte kaukasische Weggefährten den kleinen Zeh des linken Fußes abgeschnitten hatten. Zwar kannten sich die Typen alle von früher, aber Wolle hatte irgendwas komplett versaut. Es ging wohl auch um eine Frau, die Danilo als ›unberührbar‹ bezeichnet hatte und auf die er alleinigen Anspruch erhob, an die sich Wolle aber herangemacht hatte. Pascal selbst war es, der Wolle geraten hatte, sich bei Kati auf dem Land zu verstecken. Aber er hatte kein wirklich gutes Gefühl mit diesem Plan und hoffte einfach, dass sich alles in Luft auflösen würde.

Am Tag vor der Party, mitten in den Vorbereitungen, stand Wolle plötzlich neben ihr im Gastraum. Kati erschrak fürchterlich. Er hatte ein blaues Auge, war mit einer verschmierten Jeans und einer viel zu dünnen Jacke bekleidet und trug eine kleine Reisetasche bei sich.

Er entschuldigte sich für sein Aussehen und dafür, dass er sich nicht rechtzeitig gemeldet habe. »Gab 'ne kleine Auseinandersetzung mit ein paar Nazispinnern am Rosenthaler«, sagte er nur, ließ sich einen Zimmerschlüssel geben und checkte unter dem Namen Richter ein. Kati fiel auf, dass sie seinen Nachnamen nicht kannte. Nur weil Nadine wegen einer Mandelentzündung abgesagt hatte, gab es überhaupt noch ein freies Zimmer.

Wolle ließ sich bis zum späten Abend nicht blicken, und als Jörg Kati um Mitternacht mit einer Kerze und einem unübersehbar selbst verpackten Geschenk überraschte, verriet sie ihm immer noch nichts von dem unangenehmen Gast.

Am nächsten Morgen gab es in der Küche ein Geburtstagsfrühstück im Familienkreis. Ihre Schwiegermutter schenkte Kati einen Gutschein für ein Wellnesshotel, Anton hatte ein quietschbuntes Familienbild gemalt, auf dem das neue Baby in einer Art Hundezwinger untergebracht war, und die Belegschaft sang später geschlossen »Weil heute dein Geburtstag ist«. Kati war in diesem Moment überglücklich. Ihr Dreißigster würde ein schöner Tag werden. Die mögliche Gefahr aus Zimmer 13 blendete sie einfach aus.

Am Nachmittag trudelten allmählich die Gäste ein. Jörg schenkte unentwegt Prosecco aus und hielt Kati, sooft es ging, im Arm. Ihre alten Freundinnen streichelten etwas zu aufgesetzt ihren Babybauch, und Eileen und Jeanette verhielten sich merkwürdig zurückhaltend. Offenbar hatten sie das Gefühl, zu wenig Aufmerksamkeit zu bekommen. Oder sie waren einfach nur unsicher. Das änderte sich, als

Pascal hereinhumpelte. Das machte ihn irgendwie attraktiv. Es war Kati fast unangenehm, wie ungehemmt die Frauen, zu denen sich auch ihre kleine Schwester Mandy gesellte, mit Pascal flirteten, ihn stützten, seine Krücken für alberne Spielchen benutzten und ihm abwechselnd etwas vom Buffet holten. Aber sie ließ es geschehen und freute sich einfach, dass alle da waren, und wartete jetzt nur noch auf die Band.

Sie vertrieben sich die Zeit mit dem Auspacken der Geschenke. Ihre Eltern überreichten ihr ein gebundenes Buch mit Fotos aus ihrem Leben. Unter jedes Bild hatte ihr Vater in einem liebevollen Ton einen kleinen Text geschrieben. Das Buch ging herum, und alle lachten sich kaputt über vermatschte Wege im Neubaugebiet, lustige Fratzen, FDJ-Hemden, nackte Urlaubsschnappschüsse und modische Ungeheuerlichkeiten.

Jörg beugte sich zu Kati hinunter: »Die Band ist da«, flüsterte er. »Ich glaub, das sind Zigeuner oder so. Die pennen zu acht in einem Kleinbus. Aber das wird schon. Ich bau mal schnell mit dem Wachsten von ihnen die Bühne auf.«

Kati nickte ihm zu und widmete sich wieder ihrem Fotoalbum. Ein Bild von ihr und Angelo überblätterte sie schnell und war erleichtert, dass auf der nächsten Seite zwei große Farbfotografien eingeklebt waren, die sie bei einer Modenschau in einer Erfurter Disco zeigten. Sie erinnerte sich, dass ihre Eltern das Geschehen damals mit einer Mischung aus Scham und Stolz verfolgt hatten. Jetzt lachten sie darüber, und die meisten Gäste konnten sich nicht sattsehen an den Fotos der jungen Kati.

Es war ein komisches Bild, als plötzlich Anne mit Wolle im Arm in den Saal trat. Er trug eine bunte Sonnenbrille. Dahinter hinkte Pascal herein, das Licht ging aus, und im selben Moment hörte Kati eine Frau durchs Mikrofon sagen: »Liebe Gäste, liebe Kati Lindner. Mein Name ist Maria und ich präsentiere Ihnen heute Abend die fantastischen ›Craiover Musikanten‹. Die bunte Truppe mit großartigen Einzelmusikern aus den Südkarpaten ist zur Zeit auf einer kleinen Tournee in Norddeutschland unterwegs und stoppt heute Abend in Kyritz, um Ihnen zum Geburtstag zu gratulieren. Viel Spaß! Und vergessen Sie nicht zu tanzen.«

Kati schaute sich um, ob die Überraschung bei allen gut ankam. Ihre Bekannten aus Kyritz kicherten, weil die Managerin die Stadt falsch ausgesprochen hatte. Doch es war Kati egal, sie fand das eher sympathisch. Sie genoss die erwartungsvollen Gesichter und war doch etwas besorgt, weil Pascal nicht gut aussah. Er tastete nach einem Stuhl und setzte sich. Sein Gesicht war urplötzlich aschfahl geworden. Vielleicht hatte er sich, obwohl er mit dem Taxi aus Berlin angereist war, doch zu viel zugemutet. Jörg trat hinter Kati und schob sie nun in die Mitte der Tanzfläche. Die anderen Gäste folgten ihnen. Dann enterten die ersten Gestalten die Bühne, schnallten sich ihre Instrumente um und spielten in einem Irrsinnstempo eine folkloristische Balkanmusik. Alle begannen auf der Stelle mitzumachen. Jeanette und Eileen tanzten ausgelassen vor der Bühne. Als der Sänger die Bühne betrat, von seinem Trompeter als »Magic Radu« angekündigt, pfiffen und johlten sie wie bei einem Popkonzert.

Es dauerte ein paar Sekunden, bis Kati den kleinen Mann mit dem lustigen Hut, dem zerknitterten Anzug und der warmen, eindringlichen Stimme erkannte. Im ersten Moment dachte sie an eine Halluzination. Aber nach zwei Strophen, als der Saal schon kochte, war sie sich sicher, dass es Angelo und niemand anderes war, der dort oben auf der Bühne stand und sang.

Jörg zog an ihr herum, wollte endlich, wie alle anderen, tanzen. Doch Kati stand wie festgenagelt, unfähig zu nur einer Regung. Als der Sänger nach dem ersten Lied eine rumänische Begrüßung ins Mikro brabbelte, auch einen radebrechend vorgetragenen Glückwunsch an sie richtete, dabei sogar ihren Namen aussprach und offenbar, obwohl er sie so direkt anschaute, keine Ahnung hatte, wer da vor ihm stand, liefen ihr alle Tränen aus den Augen, die sie sich damals, als Angelo verschwunden war, versagt hatte.

Kati versuchte, den Kopf zu wenden, um Blickkontakt mit Pascal, Wolle oder Anne aufzunehmen. Doch sie schaffte es nicht, sah aus den Augenwinkeln nur ihre Mutter, die schluchzend an der Brust ihres Vaters lehnte.

Und dann erblickte sie Pascal, der wie in Zeitlupe durch die tanzenden Gäste hindurch auf die Bühne zuhumpelte, der geschubst und gestoßen wurde und doch nicht umfiel, der sich genau vor dem Sänger platzierte und zu ihm hochschaute. Und der dann, als er sich sicher war, erst ganz langsam, dann hart und schnell nach hinten überkippte. Wie ein gefällter Baumstamm.

Das Geräusch der Stille

Florica hatte das Haus gefunden. Eines Tages, vielleicht ein halbes Jahr nach Marius' Geburt, weckte sie mich aus dem Mittagsschlaf und hielt mir wortlos einen farbigen Ausdruck mit der Anzeige unter die Nase. Ich erinnere mich an Bilder der hölzernen Terrasse mit dem umwerfenden Blick aufs Meer, an einen begrünten Hof und an zwei Fotos von Innenräumen mit weißen Bodenfliesen und bunten Vorhängen.

»Gut«, sagte ich.

»Gut, dann machen wir das«, antwortete Florica und nahm unseren verschwitzten Sohn aus seinem Gitterbettchen. Sie legte ihn neben mich und ging mit ihrem Mobiltelefon, das sie seit Kurzem besaß, aus dem stickigen Zimmer.

Ich weiß noch, dass ich damals lange neben Marius lag und ihn mit einer raschelnden und knisternden Packung Taschentücher zum Glucksen brachte. Mit seinen winzigen Händen griff er danach und erkundete sie mit seinen Lippen und der Zunge. Nie werde ich den Schreck vergessen, als ich nach kurzem Schlaf erwachte und Marius nicht mehr neben mir fand. Vielleicht war es nur eine Sekunde, aber mir kam es vor, als wäre ich minutenlang in Panik und wilden Gedanken erstarrt. Doch dann hörte ich Floricas Gesang aus der Küche, so zärtlich und hingebungsvoll, wie sie es nur für Marius tat, und schlief wieder ein.

Nun sitze ich auf der Terrasse unseres Hauses, unter schattenspendendem Wein, der über mir rankt, und genieße die Ruhe dieses Ortes. An so einem Vormittag brauche ich lange, um zu mir zu kommen. Die drei bis vier Nächte, in denen ich in den beiden Hotels im Urlauberstädtchen ein paar Kilometer nördlich spiele, sind anstrengend. Laut verlaufen sie. Ausschweifend werden sie immer. Ich schwitze pro Auftritt zwei Hemden durch und bin danach heiser. Die erlebnishungrigen Gäste können nie genug bekommen von unserer Musik, und vor halb drei in der Nacht schaffe ich es selten ins Bett.

Am Anfang hatte ich großen Respekt vor der Küste. Überall tummeln sich hier gute Musiker, die in die Hotels hineindrängen und in die gut gebuchten Tanzkapellen. Ein Kollege meiner alten Gruppe hat mich damals empfohlen. Und zum Glück ist es gut gegangen.

Zu meinem Premierenabend kam Florica extra mit Marius vorbei. Es war sein erster Geburtstag. Marius schlief während der gesamten drei Stunden unseres Auftrittes und erlebte seinen Tati überhaupt nicht. Am wichtigsten war mir aber, dass die beiden überhaupt dabei waren. Danach saßen wir mit den Jungs von der neuen Band noch im Garten des Hotels. Es war ein sehr fröhlicher Abend. Wir tranken heimlich Selbstgebrannten, da wir Musiker von der teuren Hotelbar nicht genügend spendiert bekamen.

Ich war sehr verliebt in Florica und Marius und dachte mir auf der Heimfahrt, dass sich so und nicht anders das Glück anfühlen muss. Der warme Meereswind zog durch die offenen Fenster unseres alten VW und kühlte meine Stirn. Florica summte die ganze Fahrt über ein Volkslied und streichelte den nackten Bauch unseres Babys. Zu Hause angekommen, legten wir Marius gemeinsam hin und schliefen zum ersten Mal seit seiner Geburt wieder miteinander.

Dieser Abend ist nun zwei Jahre her. Inzwischen sind wir hier heimisch geworden, haben Freunde gefunden und leben ein Leben, von dem wir beide geträumt haben. Florica hat eine Anstellung in einem Restaurant gefunden und Marius ist tagsüber ein paar Stunden bei einer Kinderfrau aus unserem Dorf untergebracht.

Ganz besonders mag ich die ruhigen Zeiten der Nachsaison, wenn die Camper weg sind und die Straßen in der Nachmittagshitze vor sich hin brüten. Wenn die Zugvögel an den Klippen der Steilküste und in unserem Garten auftauchen und ich, so wie jetzt, mit mir und meinen Gedanken auf unserer Terrasse allein sein kann.

Ich wische mir den Schweiß von der Stirn, lege die Beine auf das Geländer und nehme die doppelseitig beschriebene Karte zur Hand, die die Deutsche geschickt hat. Sie schreibt inzwischen in holprigem Rumänisch. Es ist eine putzige Sprache, die mich zum Schmunzeln bringt. Überhaupt sind mir die bizarren Minuten damals, nach dem Auftritt auf ihrer Hochzeit oder ihrem Geburtstag, in nebulöser Erinnerung.

Auf der Vorderseite der Karte ist ein großer Turm abgebildet, mit einer Kugel auf dem schlanken Körper und einer rot-weißen Antenne darüber. Es ist eine schöne Zeichnung, obwohl die Kugel eher aussieht wie ein liegendes Ei.

Lieber Radu,
hier ein neuer Gruß aus Deutschland.
Wie geht es Dir? Hast Du eine Familie? Trittst Du noch auf?
Ich denke immer noch mit so großen Gefühlen an die Überraschung, Dich plötzlich zu sehen. Gesund und so anders. Aber ich will nicht wieder davon anfangen … Meiner Familie geht es gut. Mein Sohn Anton hat mit dem Fechten begonnen, meine Tochter Marie ist eine Tanzmaus. Wolle ist immer noch am anderen Ende der Welt, er darf wohl nie mehr nach Berlin. Hat er sich mal bei Dir gemeldet? Pascal ist weiterhin sehr krank. Er ist in einer Klinik in Bayern. Seine Beine sind schon lange verheilt, aber seine seelischen Wunden sind so tief, dass er wie aus der Welt gefallen scheint. Ich habe mal wieder etwas von Jana gehört. Sie ist Professorin in Boston und hat

zwei Kinder. Juttamüller ist vor zwei Jahren gestorben. Er war uralt. Kannst Du Dich noch an meinen Kater erinnern? Oder weißt Du all das wirklich gar nicht mehr? Verzeih meine Auf-dringlichkeit, aber ich will dich nicht ein zweites Mal verlieren.
Sei umarmt,
Deine Kati

Nahe des menschenleeren Strandes schwimmen zwei Schwäne einträchtig nebeneinander. Sie strahlen eine an-genehme Ruhe aus, bewegen sich so majestätisch, dass ich den Blick nicht von ihnen wenden kann. Der größere der beiden steckt manchmal seinen Kopf unter Wasser, der kleinere tut es ihm nach. Ganz ohne Hast, als woll-ten sie den anderen nicht erschrecken. Vielleicht ist es ein Pärchen, denke ich. Vielleicht sind es Geschwister oder Freunde. Möglicherweise haben sie Kinder. Oder nur sich.

Ich schaue ihnen ewig zu und genieße dieses mir in-zwischen so vertraut gewordene Geräusch der Stille, das sich aus vielen kleinen Momenten zusammensetzt. Die Wellen, die sanft ans Ufer rollen. Hier und da eine Möwe, die schreit. Oder ein Moped, auf dem sich irgendjemand im Dorf auf den Weg macht. Aber ich empfinde es als die eine, wunderbare Stille.

Leise stelle ich meine Kaffeetasse auf dem Holztisch ab, lege die Beine wieder aufs Geländer und schließe die Au-gen.

Dank

Julia Eichhorn, Ulrika Rinke, Heinke Hager, Alexander Osang, Kay Minge, Philipp Stölzl, Conny Lohmann und besonders meiner Lektorin Franziska Hoch für ihre Anregungen und Kritik.

Nele Pachnicke, Katharina Possert, Jelka von Langen, Jo Bayer, Jochen Franken, Ralf Grauel, Otto Alexander Jahrreiss und Heiko Paluschka für ihre Verlässlichkeit, Hilfe, Geduld und Zuneigung.

Katja Raue und Jürgen Vossen in memoriam, die beide wichtig waren und mit denen ich das gern geteilt hätte.

Und meinen Eltern, meinem Bruder, meinen Kindern und meiner Frau für alles.

»Goldener Reiter« (S. 79) Musik und Text: Joachim Witt
© Chappell & Co. GmbH & Co. KG

»Am Fenster« (S. 285) Musik: Georgi Gogow / Emil Bogdanov /
Fritz Puppel / Klaus Selmke; Text: Hildegard Rauchfuss
© Platin Song Fritz Puppel / Lied der Zeit Musikverlag GmbH,
Hamburg

ISBN 978-3-359-02497-2

© 2016 Eulenspiegel Verlag, Berlin
Umschlaggestaltung: Buchgut, Berlin
unter Verwendung eines Motivs von
ullstein bild – imageBROKER / Henning Hattendorf
Druck und Bindung: GGP Media GmbH, Pößneck

Die Bücher des Eulenspiegel Verlags erscheinen
in der Eulenspiegel Verlagsgruppe.

www.eulenspiegel.com